DULCE SANGRE MÍA

JOHN CORWIN

RAVEN HOUSE

Justin tiene noventa y nueve problemas, y un vampiro es el número UNO.

Cuando Justin descubre que tiene superpoderes, la vida se pone mucho más interesante. Pero, mientras aprende lo básico de su nueva vida sobrenatural, pronto se da cuenta de que no está solo.

Su antiguo mejor amigo, Randy, quiere usar la sangre de Justin para crear un supersuero vampírico, y así poder armar un ejército de chupasangres.

Como si eso no fuera suficiente, sus padres están ocultándole peligrosos secretos. La chica de la que está enamorado juró matarlo. Una felicana quisquillosa quiere convertirlo en su juguete. Y un cazarrecompensas tiene a su familia en la mira.

Si no puede hacerse camino en ese nuevo mundo y detener a Randy, Atlanta estará hasta el cuello de vampiros, y Justin será su envase descartable de jugo.

OTRAS OBRAS DE JOHN CORWIN

Para recibir novedades sobre lanzamientos, *ebooks* gratuitos y más, suscríbete al boletín de John Corwin en www.johncorwin.net.

https://www.facebook.com/groups/overworldconclave/

CAPÍTULO 1

Blandía el permiso como una espada, agachándome y matando monstruos invisibles mientras recorría el pasillo de la escuela. Esquivé la embestida de un ogro imaginario, me defendí y lo destripé con mi espada mágica. Enfrentado con el hechicero malvado detrás de todo eso, llegué al desenlace de la historia:

"Mi nombre es Justin Case. Mataste a mi padre. ¡Prepárate a morir! —Bloqueé su ataque mágico con el pase y lo decapité con un golpe giratorio. El esfuerzo me hizo perder el equilibrio, y caí de rodillas. Jadeando, me puse de pie tambaleando y di un largo sorbo con la pajilla al jugo en cartón que había logrado sacar a escondidas de la clase—. ¡Cielos!, luchar con monstruos te quita toda la energía. —Sacudí el envase, midiendo mi decreciente suministro de bienestar azucarado. Mi vejiga interrumpió el maravilloso momento al recordarme que mi adicción a los jugos tenía un precio muy alto: micción excesiva. Caminé como un pato por el pasillo; el flotador generoso alrededor de mi cintura se sacudía bajo mi remera XXL—. Conseguí un permiso y un jugo—canté por lo bajo—. No hay nada mejor que un jugo y un permiso".

Entré de golpe al baño, justo cuando Randy Boyle le ofrecía un vial a Brad Nichols y decía: "Jamás sentirás un subidón como este".

Brad y Randy giraron hacia mí. El vial se hizo añicos en el piso, y un líquido marrón rojizo se desparramó.

—¡Maldición! —Brad pasó junto a mí a toda prisa y salió corriendo por la puerta.

—¡Lo siento! —Retrocedí, pero un brazo de hierro me sujetó y me arrojó contra la pared. El aire salió como una explosión de mi boca. El permiso cayó al piso con un estrépito, y el jugo en cartón se me soltó de la mano.

Randy me sujetó a la pared con el codo y me gruñó en el rostro.

—¿Qué diablos estás haciendo aquí, Justin?

—¡Solo tenía que orinar! —Traté de soltarme, pero no pude moverme un milímetro—. ¡Juro que no le diré a nadie!

Los ojos de Randy parecieron brillar en rojo. Él retrocedió y me miró furioso.

—¿Qué crees que viste? —Pestañeé con rapidez, sin poder comprender cómo Randy Boyle, de entre todas las personas, podía sacudirme como una muñeca de trapo. Apenas era tres centímetros más alto que yo, y había visto ramitas más gruesas que sus brazos y piernas. Lo habían intimidado incansablemente en la escuela media, incluso más que a mí. Y, cuando había intentado pelear conmigo para poder subir un escalón en la cadena alimentaria, le había pateado el trasero. Randy no había cambiado mucho en los últimos años y, ciertamente, no había sacado músculos. A pesar de toda la prueba de debilidad física, había arrojado mi trasero rechoncho al otro lado del baño y me sostenía contra la pared como si yo fuera un flacucho. *¿Qué demonios sucede?* Randy entrecerró los ojos—. Te hice una pregunta.

Tragué saliva.

—No sé lo que vi. Quiero decir, supongo que podrías haberle dado jarabe para la tos.

Las fosas nasales del otro chico se inflaron.

—No hueles como los demás. —Randy me olfateó alrededor del cuello, lo que me provocó escalofríos de repugnancia por toda la espalda—. Hueles… dulce.

Cerré los puños, listo para golpearlo si intentaba besarme.

—Será mi desodorante corporal.

—No. —Los ojos de Randy volvieron a brillar—. Hay algo más.

No le daría otra oportunidad para criticar mi olor corporal. Levanté la rodilla hasta su entrepierna… o al menos hasta donde su entrepierna había estado una fracción de segundo antes. Randy se apartó antes de que mi rodilla llegara al objetivo. Pestañeé y me subí los gruesos anteojos, convencido de que me había fallado la vista.

—Cielos, Randy, ¿estás tomando esteroides para caballos?

El aire abandonó mis pulmones otra vez. Pasó tan rápido que me llevó un momento darme cuenta de que Randy me había dado un puñetazo en el estómago. Rio mientras me desplomaba en el piso; luego me arrodillé y respiré profundo.

—Mmm, sí, conozco ese olor. Necesitas algo de tiempo para madurar y, luego, serás mi perra, Justin. Será como debió haber sido en la escuela media.

Intenté respirar.

—Te pateé el trasero en la escuela media, Randy. No me hagas hacerlo de nuevo.

Randy soltó una carcajada.

—Oh, ya no soy el mismo niño indefenso, Justin. Tú tampoco. Estás más gordo y más débil. —Tiró de mí con tanta fuerza que me levantó del suelo y caí parado. Me olió de nuevo—. Solo un poco más de tiempo y te cosecharé.

—¿C-cosechar? ¿Qué demonios estás tomando, Randy? —Me apoyé contra la pared, desesperado por salir de allí.

Randy se colocó a dos centímetros de mi rostro y exhaló. Su aliento olía a metálico, como a óxido. Sonrió.

—Recuerdo cuando éramos amigos, Justin. Recuerdo cuando me abandonaste en la escuela media.

—¡Porque siempre elegías a He-Man y me obligabas a hacer de Skeletor! —Arrugué la nariz—. Me cansé de hacer de villano, Randy.

Él resopló.

—Maldición, me había olvidado de eso. —Su expresión divertida se convirtió en un ceño fruncido—. Pero no fue por eso por lo que me abandonaste.

—Es una de las razones. —Intenté deslizarme de costado, pero él golpeó un azulejo y lo dejó con rajaduras. Me estremecí—. ¡Bien! Fue porque Nathan y sus matones no paraban de intimidarnos. Tú eras un idiota consentido, que no valoraba mi amistad, así que sí, me distancié para que se mantuvieran alejados de mí.

La sonrisa en su rostro delgado era macabra.

—Me arrojaste a los lobos, gordito. —Su mirada se perdió—. No creas que lo he olvidado. Si no tuviera cosas más importantes que hacer, le rompería las piernas a Nathan y le pondría mi pene en la boca mientras grita. —Randy apartó la mano y se alejó. Hizo un gesto para que me fuera—. Sal de aquí y mantén la boca cerrada, o tú serás el de las piernas rotas.

Levanté el permiso del suelo y corrí como si mi vida dependiera de ello. Doblé la esquina hacia los casilleros, y mis piernas se aflojaron. Me deslicé al suelo y hundí el rostro entre mis manos. Todo mi cuerpo temblaba de miedo y de ira.

Los recuerdos surgieron en la oscuridad:

RANDY APUNTA *el soldado imperial hacia mi muñeco de acción de Han Solo.*

—¡Pum, pum, pum!

—¡Fallaste! —exclamo.

—¡Claro que no! ¡Le di esta vez! —Randy desliza el soldado imperial justo hasta Han—. ¡Pum!

—Los soldados imperiales siempre fallan —le recuerdo. Esa es la primera vez que convenzo a Randy de ser el villano, y él lo odia.

—¡No esta vez! —Randy me arrebata a Han y lo arroja al Halcón Milenario, lo que derriba a Chewbacca de la mesa, y este cae al vacío—. Está muerto, y yo gano.

Levanto las manos.

—Bien, el Lado Oscuro gana esta vez. —Tomo el jugo en cartón de la mesa y sorbo el resto del contenido. Se oye un claxon en el exterior. Miro por la ventana y me siento aliviado al ver a mi madre esperando en su viejo Volvo oxidado—. Debo irme.

—Odias cuando gano —señala Randy—. Ese soldado imperial le dio a Han, y lo sabes.

—Se supone que los buenos ganan. Debería haber sabido que te quedarías con la victoria, incluso como el villano.

Randy frunce el ceño.

—Ni siquiera Han puede sobrevivir a un tiro en la cabeza.

—Felicitaciones —expreso—, asesinaste a Han Solo y, probablemente, también a Chewbacca. —Bajo las largas escaleras sinuosas, con Randy que me pisa los talones, argumentando por qué ganó. Asiento un par de veces, saludo, y abandono la mansión que él considera su hogar. "Mocoso malcriado", murmuro por lo bajo. Es mi único amigo, y apenas puedo soportarlo.

—¿Qué demonios te ocurrió?

Di un grito ahogado y levanté la vista. Se me escapó un grito de sorpresa antes de que pudiera evitarlo. Un rostro lleno de *piercings*, lápiz de labios negro y mucho rímel estaba observándome.

—¡Ay, Jesús!

—No. —La chica levantó una ceja oscura—. Sé que el parecido es asombroso, pero no soy él.

Fijé la vista en una pequeña cruz roja pintada justo entre sus cejas.

—Pero tienes una cruz...

—¿Por qué estás acurrucado en el medio del pasillo? —La chica gótica me inspeccionó—. ¿Drogas?

Sacudí la cabeza.

—No.

—¿Qué es eso rojo en tus labios?

Me toqué la boca.

—Jugo de cereza.

Ella arrugó la nariz.

—¡Cielos!, ¿aún tomas jugo de cartón?

—Es mi debilidad. —Me levanté tambaleando y dudé en contarle a la extraña chica sobre Randy, pero su amenaza de daño corporal selló mis labios. Observé sus manos vacías—. ¿Dónde está tu permiso?

—Ufff. —Giró sobre los talones y se fue con paso airado hacia el baño donde rondaba Randy. Abrió la puerta y entró antes de que pudiera advertirle. Salió un momento después y volvió a mirarme con expresión curiosa antes de continuar por el pasillo con ojos vigilantes, como un guardia durante su ronda.

"Qué bicho raro", murmuré. Mi vejiga volvió a recordarme por qué había obtenido el permiso en primer lugar, así que doblé la esquina hasta otro baño y oriné.

Cuando regresé a clase, el señor Herman ni siquiera levantó la vista de su pintura ni pareció haber advertido que me había ido por mucho más tiempo del necesario. Bruce Dickens y Abigail Rogers se besaban al fondo de la clase, frotándose como dos cristianos que practicaban la abstinencia. Otro grupo jugaba al póker, con una pila de dinero real sobre los pupitres. A falta de instrucciones, todos los demás hacían cada uno lo suyo. Era probable que al señor Herman no le importara si un elefante montaba un unicornio por el salón.

Me dejé caer en mi pupitre con un gruñido. Me dolía el cuerpo entero por todo el zamarreo en el baño. Jenny Matthews se inclinó cerca de mi hombro.

—¿Un problemita de diarrea? ¿Te hiciste encima?

Annie Holmes rio por lo bajo y se inclinó desde el otro lado del pasillo hacia su amiga.

—Lo vi sacar un jugo en cartón a escondidas cuando se fue.

—Oh, cielos. —Jenny resopló—. ¿Un alumno de secundaria que toma jugo en cartón?

Gruñí.

—No hay nada de malo con eso. Apuesto a que no puedes esperar a tomar un jugo Sunny D cada vez que llegas a casa.

—Jugo en cartón. Qué triste. —Annie sacudió la cabeza y frunció los labios con fingida empatía—. Me pregunto qué pensaría Katie.

Me puse rígido en la silla.

—¿Por qué le contarías a Katie sobre los jugos?

Las dos chicas rieron.

Una réplica furiosa murió en mis labios cuando una punzada de dolor se clavó en mi frente. Los rostros de las chicas se tornaron borrosos, y me esforcé por no agarrarme la cabeza y gritar. *¿Qué diablos es esto? ¿Una* *migraña de fuente nuclear?* Me quité los anteojos en un intento inútil por apaciguar la agonía.

Me quedé boquiabierto ante lo que vi a continuación. El salón estaba lleno de fantasmas. Halos de luz difusos sobrevolaban los cuerpos de todos. Los fantasmas de Bruce y de Abigail se envolvían uno a otro, como figuras neblinosas de luz que bailaban tango.

El dolor de cabeza desapareció. Pestañeé, y la habitación se desenfocó. Volví a colocarme los anteojos, y mi visión volvió a la normalidad.

—¿Eres retrasado? —Jenny intercambió una mirada de confusión con Annie—. ¿Viste la mirada en su rostro regordete?

—Es un imbécil —afirmó Annie.

Yo seguía muy aturdido como para contestar. Aparté la atención de ellas y me miré las manos.

—¿Qué sucede? —Me pellizqué—. ¿Estoy volviéndome loco?

Sonó el timbre. Los pupitres chirriaron a medida que todos se ponían de pie y se dirigían a su siguiente clase.

Mi teléfono vibró al recibir un mensaje de Mark: "¿Tienes tus espadas listas?".

Despejé mi cabeza de otros pensamientos y me concentré en cosas más importantes, como Reyes y Castillos. Mis mejores amigos (Mark Dunbar y Harry Pots) y yo adorábamos el rol en vivo. Había construido armas, escudos, armaduras, y toda clase de equipamiento para nuestro grupo. Había estado trabajando en tres espadas nuevas para nosotros, para reemplazar las que se habían dañado en la última batalla.

Respondí el mensaje: "Sí. Se las mostraré más tarde". No podía esperar a ver sus rostros cuando observaran las obras de arte que había creado.

Mi entusiasmo se desvaneció apenas salí al pasillo abarrotado, y aquel fue reemplazado por una sensación de terror progresivo. Examiné la multitud en busca de las personas a las que quería evitar a toda costa durante mi camino a la siguiente clase: Nathan, Jenny, Annie y Randy.

Esa era la primera vez que había visto a Randy en años. Sus padres lo habían sacado de la escuela después de que lo habían atrapado por haber llevado un arma a clase. Sospeché que había querido matar a alguien, pero el dinero de su familia lo había sacado de cualquier problema serio. Cuando regresó a comienzos de ese año, los rumores hablaban de que había estado en un internado durante todo ese tiempo. Yo no había hablado con él hasta aquel día. No había querido hacerlo. En ese momento recordé por qué.

Llegué a Cálculo sin problemas. El terror desapareció, y fue reemplazado por la felicidad de estar con nerds como yo pero, más que nada, por la diosa rubia que se sentaba a mi derecha.

Katie Johnson me mostró una amplia sonrisa cuando entré al salón. Era como si el sol calentara mi rostro en un mundo que, por todo lo demás, era deprimente. El largo pelo rubio caía en cascada por sus hombros. Unas piernas seductoramente bronceadas asomaban por debajo de la falda. Las hormonas salían a borbotones de mi cerebro hacia la entrepierna. Me cubrí con el morral justo a tiempo y me senté.

—Hola, Justin. —Volvió a sonreír—. ¿Hiciste tu tarea?

Asentí y le pasé mis papeles.

—Pan comido.

—Eres tan inteligente... —Abrió el cuaderno y comparó mis ejercicios con los de ella—. Solo tuve dos incorrectos esta vez.

—¡Qué bien! —exclamé—. No tengo problema en volver a estudiar contigo si quieres.

Katie me devolvió los papeles.

—¿Volver a estudiar contigo? —Río por lo bajo.

—Oh, emmm...

Ella revoleó los ojos.

—Estoy bromeando, Justin. —Levantó la vista cuando el señor Hubble entró al salón—. Necesitaré ayuda para estudiar para el examen del viernes. ¿Quizás mañana por la tarde?

Me encogí de hombros, tratando de actuar como si nada, a pesar de las hormonas que se movían fuera de control en mis partes bajas.

—Suena bien. —Recordé la amenaza de Jenny y no pude evitar la pregunta—: ¿Qué opinas sobre el jugo en cartón?

Katie frunció el ceño.

—Emmm, prefiero Sunny D.

—Sí, también yo. —Intenté tomármelo a broma—. Quiero decir, oye, ¿qué más beben los adolescentes?

—Vodka, para empezar —respondió Katie—. El tequila no está mal.

—Bueno, claro, pero me refería a bebidas sin alcohol porque, emmm, todos toman vodka y tequila y, a veces, hasta whisky, que es lo que yo tomo todo el tiempo cuando estoy aburrido. —Cerré la boca con fuerza para detener las tonterías que estaba diciendo.

El señor Hubble abrió la boca para hablar cuando sonó la alarma de incendios. Los nerds como yo miraban a su alrededor confundidos y decepcionados. Los otros estudiantes salieron corriendo más rápido que duendes de nivel uno que huían de una horda de ogros oscuros.

—Todos al estacionamiento trasero. —El señor Hubble tomó el portafolios y se fue sin siquiera mirar atrás.

Tuve la repentina fantasía de estar Katie y yo solos en la clase, después de que todos se hubieran ido. Ella se acurrucaría sobre mí y me alabaría por ser el dios del cálculo. Querría calcular mis variables. Pestañeé para salir de la fantasía y me di cuenta de que necesitaba mantenerla allí a toda costa.

—Probablemente sea otra falsa alarma —le comenté a nadie: Katie se había ido con todos los demás durante ese momento.

Gruñí, me puse de pie y salí al pasillo que, vacío, resonaba por la odiosa alarma. Vi a la chica gótica correr por allí. *Chica loca.* Me pregunté si ella había activado la alarma o si, simplemente, había decidido que era buen momento para salir a correr. Unos gritos enfurecidos provinieron del pasillo a mi derecha. Dudé, y luego permití que la curiosidad me ganara. Caminando en puntas de pie, siguiendo los gritos, fui hasta el aula de Economía del Hogar y espié por la puerta. Mi peor pesadilla aguardaba adentro.

CAPÍTULO 2

Bueno, tal vez ya no era mi peor pesadilla. Randy había ocupado ese puesto cómodamente después de nuestro último encuentro, pero el trozo gigante de carne llamado "Nathan Spelman" ocupaba un segundo lugar muy cercano. Normalmente, habría girado y habría salido corriendo pero, en su lugar, me quedé paralizado por la incredulidad. Nathan tenía sus garras carnosas sobre Katie y los labios presionados sobre su boca. Ella se retorció y volteó la cabeza.

—¡Nathan, detente! —Volvió a luchar—. Ya te dije que no salgo con atletas.

—Deberías —estalló Nathan—. Vamos, dame una oportunidad.

—¡Déjame ir! —Katie le dio un empujón en el pecho, pero era como intentar mover un semirremolque.

Me quedé en la puerta por un momento de aturdimiento, inseguro de si mis habilidades como duende del bosque en Reyes y Castillos me habían preparado para asumir un desafío como ese. Nathan podía pasar por un ogro. Su cuello tenía más contorno que una de mis piernas, lo que podía ser la razón de que fuera un jugador estelar de fútbol americano. Sería un suicidio atacar al monstruo. Luego, Katie comenzó a llorar.

Algo en mí explotó. Probablemente, mi cordura. Pero eso no podía importarme menos. Nathan la sostenía indefensa entre sus manos fuertes. Yo podía ser bajo, obeso y necesitar un sostén masculino de talla grande, pero seguía siendo un hombre. Debía hacer algo. En Reyes y Castillos, era un duende del bosque de nivel doce. Lamentablemente, la realidad me había honrado con un metro setenta de altura y con las dimensiones esbeltas de Poppy Fresco, después de haber comido varias cajas de galletas de manteca. Necesitaba un arma para tener alguna oportunidad, de preferencia una bazuca.

Corrí al armario de limpieza. "Corrí" podría ser una palabra muy fuerte, ya que resoplé, jadeé y rogué a Dios una muerte piadosa para cuando había llegado a mitad del camino. La puerta del armario estaba abierta. Espié dentro del espacio estrecho e hice una mueca por los gases químicos que me hicieron arder la nariz. Un estante de metal contenía varios recipientes de distintos limpiadores. Supuse que, si Nathan necesitaba un baño químico, cualquiera de esos sería perfecto, pero no servirían de mucho en una pelea. Detecté la única arma útil: una escoba. No tenía nada que ver con lo que la Dama del Lago le había ofrecido al rey Arturo, pero yo no tenía muchas opciones. La tomé.

En ese momento, mi cráneo decidió salir de mi cabeza. Una ola enceguecedora de dolor sobrecalentó mis ojos y martillaba mi cerebro como si un enano estuviese jugando a "Golpea un topo" en mi cabeza. ¡Otra maldita migraña! Dejé caer la escoba y presioné las manos sobre las sienes en un intento vano por calmar la agonía palpitante. Mi visión se tornó borrosa, y caí sobre un estante cercano. Unas latas de aerosol repiquetearon en el suelo, y una botella de algo verde se destrozó y se extendió por las baldosas. Eso dominó los demás olores con el empalagoso aroma a pino.

La presión en mi cabeza aflojó después de unos segundos, y el dolor se redujo como si nada hubiera sucedido. Se sintió como congelación cerebral, solo que un trillón de veces peor que el dolor de cabeza que había tenido en el salón de clases.

¿Qué demonios me sucede hoy?

Un chillido de Katie me recordó que un altercado con Nathan podría ofrecer una solución permanente a mis problemas de migrañas. Levanté la escoba y le quité el mango. Resoplé por el pasillo con mi andar de morsa y logré volver al salón a tiempo para ver a Nathan oprimiendo los labios sobre el rostro lleno de lágrimas de Katie. Sus brazos enormes la mantenían inmóvil mientras ella se retorcía por el asco. Yo estaba demasiado furioso ante lo que veía como para esperar a que mi jadeo cesara.

—¡Suéltala! —Golpeé el extremo metálico del palo de escoba en el piso y fingí que era mi báculo de ataque élfico con una posibilidad de más veinte para un golpe decisivo en, por ejemplo, los testículos del enemigo.

Nathan desvió la atención hacia mí; la ira hervía detrás de la mirada feroz, provocada por la interrupción. Katie se quedó paralizada, y sus ojos se abrieron bien grandes con la misma mirada que yo había visto en todos cuando el esquelético Jeff Nugent había desafiado al monstruoso Kyle Denton a pelear por una chica. Kyle pesaba unos cuarenta y cinco kilos más, había repetido dos grados, y había sido el primer chico en la escuela media al que le había crecido bigote y barba de candado. Las cosas no habían terminado muy bien para Jeff. Probablemente, yo debería haber aprendido de su lección, pero era un duende de bosque entrenado, demasiado enojado como para *hacerse* en los pantalones.

—¿Justin? —llamó Katie.

Nathan la arrojó sobre una silla detrás de él y rugió:

—Si sabes lo que te conviene, saldrás de aquí y mantendrás la boca cerrada.

Resultó que no sabía lo que me convenía, así que *¡chúpate esa, Nathan!* Me subí los anteojos con vidrios gruesos por la nariz para hacer tiempo, e intenté hablar, pero mis labios no se movieron. Era cierto; no había planeado más allá de... bueno, de ese punto.

Nathan me miró furioso desde el otro extremo del salón y, probablemente, decidió que yo no huiría como el resto de las personas racionales habrían hecho a esa altura. Se abrió paso entre tres filas de pupitres, haciéndolos chirriar y patinar hacia los costados, con las manos extendidas. Me quedé paralizado y casi me oriné encima. Él se abalanzó. Levanté el palo de escoba en señal de defensa. Él me lo arrebató y lo partió sobre la rodilla como si fuera una ramita.

La razón me abandonó como a un loco balbuceante. Grité antes de echarme a un lado cuando Nathan me arrojó el mango roto. Una mitad me dio en la cabeza. Me tropecé con un pupitre. Este se volteó, y rodé por encima; de alguna manera, caí de costado mientras el pupitre retumbaba en el piso. Nathan rio. Rodé sobre mi espalda a tiempo para verlo tomar otro pupitre por las patas de metal y levantarlo por encima de la cabeza, como si fuera un garrote.

Katie gritó.

—¡Alto! —Corrió hacia la puerta.

Un pánico puro, del tipo de aquel que convencía al cuerpo de olvidarse del control de esfínteres, me golpeó en el estómago. La agonía volvió a visitar mi cerebro en forma de un dolor de cabeza que destrozaba cráneos. En pocos segundos, el pupitre haría parecer el dolor de cabeza como algo menor.

El tiempo pareció ralentizarse. La luz del salón se hizo más brillosa. El olor del miedo avinagrado, mezclado con Old Spice y con el picante químico del limpiador de pisos industrial invadió mi nariz. El volumen del chillido de Katie alcanzó un nivel que rompía los tímpanos. Mis ojos recorrieron el salón y detectaron detalles menores, que jamás había notado antes. Una rajadura dañaba la superficie del pizarrón. Alguien había grabado insultos sobre el escritorio de la señora Dalton. Cinco lápices número dos sobresalían de las losas del cielorraso. Un poco de mostaza había manchado la remera roja desteñida de Nathan. Una presencia fantasmal exigió mi atención y desvió mi mirada hacia la forma de Katie, que huía en cámara lenta. Salía de su cuerpo como un halo de vapor y desaparecía en el éter a unos centímetros de su piel. ¿Qué era? ¿Gas? ¿Vapor? Una parte de mí podía sentirlo. Se sentía ardiente y sensual y... *¡Maldición, un pupitre está a punto de aplastarme el rostro!*

El tiempo volvió a acelerarse. Levanté las manos, con las palmas hacia afuera, en un intento inútil por interceptar el pupitre al tiempo que Nathan lo arrojaba hacia mí. La vida llegaba a su fin. Imágenes horrorosas pasaron a toda velocidad: cómo el impacto destrozaría ambas manos y aplastaría mi rostro hasta dejar una pulpa ensangrentada e irreconocible. Solo los registros dentales servirían para reconocerme después de ese ataque. *Cirugía plástica, allí voy.*

Aunque la cirugía plástica podría ser algo bueno. Me vendrían bien unos retoques y una gran liposucción. Una cirugía láser de la vista no me haría nada mal. Se me ocurrió que darle un giro positivo a mi inminente aplastamiento de rostro era una manera muy extraña de pasar la última fracción de segundo de mi vida.

El pupitre dio contra mis manos con un fuerte *bam*. Rechiné los dientes ante la expectativa de una agonía demoledora. Al parecer, el dolor se había tomado vacaciones porque jamás llegó. Entreabrí un ojo. Una mano agarró el borde frontal del pupitre. La otra agarró el asiento de plástico unido por un tubo de metal al resto del pupitre. El rostro enrojecido de Nathan me miró furioso desde arriba. Intentaba bajarlo sobre mí.

Y no lo lograba.

Eso fue toda una sorpresa para mí. Ni siquiera se sentía como si estuviera forcejeando. Dejé que mis brazos se relajaran levemente para poder doblar los codos. Nathan emitió un gruñido triunfal. Empujé con todo lo que tenía y solté el pupitre.

La nariz de Nathan hizo un crujido nauseabundo. Él gruñó y giró velozmente, como una bailarina de patinaje en línea drogada, golpeó de espaldas con varios pupitres, y rebotó contra la pared. Todo había terminado, excepto los gritos... los gritos de Nathan. Sentí mi rostro ileso para asegurarme de que no estaba soñando. Mis anteojos estaban sobre la frente. Me los bajé hasta los ojos justo cuando mi cuerpo se aflojó como un fideo recocido. Todo lo que pude hacer fue mover los dedos de los pies.

Katie se arrodilló junto a mí, con una sonrisa radiante en el rostro.

—¡Me salvaste, Justin!

—Ufff —fue todo lo que logré decir. Los párpados se me cerraron, y todo quedó a oscuras.

ME DESPERTÉ con una compresa fría en la frente. Pestañeé y luché hasta enderezarme. Miré con los ojos entrecerrados la habitación borrosa. Encontré los anteojos sobre una mesa junto al catre y me los puse. La enfermería se veía con claridad. Por fortuna, no había ninguna enfermera. La última vez que había estado allí, ella había intentado meterme un termómetro de vidrio en el trasero porque no confiaba en los electrónicos de última moda. Me escabullí fuera de la habitación hasta el pasillo. Se oían voces a la vuelta de la esquina. Me oculté en la puerta empotrada y me quedé paralizado.

—No dejaré que expulsen a mi mejor jugador por un gordo retrasado —señaló la voz familiar del entrenador Burgundy—. ¿Qué dijo la chica del incidente?

—No te preocupes, me encargaré del chico. —El director Lee Perkins podría haber sido la voz del Gallo Claudio con su refinado acento sureño, pero no era ni remotamente divertido como un gallo gigante parlanchín con su actitud de buen chico—. Tal vez deba suspender a Nathan por un día o dos, solo para mantener a la chica callada.

—Si ella publica algo de esto en línea, las vamos a pagar. —Burgundy hizo un chasquido con la lengua—. Debemos asegurarnos de que eso no suceda.

—No te preocupes por la internet ahora —le aseguró Perkins mientras las voces se alejaban—. Nosotros podemos con esto.

Temblé de ira y de un poco de miedo. No quería estar en el radar del director ni ser objeto de la ira de Burgundy. El fútbol americano era como un dios por esos lugares, y el Club de los Mariscales de Campo me mataría sin cobrar un centavo. Pero también estaba furioso por cómo hablaban con tanta liviandad sobre Katie. *¡Nathan iba a violarla!*

Deseé no ser tan débil e incapaz. Si no hubiera sido por pura adrenalina, Nathan me habría aplastado el rostro más temprano. Mi día entero se iba al garete, y no tenía la menor idea de cómo impedirlo.

Tomar mis libros e irme a casa parecía una idea genial. Al diablo el resto del día. Solo quería poner la mayor distancia posible entre ese lugar y yo. Miré uno de los relojes del pasillo, y me sorprendí al ver que ya eran las tres y cuarenta y cinco. Las clases habían terminado hacía casi una hora, y había perdido el autobús. Me golpeé la frente con la palma de la mano. "Todo el universo me odia", gruñí.

Mi mochila estaba detrás del pupitre en el salón de Cálculo. La tomé y saqué mis otros libros del casillero. Maldición, ni siquiera sabía si tenía tarea que hacer ni si me había perdido clases importantes.

Salí por la puerta principal sin que nadie me notara, excepto el personal de limpieza, y me apresuré a cruzar el estacionamiento y a salir por las puertas abiertas. Enfrente, en el estacionamiento del centro comercial, vi a la chica gótica hablando con alguien en un sedán negro a través de la ventanilla abierta. Me pregunté si era su camello o la versión gótica de la vendedora de Avon.

—Hola, chico.

Me puse rígido y volteé. Un hombre alto, de unos veintitantos, con una gabardina de cuero y un sombrero de vaquero de ala plana, hizo un gesto de asentimiento hacia mí, como si hubiera acabado de terminar el traslado de ganado y estuviese saludando a los habitantes de Decatur.

—¿Sí? —Di un paso atrás.

—Oye, no hay nada por que temer, chico. —El hombre hizo un gesto con la cabeza hacia la escuela—. Solo intento averiguar si los chicos Slade vienen a esta escuela.

—¿Quiénes? —Arrugué la frente con expresión confundida—. ¿Slade? Nunca antes había escuchado ese nombre.

Él sacó un *smartphone*, y tocó la pantalla. Noté el logotipo de una naranja a medio pelar en la parte trasera del móvil; me pregunté si era algo personalizado o si era algún teléfono del que jamás había oído hablar.

—Bueno eres la vigésima persona en decirme eso, así que supongo que no es el lugar. —Miró a su alrededor—. ¿Alguna otra escuela secundaria por aquí?

—¿Eres alguna clase de pervertido? —pregunté.

Él resopló.

—No. Soy investigador privado. Me contrató el padre para ver si su exesposa está enviándolos a una escuela pública o privada, ya que está pidiendo más pensión alimentaria. —Hizo una mueca—. Un asunto desagradable, chico, pero no puedes culpar a un hombre por proteger sus bienes.

No estaba seguro de si le creía, pero asentí lentamente, como si estuviera de acuerdo.

—Claro. —La brisa voló el costado de la gabardina y reveló un palo de madera en una funda, sujeta al cinturón. Fingí no notarlo, pero me pregunté si el tipo llevaba un nunchaku. *¿Un vaquero con nunchaku?*

—Gracias por la ayuda, chico. —El hombre volteó y cruzó la calle, hacia donde un grupo de estudiantes holgazaneaba en el centro comercial.

Tal vez tomé LSD por accidente esta mañana. Me golpeé la sien, como si eso fuera a colocar los engranajes de nuevo en su lugar, pero no, no había soñado aquel alocado día. Jugueteé con mi *smartphone*, deseando que mis padres no estuvieran de viaje por negocios. Lamentablemente, no tenía a quién más llamar, así que caminé a casa.

Tenía una docena de mensajes en el teléfono; algunos eran de Harry, en los que me preguntaba por qué no estaba en casa mostrándoles las nuevas espadas, y varios eran de Katie, en los que me decía que era un héroe.

Primero, le escribí a Katie: "Me alegra haber ayudado. ¿Denunciaste a Nathan a las autoridades?".

Luego, le envié un mensaje a Harry: "Amigo, lo lamento. ¡Día alocado! ¿Podrías venir a buscarme a la escuela? Perdí el autobús. Les mostraré las espadas".

Recorrí dos kilómetros antes de recibir la primera respuesta de Katie: "No, no quiero que toda la escuela se entere. ¡Creerán que soy una prostituta!".

Respondí: "¡Pero el maldito Nathan intentó violarte!".

"Justin, por favor, no. Me convertirán en la villana. Es más fácil olvidarlo".

Volvía a escribirle, intentando convencerla de denunciar a Nathan, pero ella no respondió. Casi había llegado a casa cuando Harry me contestó: "Oye, lo siento, acabo de ver tu mensaje. Está bien. Podemos ver las espadas mañana".

Solté un suspiro. La cara interna de mis muslos estaba en carne viva por el roce, y el resto de mi cuerpo me dolía aún más. Caminé fatigosamente hasta la puerta principal de la pequeña casa cuadrada que llamaba "hogar" y cerré con llave detrás de mí. La casa estaba en completo silencio, pero ya estaba acostumbrado. Mi padre siempre estaba fuera de la ciudad vendiendo su arte, y mi madre era una asesora contable, que siempre estaba de viaje.

Probablemente, era para mejor. Mi padre era uno de esos tipos atractivos, que jamás debió de haber tenido problemas con las mujeres en su vida, y mis amigos siempre estaban comentando sobre lo sensual que era mi madre. Al parecer, yo era la razón por la que habían dejado de tener hijos porque había salido gordo, feo y nerd. No comprendía cómo la combinación de sus genes había podido generar una criatura como yo.

Me quedé mirando mi feo reflejo en el espejo mientras me cepillaba los dientes. Tenía casi dieciocho años, y aún no tenía nada de vello facial: solo pelusa. Una melena grasosa de pelo negro caía por mis hombros. Aun así, no estaba triste. ¡Cielos!, al menos tenía padres y una buena vida, en su mayor parte. Planeaba graduarme con el mejor promedio de mi clase y encontrar una manera de hacer un millón de dólares.

Imbéciles como Nathan y sus matones del equipo de fútbol americano brillaban como el sol en la secundaria, pero se apagaban cuando llegaban al mundo real. Lamentablemente, tendría que lidiar con esos imbéciles brillantes al día siguiente. De alguna manera había lastimado a su líder todopoderoso, y ellos jamás me dejarían salirme con la mía.

CAPÍTULO 3

Al día siguiente, cuando subí al autobús, todos los ojos se clavaron en mí. Se había corrido la voz sobre mi "pelea" con Nathan. La gente susurraba. Alguien se rio.

—Felicitaciones, Justin. Casi haces que expulsen a nuestro mejor jugador de fútbol americano —comentó un chico detrás de mí.

No me di vuelta. No dejé de moverme hasta llegar al fondo del autobús para sentarme en un asiento vacío junto a la ventana. Un bollo de papel voló por el aire y cayó sobre el asiento vacío delante de mí. Me agaché y miré por la ventana. Observé desaparecer mi vecindario bordeado de árboles, que era reemplazado por edificios altos del centro de Decatur, Georgia, una de las muchas ciudades tragada por la extensión del área metropolitana de Atlanta. Era todo lo que podía hacer para ignorar las burlas que recibía, pero no estaba de humor para que me patearan el trasero por defenderme.

De algún modo, se había conocido la noticia sobre el ataque a Katie. La administración del colegio había montado todo un espectáculo, pero había inventado razones suficientes para no expulsar a Nathan, en especial dado que Katie se había negado a dar su versión de la historia.

Tal vez debería estar más preocupado por las posibles repercusiones, pero solo podía pensar en Katie y en cómo me recompensaría por haber ido en su rescate. *Maldición, ¡hasta podría recibir un beso!*

Tres patrulleros, con las luces encendidas, estaban estacionados frente al estacionamiento, por lo que el autobús tuvo que rodearlos. Media docena de policías empujaban a un beligerante Ralph Porter por la puerta trasera. Pateaba como un toro, gritando y echando espuma por la boca. Todos se apilaron a un costado del autobús para observar la escena.

Ralph rugió y empujó con el hombro a dos policías, a pesar de las esposas. Chocó contra otro y lo hizo tambalear hasta casi tres metros de distancia. Se oyeron expresiones de asombro en el autobús.

Lenny Jones, uno de los más pueblerinos en toda la escuela, levantó un puño y gritó:

—¡Al diablo la Policía!

—¿Qué diablos consumió ese chico? —preguntó el conductor del autobús.

Uno de los policías caídos se levantó con el rostro enrojecido y el ceño fruncido.

—¡Van a dispararle a Ralph! —gritó alguien.

El policía le apuntó a Ralph con una pistola paralizante y le acertó en la espalda. El chico no era corpulento: tal vez un metro setenta y delgado. Una descarga del arma debería haberlo derribado. En su lugar, solo pareció enfurecerlo más. Se liberó de los otros policías y arremetió contra el que sostenía la pistola paralizante.

Los demás sacaron sus propias armas y lanzaron la descarga contra Ralph sin piedad. Él cayó al piso, convulsionando y echando espuma por la boca. Finalmente, se quedó quieto. La policía lo sujetó con esposas para las piernas y lo arrojó a la parte trasera de un patrullero.

—El chico consume drogas potentes —comentó alguien que estaba cerca.

Me pregunté qué tipo de drogas podía hacerle eso a una persona. Alguien salió por las puertas de vidrio y observó a la policía. *Randy*. No hacía falta ser un genio para hacer la conexión. Lo que fuera que él vendía le había hecho eso a Ralph.

Una vez que la policía se fue, el conductor nos permitió bajar. Esperé a que todos se fueran y luego caminé fatigosamente hasta el gimnasio donde se jugaba básquetbol. Allí era donde nuestros amados directores reunían a los estudiantes antes de comenzar las clases. Busqué a Katie y la encontré sentada junto a Annie y a Jenny, como era su costumbre. Las tres me miraron y luego se miraron entre sí. Tenían una expresión de regocijo y hablaban a toda velocidad. Bien podrían estar hablando sobre tejido, pero no me importaba. Parecía como si cada mirada desviada fuera para mí y cada boca que se movía chismorreaba sobre mi pelea con Nathan.

Quería sentarme junto a Katie. Quería ver su sonrisa, la curvatura de sus labios, y saber que esa luz en sus ojos verde jade era para mí. En su lugar, giré a la derecha, subí por las gradas y me senté en el primer espacio vacío que encontré. Me maldije por la incapacidad de actuar como un hombre y de tomar mi legítimo lugar junto a ella. Por otro lado, ¿qué me hacía pensar que tan siquiera tenía alguna oportunidad? No era exactamente un regalo de los dioses para las mujeres.

La chica gótica y dos compañeros entraron al gimnasio. Se oyeron gritos y silbidos detrás de mí. Levanté la vista y vi a Nathan Spelman con los demás lacayos del equipo de fútbol americano lanzando insultos al grupo. Mi cuerpo se enfrió. No me había dado cuenta de lo cerca que me había sentado de ellos. Intenté encogerme y pasar inadvertido. Mis proporciones generosas no cooperaron. Si la junta directiva casi echaba a Nathan, ¿por qué ya estaba de regreso en la escuela? Había esperado, al menos, una suspensión. *Los estúpidos deportistas se salen siempre con la suya.*

La chica gótica me miró mientras su grupo pasaba pisando fuerte con sus zapatos de plataforma. Menos mal que existían ellas para desviar toda atención indeseada de mí. Yo podría ser un nerd pero, por lo menos, no me veía raro. Ella me miraba con tanta intensidad que me di vuelta para comprobar si tenía mocos colgando. No podía determinar si ella estaba evaluándome para un ritual caníbal o si se preguntaba si yo sería un buen candidato para su grupo de raritos.

Me quedé mirando mi mochila de *El señor de los anillos* y decidí que era un buen momento para ponerme al día con la tarea. Dejando de lado mis preocupaciones, le di los últimos toques a mi ensayo de Historia, que debía entregar la semana siguiente. Ir al MIT era mi sueño. La clase de Historia no me haría entrar allí, pero debía mantener un promedio general decente si quería tener alguna oportunidad.

Sonó el timbre. Guardé los libros en mi mochila raída hasta que las costuras estuvieron por explotar.

—¡Uuuups! —exclamó una voz grave. Un pie grande pateó mi libro de Historia y mi cuaderno, y estos salieron disparados por las gradas hasta llegar a la multitud de estudiantes que llenaba el gimnasio. Las hojas de mi ensayo se desparramaron por el suelo, y las fueron pisoteando.

Nathan me mostró una mirada sarcástica de sorpresa mientras él y su grupo de lamebotas pasaban a las carcajadas.

—¿Cartas para tu mami? —preguntó uno de ellos.

Mi cuerpo se llenó de pura ira. Sujeté mi libro de Cálculo hasta que los nudillos me quedaron blancos. Por fortuna, una parte racional de mi cerebro bloqueó mis músculos en su lugar antes de que estos me condujeran a una perdición segura. Guardé los demás libros y esperé a que la multitud se fuera para poder encontrar el libro y el ensayo. Mi corazón martilleaba por la ansiedad. Todo ese trabajo, probablemente, estaría ilegible por las pisadas.

Recuperé el libro en la última grada mientras los últimos estudiantes salían del gimnasio.

—¿Esto es tuyo? —consultó una voz familiar.

Me di vuelta despacio y encontré a la chica gótica. Me entregó una pila de papeles cubiertos de pisadas sucias.

—Sí, g-gracias —tartamudeé.

El día anterior no había notado sus ojos: una increíble tonalidad violeta perdida en un mar de delineador negro. Su mirada parecía desenfocada, como si estuviese mirando a través de mi piel y dentro de mi cabeza. Me sentí incómodo por esa mirada investigadora. Bajé la mirada hacia el ensayo pisoteado para evitar sus ojos. Cuando volví a levantar la vista, ella ya estaba casi saliendo del gimnasio. Me sentí un imbécil por no haber sido más agradecido, pero ella me crispaba los nervios.

Me dirigí a la primera clase; siempre era una experiencia desagradable con Annie y con Jenny. Como era de esperar, sus ojos se abrieron bien grandes cuando entré por la puerta. Se arrimaron y comenzaron a susurrar. Seguramente, dirían algo horrible sobre mí. Hice mi mejor esfuerzo por ignorarlas y me senté en mi pupitre. Eché un vistazo a las hojas del ensayo e hice una mueca ante las páginas sucias. Igualmente, había planeado pasarlo en la computadora. Siempre y cuando pudiera leerlo, saldría todo bien.

Jenny me tocó el hombro.

—Apuesto a que ahora piensas que eres todo un hombre, ¿verdad?

Annie rio.

—¿Justin? ¿Un hombre? Más bien el chico del jugo en cartón.

Apreté los dientes e intenté pensar en algo ingenioso para decir. No se me ocurrió nada, excepto llamarlas "brujas infernales" que, si bien era descriptivo, tal vez no me ayudaría con su mejor amiga, Katie. Fingí leer mi ensayo, como si no las hubiese escuchado a sesenta centímetros de distancia.

—Los chicos son tan imbéciles… —comentó Jenny—. Ni siquiera sé por qué las chicas los soportan.

Annie soltó un suspiro como de sufrimiento.

—Dímelo a mí. Como ese asqueroso de Alan Weaver. Es todo un acosador. Está siempre observando a Cindy Mueller como si quisiera violarla.

Tenía la sensación de que, algún día, esas dos encajarían a la perfección en un programa matutino, donde pudieran chismorrear sobre estrellas de cine, o quizás podrían protagonizar una de las versiones del reality show *Real Housewives* para poder contarle a una audiencia nacional sobre sus terribles vidas sexuales.

Desvié la mirada hacia la puerta abierta. La descomunal figura de Nathan Spelman estaba parada justo en la entrada. Me mostró los dientes. Hizo sonar sus nudillos. Se alejó.

Tuve la inquietante sensación de que haber salvado a Katie me había condenado a un destino aun peor.

CAPÍTULO 4

Mi teléfono sonó justo cuando también sonaba el timbre. Se me aceleró el corazón cuando vi que era Katie: "¿Quieres estudiar Cálculo esta noche?".

La alegría me invadió con un cálido éxtasis optimista. Nathan podía golpearme hasta quedar hecho polvo. No me importaba. Le gustaba a Katie. ¿Por qué, si no, me enviaría un mensaje y querría que estudiáramos juntos? Tal vez estaba adelantándome, pero me imaginaba con Katie cabalgando hacia el atardecer sobre un caballo blanco. Quizás un unicornio. Con alas. Esa era mi oportunidad de impresionarla con mis increíbles habilidades matemáticas. Ella se enamoraría de mí y, ¡PUM!, final feliz.

Buttercup, te presento a Westley. Sí, estoy completamente loco.

Apenas podía esperar a la hora de almuerzo para contarles a Mark y a Harry las buenas noticias. No podía aguardar para decirles cómo Katie se enamoraría de mí, todo gracias al poder del Cálculo.

A la hora del almuerzo, me senté a nuestra mesa habitual. Ellos llegaron unos momentos más tarde. Podrían ser hermanos con esa alta figura desgarbada y el pelo castaño rebelde. Les conté las buenas noticias sobre Katie y les mostré el mensaje en mi móvil apenas se sentaron. Había esperado puños en alto, discursos de felicitación y hasta, quizás, alguna mirada celosa. En su lugar, destrozaron mi mundo.

—Amigo, Katie comenzó a salir con Brad Nichols —explicó Mark.

La imagen de Brad mientras le compraba drogas a Randy cruzó por mi cabeza. La pantalla de mi móvil se rajó por la intensidad con que lo sujetaba.

—¿Brad Nichols? —Mis sueños de un *Felices para siempre* se desvanecieron en la tristeza—. ¡Pero la salvé de Nathan! ¿Qué hizo el maldito Brad Nichols por ella?

—Es una porquería, amigo. —Mark suspiró—. De verdad, lo lamento. Pero, oye, oí que Gabby Hughes está disponible. —Me guiñó un ojo.

—Espero que ayer hayas llegado bien a casa —comentó Harry—. Nos quedamos decepcionados por no haber podido ver las espadas.

—¿Tienes fotos? —inquirió Mark.

Mi mente estaba a kilómetros de distancia. Me dolía el corazón. Tenía el estómago revuelto. Quería vomitar y rugir por la ira al mismo tiempo, pero terminé con un ataque de hipo en su lugar. Tomé el jugo de uva en cartón y bebí un largo trago. *Debí haber traído tequila.*

Observé el comedor lleno de gente y detecté a Brad sentado con un grupo de chicas en otra mesa, a mitad del salón. Katie no tenía el mismo horario de almuerzo; de lo contrario, estaría sentada con él en ese instante. Brad tenía puesta su típica campera de cuero y mostraba esa sonrisa de chico malo, al estilo "me importa todo un comino". Probablemente, conservaba el pelo negro corto para no tener que andar por ahí con un peinado estúpido por usar casco después de pasar a toda velocidad en su moto de alta gama.

Advertí que Mark también estaba observando a Brad con una mezcla de celos y de sorpresa en el rostro.

—No me digas que desearías ser él —expresé aunque, muy en el fondo, una parte de mí levantaba la mano y gritaba: "¡Quiero ser como él!".

Mark me miró con expresión culpable y cruzó la mirada con Harry.

—No lo sé. Quiero decir, casi terminamos la secundaria y, ¿qué hemos conseguido? Sería lindo, al menos, tener una novia.

—Somos los número uno en Reyes y Castillos —les recordé.

Harry se encogió de hombros.

—¿Y qué? No me malinterpretes: me encanta. —Echó un vistazo a Brad —. Pero ¿por qué no podemos tenerlo todo?

Genial. No solo Brad tenía a Katie, sino que también estaba robándome a mis amigos. Deseé con fervor que ocurriera un apocalipsis zombi en ese momento para poder rescatar a Katie de las garras del zombi Brad al volarle la cabeza con una escopeta. Le robaría la moto, tomaría a Katie de la cintura y la subiría conmigo para conducir hacia un sitio seguro. Una ira abrasadora me quemó el corazón. Surgió de manera inesperada, como una inundación asfixiante, que se llevó toda razón. Sentí calor en el rostro y cerré los puños con tanta fuerza que los nudillos hicieron ruido.

"¡CONSUMIR! ¡MATAR! ¡DESTRUIR!", gritaba una voz gutural en mi cabeza.

Sentía la frente como si un par de volcanes hubieran hecho erupción en mi cerebro. Apreté los dientes por la agonía y me sujeté el rostro con ambas manos. Sentí como si algo filoso pinchara mis dedos desde el interior de la frente. Unos olores poderosos me abrumaron la nariz. Transpiración. Productos químicos para el pelo. Old Spice. *¿Por qué siempre es Old Spice?*

Debajo de todo eso, merodeaba algo poderoso. Algo sensual. Algo femenino. Relajé los ojos, pero todo lo que podía ver eran manchas de colores y contornos borrosos.

Otra punzada de dolor me taladró el cerebro, y el dolor de cabeza desapareció. Mi visión regresó a la normalidad. Mark y Harry me miraban con ojos grandes por la preocupación.

—¿Estás bien? —Harry señaló con la cabeza el desastre de jugo violeta que había sobre la mesa—. Tu rostro se puso como una remolacha, y aplastaste el envase de jugo.

Mark rio por lo bajo.

—Pensé que se te saldrían los ojos de las órbitas.

—Estoy bien. —El dolor de cabeza desapareció al instante, como si fuera la madre de los congelamientos cerebrales. Volví a mirar con odio a Brad Nichols y casi le pregunté a mis amigos qué tenía él que no tenía yo. Pregunta estúpida. *Todo, por supuesto.* En el transcurso de mi corta vida, había tomado decisiones. Decisiones poco saludables, evidentemente. Me había atracado con jugos y con comida casera, y me había vuelto obeso. Jamás había ido a un gimnasio ni había expandido mis intereses más allá de Reyes y Castillos.

En resumen, representaba la suma grasosa de más de diecisiete años de malas decisiones, y era hora de pagar las consecuencias. Tal vez aquellas decisiones eran la razón por la que esas migrañas horribles estaban atacándome de repente. Podría estar muriendo de un tumor cerebral, pero todo lo que podía hacer era pensar en Katie. Quería robársela a Brad y hacerla mía.

Lamentablemente, tenía una veta romántica profunda en mí, que quería el amor verdadero, al estilo de *La princesa prometida*. Quería amor y casamiento antes de tener sexo. Podían llamarme "antiguo", pero ¿qué podría ser mejor que tener tu primera vez con la chica de tus sueños? "Probablemente, tener sexo salvaje con muchas, muchas chicas ardientes", señaló mi cerebro secundario. Mi cerebro primario estuvo de acuerdo, lo que me hizo dudar sobre cuál de los dos estaba al mando. *Ufff.* ¿Por qué las chicas no venían con un manual de instrucciones? ¿O quizás con tarjetas ilustradas, como las que utilizaban las aerolíneas?

Levanté la vista y abandoné la expresión melancólica. Mark y Harry devoraban la papilla preparada en el comedor de la escuela y hablaban animadamente sobre nuestro próximo torneo de Reyes y Castillos. Mi tormento no les preocupaba.

Por el rabillo del ojo, capté una mancha oscura. Miré a la derecha. Unos ojos grandes, con delineador negro, me observaban. La chica gótica. Su pelo negro azabache caía como una cortina sobre el maquillaje blanco que cubría su rostro. Me pregunté quién le había enseñado a maquillarse. Era excesivo para el estilo gótico, casi al extremo de parecer emo.

Miré detrás de mí y luego volví la vista hacia ella. Decidí que, definitivamente, estaba mirándome a mí. Arqueó una ceja y escribió algo en un anotador.

Genial. ¿Estaría escribiendo algo sobre mí? Podía imaginar sus notas: "El sujeto sigue vivo, pero su muerte, causada por jugadores de fútbol americano, es inminente. Beberé su sangre para el Maestro de la Oscuridad. ¡Larga vida a Cthulhu!".

Llegué a casa desde la escuela. El Jetta rojo de mi padre y el Volvo oxidado de mi madre estaban en la entrada. No éramos pobres, pero a ellos parecía no importarles un comino cambiar los automóviles. Abrí la puerta principal y me dirigí a toda velocidad a mi habitación. No quería hablar con ellos en ese momento. Eran una pareja tan feliz… y yo me sentía como un completo perdedor en lo relacionado con el amor y con la vida. *Oh, buaaaa. Deja de sentir lástima por ti mismo.* Era más fácil decirlo que hacerlo.

Unas voces fuertes me sacaron de mis pensamientos.

—Es una tontería, Alice —afirmó mi padre—. Jamás permitirán que tú ni ella regresen.

—No me importa, David. No me interesa lo que me hagan —señaló mi madre con pura furia.

—Pero a mí sí. —El temblor de dolor en el tono de mi padre me dio una punzada en el corazón. ¿Qué diablos sucedía? ¿Había pasado algo terrible?

Salí corriendo de mi habitación y crucé el pasillo hasta la puerta abierta. Mis padres estaban abrazados; sus rostros llenos de lágrimas estaban enrojecidos y torturados.

—¿Quién murió? —pregunté, sin saber qué sentir, ya que no conocía a ninguno de mis parientes y no creía que mis padres se sintieran tan tristes por la muerte uno de sus compañeros de clase.

Se separaron como dos adolescentes a los que habían atrapado en el sillón y se limpiaron las lágrimas de las mejillas.

—Tu tía Petunia —respondió mi madre, siempre primera en recuperar la compostura en una situación de presión.

—Trágico —agregó mi padre y me mostró su amplia sonrisa distintiva.

Me quedé observando a los dos con los ojos entrecerrados por un momento. Estaban ocultando algo, pero mi madre enseguida volvió a colocarse su máscara de frialdad. Cruzó la habitación y me apoyó la mano en la cabeza.

—¿Te sientes bien? —Arrugó la frente—. ¿Por qué tienes el brazo lastimado?

Suspiré y le aparté la mano.

—Estoy bien. Todo está estupendo y perfecto en mi vida. —Volteé para salir—. ¿De qué lado de la familia es la querida tía Petunia?

—Del mío. —La mirada tranquila de mi madre se fijó en la mía—. Era una mujer adorable.

—Como nunca conocí a *ninguno* de mis parientes, supongo que tendré que confiar en tu palabra.

—Justin, ya hablamos antes de esto —planteó mi madre—. La familia de tu padre y la mía no se llevan bien.

—Decir eso es ser amable —intervino mi padre.

Ella lo miró con expresión exasperada.

—¡David, por favor! —Se volvió hacia mí—. Como resultado, no estamos en los mejores términos con ninguno de nuestros parientes.

—Pero ¿la tía Petunia es especial?

—Sí. —Mi padre unió las manos—. Asunto arreglado. ¿Qué tal si cenamos?

Cinco minutos más tarde, en la cocina, mi madre colocó una comida calentada en microondas frente a mí. Hizo un ruido cuando la bandeja de plástico tocó la mesa. El vapor que emanaba de la comida parecía tener una leve forma de hongo. No podía recordar la última vez que ella había cocinado algo en el microondas. Ella adoraba cocinar. Yo adoraba comer lo que ella cocinaba. Esa era parte de la razón por la que tenía esa goma de tractor alrededor de la cintura.

Mi madre me miró con preocupación.

—Tienes moretones en ambos brazos y en el cuello.

—¿Te estás poniendo fetichista con las chicas, hijo? —Mi padre subió y bajó las cejas.

Mi madre revoleó los ojos y gruñó.

—Por todos los cielos, David. Él es demasiado joven para tu pervertido sentido del humor.

Mi padre resopló.

—Tiene diecisiete, Alice. Cuando yo tenía su edad...

Mi madre levantó las cejas.

—Por favor, continúa, cariño. Me encantaría oír esto.

—Era un perfecto caballero. —Mi padre sonrió y apartó la comida de microondas—. Justin, ¿te gustan las películas de gladiadores?

Fue mi turno de revolear los ojos por la alusión a una escena de *¿Y dónde está el piloto?*

—Papá, necesitas citas de películas más nuevas. Esa es más vieja que tus condones de piel de ciervo.

Él soltó una carcajada. Mi madre levantó las manos.

—Genial, ya lo corrompiste.

—Bueno, casi tengo dieciocho. —Me encogí de hombros—. Algún día comenzaría a hablar sucio.

Mi padre me frotó el pelo.

—Nunca tengas miedo de maldecir ni de decirle a una chica lo que quieres, hijo.

Mi madre le apartó la mano y la reemplazó con su palma fresca. Frunció el ceño y miró a mi padre.

—Algo tocó su aura.

Gruñí.

—Mamá, ya déjate de esa porquería *new age*.

La sonrisa de mi padre desapareció.

—Será mejor que renueves las protecciones. En caso de que esta vez sí sea algo.

Mi madre comenzó con sus rituales y dibujó símbolos en mi frente. Mientras sentía algunas cosquillas, rogué a los dioses que mis amigos jamás vieran esa extraña porquería hippie en la que mis padres creían.

—¿Debería comprarme una piedra mascota, ya que estamos? —pregunté con tono sarcástico—. La llamaré "George" y la abrazaré y apretaré, y se la lanzaré a quienquiera que me amenace.

—Hablando de más viejo que condones de piel de ciervo… —Mi padre sacudió la cabeza—. Hijo, come tu... —miró la papilla calentada en el microondas— lo que diablos sea eso.

—Es pavo asado con espinaca y puré de papas. —Mi madre colocó las manos sobre las caderas—. No siempre tengo tiempo de preparar comidas gourmet.

Levanté un trozo verde y lo probé.

—Estoy bastante seguro de que es Soylent verde.

—A veces está bien comer personas, hijo. —Mi padre hundió el tenedor y se acabó todo el suyo, haciendo muecas todo el tiempo.

Mi madre se fue por el pasillo hasta su oficina, y supuse que era momento de una charla entre padre e hijo.

—Papá, ¿alguna vez deseaste una chica que estaba fuera de tu alcance?

Él levantó una ceja.

—¿Te refieres a alguien como tu madre? —Me guiñó un ojo. Yo era completamente heterosexual y para nada incestuoso, pero mi padre era un tipo atractivo. Una vez, había oído a Myra Bergdorf y a otra mujer hablar embelesadas sobre él en una tienda. Las mujeres lo miraban con intensidad, como si fuera una celebridad o como si usara desodorante corporal con aroma a chocolate. La única mujer que jamás lo había mirado de esa manera era mi madre. Supongo que estar casado ayuda a pasar por alto el encanto de una persona. Lamentablemente, yo no tenía el atractivo de mi padre ni su olor a chocolate. Apartó la bandeja de comida vacía y se reclinó en la silla—. En primer lugar, lo estás viendo desde la perspectiva incorrecta. Nadie está fuera de tu alcance, a menos que tú la coloques allí. En segundo lugar, todos tienen problemas, aun las chicas más sensuales y los chicos más populares.

—¿Qué clase de problemas? —inquirí.

—Mala vida familiar, drogas, inseguridades, embarazo adolescente, la Iglesia católica, herpes genital...

—¡Asqueroso! —Me estremecí y esperé que Katie no tuviera lo último—. Entonces, ¿qué hago?

—Bueno... —Me miró de arriba abajo—. Las mujeres quieren a un hombre que parezca respetarse a sí mismo.

—En otras palabras, estoy gordo.

Él rio por lo bajo.

—Así es. —Mi padre levantó las manos a la defensiva, como si yo fuera a discutirle—. No hay nada de malo con un poco de panza, hijo, pero no haría daño ponerse un poco en forma. —*99 Problems* sonó en su bolsillo. Sacó el móvil—. Llamada de trabajo. Lo siento, debo contestar.

Suspiré mientras él se alejaba. Todo el ejercicio del mundo no me convertiría en un donjuán como mi padre. Sonó mi teléfono: un mensaje de Katie: "¿Sigue en pie lo de esta noche?".

A pesar de la sensación aplastante de derrota ante la noticia de su relación con Brad, surgió un diminuto rayo de esperanza. *Soy tan optimista que me da asco.* Sabía que me preparaba para otra dosis de dolor, pero no importaba.

Acepté encontrarme con ella en su casa dentro de media hora. Pasé los siguientes minutos poniéndome mis mejores pantalones de camuflaje y una remera XXL para cubrir la panza y los pechos abultados. Me cepillé el pelo largo hasta los hombros hasta que tuvo una apariencia sedosa. Luego, consideré hacerme una colita al estilo de los noventa para agregar un toque de chico malo de película de acción, pero los anteojos gruesos lo arruinaban.

Tomé el Jetta de mi padre y me dirigí a la casa de Katie, cantando *Friday* a todo pulmón. Estacioné cerca de la casa y caminé hasta la entrada. Se oían unos sollozos. Katie estaba sentada bajo el brillo de las luces exteriores, cerca de la puerta principal.

—¿Katie? —Frené en seco—. ¿Estás bien?

Ella resopló y se limpió los ojos.

—Oh, cielos, estoy tan avergonzada...

Me senté junto a ella.

—¿Qué sucede?

Se sonó la nariz colorada con un pañuelo y sacudió la cabeza. La chica podía ser hermosa en circunstancias normales, pero era una horrible llorona. No me importaba. Sacó un pañuelo nuevo y se limpió la nariz.

—Conoces a Brad, ¿verdad?

—Claro —contesté en un tono que indicaba que Brad y yo éramos viejos amigos aunque, en el fondo, me picaban los celos.

—Es un verdadero imbécil.

Por fuera, logré mostrar una expresión preocupada, en lugar de sonreír o de reír como un loco. Por dentro, hacía zapateo americano.

—¿Qué hizo el idiota?

—Vi que Rebecca hablaba mucho con él. Él siempre me dice que solo son amigos.

Asentí con solemnidad.

—Sí. No es una buena señal.

Rebecca Simmons era una de las eternas concursantes de belleza de la escuela. Debía admitir que era bastante sensual, pero nadie superaba a Katie, no en mi mundo. ¿Y qué diablos tenía Brad "Tengo una motocicleta" Nichols para que las chicas quisieran hablar con él? No hacía deportes, no era musculoso y parecía un completo tonto. Debía ser la motocicleta. Eso de por sí agregaba un diez de carisma a su personalidad. Ir en el autobús escolar, en comparación, restaba un millón de puntos en genialidad.

—Jenny me contó que vio a Brad conduciendo por Midtown con Rebecca detrás de él en la motocicleta. —La sacudió otro sollozo.

Una ola de ira creció en mi pecho. ¿Cómo tipos como Brad podían salirse con algo así? Él tenía la chica más perfecta del universo llorando por él, mientras que tipos como yo solo podíamos soñar con besar a alguien como Katie.

De repente, mi cerebro decidió que era momento de atacar su prisión ósea otra vez. Unos taladros se sacudían dentro de mi frente. La agonía hacía latir mis sienes. El rostro de Katie se volvió borroso, y un increíble olor a almizcle me hizo cosquillas en la nariz. Una especie de vapor sexual revoloteaba por mis sentidos, me tentaba, me incitaba a tomarlo y a hacerlo mío. Parte de mí intentó capturarlo. Pero una ráfaga abrasadora de agonía me trajo de nuevo a la realidad. Hice una mueca y apreté los dientes, pero Katie seguía hablando como si nada hubiese sucedido.

—… Pensé que era algo verdaderamente especial. Me dijo que me amaba. No lo comprendo, Justin. Necesito la perspectiva de un chico. ¿Qué crees que debería hacer?

El dolor de cabeza desapareció y me dejó en un estado de euforia leve, al tiempo que las endorfinas invadían mi sistema. La figura borrosa en mi visión se ajustó en el rostro de Katie. Ella me miró, tal vez esperando mi respuesta por la conducta indignante de Brad.

—Termina con él —logré graznar.

—¿Por qué no puedo encontrar a un chico bueno?

"¡Estoy justo aquí!", quería gritarle. Por fuera, me puse una máscara de preocupación.

—Rebecca duerme con cualquiera. Oí que tiene herpes genital —comenté.

Katie sollozó con más fuerza. Me hizo sentir mucho mejor.

—No puedo creer que me hiciera algo así —expresó con la respiración entrecortada.

Yo no podía creer que lo tomara tan a pecho. ¿No acababan de comenzar a salir? ¿Estaba tan enamorada de ese tipo? Entonces, me di cuenta. Mi boca soltó lo que mi cerebro imaginaba sin que yo hubiese querido decirlo en voz alta.

—Te acostaste con él.

Sus ojos se abrieron aún más. Su rostro palideció.

—¿Es tan obvio? —Se sonó la nariz con fuerza—. Por favor, no puedes decirle a nadie.

No podía creer que no lo negara.

—No lo haré.

Una lágrima solitaria rodó por su mejilla húmeda.

—No puedo creer que lo dejé ser el primero. Nos divertíamos tanto juntos... Y ahora me siento horrible. —Los sollozos sacudían su cuerpo. Le rodeé los hombros con el brazo. En algún momento, había fantaseado con ese instante: estrujar el cuerpo sensual de Katie junto al mío, pero la magia se hizo polvo y me dejó un sabor amargo en la boca y pena en el corazón. Adiós al amor verdadero. Adiós a cabalgar hacia el amanecer. Katie había hecho naufragar su virginidad en las costas insensibles de Brad Nichols. Quería matarlo. Cuando por fin se calmó (lo que llevó un rato), me abrazó—. Me siento muy mal por descargarme contigo, Justin. Eres un tipo genial. Ojalá hubiera más como tú en el mundo.

—¿Quieres más nerds obesos? —Mi tono de voz sonaba tan muerto como mi corazón.

Ella rio.

—¿Ves?, nada te molesta. Sé que nos conocemos hace mucho tiempo, pero supongo que nunca nos conocimos realmente.

Sentí un latido leve en la frente. Genial. Todo lo que necesitaba era otro dolor de cabeza. El rostro de Katie se tornó en una imagen borrosa a medida que el dolor aumentaba. Ese ataque cerebral no había sido tan repentino como los demás. Subió por la frente hacia la parte trasera de la cabeza y se deslizó por la espina dorsal, hecho hielo, fuego y agujas. Volví a presentir esa extraña presencia. Era Katie pero, al mismo tiempo, no lo era. Parte de ella rogaba ser libre. Me rogaba que la tomara del pelo y que le diera una palmada en el trasero.

Katie dio un grito ahogado. Nuestros labios se unieron. Ella se acercó a mí de manera voluntaria, y todos los pensamientos del mundo exterior se convirtieron en pura felicidad. Luego, una bomba explotó en mi cráneo.

Me aparté de golpe de ella, y la presencia fantasmal se esfumó. El dolor desapareció con la misma rapidez con la que había desaparecido. Me quedé mirando a Katie. Ella se quedó mirándome. No supe qué decir sobre esos últimos segundos. Nos habíamos besado, ¿verdad? ¿No había sido un sueño? Tal vez esas migrañas provocaban alucinaciones. Ya no sabía qué pensar. Los enormes ojos verdes de Katie se fijaron en mí.

—Justin, eso fue... inesperado.

Entonces, sí nos habíamos besado.

—Todo es parte de mi plan maestro para la dominación del mundo. —*¿De dónde demonios salió eso?*

Ella sonrió.

—No puedo descifrarte. Eres valiente; quiero decir, mira lo que le hiciste a Nathan. Y ahora me hiciste sentir mucho mejor.

Noté que no había mencionado nada sobre el beso. ¿Lo había odiado? ¿Le había encantado? Solté un chiste para proteger mis sentimientos.

—Debe ser mi desodorante corporal Axe.

Ella rio por lo bajo.

—También eres divertido. —Me miró por un momento, y pude ver la inseguridad en sus ojos—. Justin, de verdad me agradas. Pero no sé...

—Oye, está bien. —Me levanté de un salto y me sacudí los pantalones de camuflaje—. Mira, tengo un torneo de Reyes y Castillos en un par de semanas. ¿Quieres venir?

—¿Es el restaurante con los caballeros que compiten en justas?

—Emmm, no con exactitud. Somos más un grupo de nerds que se aporrean con armas de juguete.

—Aah, suena divertido.

—Genial. Te enviaré un mensaje con los detalles. —Me despedí y me apresuré a llegar al auto antes de que ella pudiera analizar lo que acababa de suceder. Me sentía emocionado. Imparable. *Besé a Katie Johnson.* ¡Por todos los cielos!, lo había hecho de verdad. Me reí a carcajadas y golpeé el volante, pero no podía dejar de pensar en las misteriosas circunstancias.

¿Qué eran esos dolores de cabeza, esas alucinaciones, esas sensaciones extrañas? ¿De alguna manera me habían ayudado a conseguir el beso con Katie? ¿O, simplemente, estaba volviéndome loco?

CAPÍTULO 5

Mark y Harry no podían creer lo que había hecho cuando les conté en el gimnasio al día siguiente. Jenny y Annie estaban sentadas en su lugar habitual, pero Katie no estaba.

—Eres audaz —opinó Mark con asombro en la voz—. Unas pelotas de acero.

Harry me palmeó la espalda.

—¿Y también vendrá al torneo? Eres el hombre.

Me sentía como el hombre. O algo así. También me ponía un poco nervioso que Brad Nichols se enterase. Sonó el timbre y me dirigí a clase por los pasillos de bloques desnudos de la escuela.

Un escándalo resonó más adelante, a la vuelta de la esquina. Unas cuantas hojas de cuaderno volaron por el pasillo detrás de uno de los chicos góticos que había visto en el grupo de la chica gótica. Nathan y su pandilla doblaron la esquina arrojando insultos y papeles al chico. Me sentí mal, pero no lo suficiente como para que valiera la pena recibir unos golpes.

Uno de los defensas, amigo de Nathan, le dijo algo a los demás y luego trotó detrás del chico gótico. Tenía algo en la mano, y supe que, fuera lo que fuese, no sería bueno para su presa.

"¡No lo hagas! ¡Noooo!", me gritó la parte racional de mi cerebro.

No podía quedarme sin hacer nada. Me tropecé y caí justo delante de un tipo muy corpulento, que perseguía al chico gótico. El pie de él se enganchó en mis costillas y cayó con fuerza. Me aplastó como un tomate demasiado maduro. Un quejido inhumano salió de mis pulmones, como el de un cerdo que estaba muriendo. El jugador de fútbol americano me maldijo. Sus amigos se rieron a carcajadas.

—Case, maldito imbécil. —Nathan me miraba furioso por encima de la nariz amoratada. No se veía tan mal como había pensado que se vería. Considerando toda la sangre, pensé que se la había roto.

El jugador que se había tropezado conmigo se levantó.

—Supongo que tú recibes el regalo, entonces. —Me mostró una bolsita plástica abierta con algo adentro que se veía y olía como excremento de perro.

—Ejem —tosió una voz autoritaria.

Vimos al señor Turpin, mi exboxeador convertido en profesor de Inglés, observándonos. Sus brazos musculosos sobresalían amenazadores.

—No te distraigas, Steve. —Su tono sonaba gentil, pero algo crispado, como manteca sobre una espada.

Al parecer, "Steve" era el nombre de ese bufón, que casi me había embadurnado el rostro con excremento.

—Oh, solo estábamos jugando —afirmó Steve. El señor Turpin se quedó mirando la bolsita y luego estiró la mano. Steve resopló y se la entregó —. Como sea. —Me empujó para pasar—. Supongo que conseguiremos algo fresco para ti más tarde, Case.

Nathan me apartó con violencia; tenía la mirada llena de odio. Siguió a sus amigos por el pasillo.

Una mano fuerte me sujetó del brazo y me levantó. Me di vuelta, esperando ver las manos enormes del señor Turpin sobre mi brazo, y chillé al encontrarme cara a cara con la chica gótica una vez más. Ella respiró profundo por la nariz. Podía jurar que la chica estaba olfateándome como lo había hecho Randy. Me aparté de ella con suavidad para no parecer rudo.

—Gracias. —Di un paso atrás—. ¿Estás siguiéndome?

Ella resopló.

—Sí, es eso. Estoy siguiéndote. —Ella revoleó los ojos—. Gracias por salvar a Ash.

—¿Quién?

Sus ojos brillaron.

—Nunca te rindas. —Dicho eso, se alejó.

—Estos chicos de hoy en día. —El señor Turpin sacudió la cabeza—. Siempre se distraen.

Tenía la sensación de que al señor Turpin le habían golpeado mucho la cabeza en su época de boxeador. Era un tipo agradable, de voz suave, pero repetía: "No te distraigas" como si fuera un mantra sagrado, aunque no encajara con la situación. Pensándolo bien, ¿quién era yo para hablar?

Camino a casa desde la escuela, Katie me envió un mensaje preguntándome si podíamos estudiar esa noche. Le dije que podía después de la cena.

Al acercarme a casa, un grito desde el interior captó mi atención. Hice una pausa frente a la puerta principal y apoyé la oreja sobre aquella. Oí voces, pero nada suficientemente fuerte como para comprender qué decían. Me escabullí por el garaje, entre la pila de rastrillos y otros artículos de jardinería, que aún se veían tan nuevos como el día cuando mi padre los había comprado. La puerta del garaje no ofrecía una mejor opción para escuchar, así que giré la manija despacio y abrí la puerta que daba a la cocina. Espié por la abertura y vi a mis padres parados justo en la sala de estar.

—… no le pase a él —decía mi padre—. A esta altura, ya lo sabríamos con seguridad.

Mi madre suspiró.

—Y yo te dije que no importaba. Todo depende de esto. Todo. Debes mantener la calma, o los Slade podrían…

¿*Slade?* Me puse tenso al oír el nombre. Era el mismo apellido de los chicos sobre los que había preguntado el vaquero.

—Aguarda. —Mi padre levantó una mano y olfateó el aire. Hizo señas a mi madre para adentrarse en la sala y quedar fuera de la vista—. ¿Necesitamos comprar comida para esta noche?

—No. La cena está en el congelador.

—Otra vez no.

—Sí, otra vez.

Unos segundos después, se cerró una puerta. Algo andaba muy mal con mis padres. Discusiones, cenas de microondas y mi padre, que olfateaba el aire como un sabueso. Tal vez la muerte de la tía Petunia estaba afectándoles la cabeza. ¿Y quiénes eran los Slade? Una parte de mí quería preguntarle a mi padre, pero no quería que se enterase de que había estado escuchando.

—Hola, hijo. —Mi padre se veía como una persona muy miserable, que fingía una sonrisa. Abrió el refrigerador y sacó un pack de seis cervezas.

—¿Cuándo empezaste a beber?

Él abrió una botella y bebió un trago. Hizo una mueca.

—Siempre me gustó disfrutar de una o dos cervezas.

—¿O seis? —Me quedé observando la botella en su mano.

—Justin, sé que no te gusta contarnos todo. Yo era igual cuando tenía tu edad.

—Creo que tener secretos se aplica a personas de todas las edades. —Mi mirada era penetrante.

Él rio por lo bajo.

—Lo que quiero decir...

—Lo siento, papá, pero tengo una cita de estudios con una chica esta noche y debo apresurarme.

Él bebió otro poco de cerveza y me guiñó un ojo.

—Excelente. —Parecía como si quisiera decir algo más pero, en su lugar, se llevó la cerveza a la sala y encendió el televisor en un reality show lleno de mujeres que se gritaban entre sí.

Calenté la cena en el microondas, me emperifollé y me fui a lo de Katie.

—Hola, Justin. —Me dio un abrazo incómodo.

Intenté decir algo inteligente, pero mi cerebro no funcionaba.

—Hola. —¿Dónde estaba toda mi valentía de la noche anterior? Al parecer, se había tomado unas largas vacaciones porque estudiamos Cálculo hasta las nueve de la noche. No hablamos nada sobre Brad ni sobre el beso. Era como si jamás hubiese ocurrido. O quizás yo debería tomar coraje y besarla otra vez. ¿Por qué ella no podía decirme lo que quería? Katie me acompañó afuera cuando terminamos con la tarea.

—Gracias por haberme ayudado. De verdad, lo valoro mucho.

Apenas podía soportarlo: era tan diferente a la mayoría de las chicas sensuales que conocía... o de las que oía hablar, en todo caso. Parecía inteligente y, sin embargo, le gustaban retardados como Brad. Intenté juntar el coraje para besarla, pero me abrazó enseguida, y su lenguaje corporal parecía indicar que un beso estaba fuera de lugar. *Ten agallas y bésala*. Sí. No sucedería.

Cuando llegué a casa, mi padre seguía mirando televisión. Había una pila de botellas de cerveza sobre la mesa de centro. Fui a mi habitación y me cambié la ropa por unos shorts de camuflaje y una remera. El resto de la casa estaba en silencio.

—¿Dónde está mamá?

Mi padre no apartó la mirada de la pantalla.

—Noche de chicas.

—Entonces, ¿no deberías estar tú en una noche de chicos?

—Esto es noche de chicos. —Me hizo señas para que me acercara al sofá, abrió otra botella de cerveza y me la dio.

—¿En serio? ¿Mamá no te pateará el trasero por contribuir con la delincuencia en los menores?

—De eso se trata la vida, hijo. Cuando hayas tenido suficientes contribuciones a tu delincuencia, serás oficialmente un adulto.

—Qué profundo. —Bebí un poco. La cerveza siempre sabía bien los primeros sorbos; luego, era asquerosa como agua de inodoro gasificada. Claro que ese era uno de esos hitos padre-hijo, y no lo arruinaría.

Mi padre apagó el televisor y me observó por un momento.

—Acerca de nuestra conversación previa...

—¿Sobre chicas? —pregunté.

Él asintió.

—¿Alguna vez te pasó algo extraño?

La pregunta tocó una cuerda sensible. Entrecerré los ojos; no estaba seguro de querer confesarle lo de las alucinaciones y de los dolores de cabeza todavía.

—Bueno, las chicas me hacen sentir cosas en mis partes prohibidas.

Mi padre resopló y chocó su botella con la mía.

—Así es, hijo. Así es.

Él no era la clase de padre que sonaba a comercial educativo, así que bebí un trago largo de cerveza.

—Seguiré tu consejo.

—¿Consejo? —Él levantó una ceja.

—Sobre hacer ejercicio. —Flexioné un bíceps flácido—. Me pondré en forma.

Él me palmeó el hombro.

—Ese es mi muchacho.

Terminé la primera cerveza y luego una segunda. Sentía calor, confusión y felicidad, como beber chocolate caliente en un día helado. También me sentía muy inteligente. Al parecer, el alcohol aumenta el encanto y el coraje unos diez puntos. Escribí un mensaje en el móvil para Katie. Papá me lo arrebató antes de que pudiera enviar la obra de arte y lo mantuvo fuera de mi alcance.

—No es una buena idea. —Él rio por lo bajo—. Me lo agradecerás por la mañana.

—Pero todo está muy claro. Debo decírselo ahora.

—Sí. Imagino que sí. Esa es tu última cerveza, hijo. Bebe mucha agua si no quieres sentirte pésimo mañana.

Seguí su consejo y bebí agua hasta sentir que se me salía por las orejas.

AL DÍA SIGUIENTE, me levanté con una leve resaca y una vejiga a punto de estallar. El móvil estaba junto a la computadora. Miré el mensaje que casi le había enviado a Katie: "Ers la criatura ms hermosa y perfecta q alguna vz pisara este mundo y sere tu rey x siempre".

Hice una mueca y borré esa atrocidad antes de que mis dedos gordos lo enviaran por error. A veces, los adultos sabían de lo que hablaban. Agradecí a mi padre por lo bajo por haberme salvado de una castración virtual. Una captura de pantalla del mensaje hubiese terminado en las redes sociales si Jenny o Annie se hubieran apoderado del móvil de Katie.

Miré el reloj y me di cuenta de que jamás estaría listo para alcanzar el autobús escolar. Me tomé un par de aspirinas para calmar el leve dolor de cabeza y me preparé. Conduje el Jetta de mi padre hasta la escuela, ya que él tenía una motocicleta si necesitaba salir.

Mientras buscaba un lugar donde estacionar, advertí un grupo de estudiantes dando vueltas por la explanada, pasando la entrada de la escuela. *Qué extraño.* Por lo general, todos estaban adentro, en especial considerando el frío y el viento helado. Unas nubes grises se desplazaban con rapidez por el cielo. Unos charcos de lluvia estaban desparramados por el asfalto. No era un buen día para estar afuera. Supuse que el director debía estar conduciendo un simulacro de incendio.

Me colgué la mochila del hombro derecho y me dirigí hacia la multitud. El aliento se congelaba con el aire frío de la mañana, y mis anteojos se empañaron un poco por la gorra de lana que me cubría toda la frente. Me detuve un momento para quitarme los anteojos y limpiarlos. Mientras estaba parado, advertí el silencio que se había hecho entre la multitud. Me coloqué los anteojos y miré hacia adelante. Decenas de ojos estaban clavados en mí. Miré detrás de mí, esperando ver a una estrella preadolescente bajar de una limusina. No, no había nadie allí.

Mi estómago se revolvió y se escabulló para ocultarse detrás de los intestinos. Algo andaba muy mal esa mañana. *Nathan.* Estaba esperándome. Solo lo sabía. Casi di marcha atrás y corrí hacia el auto, pero eso solo demoraría lo inevitable. Debía pensar en una salida. La multitud se dividió en dos cuando llegué al borde. Unos ojos verdes conocidos se clavaron en mí cuando ingresé al medio de la masa de gente. Katie estaba a unos pocos metros de las puertas de vidrio que permitían el ingreso a la escuela. Junto a ella estaba la persona que me paralizaba el corazón: Brad Nichols. Tenía puestos guantes de cuero. Golpeó el puño contra la palma y sonrió.

CAPÍTULO 6

Si alguna vez debía ensuciar mi ropa interior, esa era la oportunidad. Por fortuna, no sucedió. Brad se acercó. Había malicia en su mirada.

Katie lo tomó del brazo.

—Detente, Brad. ¡Por favor!

Él tiró del brazo para soltarse y la ignoró. Me miró de arriba abajo. No le tomó mucho tiempo, ya que me sacaba una cabeza. Él no era tan alto como Nathan, pero eso no importaba. Esperé a que se burlara de mí. En su lugar, me dio un puñetazo en el estómago.

La mochila se me cayó del hombro. Tambaleé hacia atrás, intentando recuperar el aliento y girando hacia la derecha. Me tropecé con un seto de baja altura. Mi rostro aterrizó en un charco de lodo. Sacudí la cabeza y traté de respirar, pero solo logré tragar barro. Tenía lodo acumulado sobre el lado izquierdo de los anteojos y se me escurría por las mejillas, como si fueran dedos helados. Del lado derecho, vi a Mark y a Harry riendo a carcajadas junto a un par de chicos al que no conocía. Se dieron cuenta de que los miraba, y se pusieron serios, con expresión de arrepentimiento. La ira creció en mi pecho. Me apoyó sobre las rodillas. No me importaba lo que ocurriera. Iba a moler a golpes a Brad.

Sin embargo, antes de que pudiera levantarme, él me tomó de la chaqueta y me arrastró hacia atrás por encima del seto. Me quitó la gorra de lana y la arrojó a un lado antes de empujarme de espaldas. Agua fría se filtró por los fondillos de mi pantalón. Intenté levantarme de un salto, pero el tamaño de mi cintura me lo impedía. Rodé para ponerme de rodillas y me empapé el frente del pantalón en un charco de agua. Se me congelaron las manos por el frío.

Katie tomó a Brad del brazo. Él la empujó, y ella se golpeó la cabeza contra la puerta. Pura furia fluyó por mis venas. *¡Haz algo, gordo idiota!* El dolor me atravesó el cráneo. No fue a causa de Brad esa vez. Eran mis estúpidas migrañas. Brad me dio un puñetazo en la mejilla. Volaron mis anteojos. Me dolía la mandíbula, pero no tanto como debería dolerme. Rugí. Brad reía a carcajadas. Probablemente, me veía como una ardilla enfurecida.

—Miren al cerdito enfurecido —se burló. Un vendaval de risas de los espectadores atacó mi dignidad.

Me paré de golpe. Él se acercó para atacarme otra vez, con el puño ladeado y expresión engreída. Lancé un puñetazo. Hice contacto. Su mandíbula hizo un terrible sonido. Sus pies se levantaron del suelo. Una mirada de asombro cruzó su estúpido rostro mientras caía en el mismo charco al que me había arrojado.

¡MATAR! ¡DESTRUIR!

La ira me consumía. Solo quería destrozar a Brad. Estiré los dedos hacia su garganta. El dolor de cabeza desapareció de repente y, con este, la ira. Todo se volvió borroso otra vez. Me toqué el rostro pero, por supuesto, mis anteojos no estaban. Busqué a tientas por el piso. Una mano suave tocó la mía y me hizo agarrar los anteojos. Me los puse. Los vidrios estaban limpios. Levanté la vista, esperando ver a Katie sonriéndole a su nuevo héroe. En su lugar, di un grito ahogado cuando hice foco en la chica gótica.

Katie estaba sobre Brad, con lágrimas en los ojos. Colocó la cabeza de él sobre su regazo y le acarició el pelo rapado. Me quedé boquiabierto. ¿Por qué consentía a ese imbécil? Casi grité por la frustración. Harry y Mark se acercaron a mí.

—¡Cielos, amigo! —Harry se tapó la boca como para reprimir la risa—. No sabía que fueras capaz de algo así.

—Espero que haya sido entretenido —gruñí.

Harry sonrió con suficiencia.

—Mira, amigo, fue un poco divertido.

Me abalancé sobre él y lo derribé. Su sonrisa desapareció.

—¡Gracias al cielo que tengo tan buenos amigos! —grité para que todos oyeran—. Gente con la que puedo contar cuando algún idiota me agarra a golpes.

Mark se puso entre Harry y yo.

—¿Qué demonios, Justin?

Harry se paró de un salto, apartó a Mark y me empujó.

—Imbécil —espetó—. Nunca tuviste oportunidad con Katie. Solo eres un nerd delirante.

Una furia fría congeló mi corazón. De alguna manera, mantuve los puños cerrados a los costados en lugar de agitarlos frente a él. Eché un vistazo a Katie, quien ayudaba a Brad a levantarse. Ella ni siquiera los miró. En su lugar, crucé la mirada con la chica gótica. Estaba apoyada sobre la pared junto a la entrada, con los labios fruncidos.

Justo pasando la puerta al interior, vi a Randy; tenía un brillo malvado en los ojos. Me mostró los pulgares hacia arriba y desapareció.

¿Qué demonios fue eso? Me estremecí cuando una ráfaga helada de viento sacudió mi ropa mojada.

Al haber terminado el espectáculo, los estudiantes entraron a la escuela.

El nerd había ganado la pelea, pero nadie parecía impresionado. Tenía la sensación de que pronto aparecerían los videos.

La chica gótica caminó hacia mí cuando la multitud se dispersó.

—Parece que te siguen los problemas. —Extendió una mano—. Soy Crye.

—Emmm... —Estreché su mano e hice una mueca cuando ella oprimió con fuerza—. Justin. —Flexioné la mano cuando ella me soltó—. ¡Vaya!, tienes un apretón de hierro.

Ella rio por lo bajo.

—Y tú tienes un buen gancho. —Crye se encogió de hombros—. Quiero decir, tu método es terrible, pero cuando hiciste contacto... —Golpeó el puño con la palma— ¡Bam!

—A decir verdad, ni siquiera sé cómo lo hice. —Me encogí de hombros—. Pura suerte.

—Oí que también le hiciste daño a Nathan Spelman. —Arqueó las cejas—. ¿Eso también fue suerte? —Ensanchó las fosas nasales.

—¿Estás olfateándome? —Me olí las axilas—. ¿Huelo mal?

Otra risa.

—No hueles mal, pero te ves horrible. Tal vez debas irte a casa a lavar.

Me miré la ropa embarrada. Asentí.

—Sí, tal vez haga eso.

Crye revoleó los ojos.

—Nada como algo de drama en la secundaria para empezar el día.

—O de angustia adolescente —agregué—. Me refiero a que estoy perdidamente enamorado de una chica que solo quiere de novio a un imbécil motociclista, drogadicto y con herpes.

—Muy angustiante. —Ella levantó una ceja—. Pero las motocicletas no son solo para imbéciles.

Eché un vistazo al estacionamiento como si buscara algo.

—¿Tienes una motocicleta?

—Quizás. —Sonó el timbre, y ella suspiró—. Oh, demonios. De vuelta al drama de la angustia adolescente que es la escuela. —Me dio un empujón en el hombro—. Ve a limpiarte, héroe.

Me quedé en mi lugar, algo estupefacto y un poco aturdido mientras ella entraba. De verdad odiaba admitirlo, pero me agradaba la actitud de esa chica. Me pregunté si era tan gótica o emo que ya había dado la vuelta completa y estaba en la etapa de la ironía.

Pensamientos sobre Katie pasaban por mi cabeza. Por algún motivo, no me molestaba tanto como debería. Pero lo que sí me molestaba era la ropa mojada con el viento helado.

Levanté la mochila del piso y me dirigí al Jetta, temblando con fuerza por las ráfagas de viento. Volví a pensar en la pelea y en Katie, que consentía a Brad. No pude evitar sentirme triste y traicionado, pero ¿qué había esperado? Tenía suerte de sobrevivir a una pelea con cualquiera, mucho más con Brad. Sonó mi móvil. ¿*Katie*?

Mis esperanzas murieron de inmediato. Era un mensaje de la empresa de telefonía para avisarme que la factura estaba lista para verla. Suspiré e intenté no pensar en ella. Un pitido me informó que el Jetta casi no tenía combustible. Me detuve en una gasolinera.

Mientras el contador de gasolina aumentaba lentamente y la cantidad de dinero se disparaba por los aires, oí un gruñido bajo. Miré hacia los contenedores de basura, a unos seis metros a la izquierda. Una jauría de perros callejeros le gruñía a una silueta acurrucada entre un contenedor metálico de color marrón y la pared de ladrillos que bordeaba la zona. Avancé con cautela hasta que pude distinguir la silueta de un gato perturbado. Arqueaba el lomo y les siseaba a los perros.

Un perro gris grande se abalanzó. El gato saltó hacia atrás. Unas mandíbulas babeantes enormes mordieron el aire vacío. ¿Por qué los más grandes siempre tenían que meterse con los más chicos? Los bravucones como Brad y Nathan y esos estúpidos perros eran lo mismo. La demencia provocada por la ira reemplazó los últimos resquicios de lógica en mi mente desconcertada. Corrí hacia los perros, gritando y moviendo los brazos como un idiota. El enorme sabueso volteó hacia mí, con los pelos del pescuezo levantado, mostrando dientes filosos y escalofriantes. Se abalanzó sobre mi pierna, repiqueteando los dientes. Chillé y di un salto atrás.

La bestia rugió y arremetió contra mí. Giré la pierna en un extraño movimiento defensivo. De alguna manera, le di con el pie en el hocico con un fuerte ruido. El animal chilló y rodó por el piso mientras los demás perros gimoteaban y se desparramaban. El pequeño gato negro había saltado a la parte superior del contenedor durante la refriega y parecía bastante entretenido. Estiré el brazo hacia este mientras los perros atendían a su líder. Tenía miedo de que el gato me arañase, pero se acomodó en mis brazos y maulló de felicidad, al tiempo que yo corría hacia el auto.

De milagro recordé quitar la boquilla de la manguera del tanque de gasolina y de enroscar la tapa aun cuando temblaba como alguien cuyo estómago acababa de informarle que la comida india que había ingerido estaba a punto de destrozarle el aparato digestivo.

Me senté en el auto y coloqué al gato en el asiento del acompañante. Por un momento, todo lo que podía oír era mi respiración aterrada. No podía creer lo que había hecho. Ese perro podría haber tenido rabia. Podría haberme mutilado. Supuse que un ataque animal a la vieja usanza habría encajado bien con los hitos "fantásticos" de ese día.

El gato me contemplaba con ojos entrecerrados y maulló antes de hacerse una bola en el asiento.

Mis padres no estaban en casa cuando llegué. Entré y me lavé, alimenté al gato con algunas sobras mientras pensaba qué diablos hacer a continuación. El gato maulló; era evidente que veía mi estado de angustia. Arqueó el lomo con pelaje negro como la noche sobre mi mano para hacerme sentir mejor.

"Gracias. —Respiré profundo para calmar mi corazón palpitante—. Eres un gatito valiente, ¿no? —Me tomé un momento o dos para considerar cómo debía llamarlo—. Bienvenido a mi mundo, Capitán Tibbs".

Él ladeó la cabeza y maulló; una clara indicación de que adoraba su nuevo nombre. Miré el reloj de la pared. Era casi hora de almorzar, y regresar a la escuela parecía algo tonto a esa altura. Me froté la panza y deseé tener una varita mágica para agitar, que pudiera quitarme la grasa y darme unos abdominales esculpidos.

Apoyé el rostro sobre las manos y cerré los ojos, mientras el Capitán Tibbs se frotaba contra mis brazos, ronroneando y maullando alegremente.

No podía contar con la magia para transformarme milagrosamente, pero sí podía hacerlo. Solo debía encontrar la fuerza de voluntad. Abrí el refrigerador y encontré un surtido de cervezas artesanales, apiñadas en el estante del medio. Mi madre no había ido de compras, y la única comida que había era una feta de jamón con fecha de caducidad de una semana atrás.

No sabía mal, pero no me llenó. Encontré galletas saladas rancias en la despensa (que no tenía otra cosa), así que las tomé. Era inadmisible que mi madre hubiera permitido que se me acabara el jugo en cartón, así que contemplé la cerveza. Una cerveza oscura advertía sobre el alto contenido alcohólico, así que comencé con esa. El mareo me golpeó fuerte y rápido, pero se sintió bien; eliminaba el dolor restante que sentía por lo de Katie.

A continuación, probé una cerveza con demasiado sabor a lúpulo, eructé, y saboreé la lasaña calentada en microondas que había comido el día anterior. El Capitán Tibbs se acomodó en mi regazo y ronroneó.

"¿Eres mi nuevo mejor amigo?". Le rasqué detrás de las orejas.

Una sensación cálida y cómoda se expandió desde mi estómago. Luego probé una cerveza negra. Unos toques de chocolate y café me invadieron la lengua, y me sentí cómodamente adormecido y satisfecho.

Aunque parecía mentira, todo el alcohol no me nublaba el juicio para nada. De hecho, tenía varias ideas geniales en la cabeza. Parecía que la cerveza era alimento para el cerebro.

*R*ANDY SACA *una barra de chocolate de la bolsa de dulces que siempre lleva al recreo. Como siempre, no me ofrece, pero estoy contento con mi jugo en cartón y mis galletas de mantequilla de maní.*

—Miren, es el chico gordo y su ladero flacucho. —*Nathan Spelman y sus amigos de la escuela media ríen a carcajadas ante el patético chiste y forman un semicírculo a nuestro alrededor. Uno de ellos le arrebata la bolsa de dulces a Randy y saca las golosinas.*

—¡Cielos, mira todo esto! —*exclama.*

—¿Nunca compartes? —*Nathan abre una barra de dulce y lo muerde*—. Mmm, está rico.

—¡Déjame en paz! —*grita Randy*—. Mis padres te demandarán si me tocas.

Me deslizo hacia un costado, con la esperanza de acercarme a los profesores, pero los amigos de Nathan me bloquean el paso.

—Mis padres te demandarán. ¡Bua, bua, bua! —*Nathan se frota los ojos y hace ruidos como de sollozos; luego se endereza y choca el pecho contra Randy*—. Podría partirte al medio, flacucho.

Tomo coraje.

—¿Por qué no pueden dejarnos en paz?

Nathan resopla.

—¿Proteges a tu ladero, chico gordo?

El miedo me hace contraer el corazón, pero me obligo a responder:

—*Siempre protejo a mis amigos.*

Los bravucones me rodean más de cerca. Randy huye corriendo y me deja solo para enfrentarlos. Nathan rompe a reír.

—*Necesitas mejores amigos.* —Me tira el envase de jugo al suelo y lo aplasta con el zapato. Toma la última de mis galletas y se la da a uno de sus amigos. El otro chico hace todo un show para comerla, y luego el grupo se va detrás de unas porristas.

Tiemblo de alivio y busco a mi amigo. Randy me mira desde la seguridad de estar con los profesores, sin una gota de remordimiento en los ojos por abandonarme. En ese momento, me pregunto si tan siquiera es mi amigo.

CAPÍTULO 7

Me desperté en la cama; una tonelada de agonía martilleaba mi cabeza. Me puse de pie tambaleando y tomé la botella de ibuprofeno del botiquín del baño. Luego, tragué agua para eliminar la sensación algodonosa en la boca. Las imágenes de mi sueño sobre Randy y yo en la escuela media se reproducían en mi cabeza.

El Capitán Tibbs saltó a la pileta y me miró decepcionado.

"¿Por qué no me detuviste?", le pregunté. Me tomé varias pastillas de ibuprofeno y me senté en mi escritorio.

Él me miraba con sus ojos verdes brillantes, y supuse que había perdido algo de respeto hacia mí por haber bebido tanto.

La pantalla de mi computadora se encendió, y me encontré con un texto frente a mí. Al parecer, la noche anterior había escrito un manifiesto en Facebook sobre el triste estado de la humanidad, el acoso escolar y la deprimente falta de jugo en cartón. Por fortuna, no lo había publicado. En las notificaciones, vi que me habían etiquetado en un video.

Mi corazón dejó de latir por un segundo mientras hacía clic en el video y veía la pelea del día anterior. Los estudiantes reían y aclamaban mientras Brad me arrastraba por encima del seto y me arrojaba al lodo.

—Cielos, es patético —comentó una voz familiar.

Se oyó un resoplido.

—Perdedor lleno de grasa.

El ángulo de la cámara cambió por un momento y vi a Harry y a Mark mirándome con desprecio mientras Brad me arrastraba hasta el charco de agua helada. Cerré los puños, y la ira se encendió.

Pedazos de porquería.

Lo peor era que no podía estar en desacuerdo con ellos. Era terriblemente doloroso observar mi figura rechoncha revolcándose sin poder hacer nada al respecto. Cuando golpeé a Brad, me quedé con la boca abierta. Pausé el video e intenté medir cuánto se había levantado él del suelo. ¿Sesenta centímetros? ¿Noventa?

Maldición, ¿cuán fuerte lo golpeé?

Vi un rostro demacrado entre la multitud, con una sonrisa alegre. Retrocedí el video y me concentré en ese rostro, en Randy Boyle, mientras veía cómo se desarrollaba la pelea. Parecía desinteresado, hasta que mi golpe le partió la cara a Brad. Algo brilló en sus ojos: ¿satisfacción quizás?

¿Por qué está tan interesado en mí? No lo sabía, pero debía averiguarlo.

Los típicos insultos y polémicas llenaban la sección de comentarios del video, pero un tema quedaba claro: nadie podía creer que yo había dado el golpe final. Aun peor: Jenny y Annie comentaban que había estado acosando a Katie y que la aterrorizaba. Alababan a Brad por haberla defendido y atribuían mi victoria a un golpe de suerte.

¡Esas zorras mentirosas!

Eso generó que una serie de personas se ofreciera a patearme el trasero o a denunciarme a la Policía. El día anterior hacía que el previo no pareciera nada en comparación, y el presente día prometía salir desde las mismísimas entrañas del Infierno. Por un momento, consideré pedirles a mis padres que me dieran clases en casa, así jamás tendría que regresar, pero no estaban lo suficiente como para poder hacerlo.

Además, debía obtener buenas calificaciones si quería ser rico y restregárselo en la cara a mis acosadores en la primera reunión de excompañeros de secundaria. Solté un suspiro. No tenía más remedio que enfrentarlo.

Drama escolar, ¡allí voy!

El Capitán Tibbs estaba sentado sobre el escritorio y me miraba con pena. "¡Puedes hacerlo!" parecían decirme sus ojos verdes, y tenían razón. Podía manejarlo.

Mi padre sonrió cuando entré tambaleando a la cocina.

—Bueno, bueno, bueno, miren quién se divirtió a expensas de mis cervezas anoche. —Su mirada se concentró en mi rostro—. ¿Te metiste en una pelea?

Miré hacia abajo.

—Lo siento, papá.

—¿Por la pelea o por la cerveza?

—Emmm, ¿ambas?

Él resopló.

—No te ves muy golpeado, así que supongo que ganaste.

—El otro chico se puso arrogante, y yo tuve suerte. —Me encogí de hombros—. Supongo que hasta los nerds torpes ganan alguna vez. — Miré con más atención los ojos de mi padre. En lugar de castaños, se veían pálidos y fríos. Su piel también estaba más pálida de lo habitual. Me palmeó la espalda.

—Ese es mi muchacho. —Apretó los labios por un momento—. En cuanto a la bebida, no enviaste mensajes estando ebrio, ¿verdad?

Sacudí la cabeza.

—No, debo haberme desmayado antes de hacer algo estúpido.

Me palmeó el hombro.

—Buen trabajo. Mira, no quería tener que trabajar otro sábado, pero debo irme. Espero estar de regreso esta noche.

Había olvidado por completo que estábamos en fin de semana.

—¿Puedo usar tu auto? —consulté.

Él asintió. Me arrojó las llaves y tomó las de la motocicleta.

—Que tengas un día *maravilloso*, Justin. —Rio como si le causara mucha gracia, y se fue.

Mi madre salió apresurada de su habitación. Se veía encantadora en su vestido blanco radiante.

—También debo irme, cariño. —Me besó en la mejilla y me revisó el ojo—. No apruebo la bebida ni las peleas. —Suspiró y se llevó la mano a la frente—. Supongo que es cosa de hombres.

—¿Por qué todos deben trabajar un sábado? —inquirí.

Me besó en la mejilla.

—Cuando tu padre descubrió que te habías desmayado en el piso de tu habitación, te metió en la cama.

—¿No estás enojada?

Ella sonrió y sacudió la cabeza.

—Me casé con tu padre, hijo. Hay que tener la piel dura para sobrevivir a esta familia.

—¿Sí? ¿Hay algunas historias que yo no conozca?

Mi madre frunció los labios.

—Quizás. Tu padre guardó lo que quedó de la pizza en el refrigerador.

Pizza fría para el desayuno sonaba estupendo para mí.

—Gracias, mamá.

Me dio otro beso en la mejilla y salió. Oí voces y espié por la mirilla. Mi padre estaba sentado en la motocicleta y hablaba con mi madre. Él sacudió la cabeza ante lo que fuera que ella le había dicho. Ella levantó las manos en el aire y discutió sobre algo. Ojalá hubiese podido escuchar lo que estaban diciendo a través de la puerta.

Mi padre señaló con el pulgar hacia la casa, por encima del hombro. Mi madre asintió, dijo algo más y lo besó en la mejilla. La Harley se encendió con un rugido. Mi madre hizo una mueca y se tapó los oídos mientras mi padre se iba. Abrí la puerta.

—¿Qué fue eso?

—Solo estoy enojada por tener que trabajar hoy. —Se subió al auto y me saludó mientras retrocedía.

Regresé adentro y vi el maletín de mi padre en el piso. Debió haberlo olvidado. Tomé las llaves del auto, corrí afuera y encendí el Jetta. Giré a la derecha en la siguiente cuadra, ya que mi padre siempre parecía tomar ese camino, y me apresuré para alcanzarlo. Al pasar por el Suburban Plaza (un centro comercial), vi a mi padre estacionar la motocicleta y dirigirse a la barbería. *No debía tener tanto apuro después de todo.*

Caminó hacia la barbería, giró a la derecha, y entró en la lavandería de al lado. El estacionamiento estaba lleno, así que tuve que dejar el auto en el otro extremo.

¿Qué demonios hacía en una lavandería? Intenté encontrarle sentido. Teníamos un lavasecarropas en perfecto funcionamiento en casa. Maldición, ni siquiera había llevado ropa. Una horrible idea se me cruzó por la cabeza: *¿y si va a encontrarse con una novia?*

Dejé el maletín en el auto y me escabullí hasta el ventanal. Como los demás comercios en el viejo centro comercial, unos ventanales amarillentos por los años permitían ver el interior. Un cartel de neón intermitente advertía a los transeúntes que la lavandería estaba abierta veinticuatro horas, los siete días de la semana. Me acerqué con cuidado y espié el interior. Mi padre estaba sentado con las piernas cruzadas, observando a un par de ancianas mientras ellas colocaban ropa en el lavarropas y chismorreaban.

Continuó observándolas aun después de haberse sentado juntas para admirar fotos de sus nietos en los móviles. ¿Mi padre tenía un fetiche por las ancianas? ¿Era un acosador? *¡Asqueroso!* Casi deseé no haberlo descubierto.

Quince minutos después, mi padre se estiró, se puso de pie y se dirigió a la puerta. Me apresuré a entrar a la barbería para que no me descubriese. El viejo Larry, el barbero, dejó de afeitar la cabeza de un pobre chico y observó mi melena desprolija con expresión anhelante.

—¿Justin Case? No te he visto en más de un año, chico. Parece que tendré que sacar mis tijeras para pelaje de perro si quiero atravesar ese desastre que tienes en la cabeza.

Mi padre pasó por la vidriera. Sus ojos eran de un azul profundo, y tenía la piel bronceada y saludable. Me quedé con la boca abierta ante la enorme diferencia con lo que había visto en casa. Oculté el rostro detrás de una revista y espié hasta que oí la motocicleta y mi padre se fue con rumbo desconocido.

—Gracias, Larry, pero cambié de opinión.

Salí y observé que la motocicleta desaparecía por una loma. Una parte de mí quería seguirlo y ver adónde iba. La otra no quería saber nada. *¿Ancianas? ¿Lavanderías? ¿Qué más? ¿Descubro que mis padres intercambian parejas?*

Ya estaba sintiéndome bastante delicado a causa del ataque en el baño, los dolores de cabeza, las alucinaciones, la pérdida de mis mejores amigos, la pelea y el descubrimiento de que jamás tendría una oportunidad con Katie. No necesitaba descubrir algo potencialmente devastador sobre mis padres. *Es mejor aceptar su fetichismo de la lavandería y seguir adelante.*

Regresé a casa y me arrojé al sofá. No estaba seguro sobre qué hacer el resto del día, ya que no estaba en buenos términos con Mark ni con Harry, y no había torneo de Reyes y Castillos ese fin de semana. Después de unos minutos de duda, asalté la caja oculta con dinero que mis padres tenían en el armario de mi madre.

Pilas de billetes de veinte estaban prolijamente acomodadas en una caja de zapatos de John Madden. A menudo me preguntaba por qué mis padres tenían dinero oculto. Uno se preguntaría qué me había llevado la primera vez a hurgar entre las cajas de zapatos de mi madre. No había sido porque me gustara usar tacos altos. Fue porque, un año, había querido encontrar regalos de Navidad ocultos. *Tal vez mis padres son dueños de la lavandería en secreto y guardan el dinero de las ganancias en esta caja de zapatos. Tal vez manejan una red de narcotráfico desde allí.*

Un sinfín de posibilidades rondaba mi imaginación, pero lo único que quería hacer en ese momento era tomar algo de dinero y disfrutar de un día en el cine. Saqué el dinero y conduje hasta el centro comercial North DeKalb. Se había estrenado la nueva película de *Los vengadores*, y me moría por verla. Pasé por el patio de comidas y compré el almuerzo para hacer tiempo hasta que la película comenzara.

Mientras comía una hamburguesa, vi a Crye: pelo negro atado en rodetes al estilo princesa Leia y rímel que, ingeniosamente, corría desde los ojos hacia las mejillas, como si fueran lágrimas. Espió por el costado de un quiosco hacia algo a mi izquierda. Miré en esa dirección y distinguí un grupo de estudiantes de preparatoria.

Una chica con una pollera a cuadros corta, camisa blanca y anteojos de nerd caminaba pavoneándose junto al grupo mientras lamía una paleta de manera sugestiva. Uno de los chicos, con vaqueros rotos y desgastados (muy a la moda), se ajustó el moño y asintió, al tiempo que un hombre apenas mayor hablaba con el grupo.

El hombre mayor tenía barba de candado y vestía una remera de Affliction, vaqueros decorados y una campera gris con capucha. Estaba claro que no se había dado cuenta de que su atuendo había pasado de moda hacía años. Claro que yo no podía hablar mucho de moda. Aún pensaba que los pantalones de camuflaje y las remeras de Old Navy eran geniales, principalmente, porque podía llenar todos los bolsillos con comida y entrarla de contrabando al cine.

El grupo se dividió en parejas y se desparramó en todas direcciones. Crye pareció intrigada por esa acción y abandonó su escondite. Caminó entre la multitud, con la mirada fija en el tipo de la remera de Affliction, o así me pareció desde mi ubicación. *¿Qué le sucede a esa chica?*

Mordí otro bocado de hamburguesa y recordé todas las veces que la había visto merodear por los pasillos desde el comienzo de clases. Ya conocía a sus dos amigos góticos. Ambos habían estado en la escuela, al menos desde mi primer año de secundaria, antes de que se pusieran todo el equipo y el maquillaje. Sin embargo, Crye había entrado a Edenfield High ese año. No tenía idea de cómo se veía ella en realidad. *Tal vez es una loca acosadora.*

Había rumores de que la habían expulsado de la escuela anterior. Me pregunté si había sido porque le gustaba seguir a hombres extraños por el centro comercial. Ya me había picado la curiosidad. Pensé en guardar la comida en la bolsa para poder ponerme de pie y seguir a Crye, pero la película comenzaría en veinte minutos, y quería una buena ubicación. Por otro lado, las intrigas de la vida real me enganchaban casi igual que una película de superhéroes.

Me comí el resto de la hamburguesa y guardé las papas fritas en la bolsa. Tomé la bebida y retiré la silla. Caminar rápido no era mi fuerte, pero Crye y su presa no tenían apuro.

Crye se quedó merodeando una librería, con una novela romántica en la mano, mientras observaba al tipo de la remera de Affliction. El hombre se detuvo frente a un sofá de cuero, justo al entrar a Macy's y lo frotó con la mano. Un vendedor se le acercó, pero una mirada de furia lo hizo frenar en seco. Crye se puso tensa ante el intercambio silencioso.

El vendedor se quedó con la mirada perdida, como en trance. Con una mano desabrochó el pantalón. El cinturón se salió, y los pantalones se cayeron, lo que dejó a la vista una ropa interior blanca ajustada. Se acostó en el sofá, estiró las piernas y se llevó la mano bajo la ropa interior.

El tipo de la remera de Affliction sonrió y retrocedió. Una niña chilló. Una mujer gritó. El vendedor se sacudió y pestañeó como si acabara de despertar de un sueño. Su boca se abrió muy grande por el horror. Se subió los pantalones rápidamente y salió corriendo, mientras la mujer seguía gritándole. *¿Qué demonios fue eso?*

Crye colocó el libro de nuevo en el estante y siguió al de la remera de Affliction. Me mantuve a una distancia segura y los seguí. Antes de llegar muy lejos, sentí una mano en el brazo, que me guio a un pasillo lateral. Apenas tuve tiempo de darme cuenta del cambio de dirección, cuando el rostro demacrado de Randy ocupó toda mi visión.

—¿Comprando libros, Justin? —Mostró unos dientes manchados de rojo—. Déjame adivinar: ¿erótica para masturbarte?

Por un momento, no pude pronunciar palabra, solo un tartamudeo mientras intentaba desesperadamente descubrir qué sucedía.

—¿Qué? —pregunté al fin con un tono arrastrado y estúpido.

Randy me golpeteó la sien con un dedo.

—Eres muy lento, Justin. Pensaba que eras inteligente... antes.

Intenté apartar a Randy, pero bien podría haber intentado mover un búfalo. Su fuerza en el baño no había sido producto de mi imaginación. Me estiré y me contoneé, pero no pude ni mover su pequeño y delgado trasero.

—¿Cómo eres tan fuerte?

—Bueno, no es el ejercicio. —Sus dientes manchados de rojo brillaron —. Si tienes medio cerebro y un poco de imaginación, lo descubrirás. —Hundió un dedo en mi tetilla izquierda. Con la mano ahogó mi grito de dolor—. Eres un debilucho estúpido.

Las lágrimas nublaron mi vista mientras él retorcía el dedo.

—¡Ufff!

La presión cedió. El dolor desapareció. Randy se inclinó hacia adelante y me olfateó el cuello.

—Maldición, estás cerca. Debes estar tardando en desarrollarte, Justin, porque jamás había visto a alguien de tu clase tardar tanto en llegar a la pubertad.

Quitó la mano de mi boca, e intenté recuperar el aliento.

—¿De qué hablas? —Quería correr, pero un par de brazos y manos me acorralaron.

Randy se llevó un dedo al ojo y se quitó una lente de contacto de color. Debajo, el iris parecía rojo. Su ojo comenzó a resplandecer con una luz interna. No brillaba ni destellaba rojo por la luz del techo, sino que resplandecía por sí solo. Me mostró los dientes. Los caninos se extendían en puntas afiladas, casi un centímetro y medio más que los otros dientes.

Otro "¿quééééé?" escapó de mis labios pasmados. *Esto no puede ser real. ¡Esto no puede ser real!*

Randy volvió a colocarse la lente y, de repente, volvía a tener su habitual silueta delgada.

—No te vayas lejos, Justin. —Me palmeó la mejilla—. Tengo planes para tu sangre dulce.

En un abrir y cerrar de ojos, desapareció. Me tambaleé; sentía las rodillas como si fueran gelatina. Caí al piso, contra la pared. Durante varios minutos, ni siquiera pude moverme.

No puede ser real. Tiene que ser alguna clase de truco. Me levanté y respiré profundo. Las papas fritas estaban desparramadas por el piso, y la bebida se había derramado. Los baños estaban un poco más alejados, por el pasillo, así que entré y me eché agua al rostro hasta que me sentí un poco más tranquilo.

"Está jugando conmigo. —Caminé de un lado al otro, frente al espejo—. Los vampiros no son reales. ¡Los malditos vampiros no son reales!".

La puerta de uno de los baños se abrió, y un hombre se asomó con el ceño fruncido y con la mirada recelosa ante el lunático que hablaba solo sobre vampiros. Pasó junto a mí, se lavó rápido las manos y se fue. Miré los demás baños para asegurarme de que estaban vacíos antes de otro monólogo delirante.

"Randy me engañó de alguna manera. Vi decenas de videos con bromas elaboradas y trucos falsos de magia. En uno de esos, un tipo parecía levitar porque estaba sentado sobre una estructura de alambre oculta bajo una túnica. En otro, una chica hacía que sus ojos brillaran por medio de unas lentes de contacto. —Chasqueé los dedos—. No se quitó la lente; fingió hacerlo y se dejó una lente roja. —Fruncí el ceño—. Pero ¿cómo es tan fuerte?". No podía explicar esa parte pero, por otro lado, no había hecho ejercicio en mi vida. Randy podía ser piel y huesos, pero eso no significaba que sus músculos fibrosos no pudiesen ser fuertes.

Me levanté la remera y examiné el moretón que se formaba en la tetilla. Randy podría lastimarme de verdad, a menos que aprendiera a defenderme. Era hora de una renovación. Debía tomar el unicornio por el cuerno y crear mis propios arcoíris porque nadie más lo haría por mí.

CAPÍTULO 8

Mi decisión de dar vuelta la página no comenzó bien. El Capitán Tibbs salió huyendo de la casa apenas abrí la puerta. "Aguarda, ¿adónde vas?". Lo perseguí. Él emitió un maullido cortante.

"Hasta siempre y gracias por el pescado", pareció decir. Desapareció en el seto del vecino. Corrí al otro lado para tratar de encontrarlo, pero el Capitán Tibbs se había esfumado.

"¿Estás bromeando? —grité—. ¡Esta catástrofe arruinó mi sábado!".

El Capitán Tibbs no se conmovió con mi tragedia y no regresó. "Maldición, estoy un poco triste". Me tomé un momento para valorar el breve tiempo que había tenido con mi amigo felino; deseé que no lo atropellara ningún auto, y me dirigí al armario de mi madre por más dinero para financiar mi transformación.

—¿Ejem?

Me di vuelta y encontré a mi madre, quien me miraba con una ceja levantada en señal de pregunta.

—Emmm... ¿Estás en casa?

—¿Estás probándote mis zapatos de taco alto? —Entrecerró los ojos—. ¿Juegas a vestirte con mi ropa mientras no estoy?

—¡No! —Levanté las manos en actitud defensiva—. ¡De ninguna manera! No es por eso que estoy en el armario.

—Hijo, si te gusta hacer eso, está bien. —Mostró una sonrisa—. Te apoyaré en lo que sea.

Sacudí la cabeza con vehemencia.

—Iba a robarte algo de dinero de tu caja de zapatos.

Mi madre frunció el ceño.

—¿Dólares?

Fue mi turno de fruncir el ceño.

—¿Qué otra moneda iba a ser?

Ella pestañeó.

—Ah, claro. ¿Para qué lo necesitas?

—Para anotarme en un gimnasio y quizás para algo de ropa.

Mi madre asintió.

—Está bien, cariño. —Me hizo señas para que me acercara y tomó mi mano—. Pero primero debemos hablar.

Tragué saliva ante el tono de su voz.

—¿Sobre qué?

Me hizo salir del armario (literalmente, no en sentido figurado) y me llevó a la sala de estar, donde nos sentamos en el horrible sofá a cuadros.

—Debo irme de viaje por un tiempo largo. Tal vez no regrese en varias semanas.

—¿Otro viaje a China? —indagué.

Ella asintió.

—Significa que me perderé tu cumpleaños el próximo sábado.

Intenté no mostrar mi decepción.

—Lo comprendo.

—Pensé que podríamos celebrar esta noche, en su lugar. —Me tocó la mano—. ¿Estaría bien?

Las nubes que se formaban en mi horizonte se disiparon.

—Sería genial.

—¡Excelente! Decide dónde quieres comer, e iremos, ¿de acuerdo?

—¡Fantástico! —Me froté las manos con alegría, pensando en las posibilidades—. Aguarda, ¿papá vendrá a casa esta noche?

Mi madre asintió.

—Se lo ordené.

Levanté el puño en el aire.

—¡Iujuuu!

Me besó la mejilla y frunció el ceño.

—¿Ocurrió algo hoy?

—Por favor, no empieces con lo del aura, mamá. ¿Por favor?

Me tocó la frente con la mano fresca. Frunció los labios, pero no me presionó.

—Bien. Tengo trabajo que hacer. —Se puso de pie y se dirigió a su oficina.

Cuando mi padre llegó a casa, elegí una parrilla para que fuéramos a cenar. Después, fuimos a tomar un helado y caminamos alrededor de la plaza de Decatur. Estaba pasándolo tan bien que, por un rato, me olvidé de mis problemas.

Llegó el domingo, y me pasé el día en pijamas, jugando a los videojuegos. Pensé en el gimnasio, pero la postergación se sentía mucho mejor que romperme el lomo en un salón de pesas. A medida que la noche del domingo oscurecía el cielo, la realidad del lunes acechaba como una sombra en la oscuridad. Había intentado poner una buena cara, pero el video de mi pelea tenía cientos de visitas y comentarios.

La mayoría no eran amistosos para conmigo. La única persona de la que esperaba que hablara bien de mí no lo había hecho. Katie guardó silencio al respecto. Luego descubrí por qué.

Me había quitado de su lista de amigos en Facebook y me había bloqueado, al igual que lo habían hecho Mark, Harry y una decena de personas más. De los pocos estudiantes que me quedaban en la lista de amigos, solo Jimmy Buttafuoco había dicho que yo era genial por haberme defendido por mi cuenta. No estaba haciéndome ningún favor, ya que él había salido ganador en la votación de quién tenía más probabilidades de convertirse en pedófilo.

Yo me había defendido de un bravucón y, ¿cuál era mi recompensa?, ser un paria social.

Llegó el lunes, y la angustia en el pecho se hizo más evidente; era como una criatura malévola cuyas garras se clavaban en mis entrañas, corazón y miembros. No podía pensar con claridad. Decidí tomar el auto de mi padre, ya que el autobús escolar sería una pesadilla total.

Al entrar a la escuela, todos parecían girar la cabeza hacia mí. Evité el gimnasio como si fuera la plaga y me quedé en un pasillo vacío.

En clase, Jenny me mostró una sonrisa maliciosa y sacudió la cabeza.

—Mira, ¡es Rocky!

Annie rio.

—Al acosador le patearon el trasero.

Resoplé.

—¿Vieron el mismo video que yo? Lo noqueé.

—¡Ja! —Jenny sonrió con superioridad—. Diste un puñetazo con suerte.

—Bah, como sea. —Sacudí la mano con desdén e intenté fingir que no pasaba nada.

—Qué idiota —comentó Annie—. Obligar a Katie a besarte... Me alegra que Brad te pateara el trasero.

—Y bla, bla, bla, ¡melodrama de escuela secundaria! —Extendí las manos como en un musical de jazz y las sacudí para causar mayor efecto. *¿Qué diablos dijo Katie sobre nuestro beso?* Volteé en mi asiento e intenté ignorarlas, pero seguían pinchándome con apodos y con insultos.

Mi visión se volvió borrosa e hice una mueca a la espera de otro dolor de cabeza. En su lugar, el salón volvió a quedar en foco, y mi cabeza solo me zumbó por una fracción de segundo. Sin embargo, me dolía la mano. Estaba sujetando algo con mucha fuerza. Al examinarlo de cerca, me di cuenta de que sostenía la esquina arrancada de mi pupitre. Me apresuré a arrojarla dentro de la mochila, antes de que alguien notara el acto de vandalismo. *Debo estar volviéndome loco.* Sonó el timbre y salí a toda prisa.

A la hora del almuerzo, descubrí cómo se sentía Andy Dudowitz, el chico increíblemente obeso. Él y su fuerte olor corporal ocupaban una mesa en la esquina, toda para ellos solos porque nadie quería estar a una distancia desde la que pudiera olerlo. Ni siquiera pude encontrar un asiento. Todos me bloqueaban el paso con miradas furiosas o con risas burlonas. Hasta Andy sacudió su enorme cabeza cuando miré hacia su lado. Mark y Harry me observaban con una ira oscura. Estaba seguro de que, a esa altura, hasta las señoras que se encargaban del comedor me rechazarían.

Crye llamó mi atención con un movimiento del dedo. Me dirigí a ella con ciertas dudas. Ese día ella tenía suficientes *piercings* de metal en su nariz, boca, orejas y lengua para construir un buque de guerra. Junto a ella estaba sentado un chico bajo, con una cantidad peligrosa de sombra de ojos y una cresta de color rojo, que caía hacia un costado. A su lado, había un chico asiático con el pelo grueso negro, peinado en puntas, y delineador, que irradiaba como pintura de guerra bajo los ojos.

Me senté algo incómodo junto a Crye. Si ella estornudaba, el metal que saldría volando me mataría.

—Hola. —El gancho que tenía en la boca repiqueteó contra sus dientes.

Intenté no tener arcadas.

—Excelente trabajo con Brad, amigo —comentó el asiático gótico— Soy Ash Falls. —Codeó al chico de la cresta—: Él es Nyte Cradle.

—N-y-t-e —deletreó Nyte.

Yo ya sabía cómo deletrear sus nombres porque Crye los había escrito en letras góticas deprimentes en un cuaderno titulado "Poemas de almas oscuras".

—¿De dónde sacaron esos nombres?

—Son nuestros nombres verdaderos —afirmó Crye con tono misterioso —. Tú tienes el tuyo, que espera salir de la oscuridad de tu alma.

Solté un suspiro.

—El mío, probablemente, sea "Porquería Olorosa".

Crye rio disimuladamente.

—Qué bien. Por cierto, bromeaba acerca de lo de nuestros nombres verdaderos. Nos gusta actuar de manera rara y misteriosa porque es lo que todos esperan.

Nyte y Ash rieron.

—Es genial verse angustiado y diferente —señaló Ash— pero, principalmente, odiamos a las personas porque son idiotas.

Nyte chasqueó los dedos.

—Bingo.

—Nada más cierto. —Sonreí—. ¿También debo usar maquillaje en los ojos?

Ash rio.

—Sí; cuanto más uses, mejor.

Parte de mí quería preguntarle a Crye por qué había seguido a ese tipo en el centro comercial, pero no quería alejar a las únicas personas que me habían permitido sentarme a su mesa durante el almuerzo.

A pesar del desaire de toda la población de la escuela secundaria, no estaba listo para cambiar mis pantalones de camuflaje y mis zapatillas por pantalones negros de cuero y zapatos con plataforma. Al menos tenía a alguien con quien hablar y con quien sentarme, aun si estaban un poco tocados y daban escalofríos. Por otro lado, eso me describía a la perfección.

Al salir del comedor, me topé con un muro de carne; reboté y caí al piso. Levanté la vista, y vi a Nathan Spelman.

—Oh, estás disculpado. —Nathan me sonrió con suficiencia. Intenté levantarme, pero me apoyó la mano sobre la cabeza y me obligó a sentarme—. Bueno, bueno. —Se agachó, manteniendo la palma sudorosa sobre mi cabeza, mientras otros estudiantes pasaban caminando con ojos grandes o sonrisas amplias, dependiendo de su opinión actual sobre mí—. Quiero dejar algo bien en claro, chico acosador: si te acercas a menos de treinta metros de Katie Johnson, te arrastraré de un extremo al otro del pasillo. No quedará suficiente de ti ni para poner dentro de un balde.

—¿Tú puedes acosar a Katie, pero yo no? —No podía creer lo que yo acababa de decir. Algo andaba mal conmigo. Necesitaba hacerme ver antes de que alguien me arrancara los dientes. Aunque ese momento podría estar cerca.

Nathan me dio una palmada al costado de la cabeza. Tal vez para él era una palmada cariñosa. Sentí que mi cerebro chocaba contra el cráneo, y las estrellas bailaban frente a mis ojos.

—Será mejor que mantengas la boca cerrada sobre cosas que no comprendes.

La ira creció en mi pecho, y las próximas palabras solo salieron de mi boca:

—Probablemente, tengas razón. No comprendo a los violadores.

De repente, yo estaba boca abajo mirando una mancha de sangre en la baldosa. Ya no tenía los anteojos. Alguien gritó. Una voz autoritaria rugió que todos se callaran y que continuaran caminando. Me apoyé sobre las rodillas y vi una figura borrosa parada frente a mí. Encontré los anteojos a unos centímetros de distancia de la mancha de sangre y me los puse. La silueta borrosa se convirtió en el rostro de Ted Barnes, el vicedirector.

—Ve a la enfermería, chico. —Señaló en esa dirección.

Gruñí y busqué a Nathan. Había desaparecido.

—Nathan Spelman acaba de golpearme.

—Qué gracioso, parece que te resbalaste y caíste. Ahora, ve a limpiarte.

—¿Es una broma? Apuesto a que él tiene uno de mis dientes incrustado en el puño.

—¿Quieres que te suspendan, chico? —Retrocedí cuando el señor Barnes y su cabeza calva invadieron mi espacio personal—. Te sugiero que me escuches.

No tomó mucho tiempo para que la papilla gris a la que llamaba "cerebro" viera hacia dónde iba eso. El señor Barnes era miembro del Club de los Mariscales de Campo. Yo no había hecho muchos amigos al haber enfrentado a Nathan. El señor Barnes no me daría un respiro, en especial cuando se trataba de un jugador de fútbol americano.

Apreté los labios para no decir otra estupidez. El labio superior me dolía terriblemente, pero la mandíbula parecía estar bien. Pasé la lengua por los dientes y no encontré ningún agujero inesperado ni piezas flojas. En lugar de ir a la enfermería, fui al baño. Al entrar, casi esperaba que una pandilla de motociclistas se abalanzara sobre mí.

Después de haberme lavado la sangre, me contemplé en el espejo por un largo rato. El pelo lacio y grasoso caía por mis hombros. Tenía los anteojos rayados y maltrechos, puestos torcidos sobre la nariz. Mi labio partido se veía como el padre de todos los brotes de herpes labial. Mi rostro ceniciento y regordete necesitaba un bronceado.

"Maldición, me veo terrible". Me saqué los anteojos y los limpié con la remera. Era difícil no sentir pena por mí mismo. Era difícil no sentirme inútil e indeseado. Estaba de acuerdo con Crye: odiaba a las personas. No a todas. Solo a los bravucones, a las melodramáticas y a las ovejas que los seguían.

El señor Turpin levantó una ceja cuando entré a la clase de Inglés.

—¿Tuvo un accidente, señor Case?

—Intenté moler a golpes a un puño con mi rostro.

—Ya veo. —Me contempló por un momento y luego comenzó con la clase.

Me pregunté cómo un tipo podía pasar de boxear un día a enseñar Inglés al siguiente. Tal vez no había recibido muchos golpes en la cabeza, o tal vez Inglés no era algo que requiriera muchas neuronas para enseñarlo (ni para aprenderlo, para el caso). Cuando sonó el timbre, el señor Turpin me hizo señas para que me acercara a su escritorio.

—Supongo que el señor Spelman y los de su clase son la causa de su labio ensangrentado.

—Más o menos.

—No importa lo grandes que sean si usted los golpea primero.

Guau, qué información tan útil.

—Em, gracias. —Me acerqué a la puerta—. Lo recordaré. —Caminé por el pasillo sacudiendo la cabeza. ¿Cómo diablos se suponía que yo golpearía a los tipos grandes? ¿Qué significaba eso? Viejo boxeador loco. Lo que debió haberme dicho era que hiciera ejercicio hasta tener músculos enormes y que luego golpeara a Nathan en la nariz con una nudillera.

Mantuve la cabeza gacha durante el resto del día y logré sobrevivir sin otro incidente. Cuando llegué a casa, mi padre aún no había regresado, y mi madre ya se había ido a China.

Hileras de alimentos enlatados cubrían la despensa, y los envases de jugo luchaban con las cervezas artesanales de mi padre por un lugar en el refrigerador. Tomé uno de frambuesa azul y bebí la mitad sin respirar. Me detuve y observé el cartón de líquido azucarado; luego, fui al baño y contemplé mi rostro obeso. Mi pelo grasiento. Mi ropa enorme.

A pesar de todo lo que me había pasado, allí estaba, de regreso a los viejos hábitos. No tenía ninguna oportunidad contra Randy ni Nathan en mi estado actual, y solo veía diabetes en mi futuro cercano. Estaba cómodo conmigo mismo, pero ¿era saludable quedarme así cuando alguien como Randy podía patearme el trasero?

Sacudí la cabeza. "No, no puedo hacerle esto a mi cuerpo". Fui a la cocina y arrojé el jugo a la basura. Abrí el refrigerador, acerqué el cubo de la basura y tiré todos los que había. Adoraba a mis padres, pero ellos me posibilitaban quedarme en ese estado poco saludable.

"¡Ya no más! —Levanté un puño en el aire—. ¡Quedaré como nuevo!".

Hora de despedir lo viejo y de recibir lo nuevo.

CAPÍTULO 9

"Cambio" es una palabra fácil de decir, pero complicada de cumplir. Por lo tanto, comencé con algo sencillo y armé una lista de tareas en la computadora:

- Anotarme en un gimnasio.
- Cortarme el pelo.
- Comprar ropa nueva.

La lista se veía muy vacía en la amplia pantalla, pero al menos era un comienzo. Era particularmente lamentable, considerando que me había quedado despierto casi toda la noche redactándola e investigando. Una vez había oído a alguien decir en televisión: "Todo se trata de GBL: gimnasio, bronceado, lavandería". En ese momento, parecía un consejo muy superficial. Pero tal vez tenía razón. Me veía como un cerdo desaliñado y me sentía horrible. ¿Por qué les agradaría a los demás?

Fui al armario de mi madre y volví a saquear la caja de zapatos. Como a ella no le había importado cuando me había atrapado antes, vacié la mitad de la caja y guardé el efectivo detrás del panel falso que había construido en la pared de mi armario hacía un par de años. El dinero no me daría felicidad, pero podía financiar una transformación.

Eran las dos de la mañana cuando por fin me dormí.

AL DÍA SIGUIENTE, durante clase, cabeceaba cada pocos minutos. De hecho, en la primera hora de clase, golpeé el pupitre con el rostro, algo que divirtió a Jenny y a Annie sin parar. Sentía los párpados como si tuviesen hadas del sueño diminutas, pero regordetas, colgadas de las pestañas para mantenerlos cerrados. Me pareció que debía haber dicho algo al respecto mientras estaba medio dormido porque Nancy Sanders me preguntó si las hadas de los sueños daban dinero por pestañas. Luego, rio a carcajadas. A nuestro profesor de Literatura no lo divirtió tanto.

En el almuerzo, me senté junto a Crye y al resto del grupo.

—Hola. —Esperaba que no hubiesen cambiado de opinión sobre dejarme sentarme en su mesa.

—Hola. —Crye bostezó con tanta fuerza y con la boca tan abierta que la mandíbula hizo ruido. Al parecer, no era el único que se quedaba despierto hasta altas horas de la noche. Ni siquiera el maquillaje blanco ni los anillos oscuros de delineador podían ocultar las ojeras.

Ash me observó.

—¿Fuiste a una fiesta o algo así anoche?

—No. Solo estuve leyendo mucho. —Mordí un trozo cuadrado de pizza vieja y me obligué a tragarla, mientras meditaba sobre la lista que había hecho—. ¿Creen que me vería mejor si me cortara el pelo? —Ash se encogió de hombros. Crye se puso de pie y rodeó la mesa. Su vestido negro de la época victoriana crujía al caminar. Entrelazó algunos mechones de mi pelo en sus dedos y olfateó. Sus ojos violeta parecían atravesarme con la mirada. No eran del color pacífico de las flores, sino de un color brillante, intenso, y lleno de vida, a pesar de las ojeras—. ¿Usas lentes de contacto? —pregunté. No podía dejar de observar esos increíbles iris.

Ella salió de su ensimismamiento.

—Sí... sí, claro. Nadie tiene ojos de este color.

—Se ven geniales —afirmé sin convicción. Casi había dicho: "Hermosos", pero supuse que eso habría sido llevarlo al extremo.

Crye se quedó observando mi pelo como alguien que echaba las cartas de tarot se quedaría observando la fortuna.

—Tu pelo es un desastre.

—Lo sé, pero...

Ella apoyó un dedo sobre mis labios y sacudió la cabeza, así que cerré la boca. A veces, lo más difícil de pedir un consejo es tomárselo a pecho. Yo había hecho las cosas a mi manera durante demasiado tiempo y, ¿adónde me había llevado?: a confiar en una chica gótica para consejos sobre moda.

Crye sostuvo mi pelo en alto. Miró a Ash, a Nyte y luego a mí, y refunfuñó como un médico que acababa de descubrir una posible anomalía peligrosa en el escaneo cerebral de alguien.

—Tienes pelo grueso. Creo que deberías cortártelo a unos quince centímetros y dejártelo parado.

—¿Tener el pelo parado?

—Su madre tiene una peluquería elegante. Yo oiría su consejo —opinó Ash.

Ese día, Crye tenía su largo pelo negro peinado con una raya al medio, como la matriarca de la familia Addams. El día anterior, había llevado dos colitas con moños rosa. Si no fuera por los *piercings* con aspecto de metralla en todo el rostro y por el maquillaje blanco cadavérico, podría verse bonita. Yo podía soportar casi todo, excepto los ganchos en la nariz y en la lengua. Los problemas higiénicos que podrían presentar me hacían querer vomitar.

—Puedo conseguirte un descuento de amigo —ofreció ella.

Se me hizo un nudo en la garganta. No podía comprender qué había hecho para merecer un descuento de amigo por parte de personas a las que, hasta hacía un día, miraba por encima del hombro. No había hecho nada para merecer su amabilidad, excepto haberme convertido en un marginado social. Me aclaré la garganta, pero mi respuesta igualmente sonó un poco áspera:

—Gracias —expresé—. Lo haré. —Le di mi número de teléfono y me fui a clase.

Después de la escuela, fui al gimnasio por el que había pasado un millón de veces de camino a casa y consulté por un entrenador personal.

—Quiero a alguien que pueda ponerme en forma —le comenté al chico delgado que me registró. Esperaba que él no fuera entrenador. Sus brazos parecían fideos, y su panza redonda se sacudía bajo la remera.

Frunció los labios y me miró de arriba abajo.

—Conozco a la persona indicada.

Eché un vistazo alrededor y advertí a varias personas con la misma camiseta azul; luego, señalé a un hombre negro con brazos más gruesos que la cintura del chico.

—¿Qué tal él?

—¿George? —Chasqueó la lengua—. Tiene todos los turnos ocupados. Puedo ponerte en lista de espera.

Estudié la zona, pero los demás entrenadores se veían tan fuera de forma como los clientes. No perdería ni tiempo ni dinero. Necesitaba resultados.

—Sí, anótame en lista de espera, por favor.

—Mientras tanto, te pondré con Vic.

"Vic" sonaba como el nombre de un italiano moreno de Nueva Jersey. Un tipo que podría enseñarme la experiencia de la calle al tiempo que me ayudaba a conseguir abdominales tallados.

—Suena bien, gracias.

Pagué dos meses por adelantado y esperaba que, para entonces, ya sabría qué hacer y no necesitaría un entrenador. Tal vez a mis padres no les gustaría que estuviese robándoles sus ahorros todo el tiempo. Por otro lado, quizás me pagarían el gimnasio si tan solo se los pidiera.

—¿Por qué no te preparas? —sugirió el chico—. Buscaré a Vic.

—Claro. —Entré al vestuario y casi me tropecé con el trasero desnudo y arrugado de un anciano. Tenía un pie sobre el banco, el otro en el piso, y estaba inspeccionando su escroto colgante.

—Sí, eso es una distensión en la ingle, Frank. —Observó al otro hombre con tristeza y sacudió la cabeza—. ¡No sé cómo las mujeres usan ese maldito aparato para ejercitar las piernas!

Rodeé un grupo de casilleros en busca de privacidad y me cambié rápidamente. Me puse unos pantalones cortos y una musculosa para mostrar mis brazos regordetes. Me contemplé en el espejo, haciendo flexiones de músculos y gruñendo. Una cosa era segura: era más lo que tenía caído que lo que sobresalía, excepto la panza. Me levanté la remera y sujeté un rollo pálido de piel gelatinosa. Mi ombligo era lo suficientemente profundo como para almacenar cinco monedas de diez centavos. Mis tetillas colgaban como los testículos del anciano.

Vic tiene trabajo por delante.

Salí del vestuario y busqué a alguien que encajara con el perfil de matón de bajo nivel de una familia mafiosa de Nueva Jersey, antes de darme por vencido y de acercarme al mostrador de los entrenadores. Una pelirroja con abdominales marcados y con suficientes pecas para formar constelaciones en su rostro (que, de otro modo, sería olvidable) levantó la vista cuando me acerqué.

—Estoy buscando a Vic.

—Soy yo. —Me mostró una sonrisa pecosa—. ¿Justin?

—Sí. —Intenté no revelar mi decepción. Necesitaba a alguien como George para que me pusiera en forma, no a una reina de los aeróbicos. Esperaba que la lista de espera de él no fuese muy larga—. ¿Cómo consigue una chica un nombre como "Vic"?

—Es por "Victoria". —Se encogió de hombros—. Puedes llamarme de cualquiera de las dos formas. Solo no me llames "Vicky": no lo soporto.

Se paró de un salto y me hizo señas para que la siguiera. Después del temido pesaje, ella calculó mi porcentaje de grasa corporal con un calibrador y luego con un aparato electrónico que sostuve entre mis manos. Creí que lo había llevado al límite. Luego, me midió los bíceps, el torso, la cintura y las piernas. Para cuando terminamos, había pasado la mitad de la sesión de treinta minutos, y el deseo de levantar pesas activó mi boca:

—¿Para qué es todo esto? —inquirí.

—Estamos estableciendo una base —explicó—. De lo contrario, no podremos medir el progreso. —Observó los datos que había recogido y sacudió la cabeza—. Además, no durarás más de diez minutos,

—Cielos, gracias.

Seis minutos más tarde, el sudor empapaba mi ropa. Tambaleé sin rumbo fijo, atontado por la agonía de la falta de aliento, listo para caer muerto al piso. Victoria me hizo caminar de un lado al otro, hasta que los calambres de los costados desaparecieron. En definitiva, no había superado sus expectativas. En el ejercicio de press de banca, me costó levantar unos escasos cuarenta y cinco kilos. No había podido hacer ni una sola dominada, ni siquiera en la máquina de dominadas asistidas. Casi me desgarré un músculo al hacer press militar, y me caí de espaldas al intentar levantar una pesa de cinco kilos en cuclillas. Otros clientes cercanos parecían tanto indignados como entretenidos.

—Es normal hacerlo terrible el primer día en el gimnasio —comentó Vic en un tono no muy tranquilizador—. Dentro de un mes, lo harás mucho mejor.

—Dentro de un mes estaré muerto. —Sentía como si fuera a darme un síncope en cualquier momento.

—Bebe ocho litros de agua entre ahora y mañana. —Me entregó una hoja—. Preparé una lista de los alimentos que puedes consumir. Aléjate de todo lo demás.

Revisé la lista: pechugas de pollo, pesca fresca, productos integrales y todas las verduras verdes que quisiera.

—No sé cocinar.

—Es fácil. Solo debes asar las pechugas de pollo. Busca recetas en Google, y estarás bien.

—¿Qué hay sobre comidas sin grasa para microondas?

—De ninguna manera. Todo lo procesado es basura. ¿Has visto toda la agonía por la que pasaste hoy?

—Sí.

—¿Quieres que sea en vano? No miento cuando digo que el ochenta por ciento de la composición corporal es lo que comes. El ejercicio puede hacer una parte. Entra basura, sale basura.

Suspiré.

—De acuerdo. Haré lo que sea.

Me mostró unos dientes muy blancos.

—Te veré el miércoles. Descansa bien hasta entonces.

Bebí lo que me parecieron cuatro litros de agua del bebedero antes de irme y aún tenía sed. Me di vuelta para irme, así mi trasero gordo no impediría que otras almas sedientas pudieran disfrutar un trago, y choqué con una linda chica en calzas cortas ajustadas y remera amarilla sin mangas. La tela se pegaba a unas curvas infartantes.

—Lo siento. —Intenté apartarme de su camino.

—Se te ve muy comprometido —comentó con acento británico—. Es muy asombroso, amigo.

—Ese soy yo —respondí—. De cero a cien por ciento comprometido en diez minutos. —Me pregunté si estaba burlándose de mí.

Ella rio en un tono bajo, sensual y que agitaba las hormonas. Era menuda pero musculosa y algo más baja que yo. Llevaba el pelo rubio en un rodete ajustado. Un color rosado acentuaba su piel blanca. Si había estado haciendo ejercicio, no se notaba. Ni un leve brillo de sudor relucía en el cuerpo.

—Soy Stacey. —Extendió una mano.

La tomé y noté lo cálida que se sentía.

—Soy Justin.

—Eres bastante atractivo. —Me recorrió el brazo con un dedo. Se me levantaron los pelos de la nuca. Mi visión se alteró como si alguien hubiera puesto una imagen en una bandita elástica, la hubiera estirado y luego la hubiese soltado. Dos rubias sensuales me sonreían y quedaban fuera de foco. Me masajeé la frente y me froté los ojos por debajo de los anteojos, intentando mantener a raya el dolor de cabeza inevitable—. ¿Te encuentras bien?

Me sujeté el puente de la nariz y abrí los ojos. El mareo desapareció y recuperé la visión. Miré sus ojos de color ámbar. Las pupilas no eran redondas. Eran como tajos verticales. Me masajeé los párpados, convencido de que mi visión se había vuelto loca.

—Solo un dolor de cabeza —contesté—. Debe ser alguna alergia.

—Estaba por irme —señaló ella—. ¿Serías tan amable de acompañarme a mi carruaje motorizado… a mi automóvil?

—Claro —expresé de un modo muy calmado y experimentado, como para no revelar la repentina oleada de hormonas que amenazaban con abrumarme en ese mismo instante. ¡Una sesión de ejercicios y ya tenía a una muñeca detrás de mí! Las cosas estaban mejorando.

De acuerdo: probablemente, estaba vendiendo la piel del oso antes de cazarlo (y tal vez antes de que el oso naciera), pero la ardua sesión de ejercicios, combinada con el repentino flujo de testosterona, me hacían peligrosamente engreído. Tomé las llaves del casillero y me obligué a caminar con serenidad, aunque tenía la vaga sospecha de que ella ya no estaría para cuando yo saliera. Cuando regresé, ella continuaba allí. *Sorprendente.* Mostró sus dientes blancos como perlas mediante una amplia sonrisa, que casi provocó un accidente en mis pantalones. Salimos a la noche otoñal, agradablemente fresca.

—Esta época del año es encantadora. —Stacey respiró profundo. Esperaba que no captase un leve rastro de mi olor corporal. Me tomó del brazo y volvió a inspirar profundo—. Hueles delicioso. Tan dulce…

¿*Dulce?* ¿No había dicho lo mismo Randy?

Su toque sensual apartó todo pensamiento de mi mente. Ajusté la remera para ocultar el poste para carpas, que intentaba recrear la aldea de los pitufos con mis pantalones cortos.

—Sí, es una gran época del año. —Caminamos hacia el estacionamiento lateral del edificio. Me pregunté si tal vez debería invitarla a comer algo cuando sentí como si una lija cálida y húmeda subiera por mi brazo hasta el hombro. Dirigí la mirada hacia ese hombro. Stacey estaba lamiéndolo.

—¿Qué estás haciendo? —Me aparté de ella. No era que me importara que una chica me lamiera, pero algo se sentía muy raro con su lengua.

Me tomó de la barbilla y me obligó a mirarla a los ojos. Las pupilas, que parecían tajos verticales, se ensancharon en remolinos de agua sin fondo. Mi conciencia se esfumó. Mi visión volvió a aclararse y tambaleé hacia atrás, lo que rompió el trance hipnótico de sus ojos.

—Los de tu clase son tan deliciosos... —ronroneó Stacey—. Tan dulces... Pero tan difíciles de convencer...

—¿Mi clase de qué? —Retrocedí. Unos hilos de miedo se esparcían por mi estómago, hacia el pecho—. ¿Chicos gordos sudorosos? —*¿Estoy alucinando otra vez, o esto es real?*

Ella mostró los dientes como un león a punto de atacar.

Corrí.

CAPÍTULO 10

Por lo general, no huía de chicas hermosas, pero esa vez hice una excepción. Algo andaba muy mal con esa mujer. Jadeaba y resoplaba mientras me dirigía a toda prisa hasta el auto, que estaba cerca del fondo del oscuro estacionamiento. Miré detrás de mí. No se veía a Stacey por ninguna parte. Me detuve y me doblé en dos: sentí un tirón agudo que me pinchaba el costado.

Resollaba como un chihuahua de tres patas en una carrera de galgos. Mis piernas se sentían como caucho fundido. Cada músculo suplicaba alivio. Maldije a Victoria y su sesión intensa de ejercicios. Maldije mi terrible estado físico y examiné el estacionamiento del gimnasio en busca de alguna señal de Stacey. ¿Era una broma? ¿Uno de los que me odiaban estaba jugándome una broma?

La furia arrasaba con el miedo en mi interior. Apreté los dientes. Podía apostar a que, para cuando regresara a casa, habría un video en YouTube del gordo Justin mientras huía de una chica linda. *¡Esos malnacidos!* Miré a mi alrededor por última vez, pero Stacey (si ese era su verdadero nombre) había desaparecido. Me sujeté el costado, donde sentía el tirón, y cojeé hacia el automóvil.

Una mano cálida me tocó el cuello. Chillé como un gato con daño cerebral. Stacey estaba de pie frente a mí. *Genial.* Ahora tendrían un video de mí en el que estaría gritando.

—¿Crees que esto es gracioso? —grité—. ¿Quién te envió a hacer esto? ¿Katie? ¿Brad? ¿Harry? ¿Randy? ¿Cthulhu?

Los gruesos labios rojos de Stacey se estiraron en una sonrisa lánguida. Las pupilas negras dividieron de manera vertical un mar de ámbar. Quienquiera que la había maquillado había hecho un gran trabajo. De verdad, necesitaba que me ayudaran para Halloween.

—Desconozco a esas personas a las que haces mención. Tal vez podamos continuar esta conversación en un lugar más cómodo. —Su acento británico se volvió más cortado y correcto que antes, lo que la hacía más escalofriante.

—Ja, ja. —Fingí un acento británico—. ¡Y yo soy el temido pirata Roberts, bribona! —Giré para alejarme.

Me sujetó con fuerza del brazo y me hizo voltear. Stacey mostró los dientes y me sujetó contra una camioneta negra. Forcejeé inútilmente. Imágenes de Randy en el centro comercial cruzaron por mi cabeza.

La sonrisa de ella se amplió para mostrar caninos largos y afilados. No, esa mujer no estaba utilizando maquillaje ni trucos de luces. Era fuerte como un buey. Sus pupilas de felino se dilataron. Los lentes de contacto no harían eso. Tal vez Randy no había estado fingiendo. Tal vez los vampiros eran reales. *¡Por todos los demonios!* Estaba a punto de morir o de ponerme condenadamente anémico.

—Hueles delicioso —comentó Stacey—. Es una lástima que no haya podido convencerte de acompañarme a casa. Me encantaría tomarme el tiempo contigo. Tu clase es excepcional, mucho mejor que la presa ordinaria. Tan pura y emocional... —No tenía idea de qué diablos quería decir con "presa". Dentro de poco no importaría. Mi historial con las mujeres estaba por empeorar de manera notable. O quizás que te chupara la sangre una diosa vampírica era una buena forma de dejar el mundo. Excepto que no podría alardear al respecto, lo que era un poco deprimente—. Shhh... Solo relájate. —Stacey se mojó los labios—. Te prometo que lo disfrutarás.

Intenté liberarme.

—¡Vas a matarme!

Ella sacudió la cabeza.

—No, no soy una asesina, pero adoro el miedo. —Me apretó los hombros contra la camioneta. Luché como un ratón bajo la garra de un gato, pero bien podría estar sujetado por barras de acero. Ella presionó su nariz fina sobre mi cuello e inspiró profundo—. Qué polluelo tan tierno... —Volvió a lamerme con su lengua de lija. Me pregunté si eso era lo mismo que oler un pastel de manzana caliente antes de devorarlo.

—Tal vez sea mi desodorante corporal Axe. —Me temblaba la voz, y mi cuerpo se sacudía. Recurrí a toda la fuerza de voluntad que me quedaba e incrusté la rodilla en su estómago. Esta se encontró con una placa de acero. Solté un chillido. La chica debía hacer una tonelada de abdominales.

Ella rio.

—Cuánto espíritu. Cuánto miedo. —Frotaba la nariz sobre mi oreja con actitud juguetona. Cuanto más rápido martilleaba mi corazón en el pecho, más fuerte ronroneaba ella de felicidad.

—¿Qué eres? ¿Una vampira?

Ella soltó una carcajada profunda.

—Mi pequeño cordero, eres tan precoz... —Sus labios ardientes oprimieron mi cuello y subieron hasta mi oreja, dejando un rastro de piel erizada. Me mordisqueó el lóbulo. Esperaba la punzada filosa de esos colmillos en cualquier momento.

Stacey me miró con los ojos entrecerrados. El ronroneo se hizo más fuerte, y sus ojos se agrandaron hasta que pareció observar mi alma con esas lunas luminosas de color ámbar. Algo tironeaba de mi miedo, como si fuera un pez que nadaba en un mar de emociones. Parte de mí resistía ese tironeo sacudiéndose y agitándose. Otra parte se regocijaba en el puro éxtasis del momento. Pero el calor entumecedor solo aumentó el terror que sacudía mi corazón dentro de la caja torácica. Luché con más fuerza, pero mi voluntad flaqueó. Esos ojos tenían la gravedad de las estrellas, y yo era un planeta indefenso a punto de ser succionado hacia la perdición.

Algo vaporoso emergió de mis ojos hacia ella, como un túnel de luz blanca neblinosa. El terror ahogó un grito en mi garganta. La luz resistió el tironeo y disminuyó la velocidad. La tensión volvió a aumentar, y el terror en mi corazón llegó al pico máximo. La luz llegó a los ojos de ella.

Unos fuegos artificiales explotaron en nuestros rostros. Rojo, verde y azul resplandecían como la destrucción de una estrella diminuta entre nuestras narices.

Stacey salió disparada hacia atrás, golpeó contra el costado de un BMW blanco y dejó una abolladura con su silueta en la puerta. Cayó al piso gritando y cubriéndose el rostro chamuscado. Sentí mi rostro como si se hubiera quemado por el sol pero, por algún motivo, la explosión no me había tocado.

Mientras ella se retorcía en el asfalto gimoteando de manera patética, la pateé. No era algo propio de caballeros, pero no me importaba. Sin embargo, fue una mala decisión: mi pie se encontró con una caja torácica de hierro y crujió.

Grité y comencé saltar en un pie. A menos que consiguiera un lanzacohetes, no lograría hacer nada para lastimar a esa vampira. Entonces, hice lo único que podía hacer: cojeé muy muy rápido hasta el auto, lloriqueando por el dolor de un posible pie roto, mientras los aullidos de gato mojado de Stacey resonaban en el aire frío de la noche. Aceleré el Jetta y salí a toda velocidad, como si unos demonios me persiguieran.

A mitad de camino a casa, rompí en llanto. "Esto no puede estar sucediendo. No pudo suceder. Estoy volviéndome loco. Estoy loco. ¡Estoy condenadamente loco!". Los ojos me ardían y se llenaban de lágrimas. La visión se tornó borrosa. El cerebro palpitaba. Me sentía como ebrio o drogado, o ambos. La visión volvió a la normalidad.

Doblé en una esquina justo cuando una mujer embarazada comenzó a cruzar la calle frente a mí. Su rostro se iluminó con los faroles. Clavé los frenos, pero era demasiado tarde. Cerré los ojos con fuerza y esperé el golpe del cuerpo sobre el metal. El sonido nunca llegó. Bajé del auto y tambaleé hasta rodearlo. No había cuerpo. No había señales de nadie. ¡Pero una mujer había estado allí! Su rostro... ¡por todos los cielos!... su rostro. Se parecía mucho a mi madre. Regresé al auto, y mi visión se tornó borrosa otra vez. Alucinaciones otra vez. Estaba perdiendo la cordura.

Un bebé lloraba a la distancia. Intenté distinguir el sonido, pero provenía de todas las direcciones. Una mujer gritó. Algo inhumano perforó el aire con un rugido de pura agonía. ¿Qué sucedía? *Estoy volviéndome loco; eso es lo que sucede.* Volví a poner el auto en marcha.

De alguna manera, logré llegar a casa, aunque casi me estrellé contra el buzón. Me bajé y tambaleé hasta la puerta. Esperaba ver a la loca Stacey corriendo como una bala detrás de mí. Por fortuna, no ocurrió. Apenas recordé cerrar con llave la puerta y luego colocar muebles para trabarla. También trabé la puerta de mi dormitorio con más muebles. Luego, el piso le dio la bienvenida a mi rostro.

Me despierto con la respiración entrecortada; mi corazón repiquetea en mis oídos. Los gritos de un bebé resuenan al otro lado del pasillo. Me bajo de la cama y tomó la espada de plástico que mi padre me dio para mi sexto cumpleaños. Me sudan las manos. La sujeto con más fuerza y salgo al pasillo oscuro. Los lloriqueos resuenan por el largo corredor. En un extremo acecha la oscuridad. Una luz brillante atrae desde el otro. Me dirijo hacia la luz. Unas fotos cubren las paredes, pero no puedo distinguir los rostros. Cuanto más me esfuerzo, más borrosos se vuelven.

El bebé grita. ¿Por qué lo hace? ¿Alguien está lastimándolo? Corro hacia los chillidos. Gracias a los pijamas con pies, hago poco ruido al correr hacia la luz. Pero la luz parece alejarse. Cuanto más rápido muevo las piernas, más lento avanzo.

"¡Voy en camino! —grito con voz de niño—. ¡Te salvaré!". Blando mi espada de juguete, listo para enfrentar cualquier amenaza.

La luz enmarca una sombra oscura en el umbral de la puerta que tengo delante. Una galera está apoyada en la parte superior, y un bastón largo descansa en la mano derecha. Tambaleo, tropiezo y caigo de rodillas. Un temor oscuro se retuerce alrededor de mi corazón y lo oprime. El aire se congela en mis pulmones. Sale vapor de mi boca.

La silueta estira ambas manos. Una mujer grita en agonía.

"¡No! —exclamo—. ¡Basta!". Pero no puedo moverme. No puedo hacer que el hombre malo se vaya. Soy incapaz de salvar a mi...

El timbre de mi móvil me despertó con un sobresalto. Me dolían los oídos. Me dolía la cabeza. Cada parte de mí hervía de agonía pura. Me levanté del piso, saqué el móvil del bolsillo y observé la pantalla adormilado: era Crye. Respondí.

—Tu cita es a las diez —afirmó en un tono demasiado animado—. ¡No llegues tarde!

—¿No es día de escuela?

—Hay jornada de capacitación docente. ¿No recuerdas el anuncio?

—Ah. De acuerdo. Te veré pronto. —Me incorporé sobre las rodillas. *Qué pesadilla.* Debió haber sido una pesadilla. Los vampiros no existían. Las chicas sensuales que se acercaban a gordos sudorosos y olorosos después de una sesión de ejercicios tampoco existían. Estaba seguro de eso. ¿Y qué había sobre la mujer embarazada y sobre el bebé que gritaba? Tal vez Stacey me había dado algo de heroína sin que me diera cuenta.

Adoraba Reyes y Castillos. Me encantaba fingir que los hechiceros luchaban contra ogros y que los caballeros rescataban damiselas (o jovenzuelos) en peligro. Después de todo, había igualdad de oportunidades en R&C. Pelear con armas de gomaespuma contra personas reales, disfrazadas de enemigos imaginarios, era más divertido que lo que jamás había hecho.

La sola idea de que pudieran existir criaturas sobrenaturales me aterraba por completo. Si depredadores como Randy y Stacey existían, ¿quién les impedía matar al resto de las personas normales? ¿Había superhéroes, o estaba condenado a jugar el papel de la víctima y a morir a causa de unos colmillos?

El corazón me martilleaba y enviaba temblores a mis músculos doloridos. Pura adrenalina debió haber alimentado mi esfuerzo para acomodar muebles contra la puerta.

Debía aceptar los hechos: los vampiros (o algo similar) existían. Probablemente, estaba en peligro mortal. Necesitaba protección, pero no sabía a quién contactar. Hasta entonces, debía rodearme de personas. Estar solo era una receta para, bueno, ser comido por esa demonio de Stacey o para ser chupado por Randy hasta quedar sin sangre.

Cortarme el pelo era la manera perfecta de alcanzar mi objetivo, y tal vez de ganar algunos puntos en estilo.

Mientras me duchaba, imágenes de Stacey con sus ojos color ámbar y colmillos cruzaban por mi mente. Salí de la ducha y contemplé mi mata de pelo mojado en el espejo. Luego advertí unos moretones en forma de mano, del color de arándanos podridos, en mis bíceps. Me miré el pie. Un horrible moretón verdoso cubría los dedos. Una vez más, mis heridas me recordaron que lo de la noche anterior sí había ocurrido. Stacey existía. Randy existía. Tal vez no volvería a ver a Stacey, pero Randy era otra historia.

Me toqué el pelo largo. Un trasfondo de aprensión sujetó mis nervios. Parecía casi divertido que cortarme el pelo me asustara más que lo sobrenatural. *Tengo más miedo al cambio que a vampiros y demonios combinados.* Me estremecí.

Después de haberme vestido, quité los muebles que bloqueaban la puerta de la habitación y la puerta principal, y busqué a mi padre, pero no estaba por ninguna parte. Me pregunté si lo había dejado afuera por el bloqueo, o si continuaba fuera de la ciudad. No había tenido noticias de mi madre desde que se había ido, lo que era algo inusual. Ella solía enviarme mensajes mientras estaba en uno de sus viajes de negocio.

Le envié uno: "Espero que el viaje esté yendo bien". El teléfono sonó un momento después: "No es posible contactar a este usuario". Pestañeé unas cuantas veces y repasé el historial de mensajes bajo el contacto de mi madre. El número parecía correcto. Tal vez su móvil no funcionaba bien en China.

La motocicleta de mi padre no estaba en el garaje, así que le envié un mensaje: "¿Vendrás a casa esta noche?". De verdad quería una presencia adulta cerca. La mera idea de pasar otra noche solo, con monstruos que merodearían afuera, me revolvía las entrañas.

Conduje el Jetta hasta la peluquería de Crye en East Atlanta Village, un vecindario que aún luchaba por acercar posiciones entre lo gánster y lo hípster. Una linda chica con vaqueros y remera rosa ajustada estaba sentada en la Recepción. Me miré en el espejo de la pared detrás de ella para mantener la mirada lejos de su escote blanco. La tela ajustada de la remera les daba a sus pechos suficiente brío extra para hacerme un fanático de por vida.

Era un romántico empedernido, pero la tentación de la anatomía de esa chica me hacía hervir las hormonas.

Ella me sonrió.

—Hola, Justin. Solo tomará unos minutos.

Pestañeé.

—Eh, hola. —¿Cómo sabía mi nombre? ¿Crye le había dicho cómo me veía?

Conociendo mi suerte, ella es otra vampira. Tal vez, después de todo, no tendré que cortarme el pelo.

La chica levantó una ceja.

—No estés nervioso. Le dije a mamá que necesitabas toda la ayuda posible.

Me froté los ojos y miré más de cerca. Sin maquillaje. Sin delineador. Sin *piercings*. Su piel se veía perfecta, sin un solo agujero a la vista. Yo tenía razón: sin maquillaje, Crye era más que linda. Mi boca decidió contarle lo que pensaba antes de que pudiera evitarlo.

—Pareces un ángel.

Sus labios gruesos dibujaron una sonrisa adorable.

—Jamás había oído eso antes. —Ella rio—. Apuesto a que les dices eso a todas las mujeres.

Sacudí la cabeza, aún en trance.

—No, nunca. Soy terrible con las mujeres. —Crye volvió a reír—. Oh, cielos. Oh, cielos, lo siento mucho. —Sacudí las manos con actitud defensiva, al tiempo que mi cerebro por fin entraba en razón—. No quise ponerme escalofriante. Tuve una noche muy complicada, y no estoy pensando con claridad.

Su mirada se entristeció.

—Entonces, ¿no parezco un ángel?

—Sí. Sí, claro. ¡Eres hermosa! —Hice una mueca y respiré entre dientes—. Maldición, lo siento. Me puse escalofriante otra vez.

—No, no es escalofriante, Justin. —Crye me tocó la mano—. Di siempre lo que quieras cuando estés conmigo, ¿de acuerdo? Eres algo extraño, pero me gusta tu espíritu.

—¿Ah, sí? —Fruncí el ceño—. ¿Qué te gusta?

—Después de todo el acoso y palizas que recibiste, sigues levantándote y siguiendo adelante. —Ella se encogió de hombros—. Es como si tuvieras un sentido imparable de optimismo.

Me quedé boquiabierto, sin poder decir palabra. Nadie había dicho algo así de mí antes pero, cuando lo pensaba, sentía que era correcto.

—Gracias, Crye.

—No me llames así por acá. —Me guiñó un ojo—. Utiliza mi verdadero nombre: Elyssa.

ÁNGELES EN LLAMAS *caen de los cielos. Criaturas demoníacas se apartaban de la tierra y se arrojaban hacia un enorme ejército. Por encima de estos, la oscuridad choca con la luz. Los rayos se propagan por las nubes. Resuenan truenos, y el temblor que causan me arroja al piso.*

El frío abrazo de la muerte me envuelve el cuerpo.

"Jamás te dejaré morir". El rostro de ella bloquea el cielo; el pelo negro azabache cae por sus hombros, y unos ojos violeta me llenan de esperanza, aun cuando el Armagedón se propaga a nuestro alrededor.

Un grito furioso llena el aire, y un rayo de luz muy caliente nos consume.

LEVANTÉ UN BRAZO Y GRITÉ.

—¡Ay, Jesús! —El espejo reflejaba mi expresión aterrorizada.

Crye… Elyssa se puso de pie de un salto, con los ojos bien abiertos.

—¿Tanto odias mi nombre?

Me di vuelta, con los brazos levantados en actitud defensiva. No había demonios ni ángeles: solo peluqueras con tijeras. *Estas alucinaciones deben terminar.* Logré emitir una risa débil.

—Creo que estoy volviéndome loco. —*¿Por qué acabo de tener un sueño despierto, donde aparece Crye?* Tal vez me gustaba más de lo que me daba cuenta. Tal vez quería que ella se uniera a mi grupo de Reyes y Castillos.

—Tal vez necesitas una siesta. —Sus fosas nasales se ensancharon, y entrecerró los ojos mientras se me acercaba—. ¿Estás usando desodorante corporal?

Antes de que pudiera contestar esa pregunta sin sentido, una morocha alta con mirada arrogante, piernas largas y escote épico (sí, me obsesionaban los pechos) interrumpió la conversación. Frunció los labios y me observó.

—Tenías razón, cariño. Este necesita mucho trabajo. —Giró sobre los talones y movió el índice por encima del hombro para que la siguiera—. Por aquí.

—Oooh, esto será divertido. —Los ojos violeta de Crye brillaban. Contemplé esas preciosas gemas y me pregunté por qué seguía usando lentes de contacto sin su atuendo gótico—. Será mejor que te apresures: mi madre es impaciente.

Caminé rápido hasta el sillón donde aguardaba la madre, con una toalla en la mano. Había mujeres en la mayoría de los sillones, donde les arreglaban el pelo unos hombres muy elegantes y unas mujeres de aspecto cansado. Una combinación de amoníaco y rosas perfumaba el aire; sin duda era una nube tóxica, producto de los químicos para el pelo.

—Gracias por hacer esto, señora... emmm...

—Llámame "Leia".

—Gracias, Leia. —Se sentía raro llamar a la madre de Crye por el nombre de pila. Parecía tan joven... Si no fuera por su actitud imperiosa de adulto, ella y Crye podrían ser hermanas. Me obligué a apartar los ojos de su escote y me dejé caer en el sillón. Leia pasó los siguientes minutos lavándome el pelo. Luego, me envió a uno de los sillones de la peluquería. Tomé asiento y me miré en el espejo. Mis manos temblaban ante la idea del cambio irrevocable en mi futuro cercano. No era demasiado tarde para levantarme e irme. Leia me sujetó del hombro. *Ahora es demasiado tarde.*

La acción me recordó con incomodidad a Stacey. Sentía el cuello muy caliente donde ella me había lamido, como la loción que se pasan los atletas por los músculos doloridos. Esperaba que no estuviese infectado. Mi miré el lado derecho del cuello en el espejo. Se veía más enrojecido que la piel blanca como la leche, que lo rodeaba.

Leia se fue por un momento y regresó con un aerosol. Se paró detrás de mí y evaluó mi pelo con una ceja arqueada. Sus fosas nasales se ensancharon.

—No deberías usar desodorante corporal. —Se frotó la nariz—. El aroma es un poco demasiado. —A pesar de las bromas, en realidad, no usaba ningún tipo de desodorante corporal. Debían ser las feromonas. Leia volvió a inspeccionarme el pelo, gruñendo como si dudara de que cualquier cantidad de trabajo en mi pelo pudiera mejorar mi apariencia. Las películas muestran los cambios drásticos de estilo de vida con rapidez y facilidad, utilizando un videomontaje de ejercicios, alimentación saludable y acicalamiento profesional, todo acompañado por una música pop alegre. En la vida real, estaba resultando traumático, demandante, y lento como una tortuga. Necesitaría todas las canciones pop del mundo para pasar por este cambio—. Elyssa parece pensar que te verás mejor con el pelo parado —comentó después de haber observado la mata.

Me tomó un momento recordar que Crye tenía otro nombre.

—Sí —grazné. Crucé la mirada con ella y me di cuenta sobresaltado de que sus ojos brillaban del mismo violeta que los de su hija.

Como si estuviese preparado, Crye apareció por encima de mi hombro y me contempló.

—Tiñe su pelo de negro y déjalo con puntas paradas.

Leia frunció los labios y se quedó observando por un momento.

—¿Quieres que se vea bien o como un maniático?

—Ambos.

—Emmm, ¿podemos ir por lo de verme bien? —inquirí—. Ya me veo como un loco.

Crye me sujetó el hombro.

—Solo hazlo, cobarde.

—No quiero verme estúpido. —Casi dije: "Raro", pero no quería herir los sentimientos de Crye, ya que ella había sugerido el estilo.

Leia levantó una ceja.

—Comencemos, ¿quieres? Tengo un día ocupado.

Asentí a regañadientes. Crye regresó al mostrador de Recepción. Leia comenzó a cortar casi todo mi pelo con las tijeras. Cerré los ojos e intenté calmar mi respiración para no lloriquear. Después de haberme cortado el pelo, lo tiñó de negro con algo que apestaba a neumático quemado y vómito.

Cuando ella terminó, me quedé observando el producto terminado en el espejo. Apenas lograba reconocerme, aparte de mi pálido rostro regordete y los anteojos de vidrios gruesos. Mentalmente, agregué: "Lentes de contacto o anteojos geek-chic" a mi lista de mejoras.

En lugar del nerd obeso, me veía más como un chico regordete genial. Leia me había cortado el pelo más corto que los quince centímetros que Crye había querido pero, en secreto, me sentía aliviado de que el nuevo peinado no fuera estrafalario.

—Nada mal —opinó Crye cuando vino a inspeccionar el nuevo yo—. Anteojos nuevos, ropa nueva, y casi te verás respetable.

—Estaba por preguntarte sobre eso. —Usé el espejo para dirigirme a Leia. De ninguna manera recibiría consejos de moda de alguien que pensaba que el atuendo gótico era de buen gusto—. ¿Tienes alguna opinión sobre qué ropa debería comprar?

—Siempre tengo una opinión, niño —respondió Leia—. Pero tengo demasiadas cosas que hacer como para charlar sobre moda. —La puerta trasera rechinó al abrirse, y entró un hombre serio, con ropa negra ajustada. Crye y Leia intercambiaron miradas; luego, Leia se alejó rápidamente. Tomó al hombre del brazo y lo acompañó a una habitación trasera.

—¿Qué fue eso? —pregunté.

Crye pestañeó.

—Nada. Solo un peluquero que siempre llega tarde.

—Ah... —Me pregunté por qué sonaba nerviosa. Recordé lo ocurrido en el centro comercial—. ¿Sabes?, quería pedirte...

—Necesitas ropa. —Crye miró su reloj rosa de Hello Kitty—. Salgo en una hora.

—Por favor, nada gótico —rogué.

Ella sacudió la cabeza.

—Claro que no. Lo gótico no es para ti.

—Ah, bueno, excelente. ¿Qué tipo de ropa tienes en mente?

—Le pedí ayuda a Renaldo. —Señaló a un joven peluquero, que reía y hacía gestos exagerados, como solo había visto hacerlos a gays.

—¿Le pediste a un chico gay que me ayudara?

—Oye, tú quieres consejos sobre moda. Los chicos gays son los mejores.

—Tal vez para elegir cortinas —refunfuñé. Renaldo parecía tener entre veinte y veinticinco años. Vestía una camisa celeste, metida dentro de unos vaqueros oscuros, a los que un animal salvaje parecía haber atacado, considerando la tela desgarrada en los muslos. Pensándolo bien, se veía tan a la moda como la gente que había visto en el centro comercial. Levanté una mano para impedir la respuesta de Crye—. Te vi siguiendo a un tipo en el centro comercial el otro día.

Sus ojos brillaron, pero ella le restó importancia al encogerse de hombros.

—Estuve en el centro comercial, pero no seguía a nadie.

—Sí, lo hacías. —Miré a mi alrededor para asegurarme de que la madre no había regresado—. El tipo tenía una remera de Affliction. Parecía un hombre adulto, tratando de vestirse para impresionar a gente más joven.

—No sé de qué hablas. —El tono de Crye se volvió frío—. Probablemente, caminaba en su misma dirección. —Ella entrecerró los ojos—. ¿Cómo sabías que estaba en el centro comercial? ¿Estás acosándome?

—Oye, no te la tomes conmigo. —Respiré profundo. Suspiré—. Mira, lo siento. No debería haberlo mencionado. Solo parecía que estabas siguiéndolo.

—Bueno, no era así. —Me apretó el hombro con la suficiente fuerza como para hacerme hacer una mueca de dolor—. Ahora, volvamos a los hombres gays y su exquisito gusto por la moda.

Asentí y volví a mirar a Renaldo. Su conjunto de vaqueros rotos, corbata rojo oscuro y chaleco azul se veía muy elegante, pero yo jamás podría lograr una apariencia así. Lo que consiguiera debería ser XXL. Si yo utilizara algo tan ajustado, se me saldría la carne por todos lados.

—Debo admitir que se ve muy a la moda.

—Es ardiente y va a la moda —comentó Crye—. Lástima que no le gustan las chicas.

—Guau. —Torcí los labios—. ¿Acabas de llamar "ardiente" a un chico? Jamás esperé eso de ti.

—Soy una chica, tonto. Y no bateo para el otro equipo, si en eso estás pensando.

Ella usaba demasiado rosa para ser lesbiana, o gótica para el caso. Aunque no era experto en ninguna de las dos cosas. Eché un vistazo a la ubicación aproximada donde ella solía tener un gancho en la nariz y me pregunté cuán grande era el agujero que esas cosas dejaban, pero su piel se veía perfecta, ilesa. Tampoco podía distinguir agujeros en sus labios. Los ganchos debían tener extremos puntiagudos diminutos, a menos que fueran a presión. Por algún motivo, eso me hacía sentir mejor. Sería un desperdicio arruinar una piel tan perfecta con un montón de agujeros.

La seguí hasta el frente del salón y me senté junto a una mujer de mediana edad con el flequillo peinado hacia arriba, en forma de garra. Observé el espejo detrás de Crye y miré dos veces a mi nuevo yo. Me veía mucho mejor. Luego noté la piel enrojecida en el cuello. Parecía como un sarpullido. No me iba a convertir en vampiro, ¿verdad? Habría sentido la urgencia de beber sangre si ese hubiera sido el caso. Además, los vampiros no tenían reflejo.

A pesar de las pruebas que apuntaban a lo contrario, me preocupaba que podría prenderme fuego cuando el sol me tocara. Pero no conocía a nadie a quien pedirle consejo. Tal vez Google podría darme la cura para el vampirismo. Me reclaiMé en la silla y busqué desesperadamente en Google con mi *smartphone*, hasta que se acercó Crye y me tocó el pie con su zapato.

—¿Listo? —consultó.

Renaldo vino desde atrás. Me miró de arriba abajo sacudiendo la cabeza sin parar.

—¿Pantalones de camuflaje? ¿Remeras de Old Navy? —preguntó con un tono decididamente bajo y poco gay—. Necesitamos una transformación completa.

—¿Puedes ayudar? —Crye unió las manos en señal de plegaria, como si yo tuviera alguna enfermedad grave que solo un remedio milagroso pudiera curar.

—Haré lo mejor posible. Vamos al centro comercial.

Me alegró haber llevado bastante de mi dinero mal habido. Varios cientos de dólares después, tenía un buen guardarropa, aunque me sentía como un trozo de carne. Cada vez que me probaba unos pantalones o vaqueros, Crye y Renaldo me miraban el trasero con ojo crítico para asegurarse de que los pantalones calzaran bien. Estaba exhausto. Crye y Renaldo parecían absorber energía de la experiencia, como si fueran vampiros que salían a mirar escaparates.

Llevé a mis dos ayudantes a comer para agradecerles por la ayuda. Después, Renaldo me dio un abrazo.

—Oh, mi pequeña creación. Dejarás mudos a todos. —Le dio un beso a Crye en la mejilla y saludó con la mano mientras se subía a su deportivo convertible rojo y salía a toda velocidad.

—Voy a desmayarme. —Me dolían los músculos agotados, y el pie lastimado parecía rígido como una tabla.

Crye sonrió y me dio una palmada en el hombro.

—Sobreviviste, y es todo lo que importa.

—Supongo. —La llevé en mi auto hasta donde tenía el suyo—. Gracias. Por todo.

Crye abrió la puerta, dudó, y luego me besó en la mejilla antes de bajarse.

—Te ves bien, Justin.

Mientras la observaba subirse a su vehículo, se me cayó una lágrima. Me sentía inmensamente agradecido y feliz por haberla conocido. Casi no nos conocíamos, pero sentía que la conocía desde siempre. *Es mi única amiga verdadera.*

Bueno, Ash y Nyte también lo eran, pero me sentía más cercano a Crye... Elyssa, o como fuera que se llamara. Decidí quedarme con el nombre "Crye", ya que era el que prefería en la escuela. Llamarla de dos maneras diferentes solo me confundiría.

Conduje a casa. Mi corazón se sentía más feliz y liviano que lo que se había sentido en años. Cuando entré, mi padre estaba acostado en el sofá. Se veía tosco, sin afeitar, y olía a combustible y a gases de escape. Tenía los nudillos lastimados y sucios, y me pregunté si había tenido un accidente. Se estiró y se sentó.

—Hola, amiguito. —Pestañeó—. ¿Te cortaste el pelo?

Asentí y di una vuelta con mi remera y vaqueros nuevos.

—También me compré ropa.

—Qué bien. —Se rascó la mandíbula sin afeitar—. Emmm...

Lo alenté cuando no terminó su pensamiento.

—¿Emmm qué?

Sacudió una mano y no me hizo caso.

—Nada. Solo estoy agotado por haber conducido la motocicleta todo el día. —Se frotó los ojos, y noté que se veían pálidos otra vez. Tenía muchas ganas de preguntarle por la lavandería, pero parte de mí no quería saber ningún secreto oscuro y profundo que pudiera lastimarme de por vida. Esperaba que hubiese una explicación inocente, pero la manera en que mi padre miraba a esas ancianas me hacía estremecer de solo recordarlo—. ¿Te encuentras bien, hijo? —Fue hasta el refrigerador y sacó una cerveza. Se tocó la garganta—. ¿Qué te sucedió en el cuello?

Casi le iba a contar que una demonio me había dado un mordisco, que un compañero vampiro me amenazaba constantemente y que había alucinado con atropellar a mi madre embarazada, pero decidí que no quería que mi padre pensara que su hijo estaba loco, así que me incliné por una mentira blanca.

—Ah, una chica me lamió el cuello y me besó.

Unió las manos en un aplauso.

—¡Qué bien! —Quitó la tapa de la cerveza y bebió un trago—. ¿Tuviste una cita?

—Sí. —Odiaba seguir acumulando mentiras, así que abrevié—. También comencé a ejercitarme. Iré a correr antes de que se haga más tarde.

Mi padre alzó una mano con la palma hacia afuera.

—No me dejes colgado.

Le choqué la mano y me sentí muy culpable por llevarme el crédito. Había sido una víctima, no un semental. De todas maneras, dormiría más tranquilo con él en la casa.

Miró su reloj.

—Maldición, debo ir a buscar algo al trabajo. Tal vez regrese tarde.

Fruncí el ceño.

—¿No acabas de volver? ¿Por qué estás viajando tanto últimamente?

—Muchas galerías de arte quieren mi asesoría. —Enmarcó su rostro con los pulgares y los índices—. Hay mucho más en el arte de colgar cuadros de lo que crees. —Me oprimió el hombro—. Me alegra ver que estás cuidándote, Justin. —Suspiró—. Solo desearía...

—¿Desearías qué?

Mi padre me miró a los ojos.

—No importa quién eres o qué eres; lo importante es lo que haces. Estoy orgulloso de ti, hijo.

Estaba tanto confundido como sumamente feliz.

—¿Estás orgulloso de mí, aunque sea gordo, y no atractivo y musculoso como tú?

Los extremos de sus ojos bajaron levemente.

—Estoy orgulloso de ti por quien eres. Solo espero que tú siempre sientas lo mismo por mí y por tu madre.

Por la manera en que lo había dicho, parecía que se sentía avergonzado de algo. *¿La lavandería y las ancianas, quizás?* Decidí quedarme con la parte positiva y dejar para después cualquier secreto horrible que él tuviera.

—Así es, papá.

Me despeinó.

—Uuups, no quise meterme con tu peinado nuevo. —Tomó un bolso de viaje y me saludó antes de desaparecer por la puerta.

Entré a mi habitación y saqué unos pantalones de ejercicio y una remera. Un ligero dolor subió por mi espalda hasta la parte trasera de la cabeza. El dolor se extendió y fue aumentando mientras me quitaba la ropa. Unos pinchazos en la frente se convirtieron en unas punzadas dolorosas. La piel del cuello me latía. Corrí al baño en busca desesperada de ibuprofeno. La visión se tornó borrosa. Sentí las piernas débiles. Estalló un dolor terrible. La agonía me abrumó.

CAPÍTULO 11

Vomité con tanta fuerza que perdí el conocimiento por un instante. Me arrastré hasta el inodoro. Mi puño golpeó algo e hizo un crujido horrible. Mis músculos se sacudían, se tensaban y se contraían tan rápido que me desplomé temblando y me golpeé la cabeza contra la bañera. No sé cómo mantuve una gota de conciencia. Sentía como si los huesos estuvieran desarmándose en piezas de un rompecabezas, mientras unas diabólicas hadas cerebrales bailaban claqué dentro de mi cabeza. Me retorcí e intenté gritar, pero solo emitía unos gruñidos ásperos por la garganta dolorida.

El calor se encendió en mi pecho, y el fuego se extendió por mi piel. Entre espasmos, entreabrí un ojo y me miré las manos. La sangre rezumaba por los poros; empapaba la ropa. Una calidez húmeda goteaba desde mi cuero cabelludo y me cubría los ojos. Grité en silencio. El dolor me abrumó una vez más, y me quitó la conciencia de manera piadosa.

Un tiempo incierto después, me desperté en posición fetal en el piso. Un charco de sangre, vómito y Dios sabe qué más se acumulaba en medio de las baldosas blancas. Mi cuerpo se sentía más ligero que el aire, y me pregunté si no estaba muerto y solo tenía una experiencia extracorporal. Miré a mi alrededor, pero no vi a otro Justin tirado por ninguna parte. Me pellizqué la piel cubierta de sangre. Me dolió. Estaba vivo, a pesar de la tremenda cantidad de fluidos corporales en el piso. ¿O no?

Tenía el estómago revuelto. ¿Y si me había convertido en un vampiro? Me miré en el espejo. La sangre me cubría el rostro, el cuello, y todo lo demás. Abría la boca para ver si tenía colmillos. Mis dientes se veían normales, aunque un poco amarillentos. Asqueroso: tendría que hacer algo al respecto. El sol brillaba a través de la ventana del baño. Estiré una mano con cuidado y me preparé para las llamas. La luz del sol calentó mi piel, pero nada más. Mi piel no era inflamable, o al menos no más que lo normal en un humano.

¿Qué había sucedido entonces? ¿Era el resultado de que mi cuerpo luchara contra una infección? ¿Comida india en mal estado? Parecía que había desparramado cada litro de sangre de mi cuerpo sobre el piso, las paredes, y hasta en el cielorraso. Decidí pedir turno con un médico lo antes posible. Había oído sobre los problemas de la adolescencia, pero eso era ridículo. Me desnudé y miré mi cuerpo en el espejo. Los moretones del brazo habían desaparecido. La zona enrojecida del cuello ya no estaba. Moví los dedos del pie. Se sentían como nuevos. Aparte de mi palidez y gordura habituales, me veía normal... Bueno, normal para alguien que trabajara en un matadero. Algo crujió bajo mis pies. Levanté uno y vi un trozo de porcelana. Luego, advertí el inodoro. El costado tenía un agujero. Me miré el puño. No tenía moretones ni huesos rotos. ¿Stacey me había hecho algo, o eso era la continuación de las horribles migrañas y problemas de visión borrosa que me atacaban cada tanto? Quizás mi encuentro con ella había ocasionado un episodio aun peor.

Era miércoles, pero eso valía una ausencia por enfermedad. Llamé a la escuela y simulé la voz de mi padre.

—Justin no asistirá hoy. Anoche vomitó sangre.

—De acuerdo —aceptó la enfermera—. Dígale que tome mucho líquido.

—Lo haré. —Corté y me quedé mirando el desastre. Eso llevaría un tiempo.

Después de un balde de lavandina y de mucho frotar, el baño brillaba. El estómago me hacía ruido, pero solo teníamos comida chatarra en la despensa. Había un montón de envases de jugo en la basura, pero resistí la urgencia de consumir azúcar.

Me duché y fui a hacer las compras. Como había vomitado sangre, decidí comprar productos orgánicos por una vez en la vida. Al entrar a la tienda, un extraño aroma me picó la nariz. Además del aroma a pan, pollo, carne y el leve olor ácido a leche derramada en alguna parte a mi izquierda, había una mezcla de perfumes, un toque de olor a axila, y algo más. Algo que causó que mi segundo cerebro se despertase y prestara atención.

¿Qué diablos me había hecho pensar que había leche derramada a mi izquierda? Seguí el olor y vi un charco de algo blanco al otro extremo del pasillo. El olor me invadía la nariz a seis metros de distancia. Abandoné la zona y me ocupé de conseguir alimentos saludables para mi estómago (carne en primer lugar). Cada olor llegaba a mi sentido del olfato. Carne, pollo, cerdo, todo entraba por mis fosas nasales junto con otros aromas que no reconocía ni quería reconocer. Algunas personas comían cosas realmente asquerosas.

Separar un olor de otro resultó difícil, a menos que tomara un paquete y lo oliera; eso me hacía parecer un comprador neurótico y casi me hacía lagrimear. Tomé un paquete de pechugas de pollo de granja orgánico y me subí los anteojos mientras leía la información nutricional: nada de hormonas de pollo para mí.

En su lugar, me toqué la frente porque mis anteojos no estaban allí. Tanteé mi rostro y mi cabeza para asegurarme de que no los había colocado en el lugar incorrecto. Considerando el grosor de los lentes, era difícil no verlos. Confirmé con las manos que, efectivamente, los anteojos habían desaparecido. De alguna manera, podía ver bien.

Miré hacia el área de productos de campo, al fondo de la tienda. Leí cada palabra del letrero pequeño: "Rábanos: ¡$1 la bolsa!". El paquete de pollo se me cayó de las manos, y sacudió el carro de metal al caer en su interior. Advertí la claridad de los colores y de los contrastes. Cada pequeño detalle zumbaba, brillaba y olía de manera vibrante... animada. Era como ajustar una imagen de TV opaca hasta conseguir algo cálido y colorido. Si la tienda se veía tan bien, me pregunté cómo sería un amanecer.

Eso era una locura. Tenía que estar soñando. Me llevé las manos a las mejillas para confirmar que estaba despierto. Una mujer que examinaba la carne pasó junto a mí. Capté el aroma subyacente que me había cautivado antes, excepto que no era tanto un aroma, sino una presencia.

Respirar por la nariz no importaba. La olía con mi mente. Probablemente, esa era una de las cosas más tontas que jamás había pensado. *¿La olía con mi mente?* ¿Qué sentido tenía eso? En aquel momento, tenía todo el sentido del mundo.

—Hola. —Saludé con la mano.

Ella se dio vuelta y me miró con expresión de "No tengo tiempo para que flirtees conmigo". Debía de tener unos veinte años. El ceño fruncido y los hombros caídos revelaban que había dejado atrás la Universidad y que había entrado al aplastante mundo de la vida real. Algo ardía debajo de la superficie, enterrado bajo montones de preocupaciones y responsabilidades.

Parecía como hilos rizados de vapor brillante, un halo que le arrastraba al caminar o que la rondaba cuando se detenía a inspeccionar un paquete de ojo de bife por allí o un paquete de carne picada magra por allá. Latía con sus deseos básicos. Con su lujuria. Con su naturaleza carnal. Quería tocarla, hacerla mía. Un hilo de vapor salió de mí y se enganchó a uno de esos vapores seductores. Lo acarició. El de ella se rizó, se estiró y se enroscó alrededor del mío como un abrazo de amantes.

Los ojos de la mujer se abrieron aún más. Se mojó los labios como una colegiala nerviosa, a punto de ser besada por primera vez.

—Hola —me saludó con voz ronca. Su anatomía encendió las luces largas, en sentido figurado. Se acomodó un mechón de pelo castaño detrás de la oreja y sonrió.

Le rodeé la cintura con un brazo y la besé. Oprimí los labios frenéticamente sobre los de ella. La chica me puso una mano en el trasero y apretó. La otra fue directo a mi entrepierna. Oí ruido de fondo: chillidos, gritos de consternación y el taconeo de un zapato sobre la baldosa. No sabía quién ni qué hacía ese barullo. No me importaba. Nada me podía separar de mi diosa del amor de carnicería. Mi pequeño y sensual filete miñón. *Aquí tengo tu trozo de carne.*

—Váyanse a un hotel, ustedes dos —protestó una voz áspera.

Ignoré la voz inoportuna. Acerqué el cuerpo de ella al mío. Sentí que ella se aferraba desesperadamente a mi cinturón. Alguien dio un grito ahogado.

—¡Oh, cielos!, ¿qué están haciendo?

—¡Pervertidos! —gritó una mujer.

—¡Señor Jesús, arremete contra estos pecadores!

Yo solo tenía ojos, oídos, manos y lengua para mi Afrodita de la tienda. Alguien me sacudió en medio del beso y me apartó de mi princesa amazónica del amor ardiente. Me di vuelta, desorientado, y me quedé mirando al enorme guardia de seguridad responsable de arruinar mi momento romántico con... con... emmm, quienquiera que fuese esa mujer.

—Ustedes dos tendrán que irse si siguen con eso. —Se cruzó de brazos y nos miró con expresión de no admitir tonterías. Detrás de él había un grupo de espectadores horrorizados, principalmente, ancianos y madres con niños pequeños.

—Mami, ¿qué es eso en sus pantalones? —preguntó un niño.

Abría la boca para decir algo, pero la pura mortificación por lo que acababa de hacer bloqueó las palabras en mi garganta. También estaba profundamente consciente de lo que había en mis pantalones, que estaba luchando por quedar libre ante una audiencia espantada. Me di vuelta. La mujer con la que había estado frotándome se escabulló con los hombros encorvados.

La imité y tomé mi carro de compras. Me ardía el rostro. Me oculté en el baño por unos minutos, intentando descubrir qué demonios había sucedido. De ninguna manera ella se me había abalanzado por mi apariencia. Ni siquiera unos vaqueros y remera nuevos podrían hacer que una mujer se lanzara sobre mí de esa forma. Fuera lo que fuese, debía tener cuidado. De lo contrario, podría terminar en las noticias con un apodo al estilo de "el depredador de los pollos" o "el chico de los bifes".

Respiré profundo y abandoné la seguridad del baño. Necesitaba alimentos saludables para mi misión de bienestar. Tenía el pollo. Hora de las verduras.

Después de unos segundos, se hizo evidente que aún sentía ese seductor aroma femenino cada vez que una mujer estaba cerca, en especial, una atractiva. Cuanto más ancianas o feas eran, menos era el magnetismo del aroma, aunque nunca era asqueroso ni repulsivo: todas tenían similares deseos y necesidades que pedían a gritos liberarse. Las ignoré de la mejor manera que pude, y salí de allí antes de convertirme en una estrella porno con una de las cajeras.

Mi mente trabajaba a toda velocidad mientras estaba sentado en el Jetta, intentando averiguar qué me sucedía. No era la pubertad. Ya me había crecido pelo en todos los lugares correctos, y mi voz había cambiado de un chillido a algo parecido a un barítono nerd. Fuera lo que fuese, había comenzado la noche anterior. O tal vez había comenzado cuando Stacey había intentado succionarme la vida por los ojos. No trataría de encontrarla, aun si ella tuviera respuestas. De hecho, tenía miedo de regresar al mismo gimnasio. Claro que, si la veía allí, la confrontaría enfrente de todos para evitar un nuevo acoso. Tal vez era lo que debía hacer. Por otro lado, una mujer tan poderosa podría violarnos a todos con la mente y convertirnos en sus pequeñas zorras.

Lamentablemente, Victoria esperaba que me presentase en unas horas. Señora de los vampiros o no, debía ir y buscar el modo de convencer a Stacey de escupir algunas respuestas. Conduje hasta la ferretería y busqué un inodoro. Hice lo que pude por resistirme a la cantidad abundante de mujeres cargadas de hormonas que presumían su feminidad mientras buscaban buenos precios en artículos para bricolaje. O quizás solo era yo y mi nueva fase de hiperpubertad.

No podía presentir sus pensamientos, sino más bien sentir la depredadora sexual de su interior acechando detrás de la fachada civilizada que llevaban en público. Tomé el inodoro más barato que encontré y me dirigí a toda velocidad al frente de la tienda con el artefacto bajo el brazo. Fue recién cuando la cajera me miró sobresaltada cuando me di cuenta de lo extraño que debería verse un chico gordo cargando un inodoro pesado con un solo brazo sin ningún esfuerzo. De hecho, ni siquiera se me había ocurrido que el inodoro era algo pesado.

A pesar de la confusión, una parte de ella se excitó ante mi demostración. Unos hilos de seducción femenina colgaban ante mí, esperando, queriendo, rogando. Todo lo que debía hacer era...

—¡No! —grité, y le di un susto de muerte a la pobre chica. Ella dio un salto hacia atrás—. Emmm, lo siento. —Me señalé la oreja—. Estoy hablando con el idiota de mi amigo por un auricular Bluetooth diminuto. Fui muy grosero, lo sé.

Pagué y me fui de allí. Busqué, y Google me brindó una receta para hacer revuelto. Mi estómago me odiaba por tardar tanto en alimentarlo, pero volvió a amarme cuando tragué la comida pasable. Mi padre seguía ausente. Aún no había recibido mensajes ni llamadas de mi madre. Me pregunté qué diablos la mantenía tan ocupada que no podía tomarse un momento para escribirle unas cuantas palabras a su hijo. Me dirigí a mi habitación y miré dos veces cuando pasé por la oficina de mi madre. Su laptop estaba sobre el escritorio y estaba encendida.

¿Desde cuándo ella no se lleva la laptop y quién la dejó encendida?

El escritorio estaba inmaculado: cada hoja de papel estaba archivada, y cada artículo del escritorio estaba perfectamente alineado con el objeto de al lado. Mi madre era obsesiva respecto de la limpieza, y de casi todo lo demás. Por eso sabía que jamás dejaría su laptop, y mucho menos la dejaría encendida si no estuviese cerca. Corrí al garaje, pero su auto no estaba. El olor a gases de escape recientes me llegó a la nariz. *Alguien acaba de estar aquí.*

Regresé a la oficina e hice clic en el navegador de internet, minimizado en la barra de tareas. Apareció una ventana, donde se leía: "Transferencia completa. Servicios DP recibirá el dinero dentro de las próximas dos horas".

"¿Qué demonios...?". Miré el menú de la barra lateral y me di cuenta de que era el sitio web del banco. Considerando que la sesión aún no se había cerrado automáticamente, el usuario se había ido hacía pocos minutos. Solo una persona era lo suficientemente irresponsable para dejar la laptop encendida y con la sesión iniciada en el sitio del banco: mi padre.

Mi madre siempre lo regañaba por dejar su laptop encendida. Como ella nunca me dejaba usarla, decidí husmear. Tal vez eso me daría pistas sobre su viaje de trabajo. Revisé su resumen de tarjeta de crédito, pero no la había usado en años. Pronto descubrí por qué. Mis padres no necesitaban crédito. Su cuenta bancaria tenía un saldo de siete cifras.

"¿Seis millones de dólares? —Mi voz se acercó a un chillido—. ¿De dónde diablos sacaron esa clase de dinero?". Casi todas las transacciones eran retiros en efectivo o transferencias. *Con razón esa caja de zapatos está siempre llena de dinero.*

Pero, si eran tan ricos, ¿por qué conducían autos tan viejos? ¿Por qué vivíamos en una casa tan corriente? Recordé las palabras de mi padre. ¿Mis padres estaban metidos en algo de lo que yo no estaría orgulloso? Los contadores no ganaban tanto dinero, por lo que debía provenir del trabajo de mi padre relacionado con el arte. Tal vez la tía Petunia nos había dejado una fortuna en su testamento. O quizás mis padres eran mentes criminales.

Revisé la computadora en busca de más información, pero no encontré nada relacionado con de dónde provenía el dinero o adónde había ido mi madre de viaje. Estaba por dejarla cuando advertí una carpeta en la raíz del disco duro: copia de códigos hash. No era un experto en informática, pero esa no era una típica carpeta de sistema.

Mi reserva oculta de pornografía estaba en mi computadora, en una carpeta llamada "Controladores de dispositivo". Dudaba de que mi madre ocultara pornografía en su disco duro, pero podía ser un lugar perfecto para guardar documentación de actos delictivos.

La abrí y encontré un montón de archivos que no se abrieron cuando hice doble clic sobre estos. Les asigné un programa de abrir textos, pero me apareció una pantalla de código de programación con extraños símbolos, que jamás había visto antes. Me pareció muy raro porque, a menos que mi madre fuera una hacker o una genia informática secreta, ella no podría haber escrito eso.

¿Habría copiado esa carpeta por accidente mientras eliminaba otros archivos? No lo sabía, pero quería una copia para mí por si me servía para averiguar adónde había ido. Tomé una memoria USB de mi habitación y copié la carpeta antes de apagar la laptop.

Quería analizar un poco más los archivos, pero el móvil me recordó que Victoria estaba esperándome.

Apenas entré al gimnasio, supe que haber ido había sido un terrible error. No porque Stacey la vampira estuviese allí, sino por la gran cantidad de mujeres sudorosas y sensuales que amenazaban con sobrecargar mis sentidos. Tuve que pensar en el béisbol con tanta fuerza que sentí que las venas de mi cabeza comenzaban a sobresalir. Adonde fuera que voltease, deseos y anhelos sexuales se abalanzaban sobre mí. Era una locura. Imaginé cómo se sentiría una víctima de sobredosis de Viagra. Estiré la remera un poco más por encima de mis pantalones y encontré a Victoria en la sección de mancuernas del gimnasio. La densa nube de olor masculino en esa área sofocaba la seducción femenina de la sección de aeróbicos. Las pesas hacían un sonido metálico, los hombres gruñían por la agonía y dos tipos musculosos hacían flexiones frente a los espejos que cubrían cada pared. *El lugar adecuado para mí.*

—¿Listo? —consultó ella.

—Supongo. —No estaba deseando el tormento que me esperaba.

Primero fuimos al banco para hacer press de pecho. Ella colocó un peso mínimo. Lo levanté y bajé sin problemas. Agregó un par de pesas. Tampoco tuve problemas. Estaba tan sorprendido que me olvidé de estar impresionado.

Victoria arqueó una ceja.

—¿Estás tomando algo? Esos son más de cien kilos y ni siquiera estás sudando.

Me encogí de hombros.

—Tomé jugo de naranja esta mañana.

Me miró con desprecio. Agregó más cargas de veinte kilos hasta que ambos lados de la barra estuvieron completos. Casi todos los hombres en la sección de levantamiento de pesas se quedaron observándome con puros celos. La barra rechinaba y se combaba peligrosamente en cada extremo. La levanté y la bajé varias veces sin una pizca de agotamiento. Victoria se quedó boquiabierta.

—No lo creo. —Sacudió las manos por encima de la barra, como si buscara cables invisibles—. Esto no es posible, a menos que el otro día estuvieras fingiendo. —Gruñó y tiró de la barra sin moverla un milímetro.

—Déjame ver. —Un tipo del tamaño de un búfalo, con brazos inflados y cabeza rapada se acercó al aparato. Se acostó en el banco maldiciendo para sus adentros. Luego comenzó a golpearse el pecho con una mano a la vez, mientras vociferaba—: ¡Hazlo, maldita sea! ¡Puedes con esta porquería! ¡Haz que mamá esté orgullosa! —Empujó la barra. Su rostro pasó de rosa a violeta en dos segundos. Las venas sobresalían y latían de modo alarmante.

—¿Necesitas ayuda? —pregunté.

Él rugió. Gritó. Dijo cosas horribles sobre su madre y su educación. Se desanimó y se rindió. Se puso de pie. Me miró con furia. Luego colocó el puño para que lo chocara con el mío, seguido por la explosión de asteroides que hacía que la vida valiera la pena.

—Eres el mejor. —Sacudió la cabeza—. Debes decirme qué tomas.

—Solo hormonas adolescentes. —Me encogí de hombros—. Es todo lo que tengo.

Él se alejó murmurando y maldiciendo. Otros cuantos tipos musculosos refunfuñaron para sus adentros. Pude distinguir casi todo lo que estaban diciendo, a pesar de los aullidos tristes de un cantante de música country que se oían por los altoparlantes en el techo. ¿Qué diablos me había hecho Stacey?

—Aún no terminamos. —El rostro de Victoria estaba más rojo que su pelo. Me llevó por un pasillo hasta una oficina privada y se sentó en la esquina del escritorio. Me senté enfrente de ella. Se veía furiosa—. ¿Qué clase de broma es esta?

—No es una broma.

—Vienes aquí el lunes, débil como un cordero, y ahora levantas más peso de lo que es humanamente posible. ¡Mírate! Eres fornido, no musculoso.

—Gracias. Qué amable.

—Algo está sucediendo, y no te irás hasta que obtenga respuestas.

Mi visión pareció cambiar. El halo fantasmal se formó alrededor de ella. Me sobresalté al darme cuenta de que era justo lo que había visto alrededor de mis compañeras de clase aquel día en la escuela. Por impulso, la sujeté como había hecho con la mujer en la tienda. El rostro enrojecido de Victoria palideció. Sus ojos se abrieron aún más, y su boca formó una O por la conmoción. Me puse de pie. Ella dio un salto y me atacó a besos húmedos y descuidados. Luego, caímos sobre el escritorio en un enredo de brazos, piernas y ropa.

Mi segundo cerebro exigía que le arrancara la ropa y que llegara hasta el final, mientras una mano recorría su tobillo desnudo, sus muslos tonificados y seguía subiendo hacia la gloria. El romántico empedernido en mi otro cerebro me pedía que resistiera. Mi instinto salvaje me controlaba, apartaba mi intelecto a un lado. Al parecer, Victoria se dejaba llevar por los mismos instintos porque sus manos jugueteaban con el cordón ajustable de mis pantalones cortos, al tiempo que se daba una batalla de pensamientos en mi cabeza.

Arráncale la ropa. Tira de su pelo. Es tuya. ¡Domínala!

¿Qué hay sobre el verdadero amor? ¿Qué hay sobre guardar tu virginidad para la mujer perfecta? ¡Es tu instructora de ejercicios, por todos los cielos! ¡Despierta!

Mi parte de romántico empedernido tenía razón. Estaba por acabar con mi virginidad por una mujer a la que apenas conocía y a la que mucho menos amaba.

Mi cuerpo se rehusaba a oír. Victoria estaba aferrada a mis pantalones. Intenté pensar en el béisbol. No sirvió. Me concentré en Katie, en su largo pelo rubio y en sus piernas bronceadas. Por un momento, pensé que había funcionado. Luego, mis manos se movieron para ayudar a Victoria con el cordón ajustable.

Me sentía como una marioneta. Una lujuria carnal desenfrenada me sujetó de los testículos, y no podía hacer nada para impedirlo. *¿Qué adolescente no cambiaría de lugar conmigo en este momento?* ¿Qué clase de tonto era? ¿No era eso lo que de verdad quería?, ¿que las mujeres me desearan? ¿Por qué otra cosa más le había pedido a Crye (Elyssa) que me ayudara?

Elyssa.

Unos ojos violeta encendidos brillaron en mi cabeza durante un instante. Mi cuerpo se quedó paralizado. Victoria rio encantada cuando desató el nudo. Me eché hacia atrás. Corrí hacia la puerta, y me di vuelta al tiempo que Victoria sujetaba el cordón con tanta fuerza que lo arrancó de los pantalones. Salí tambaleando hacia el gimnasio y choqué con un tipo que precalentaba elongando. Después de haberme disculpado y de haberme levantado los pantalones cortos, caminé como si nada hacia la salida; como si casi no hubiera tenido sexo con mi entrenadora ni se me hubieran caído los pantalones frente a un desconocido.

A pesar de mis nervios crispados, me sentía recargado y mejor que nunca. Sentía como si me llevara una parte de Victoria conmigo. Una vez había leído en *Cosmo* que perder la virginidad era como eso. Técnicamente, no había perdido la virginidad, pero podría haberlo hecho si hubiese querido, ¿y eso no era casi igual de bueno? Troté por las hileras de caminadoras, alineando mi camino con la salida y levanté un puño en el aire (ya que con la otra mano sostenía los pantalones). *¡Hoy, un chico casi se hace hombre!*

Miradas sobresaltadas recibieron mi explosión de entusiasmo post casi sexo. Me importaba un comino. Salí del gimnasio y apenas pude resistir la necesidad de saltar como un niño con una paleta. Se me erizó la piel de la nuca. Mis sentidos mejorados interpretaron la información. Algo femenino, pero no del todo humano se me acercó por detrás. Entrar al estacionamiento oscuro con poco más que mi reciente excursión carnal en la cabeza había sido un error.

La sensación caliente entre mis omóplatos se sentía extraña en comparación con lo que había sentido de las mujeres dentro del gimnasio, pero algo al respecto parecía muy familiar. Me di vuelta a tiempo para ver los delicados dedos blancos de Stacey extenderse hacia mí.

La tomé de los hombros y la levanté contra una camioneta sin ventanas. Ella gritó sorprendida. Sus ojos se abrieron más por el placer. Por fortuna, el elástico de mis pantalones logró sujetarse a la cintura en lugar de dejarlos caer al piso.

—Mi pequeño bocado. Cambiaste. —Sonrió de forma encantadora y con un toque de inocencia.

—No intentes tus trucos conmigo. ¿Qué eres?

Sus iris (charcos turbulentos de hipnosis de color ámbar) trataban de atraerme a sus profundidades. Me sacudí el efecto e intenté alcanzar los vapores sexuales que emanaban de ella, como había hecho con Victoria. Estos se apartaban como humo en el viento. Stacey mostró una sonrisa malvada y ronroneó. Liberó los brazos, me dio vuelta y me sujetó contra la camioneta. Luego, me lamió el rostro y me llenó de besos ardientes.

—Tú... —Beso—. Eres... —Beso—. Tan... —Lamida—. Apetecible, mi pequeño y tierno bocado.

Intenté apartarla pero, a pesar de mi fuerza recientemente descubierta, ella tenía ventaja y estaba en mejor forma. Sin embargo, no estaba del todo indefenso. Me escurrí de sus brazos y salí gateando. Los pantalones eligieron ese momento para caerse. Ella se abrazó la cintura y rompió en carcajadas histéricas.

—¿Qué es lo gracioso?

—Eres un verdadero encanto. Es una maldita pena que no pueda beberte. —Inhaló profundo y se recompuso, aunque una sonrisa radiante iluminaba su rostro—. Todavía puedo ofrecerte muchos placeres físicos. Eres el primero de tu clase en muchos, muchos años, que intenta atraerme a su abrazo. Qué excitante...

—En primer lugar, no intenté atraerte. —Me puse de pie y cubrí mi ropa interior blanca y ajustada con los pantalones cortos—. En segundo lugar, tienes colmillos y una lengua muy áspera. ¿Eres una vampira?

Sus labios gruesos dibujaron una sonrisa seductora.

—¿No tienes un tutor que te eduque sobre los aspectos del Supramundo? —Su risa encantadora recorrió el estacionamiento—. Tal vez te ponga bajo mi ala. Debes prometerme hacerme feliz. Muy feliz. Nos divertiremos mucho, mi corderito.

—¿El Supramundo?

—Considera mi oferta, corderito, y tendrás tus respuestas.

—¿Cómo se supone que te encontraré?

—No dejes que esa linda cabecita se preocupe. —Me dio un beso en la mejilla—. Yo te encontraré. —Dicho eso, salió corriendo en la oscuridad. Sus piernas se volvieron borrosas.

Sí. Era una vampira. Y eso no era un buen presagio para mí.

CAPÍTULO 12

Ir a la escuela parecía tan poco importante ese día que casi no fui. Pero me obligué a salir de la cama y me preparé de todas formas. No podía perder clases. Después de mi sesión de besos con Victoria, la urgencia de lanzar mi virginidad a los lobos del deseo ardía como carbón encendido en mis partes sensibles. Había tomado ciertas *precauciones*, pero me preocupaba otra pérdida completa de control. Podía hundirme en un océano de hormonas femeninas dentro de la escuela. Pero no tenía opciones.

Crye me sonrió apenas cruzamos las miradas cuando entré al gimnasio. Llevaba todo el atuendo gótico, incluida una cadena con púas desde la oreja hasta el labio. No podía conciliar la imagen de esa criatura gótica con la linda chica de la peluquería. Era como ver a una porrista en un concierto de heavy metal. Las incongruencias me hacían explotar la cabeza. A otros no parecía importarles su atuendo, ya que los alrededores de las gradas se mantenían libres de estudiantes. Subí las escaleras y me senté junto a ella.

—¿Dónde están Nyte y Ash? —Me pregunté si sus verdaderos nombres eran tan inocuos como George y Fred.

—Están retrasados. —Bostezó. La fatiga se marcaba en sombras oscuras debajo de sus ojos, que se veían a través del maquillaje.

—¿Algo anda mal?

—No, solo estoy cansada. Estoy tan harta de la escuela que no puedes imaginártelo.

—Parece una pérdida de tiempo. Tal vez debamos recibir educación en casa.

Ella soltó unas risitas. Me recordó a la linda chica de rosa, no a esa chica gótica con maquillaje espeluznante.

—Te ves mucho mejor hoy. —Me miró de arriba abajo—. Aunque hay otra cosa diferente. ¿Qué es? —Los orificios nasales se ensancharon muy levemente, y las pupilas se dilataron.

Miré hacia abajo.

—Quizás es la ropa interior limpia.

Crye resopló.

—No, es algo más. —Una manzana la golpeó en la parte trasera de la cabeza—. Auch. —Se frotó donde había recibido el impacto y miró hacia atrás.

Tomé la manzana y miré hacia las gradas de arriba. Nathan y un grupo de amigos deportistas aullaban de la risa. Gruñí y me puse de pie. Crye me tomó del brazo y tiró hacia abajo.

—Déjalo. Estoy acostumbrada.

—Esos imbéciles te golpearon —protesté.

—¿Y qué harás tú? ¿Ser mi príncipe valiente? ¿Ir allí y hacer que te patee el trasero el equipo completo de fútbol americano?

—No puedo quedarme aquí sentado y dejar que te hagan eso. —Miré con furia a los deportistas, que reían a carcajadas—. Además, es solo la mitad del equipo.

Ella me miró con esos hermosos ojos violeta por un momento y me tocó la mano con suavidad. Una sonrisa iluminaba su mirada.

—Gracias.

El calor me subió al rostro.

—Por nada —respondí—. Eh, no hay problema. Hablo mucho y nunca lo respaldo con acciones. —Ella volvió a reír. Me gustaba ese sonido—. Sé que sonará un poco odioso, pero ¿por qué cubres ese precioso rostro perfecto con todas esas cosas góticas?

Pude ver que se sonrojaba, aun a través del maquillaje.

—¿Crees que soy preciosa?

No solo la había atrapado con la guardia baja con esa pregunta, sino que también me había sorprendido a mí mismo. Había sido mucho más audaz de lo que había querido decir. Desvié la mirada tímidamente y luego me obligué a volver a mirarla.

—No dejes que se te suba a la cabeza.

Ella sonrió, al tiempo que sonaba el timbre.

—Supongo que pasé mi vida creando una piel dura. Es lindo recibir un cumplido de vez en cuando.

—Tal vez recibirías más si no tuvieras ese escudo gótico todo el tiempo. —Tomamos las mochilas y caminamos hacia la puerta de salida.

Me dirigió una mirada escrutadora por un momento, antes de encogerse de hombros.

—Nos vemos en el almuerzo.

La vi desaparecer entre la multitud de estudiantes y me pregunté si había herido sus sentimientos con ese comentario. También me pregunté qué estaba ocultándome. Definitivamente, había más sobre ella de lo que podía verse.

La primera clase fue apenas soportable. Annie y Jenny hicieron su mejor esfuerzo por hacerme enojar, riendo disimuladamente y lanzándome palabras hirientes.

—Alguien tiene una nueva novia gótica —comentó Jenny.

Annie resopló.

—Apuesto a que ella tiene *piercings* a todo lo largo de sus partes bajas. ¿Es verdad, Justin?

Las ignoré.

—Oh, está avergonzado, Annie. Tal vez herimos sus sentimientos. ¿Se pueden herir los sentimientos de un acosador?

—Solo si consigues una orden de restricción —contestó Annie.

Ambas rieron a carcajadas.

—Un corte de pelo y ropa nueva no significan que no eres un pervertido —señaló Jenny, intentando perforar mi desaire.

Sus vapores sexuales (como había decidido llamarlos hasta que alguien me indicara lo contrario) flotaban cerca para que los tomara. No tenía ni el menor deseo de tocar esas cosas malvadas. La idea de darles algún tipo de placer a esas brujas me daba escalofríos.

Jenny me pinchó la espalda con la punta de un lápiz. Me di vuelta.

—¿Cuál es tu problema?

—Tú y tus amigos espeluznantes —respondió—. Katie nos contó que estuviste acosándola. Te vio siguiéndola en el centro comercial.

—Mentira. —*¿De qué demonios habla?*—. No la vi.

—Debes tener cuidado —intervino Annie con su voz nasal—. Brad busca venganza después de tu golpe afortunado.

—Y acaba de comprarse una Harley nueva —agregó Jenny como si eso pudiera infligirme terror.

Sentí que una sonrisa malvada se me dibujaba en el rostro.

—Tal vez tome ese scooter y se lo envuelva alrededor de su cuello esquelético.

Jenny me miró con expresión de "¡Sí, claro!".

—¿Cómo una bola de grasa como tú podría hacerle algo a Brad Nichols?

Sujeté la esquina de su pupitre y lo partí con un ruido fuerte. Ella dio un salto y chilló al igual que la mitad de la clase. Sonreí con la mayor frialdad que pude lograr, aunque estaba seguro de que me veía más como un loco que otra cosa.

—Uuups. —Le di el trozo partido.

Ella levantó la mano y llamó a gritos al señor Herman.

Él apartó la vista de su representación artística de Simon y Garfunkel.

—¿Qué diablos quieres?

—Justin rompió mi pupitre. —Levantó el trozo para probarlo.

El señor Herman lo miró con ojos entrecerrados y luego miró el escritorio.

—Solo ponle pegamento. Ahora cállate y déjame en paz.

Jenny me golpeó la cabeza con el trozo de madera, pero no me dolió. Ella frunció el ceño.

—Te haré la vida miserable, asquerosa escoria.

—Tu mera existencia ya lo logra. —Le saqué la lengua.

Las siguientes clases consistieron en una serie de personas que intentaron hacer mi vida miserable con comentarios y gestos groseros y con rotunda hostilidad. Noté que Katie ya no estaba en mi clase de Cálculo. Alan Mueller me contó que se había cambiado a la clase de otro profesor el día anterior.

¡Por todos los cielos! ¿Mi presencia era de verdad tan insoportable?

A pesar de mi furia, me abstuve de romper otro pupitre. Algo me decía que mantener mi nueva fuerza en secreto sería una buena idea. No se sabía cuál agencia gubernamental supersecreta me capturaría, me sedaría y me haría una vivisección una vez que descubrieran que un adolescente podía romper pupitres con las manos.

Al parecer, Katie había difundido rumores falsos sobre mí. Dada mi condición de don nadie, no era sorprendente que todos le creyeran. Por fortuna, llegó la hora del almuerzo. Me uní a Crye y a la banda en la mesa de siempre.

Nyte me miró la ropa.

—Te ves mejor.

—¿No es demasiado convencional? —consulté.

Él se encogió de hombros.

—Eres quien eres. No es algo que decidamos nosotros.

Sonreí.

—Es bueno ver que quedan personas decentes en este lugar.

Él asintió con expresión seria.

—Lo sé. Una persona más que no es una bolsa humeante de excremento.

—Al parecer, tú y yo somos pareja. —Crye sonrió con suficiencia—. Al menos ese es el rumor.

—Lo oí —contesté—. ¿Nunca se terminará tanta estupidez?

Ella frunció los labios.

—Y bueno... A palabras necias, oídos... —Una naranja cayó sobre su puré de papas y salpicó su vestido de encaje color chocolate con la salsa horripilante, que solo podía encontrarse en los comedores de las escuelas.

Apreté la mandíbula. Saqué la naranja de la pasta marrón y miré furioso hacia el único lugar de donde podía haber salido. Nathan y dos defensas estaban sentados en su mesa habitual con varias porristas, riendo disimuladamente. Me puse de pie.

—¡No! —exclamó Crye.

Nyte y Ash me sujetaron, pero me solté.

—Enseguida regreso. —Me tragué la furia y caminé con calma hasta la mesa de Nathan. A pesar de la confianza en mi nueva fuerza, de verdad no quería meterme en una batalla campal. Podrían suspenderme o hasta expulsarme. Sabiendo lo que el director y las demás autoridades sentían por los jugadores de fútbol americano, no dudarían en proteger sus intereses. Nathan estaba de espaldas a mí mientras que los otros jugadores y las porristas me vieron desde un principio. Le contaron a Nathan que me acercaba porque él intentó ponerse de pie cuando llegué. Apoyé la mano sobre su hombro y lo empujé hacia abajo con tanta fuerza que las patas de metal de la silla chirriaron—. Oh, no te levantes por mí —expresé con una enorme sonrisa. Sujeté la naranja con la otra mano y reprimí el deseo de exprimírsela en el rostro. En su lugar, la estrujé sobre su puré de papas hasta que la naranja quedó hecha una masa pulposa. Nathan luchó por levantarse. Lo mantuve sentado con poco esfuerzo.

Uno de los defensas se puso de pie. No podía recordar su nombre ni su puesto real en el equipo, así que llamaba a todos los que no conocía "Defensas". Era más sencillo para mí.

—¿Quién diablos crees que eres? —Rodeó la mesa.

Mostré la sonrisa más amistosa posible, aunque tal vez se veía más como una sonrisa maniática en mi rostro pálido y regordete. Tendría que practicar más las sonrisas.

Me lanzó un puñetazo. Di un salto hacia atrás y vi su puño darle en la oreja a Nathan en cámara lenta. Este chilló como un cachorrito. Me di vuelta y regresé a la mesa, mientras Nathan y su amigo se gritaban uno al otro. Me senté y me limpié los restos de naranja y puré de la mano.

Luego, mordí la hamburguesa que, probablemente, las señoras del comedor habían armado con gatos muertos del callejón.

Crye sacudió la cabeza.

—Esa fue una de las cosas más estúpidas que he visto. ¿Estás buscando que te maten?

Ash se quedó con la boca abierta.

—Yo creo que fue genial.

—No apruebo la violencia física —planteó Nyte—. Aunque los obligaste a ejercerla entre ellos, así que lo apruebo totalmente.

Una sonrisa rompió la expresión furiosa de Crye.

—De acuerdo, fue bastante ingenioso, pero tan estúpido que quisiera golpearte.

Sonreí.

—¿Qué harás? ¿Darme nalgadas frente a todos?

—Hablo en serio, Justin. No vuelvas a hacer algo así de peligroso y tonto. Ya soy grande. Puedo soportar toda la estupidez que esos imbéciles reparten.

Me encogí de hombros.

—Bien. Ya no traeré mi radiante armadura a la escuela.

De repente, los ojos de Nyte y de Crye se abrieron más. Una mano me sujetó del hombro.

—Ven conmigo, muchacho —ordenó el señor Barnes.

Mi instinto me decía que me lanzara de cabeza por la ventana del comedor y que huyera. Mi siguiente instinto me decía que le rompiera la mano al señor Barnes y que lo arrojara por la ventana del comedor. El sentido común me dictaba actuar de manera inocente y negar todo. Así que me puse de pie y lo seguí sin decir palabra. Fuimos a la oficina principal. La secretaria me miró con un ceño fruncido intencional. Estaba seguro de que lo había practicado un millón de veces frente al espejo para que los estudiantes supieran lo mal que estaban por pasarlo.

Le devolví una sonrisa vacía, como la que el tonto del pueblo les mostraría a los otros habitantes mientras lo llevaban a la horca. Vi mi reflejo en el espejo que colgaba detrás de su escritorio y me di cuenta de que hasta ese intento se veía extraño y demencial. De verdad necesitaba practicar expresiones faciales. Tal vez tomar clases de teatro. Qué patético. Entre paréntesis, me alegraba ver que aún tenía un reflejo. Cualquiera fuese la enfermedad horrible pero indudablemente genial que Stacey me había pasado, no me había convertido (todavía) en una criatura de la noche. Si eso hubiese pasado, tal vez me habría puesto como un desquiciado con el señor Barnes, y al diablo las consecuencias.

Jamás había estado en la oficina del director. El señor Barnes me condujo hasta una silla frente a un escritorio de madera gastado y rayado. Luego, cerró la puerta y me dejó allí solo mientras, presumiblemente, iba a buscar al director. Lee Perkins, el director, era un títere del fútbol americano, al igual que Ted Barnes. Ambos eran miembros influyentes del Club de los Mariscales de Campo, y las cosas que había oído sobre las actividades turbias del club hacían que la mafia pareciera una banda de ángeles.

El señor Perkins entró a la oficina con expresión seria. Se parecía mucho al Coronel Sanders después de haber comido demasiado pollo frito. El señor Barnes lo siguió lo más cerca que pudo de su amplia estela. Los miré con mi mejor expresión de inocencia.

—Oí que estuviste haciendo toda clase de cosas nada buenas —planteó el señor Perkins con su acento sureño tradicional y algo refinado—. La mitad de la escuela exige tu cabeza en bandeja de plata, muchacho.

—¿Cómo? ¿Por qué, señor? —Apoyé las manos sobre las piernas para evitar que temblaran.

El señor Barnes dejó caer la mano con fuerza sobre mi apoyabrazos.

—No uses ese tono con nosotros, muchacho. —Su acento de pueblerino blanco del Sur lo hacía sonar como un hombre de pocas luces.

—Bueno, bueno —intervino el señor Perkins—. Estoy seguro de que no tenemos que decirle al señor Case cómo actuar frente a sus superiores. —Me guiñó un ojo—. ¿No es así? —Decidí ir sobre seguro, y sacudí la cabeza—. Tenemos varios testigos que afirman que hoy atacaste a Nathan Spelman en el comedor. Es un delito de lesiones, muchacho. Tengo buenos amigos en la comisaría. Algunos de esos buenos muchachos podrían educarte sobre las formalidades que implica esa acusación.

Me pregunté si se daba cuenta de que *muchacho* ya no era un término aplicable a la mayoría de los hombres a los que hacía referencia, o si era un pedófilo por naturaleza.

—Solo estaba regresándole la naranja que se le había caído —expliqué—. Estoy seguro de que hay muchos testigos que respaldarán mis dichos.

El señor Barnes rio por lo bajo.

—No sé tú, hijo, pero yo les creería más a unos atletas robustos, bien estadounidenses, como Nathan, que a la mesa de adoradores del diablo con los que estás complotado.

Con mucho esfuerzo, mantuve la boca cerrada.

—¿Quiere que me disculpe con Nathan por haberle devuelto la naranja? Se le cayó bastante lejos porque aterrizó sobre el puré de papas de mi amiga.

—¿Qué tal si te muerdes la lengua, muchacho?

Esperé que, en cualquier momento, me pidiera que chillara como un cerdo.

El señor Perkins se reclinó en la silla y apoyó los brazos sobre el nudo duro de grasa condensada que llamaba "estómago".

—No veo más remedio que suspenderte por tres días o darte una semana de castigo después de la escuela. Sospecho que una suspensión solo te daría vía libre para sembrar el caos en la sociedad en general, lo que tendrá un efecto negativo en nuestra institución de excelencia. Por lo tanto, te entregaré a Marjorie Foreman.

¿La señora Foreman? Palidecí. Lo supe porque sentí el rostro como si me hubieran echado agua helada.

—No hice nada. Nathan nos arrojó una naranja. Su propio amigo lo golpeó en el rostro. —La desesperación de mi tono de voz sonaba patética.

Él sonrió.

—Estoy seguro de que es la historia de la que esperas que creamos. Lamentablemente, eso no tiene mucho sentido para ninguno de nosotros.

Apreté la mandíbula.

—Tal vez, si me uno al equipo de fútbol americano, lo que yo diga tenga sentido para ustedes.

—Bueno, muchacho, creo que acabas de darle a tu novia adoradora del diablo una semana de castigo contigo después de la escuela. ¿Te parece bien, Ted?

El señor Barnes asintió. Sus ojos desbordaban de un brillo malvado. Sentí que mi determinación pacífica comenzaba a fallar. Deseaba tanto moler a golpes a esa escoria inútil que me dolía. La ira comenzaba a hervir en el centro de mi estómago. Pero no podía hacer realidad mis fantasías. Por un lado, de verdad iría a la cárcel o sería un fugitivo. No quería tirar mi vida normal por la borda. Así que mantuve la boca cerrada mientras ellos se regodeaban y se divertían. Con superfuerza o no, no había nada que pudiera hacer, y eso apestaba.

CAPÍTULO 13

Crye estaba sentada en la sala de espera con expresión adusta cuando salí de la oficina del señor Perkins.

—Muchas gracias por conseguirme prisión después de la escuela —protestó.

—¿Cómo sabes que te castigaron? Acaban de decírmelo.

—Sí, bueno, Barnes y *Jerkins* me dijeron que me había ganado el castigo por haber utilizado mis encantos femeninos para alentarte a cometer un acto de violencia.

—¡Esas son puras mentiras! —Lo que le había dicho al director no había importado. Esos bastardos mentirosos planeaban castigarla sin importar lo que pasara. Casi me di vuelta para golpearlos a los dos. En su lugar, tomé a Crye de la mano y la arrastré por el pasillo hasta la salida de la escuela.

—¡No tengo tiempo para todo este melodrama! —Crye se soltó—. Si pudieras mantener la boca cerrada, las cosas saldrían mucho mejor para nosotros. Nathan y sus gorilas se acercaron a la mesa y amenazaron a

Nyte y a Ash después de que te habías ido. Él les dijo que los sujetarían y les arrancarían los *piercings* con una tenaza.

—Tiene que ser una broma. ¿Y esos son los estúpidos por los que las autoridades harían cualquier cosa para protegerlos? —Emití algún tipo de gruñido, aunque más bien sonó a indigestión.

—Eso, Justin. Enójate. Enloquécete. Hasta ahora nos ayudó mucho.

Me volví hacia ella.

—¿Qué quieres que haga? —grité—. ¿Dejar que arrojen manzanas a tu cabeza y naranjas a nuestra mesa y que se burlen de nosotros? ¿Eso es lo que disfrutas? ¿Se te hace más fácil cortarte con hojas de afeitar por la noche para sentirte mejor? —Volteé para irme, pero regresé—. Odio sentirme como basura. Odio ver que te hagan estas cosas, Elyssa, porque, a pesar de todo tu esfuerzo por taparte con esa máscara gótica, creo que eres alguien especial.

Las lágrimas se acumularon en sus ojos grandes, y el rímel corrió por el rostro blanco. Se veía asqueroso, pero me desgarró el corazón. Ella sacudió la cabeza lentamente; luego, se dio vuelta y se alejó.

El resto del día se volvió borroso. La gente hacía comentarios crueles sobre mí y sobre mis amigos. Al menos un par de nerds con testículos de acero se acercaron y me felicitaron por haber hecho algo respecto de Nathan. Mark y Harry pasaron junto a mí en el pasillo, con novias nuevas, y me lanzaron miradas fulminantes de odio. No importaba lo que hiciera ni qué superpoderes tuviese: igualmente, era un paria.

Para empeorar las cosas, los vapores sexuales de cada chica que veía me distraían constantemente. Por fortuna, el factor lujuria no estaba fuera de control como había sucedido con Victoria. Siempre y cuando pudiera evitar tocar los hilos cargados de sexualidad, no corría peligro inminente de besarme con chicas al azar. Me pregunté si perder la virginidad acabaría con el deseo inhumano y ardiente que irradiaba de mi entrepierna, o si solo empeoraría las cosas. Me encontré pensando en frases de *La princesa prometida* una y otra vez, para recordarme que valía la pena esperar el amor verdadero.

Cuando sonó el timbre de salida, decidí llevar los libros al auto antes de dirigirme al aula para cumplir el castigo. Me detuve conmocionado en la puerta. Parecía como si un ejército de artistas callejeros drogados hubiera atacado con tizas la acera que llevaba al estacionamiento. Extraños patrones y símbolos encerrados en círculos cubrían cada centímetro cuadrado de cemento. Debido al seto que bordeaba un lado y a un aire acondicionado de tamaño industrial que bloqueaba el otro, era imposible no pisarlos. Al parecer, al artista no le importaba.

La mayoría de los estudiantes apenas si les prestaba atención mientras los pisoteaban. Una persona con sombrero de vaquero estaba apoyada sobre un Impala negro de 1967. Yo no era experto en automóviles, pero había visto cada episodio de *Supernatural* y podría haber reconocido el auto de Dean Winchester en cualquier parte.

Pero la persona apoyada sobre el vehículo no era un personaje de ficción. Era el tipo que me había parado frente a la escuela el otro día, cuando me había preguntado por los chicos Slade. Observó la salida de los estudiantes con gran interés, con especial atención en Garth Reed, un chico alto y muy pálido, quien debía estar a una secuencia de ADN de ser albino.

Cuando Garth llegó al final de la acera, mi nueva visión amplificada detectó la decepción en el rostro del vaquero. *¿Será alguna clase de pedófilo?* Tuve ganas de confrontarlo. Con mi nueva superfuerza, podría hacer algo bueno.

Oí un grito ahogado y me di vuelta. Crye tenía la vista clavada en la acera; luego, examinó el estacionamiento.

—¿Quién dibujó esto? —me preguntó.

Me encogí de hombros.

—Ya estaban ahí.

Lo que quedaba de los estudiantes terminó de salir. Crye se arrodilló al borde del primer patrón y apretó los dientes.

—¿Qué diablos hacen los arcanos aquí? —Lo murmuró como para sí misma, pero mi nueva audición mejorada lo oyó sin problemas.

¿Arcanos? Bien, eso de verdad me daba escalofríos. Estiré el brazo hacia ella, con la esperanza de poder disculparme por el exabrupto de más temprano y también para averiguar a qué se refería con lo de arcanos, pero salió corriendo por la acera.

Comencé a seguirla, pero alguien me tomó del brazo y me hizo voltear. Ted Barnes me confrontó con su cabeza calva brillosa.

—No olvides el castigo, muchacho. —Abrí la boca para explicarle que solo quería dejar los libros en mi auto, pero decidí que tendría más suerte si explicaba las leyes de la termodinámica a un frasco de cerdos encurtidos que a ese idiota—. ¿Quién diablos dibujó esos símbolos diabólicos por toda la acera? —gritó a nadie en particular. Llamó a voces a un conserje, que pasaba por el corredor—. Pedro, necesito que limpies aquí, pronto.

—Es demasiado tarde —expresé en tono misterioso—. Toda la escuela está poseída. El diablo es nuestro dueño ahora. Viva Cthulhu. —Gimoteé como un zombi y me alejé.

Barnes se quedó con la mirada perpleja, y yo esperaba que con una buena dosis de temor en esa mancha oscura a la que llamaba *alma*.

La verduga, conocida como la *señora Foreman*, me esperaba en su aula después de clase. Era una mujer afroamericana, de baja estatura y aspecto dulce, con anteojos grandes y una apariencia distraída. En otras palabras, mi peor pesadilla. Esa fachada ocultaba la verdadera naturaleza de la bestia diabólica que acechaba en su interior.

Yo había cometido el error de contrariarla en la clase de Inglés en mi segundo año de secundaria al haberme hecho el listo con un comentario sobre sus anteojos. Ni siquiera me había enviado a la oficina del director, sino que me había mostrado una sonrisa maternal y me había castigado con limpiar los baños después de clase, algo que me había marcado de por vida.

Crye entró al aula un momento más tarde. La señora Foreman la miró de arriba abajo.

—Bueno, a ver. Esto no funcionará, ¿de acuerdo? —El desdén se derramaba por sus palabras—. No podemos permitir que me ayudes con toda esa joyería peligrosa. —Abrió un cajón del escritorio y sacó una bolsa de plástico, que le entregó a Crye—. Coloca toda esa joyería aquí adentro y quítate ese maquillaje horrible del rostro. Y no te preocupes: le daré al señor Case algún trabajo productivo mientras regresas.

El trabajo productivo consistió en tomar un limpiador para pizarrones y comenzar por el suyo. Luego, debía ir a cada una de las aulas y rociar los otros con esa cosa tóxica para limpiarlos hasta que brillaran. Después de haber recorrido cinco aulas, sabía lo que inhalar gases le hacía al cerebro humano. *Este limpiador para pizarrones está destruyendo mis neuronas.*

Crye se unió a mí en la sexta aula. Esperaba que me mirara con el ceño fruncido o que me gritase. En su lugar, me ignoró, y eso dolió aún más. Limpiamos varios pizarrones hasta que ya no pude soportar más.

—Oye, siento lo que dije antes. Solo dime algo. Por favor. —Ella me golpeó en la cabeza con un borrador—. ¡Auch!

Crye asintió satisfecha.

—Ahora que arreglamos eso, gracias.

Me froté la cabeza.

—¿En serio? ¿Me golpeas y luego me agradeces? —*Las chicas están locas.*

—Por ser mi amigo y por defenderme. Me enfurece cuando pierdes los estribos y haces algo estúpido sin pensar. Eres solo un nam... Quiero decir: Nathan es enorme. Podría destrozarte.

—Eso tiene mucho sentido. Me agradeces por algo que te hace enojar. ¡Ufff!

—¿Estoy oyendo hablar? —resonó la voz de la señora Foreman por el corredor. Asomó la cabeza por la puerta—. Bueno, bueno, niños. No se habla durante el castigo.

Asentimos. Sonrió con la dulzura de una manzana acaramelada con una hoja de afeitar en el interior y desapareció por el pasillo. Miré a Elyssa. Se veía mucho mejor sin todo el maquillaje ni los *piercings*. Yo odiaba el nombre *Crye*. A partir de ese momento, aunque ella me golpeara, la llamaría *Elyssa*, tuviera el maquillaje gótico o no.

Quería preguntarle sobre los arcanos y sobre por qué los símbolos en la acera la habían hecho dar un grito ahogado, pero no quería hacer olas. Elyssa no había reaccionado bien ante mi consulta sobre el tipo de la remera de Affliction en el centro comercial. No tenía dudas de que ella no recibiría con buenos ojos preguntas sobre patrones misteriosos, pedófilos con sombrero de vaquero y lo que fuera que quisiera decir con *arcanos*.

La palabra *arcano* no tenía sentido en el contexto en el que ella lo había utilizado. Significaba *recóndito, reservado*, pero ella lo había usado en plural. Tal vez no la había escuchado bien. Tal vez había dicho alguna palabra que sonaba similar. Era una pregunta más que tenía sobre esa extraña chica.

～

Elyssa me sorprendió al presentarse en la escuela con ropa normal al día siguiente. Vaqueros oscuros, remera rosa y botas de cuero. El pelo negro y sedoso enmarcaba una piel clara inmaculada, sin nada de metal.

¡Maldición, es preciosa!

Ella sonrió con suficiencia ante mi confusión y se acercó por las gradas del gimnasio hasta mí.

—La comandante Foreman exigió que no usara mi maquillaje diabólico hasta después de haber terminado nuestro castigo. —Chocó los talones e hizo un saludo militar para agregarle efecto a las palabras.

Resoplé.

—Sin ofender, pero me gusta más la Elyssa normal, no gótica.

Me dio un empujón en el hombro.

—No hay nada normal en mí.

Vi el brillo intenso en esos adorables ojos violeta y asentí.

—Lo sé, Elyssa. Lo sé.

Sorprendida con la guardia baja, Elyssa pestañeó y dio un paso atrás. Se veía como una niña a la que habían atrapado con la mano en la lata de galletas.

—Oye, emmm... tengo que ir a clase.

—Pero aún no sonó el timbre.

Antes de que pudiera detenerla, se dio vuelta y salió apresurada del gimnasio. Dudé por un momento y luego me levanté para seguirla. Caminé por los pasillos vacíos, pero ella no estaba por ninguna parte. Se me erizó la piel de la nuca. Volteé e intercepté la mano que buscaba mi brazo.

Los ojos de Randy brillaron por la sorpresa, pero se recuperó a una velocidad sobrehumana: se liberó y me arrojó contra una pared.

—Has madurado. —Mostró sus colmillos manchados de rojo—. Estoy listo para probar. —Se sintió como mi primer encuentro con él; el miedo se extendió como veneno por mis venas. *¡Ahora tienes superpoderes, idiota! ¡Utilízalos!* Le di un rodillazo en la entrepierna. Él se corrió a un costado, pero fui lo suficientemente rápido como para alcanzarlo. Con un rugido, liberé los brazos. Randy se apartó hacia la izquierda. Un puñetazo me dio en la mandíbula. Giré. El mundo tambaleó. Otro golpe me dio entre los omóplatos. Mi rostro chocó con el piso. Sentí peso sobre la espalda. Randy me tomó del pelo y echó mi cabeza hacia atrás para dejar la garganta al descubierto—. Maldición, Justin, eres mucho más fuerte, ¿verdad? —Él rio por lo bajo—. Nuevo corte de pelo, unos vaqueros elegantes... —Me tiró el brazo hacia atrás y presionó hasta que sentí como si se me fuera a salir de lugar.

—Ahh... —gruñí, sin poder moverme ni resistirme—. Vete al Infierno, Randy.

—Oye, hasta tienes una linda chica ahora. —Randy suspiró—. Lástima que tu sangre sea un bien demandado en mi ambiente.

—¿Te refieres al ambiente de los vampiros? —Mi voz sonaba forzada a través de la garganta tensa.

—No luches, o esto se tornará un verdadero desastre. —Sentí un pinchazo en el cuello. Di un grito ahogado y me pregunté si así se sentía la mordida de un vampiro. Los segundos parecieron una eternidad—. Listo. Bueno, excepto que no pude probar.

Sentí su aliento caliente en mi cuello.

—¿Qué me hiciste?

—Solo te quité algo de sangre —rugió Randy—. No soy gay, Justin, así que no malinterpretes esto.

Sentí su respiración más acelerada en mi cuello. Sentí que su excitación aumentaba. Sonó el timbre, y Randy se sobresaltó. Puse todo mi esfuerzo en mi brazo libre y empujé hacia arriba con la mayor fuerza posible. Volamos un metro y medio. Oí un crujido tremendo. Un dolor agonizante me atravesó el hombro.

Randy cayó en cuatro patas, con los colmillos brillantes y gruñendo como un animal.

—¡Maldita basura!

Vi una jeringa con mi sangre rodar por el piso. Intenté tomarla, pero la agonía explotó en mi hombro dislocado. Debí haberme desmayado por un instante porque, cuando recobré la conciencia, Randy ya no estaba. Una estampida de pasos retumbó por los pasillos. No quería que nadie me encontrara así, por lo que me esforcé por levantarme, con el brazo inutilizado, que colgaba al costado, y tambaleé hasta el baño más cercano.

Justo era el baño de hombres, donde había encontrado a Randy y a Brad unos días atrás. Mi complexión tenía una tonalidad verdosa. Se me formó un golpe enrojecido en la sien, y un hilo de sangre seca corría por el costado de mi cuello, donde Randy me había pinchado con la jeringa. Una descarga de endorfinas me rescató del dolor punzante en el brazo. Jamás se me había dislocado el hombro, y no tenía idea de qué hacer al respecto. Todo lo que podía hacer era no caer de rodillas y vomitar.

En las películas, los tipos duros se golpeaban fuerte contra una pared o simplemente se tomaban el brazo afectado y lo colocaban en su lugar. En teoría, parecía que cualquiera de las dos podría funcionar, o tal vez solo haría que gritara, vomitara y me desmayase. No quería terminar inconsciente en el piso del baño. Los otros chicos ya hablaban mal de mí. Encontrarme en esas condiciones solo echaría gasolina al fuego.

Oí que alguien se acercaba, así que me escondí en uno de los baños y esperé. Un grupo de chicos entró debatiendo sobre quién ganaría una pelea entre Thor y Hulk. Cuando se fueron, otro par de voces resonó en las paredes.

—¿Dónde está Randy? Amigo, si esos esteroides que vende son la mitad de buenos de lo que él afirma, por fin podremos entrar al equipo de fútbol americano.

—Después, chicas a montones, compañero.

—Mencionó algo sobre una versión nueva y mejorada que saldría pronto. —Unas manos secas se frotaron con entusiasmo—. ¡Esa basura será una bomba!

—¡Absolutamente fantástico!

—¡Una locura!

Un par de manos chocaron para festejar. Los chicos siguieron hablando sobre futuras conquistas con la superdroga de Randy, con demasiado optimismo respecto de con quién tendrían sexo. El alegre fanfarroneo se convirtió en unas cuantas maldiciones cuando sonó el timbre y Randy aún no había aparecido.

¿Qué diablos es esa droga? No hacía falta ser un genio para unir los puntos entre mi sangre y ese esteroide. Randy podría haber probado, como había dicho, pero había elegido llenar una jeringa primero. Si planeaba distribuir una droga mejorada de manera sobrenatural entre la población escolar, crearía un caos. Debía averiguar más, en lo posible, con mi brazo de nuevo en su maldito lugar.

Después de que los chicos decepcionados se habían ido arrastrando los pies, salí preguntándome cómo reacomodar el brazo. *¿Debería ver a la enfermera?* Parecía la única opción sensata. Lo extraño era que la hinchazón enrojecida de la sien había cedido visiblemente y, aunque el brazo colgaba, el hombro no estaba matándome.

¿También tengo poderes de curación? Me quedé mirando el bulto en la sien, pero no lo vi cambiar frente a mis ojos.

—¿Justin?

Se me cortó el aliento, y giré hacia la puerta. Elyssa me miraba con el ceño fruncido, como una madre que acababa de atrapar a su hijo portándose mal.

—¿Qué haces en el baño de hombres? —Me sentí más vulnerable, como si su presencia allí fuera similar a que me viera en el inodoro.

—¡Tu brazo! —Pasó la mirada entre el bulto en la sien y el brazo—. ¿Qué te sucedió?

Intenté pensar una excusa razonable, que no involucrase vampiros.

—Nathan —respondí débilmente—. No sé cómo reacomodarlo en su lugar.

Elyssa mostró los dientes.

—Ese animal... ¿Por qué no fuiste a la enfermería?

—Odio esta escuela y a casi todos los que están adentro. No quiero que nadie sepa sobre esto.

Ella frunció los labios y asintió.

—No sé cómo no estás aullando del dolor en este momento. Debes ser más fuerte de lo que creía.

—Endorfinas —expliqué—. Créeme, primero me desmayé.

Elyssa me tocó el hombro, justo fuera del hueco entre el hueso y la cavidad.

—Apóyate contra la pared.

—¡Oye, aguarda! —Retrocedí, e hice una mueca cuando mi brazo se bamboleó—. ¿Desde cuándo puedes acomodar brazos dislocados?

—Desde que lo hacía con mis hermanos todo el tiempo cuando éramos chicos. —Una débil sonrisa asomó por la comisura de sus labios—. Juegan duro.

—¿Tienes hermanos? —Sentí curiosidad por esta nueva percepción de su familia—. ¿Alguna hermana?

—Cállate, y prepárate contra la pared.

Hice lo que me había pedido.

—No te gusta cuando hago preguntas, ¿verdad?

En respuesta, me sujetó el brazo y lo colocó en su cavidad. El dolor me deslumbró. Abrí los ojos de golpe. El rostro hermoso pero preocupado de Elyssa me cubrió la vista. Gemí de placer.

—Te *corazón*, Elyssa.

Sus mejillas blancas se sonrojaron.

—¿Ahora hablas con emojis, Justin? —Elyssa suspiró—. Debes sacar el trasero del piso del baño y tomarlo con calma.

Me sentí embriagado por las endorfinas.

—Carita con guiño, carita de diablo, corazón.

Elyssa rio con nerviosismo.

—¿Qué sucede contigo? —Su mirada se suavizó, y apoyó una mano sobre mi mejilla—. Maldición, Justin, detente. Por favor. —Me tiró hasta levantarme con sorprendente facilidad—. Has perdido mucho peso, ¿verdad?

Mis sentidos regresaron y, con estos, una oleada de vergüenza. La miré y me perdí en esos ojos violeta brillantes de ella. *¡Por todos los cielos!* Lo que fuera que sentía por Katie parecía un enamoramiento de primaria en comparación con las emociones que se acumulaban en mi pecho en ese momento. Elyssa era inteligente y fuerte. Me hacía reír y me ayudaba a ver la vida de una manera completamente distinta. Había estado allí para mí cuando nadie más lo había hecho. ¡Cielo santo, acababa de reacomodarme el hombro!

¿Es amor verdadero? ¿Esta chica es la única para mí, o son las hormonas las que están hablando otra vez? Intenté hablar, pero mi corazón estaba tan apenado en ese instante que no podía pensar en qué decir. Solo quería sentir los labios de Elyssa sobre los míos y envolverla en mis brazos.

—No estás drogado, ¿no? —preguntó Elyssa—. Te ves aturdido.

—Drogas, sí. —Ella era mi nueva droga—. ¿Saldrías conmigo, sí o no?

Sus pestañas oscuras se agitaron. Mi superoído oyó que el latido de su corazón se aceleraba. Al instante, su rostro se tensó, y el pulso regresó a la normalidad.

—Justin, ve a clase. Te veré más tarde.

Me giró en dirección del aula y me dio un leve empujón para que empezara a caminar. Pestañeé y salí de mi estupor.

—¿Por qué estabas en el baño de hombres...? —Corté la pregunta cuando giré para mirarla porque se había ido.

Elyssa no estaba a la hora del almuerzo. Harvey y Phuc (los verdaderos nombres de Nyte y Ash) tampoco sabían nada de ella.

—Es muy reservada —comentó Ash—. Desistí de preguntarle adónde se va cuando desaparece.

—¿Desaparece? —repetí—. ¿Como Clark Kent le hace a Luisa Lane?

Él asintió.

—Tal vez no así, pero se pone muy seria de repente y solo se aleja sin decir palabra. Una vez, no regresó al colegio en todo el día.

—¿La ven mucho fuera del colegio? —consulté.

Nyte asintió.

—Sí, vamos a algunos clubes góticos. Conocemos a mucha gente en esos lugares.

—¿Cómo se conocieron? —inquirí.

—Aquí, en la escuela. —Ash se encogió de hombros—. Fue como si un día ella hubiera aparecido y, de repente, ya estaba en nuestra banda.

—Nuestra pequeña banda —agregó Nyte—. Realmente no tengo idea de por qué alguien tan inteligente y sensual como Elyssa querría ser nuestra amiga.

Ash asintió en señal de acuerdo.

—Es como si utilizara maquillaje para ocultar lo linda que es.

No podía estar en desacuerdo.

—Todos los chicos se quedan mirándola sin maquillaje pero, como anda con nosotros, que somos los marginados impopulares, nadie quiere arriesgar su reputación al invitarla a salir. —Nyte sonrió con suficiencia—. Además, ella solo tiene ojos para un chico en esta escuela.

El alma se me fue al suelo. *Con razón es tan distante.* Cerré los ojos en una plegaria silenciosa. *Si es Brad Nichols, lo asesinaré.*

—Maldición. ¿Quién?

Ash y Nyte intercambiaron miradas divertidas.

—¿Qué sucede? —indagó Ash.

Ignoré la pregunta.

—Nada, solo... —reprimí un gemido y los miré con expresión miserable.

—Amigo, ¿estás enamorado de Elyssa? —Ash emitió un ruido ahogado, como si intentara reprimir la risa.

Nyte se veía preocupado.

—Justin, no llores, amigo.

—Sí, maldición. Ni siquiera me había dado cuenta, pero... —Era demasiado triste para terminar la idea—. ¿Quién es el afortunado imbécil?

Ash soltó una carcajada.

—Compañero, eres un genio en Cálculo, pero un completo idiota cuando se trata de mujeres.

Nyte rio por lo bajo.

—Eso también nos describe a nosotros a la perfección, tonto.

—Bien, de acuerdo, también somos idiotas. —Ash hizo un ademán como restándole importancia—. Como sea...

—¡A Elyssa le gustas tú, amigo! —Nyte me dio una palmada en el hombro dolorido.

Di un grito ahogado y respiré entre dientes.

—¡Vaya!, pensé que estarías más feliz que eso —señaló Ash.

Las lágrimas me hacían arder los ojos. No lloraba por el dolor, sino de alegría. *¿Le gustaba a Elyssa?*

—Pero no actúa como si le gustara.

—Tengo entendido que tiene una familia superestricta. —Nyte hizo una mueca—. Sin mencionar dos hermanos mayores que, probablemente, te patearían el trasero.

—Conocí a su madre. —Me encogí de hombros e hice una mueca—. Parecía agradable.

—Siempre son agradables hasta que empiezas a salir con su hija. —Ash me mostró una sonrisa empática.

—Por ella me dejaría patear el trasero —afirmé. ¿O no? Después de todo, tenía superpoderes. Sus hermanos se llevarían una gran sorpresa si intentaban algo.

~

—¿Dónde estuviste a la hora del almuerzo? —le pregunté a Elyssa durante el castigo.

Ella levantó un balde y una espátula, ya que nuestra siguiente tarea era despegar goma de mascar de los pupitres.

—Cosas de chicas.

—¿Cómo, emmm, estar indispuesta?

Elyssa me clavó una mirada fulminante y me arrojó el balde en los brazos.

—Comienza aquí. Yo empezaré al otro extremo del pasillo.

—Pero, pero creí que despegaríamos goma de mascar juntos.

Ella sacudió la cabeza.

—Haces demasiadas preguntas, Justin.

Antes de que pudiera objetar, se fue. Salí tras ella, pero la señora Foreman se asomó al pasillo con las manos en las caderas. Giré y regresé a su aula para comenzar. Como era de esperarse, los pupitres de su aula estaban bastante limpios. Imaginaba que ella se beneficiaba más del trabajo infantil que una fábrica de zapatos china.

Elyssa se esfumó antes de que pudiera hablar con ella después del castigo. La señora Foreman estaba impresionada por la cantidad de goma de mascar recolectada. Utilizando mi superfuerza, había levantado cada pupitre con una mano, mientras raspaba la parte inferior con la otra. Eso aumentó mi eficiencia un ciento once por ciento. Sí, lo había calculado.

Vacié el balde en la basura, lo dejé y corrí hacia el estacionamiento. Elyssa no estaba por ninguna parte. Una punzada de rareza activó mis reflejos de peligro. Stacey salió caminando de detrás de un autobús escolar, aplaudiendo lentamente.

—¿Por qué me aplaudes lentamente? —le consulté—. ¿Y por qué eres una acosadora tan escalofriante?

Ella chasqueó la lengua.

—No es agradable, mi pequeño bocado. Para nada agradable. —Me rozó la mejilla con la mano.

Suspiré y revoleé los ojos.

—Lo que no es agradable es que te eches encima de mí, sin mencionar que intentas arrancarme el alma.

—Me alimento del miedo, no de almas.

—*No* significa *no*, Stacey.

Ella sonrió con superioridad.

—Estás entrando en territorio decididamente peligroso, mi querido juguete. ¿Has pensado en el trato que te ofrecí?

—¿Convertirme en tu esclavo sexual? No lo creo. —Caminó por detrás de mí. A pesar de que no me gustaba la idea de que una mujer muy fuerte, sin mencionar los colmillos, se parase detrás de mí, mantuve mi ubicación. Ella envolvió sus brazos alrededor de mi pecho y mordisqueó mi oreja. Luego, por supuesto, me lamió. Giré y la alejé—. ¿Podrías dejar de lamerme? Tu lengua parece papel de lija y me dejará un sarpullido.

—Pero me gustas —planteó ella—. ¿No lo ves?

—¿Por toda la gesticulación y porque me llamas *bocado* y *juguete* y bla, bla, bla? Y hablas como una idiota presumida. Tal vez hace rato que andas por aquí, pero debería utilizar el lenguaje de este siglo, no el de dos siglos atrás. —Sus ojos brillaron como charcos de color ámbar. Las lágrimas se acumularon precipitadamente antes de caer por sus mejillas y sobre los labios temblorosos—. Mira, lo siento. No quise herir tus sentimientos.

—¿Por qué no te gusto? —indagó con expresión dolorosa.

Malditas mujeres y su habilidad para dar vueltas las cosas. Hasta hacía dos minutos, había actuado con tranquilidad y condescendencia, y en ese momento sonaba como la única chica con la que había roto cuando estaba en quinto grado. Apoyé una mano sobre su hombro.

—Mira, estoy seguro de que no eres del todo mala, pero debes admitir que no es correcto extraer el miedo de las personas por sus ojos.

—Pero es mi naturaleza.

—¿Como el escorpión y la rana? Eso es un pretexto.

—No es un pretexto. —Recuperó su tono altanero, mientras se limpiaba la humedad de las lágrimas—. Piensa en mi propuesta, Justin. Estás en grave peligro. Puedo protegerte de aquellos que te harían cosas horribles y te enseñaría a protegerte por tu cuenta. —Deslizó las manos lentamente por sus caderas esculturales y sonrió—. A cambio, puedes disfrutar de todo lo que tengo para ofrecer. Te mostraré lo inventivas que podemos ser las mujeres mayores en la cama. —Deslizó las uñas por mi pierna y me apretó el trasero. Me aparté con un grito.

—¿Puedes dejar de hacer eso? ¿En qué clase de peligro estoy? —*Además de Randy el vampiro y de convertirme en tu esclavo sexual.*

Ella sonrió y sacudió la cabeza.

—Solo te diré que está justo frente a tus ojos. No tienes idea de quién ni de qué eres.

—Sí, bueno, Google no me ayudó para nada. —Suspiré—. Mira, tengo creencias personales profundas que me impiden tener sexo contigo. ¿Tal vez solo podríamos juguetear? —La idea de venderle mi cuerpo me atraía en un sentido ególatra, pero poco más. Si su lengua se sentía como una lija, ¿cómo serían sus partes privadas? La sola idea alcanzó para solucionar mi problema de rigidez. Me guardé ese pensamiento desagradable para un futuro uso.

Ella arrugó la nariz.

—¿Juguetear? ¿Qué porquería es esa? Quiero a alguien que esté conmigo, no una noche de sexo.

—¿Quieres una relación estable? —Estaba completamente perplejo.

—Quiero una relación comprometida. ¿Eso qué tiene de malo?

Me reí ante el pestañeo inocente de sus grandes ojos redondos.

—¿Eres una vampira anticuada? —*¿Los vampiros extraen el miedo por los ojos?* Sabía todo sobre vampiros por haber leído libros y haber mirado películas, pero había tanta variación en el tema que tal vez los vampiros reales hacían más que solo beber sangre. Intenté hacer la pregunta, pero Stacey continuó con la conversación en curso.

—¿No son las relaciones íntimas mucho más placenteras con alguien que te gusta? ¿En especial cuando puedes practicar con frecuencia y aprender cosas nuevas?

—Pero apenas si nos conocemos. —Hice una pausa—. Aguarda, estamos hablando sobre sexo, ¿verdad? No de chupar sangre, porque no quiero ser el aperitivo de nadie.

Ella rompió en una carcajada profunda.

—Hablo de sexo corriente pero fantástico, mi adorable muchacho.

Chupar sangre no es un requisito. —Ella rio—. Te daré más placer del que puedas imaginar.

—Soy un adolescente, así que puedo imaginar bastante.

—Piénsalo bien. Temo que, si tardas demasiado, será muy tarde para que yo te proteja. —Hizo una pausa y frunció los labios—. Y, Justin, no soy una vampira.

—Entonces, ¿qué eres? —Sentí algo de alivio ante la revelación, aunque eso no significaba que no era algo peor.

Ella pasó las uñas por mi pelo y me mostró una sonrisa malvada, al tiempo que yo me estremecía.

—Tal vez lo descubras con esa pequeña mente brillante que tienes. Con el tiempo.

—¿Eres la razón por la que me convertí en lo que sea que soy?

Un extremo de su boca se elevó en una sonrisa torcida.

—Me temo que ese, mi querido, eres todo tú.

Dicho eso, corrió por el estacionamiento al punto de que su cuerpo parecía borroso. Saltó hasta la mitad de los tres pisos de la escuela y cubrió la mitad restante al saltar desde el alféizar de una ventana hasta el techo. La oscuridad se la tragó.

—¡Impresionante! —Corrí lo más rápido que pude hasta la escuela. Mis piernas se movían más rápido de lo que creía posible. El suelo se tornó borroso. El viento me golpeó en la cara. *¡Qué sensación!* Me tropecé con el cordón de la acera. Choqué con el edificio. Roboté y me deslicé hacia atrás sobre mi trasero. Rodé por el piso tomándome la espinilla e inhalando profundo—. Oh cielos, eso dolió. —Me levanté. La sangre en la mano raspada coaguló en segundos, y la herida casi desapareció del todo mientras la observaba fascinado durante los siguientes minutos.

Esperé a que el dolor cediera; luego, troté de un lado al otro en el estacionamiento para sentir mis piernas más rápidas. Cada vez que intentaba ir más rápido, mis reflejos no podían seguir el ritmo del resto de mi cuerpo y terminaba cayendo al piso o chocaba con uno de los faroles del estacionamiento.

Parecía que mis nuevas habilidades no venían con un manual de instrucciones. Tendría que practicar mi corrida superveloz, al tiempo que aprendía a esquivar, saltar o evitar obstáculos. Mi nueva habilidad de curación rápida podía mejorarme rápido, pero caer a toda velocidad igual era terriblemente doloroso. *Ayudaría si practicaras en el césped en lugar de en el asfalto, imbécil.*

Se me ocurrió un pensamiento más perturbador. Inclusive con esa fuerza recién descubierta, Randy me había pateado el trasero aquel día. Hasta que aprendiera a protegerme de los de su clase, mis superpoderes no significaban nada.

CAPÍTULO 14

Cuando me desperté a la mañana siguiente, sentía los músculos como si hubieran pasado por una picadora. Al parecer, correr a una supervelocidad era como hacer ejercicio regular para mi musculatura mejorada.

Me desvestí y fui al baño para ducharme. Cuando pasé por el espejo, noté algo extraño acerca de mi pecho. No, no me había crecido más que los pocos pelos que me habían aparecido en la tetilla izquierda un par de años atrás, pero las tetillas sí parecían mucho más pequeñas. Me toqué el pectoral izquierdo. Me encontré con una capa de músculo duro bajo la carne floja. Mi estómago también se veía un poco menos prominente y blando que antes. Flexioné los bíceps. Bah, todavía se veían patéticos, pero al menos no colgaban.

Esa revelación me alegró más la mañana, a pesar de haber dormido poco. Pensé en el castigo con la señora Foreman. Pensé en Elyssa. De hecho, deseaba quedarme después de clases. No podía esperar a ver a Elyssa en el gimnasio. Mi cerebro, un aguafiestas, decidió repasar unos ejemplos de mis experiencias desastrosas con la variedad femenina de la humanidad. Unas nubes negras bloquearon los rayos de luz de bienestar y aplastaron todas las sensaciones placenteras de aquella mañana. Mi historial con las chicas se parecía a un apocalipsis zombi.

Tal vez Ash tenía razón: quizás sí le gustaba a Elyssa, pero ella no lo estaba haciendo fácil. Solo esperaba que sus padres no fueran unos fanáticos religiosos, que no la dejaban tener citas. Podía soportar que me patearan el trasero, pero ir a la iglesia era otro nivel de Infierno.

Solo ve despacio. Muy despacio. Me pregunté si de verdad debería hacer algo al respecto. Hasta el momento, no había descubierto en qué me había convertido. Si comenzaba algo con Elyssa, la gente como Randy podría utilizarla en mi contra. Pero la única manera de navegar por ese nuevo mundo era empezar una relación seria con Stacey, la chica británica sobrenatural.

Si bien podría ayudarme a derrotar a Randy, acabaría con mi oportunidad de estar con Elyssa. Reflexioné sobre la situación frustrante durante toda la mañana mientras me preparaba para la escuela. Esperaba que se me encendiera la lamparita en algún momento, pero solo terminé con un apagón cerebral.

No podía permitir que Randy continuara acosándome. Me había robado sangre y tal vez tenía en marcha un lote nuevo y mejorado de su superesteroide justo en ese momento. De alguna manera, debía detenerlo.

Necesito que alguien me entrene. Alguien que no exigiera sexo, sangre ni mi alma como pago. Mis padres seguían ausentes sin aviso. Incluso si estuviesen en casa, me pregunté si sería prudente confiar en ellos. La mayoría de las habilidades sobrenaturales no eran heredadas de los padres, sino que derivaban de la mordida de un hombre lobo, del pinchazo de los colmillos de un vampiro o de arañas radioactivas.

"¿Alguien me mordió en las últimas dos semanas?", me pregunté. Como las migrañas y el extraño aumento de fuerza sucedieron antes de haber conocido a Stacey, significaba que mi punto de inflexión había ocurrido alrededor del momento de mi primer encuentro con Randy.

¡La droga! Recordé el líquido rojo que se había derramado en el piso a

pocos metros de mí. ¿Habría inhalado los gases? Chasqueé los dedos. "Debe ser eso porque comencé a ver cosas justo después de aquello".

Parecía que el misterio estaba resuelto, pero ¿en qué me había convertido eso? Tal vez Stacey no sabía sobre los esteroides que vendía Randy, y me confundió con otra cosa. Tenía mucho sobre que reflexionar, así que comencé a dibujar un diagrama de flujo en mi cuaderno para que me ayudara a pensar.

Justin inhala superesteroide > Randy olfatea a Justin > Randy cree que la sangre de Justin puede mejorar el esteroide.

Me detuve allí. Randy había dicho que olía dulce. Necesitaba madurar para que él pudiera cosecharme. Si su esteroide me había creado, ¿había provocado una mutación de mi sangre? Eso explicaría su deseo de llenar una jeringa con el líquido rojo para poder combinar las mutaciones con su esteroide.

La mera idea de lo que podría hacerle a la población escolar con ese esteroide me aterraba. ¿Y si Nathan Spelman y su clase tenían acceso a la droga? Ningún nerd en esa escuela escaparía sin un calzón chino, o algo peor.

Cuando me bajé del auto en el estacionamiento de la escuela, casi choqué con Katie. Me aparté de ella. El cielo sabía qué sucedería si alguien me veía cerca de ella: el director Perkins (o *Jerkins*, como Elyssa lo llamaba) podría sentenciarme a la silla eléctrica.

Katie sonrió. No era una sonrisa amistosa, exactamente. Más bien una sonrisa de "Tengo tus testículos en una morsa".

—Hola, Justin —saludó en un tono que podría congelar el sol.

—Hola. —Giré para irme.

—No puedo creer que haya querido ser tu amiga. Me da asco de solo pensarlo.

—Qué buena historia. —Me sorprendió lo poco que me molestaba su comentario cruel. La parte de mí que quería seducir mujeres detectó algo raro en su estado emocional. Si tuviera que adivinar, diría que podría estar mintiendo. No era como si pudiese leer su mente, pero podía presentir que emanaba falsedad, enterrada bajo oleadas de furia. Debajo de eso, latía una emisión de energía sexual blanca. Tuve que pensar en Stacey y en sus partes innombrables, posiblemente con aspecto de papel de lija, para evitar que Justin Jr. se alborotara.

Ella me miró furiosa. Todos parecían mirarme así por esos días.

—Deberías cuidarte la espalda. Conozco a muchos jugadores de fútbol americano a los que les encantaría enseñarte una lección.

—¿También te acuestas con ellos?

Me dio una bofetada. Me dolió, pero sonreí a través del dolor.

—¿Siempre fuiste una amiga falsa, Katie? Comprendo que estés enojada conmigo por haberle pateado el trasero a tu novio, pero esto es ridículo.

—No, solía apreciarte con sinceridad, Justin. Luego, te pusiste muy escalofriante. Me obligaste a besarte y te peleaste con Brad. El video se volvió viral. Mis padres lo vieron, Justin. ¿Sabes lo mortificada que me sentí?

—Mira, no pretendía parecer escalofriante, ¿de acuerdo? Soy un condenado nerd con poco o nada de experiencia con chicas y pensé que te gustaba. Lamento haberte besado y lamento haberme peleado con Brad, pero él no me dio ninguna opción. —Levanté las manos—. Ya tuve suficiente drama de escuela secundaria para toda una vida, así que, si de verdad quieres más, tal vez debas mirar una maratón de *One Tree Hill* en Netflix.

—¡A mí tampoco me gusta el drama, Justin!

Comenzaba a descubrir que las personas que afirmaban odiar el drama eran las más dramáticas de todas.

—¿Podemos terminar con esta pequeña guerra y volver a ser civilizados? —No estaba seguro de querer ser amigo de ella, pero quitarme a todos los demás de encima sería magnífico.

Le tembló el labio inferior.

—No creo que pueda, Justin. —Una lágrima rodó por su mejilla—. ¿Cómo se vería si te perdonara después de todo lo que me hiciste pasar?

¡Oh por todos los demonios! Tuve que morderme la lengua. De lo contrario, le habría explicado de manera tajante que el equipo de Katie había comenzado todo eso. En su lugar, y con mucho dolor, tomé el camino más largo.

—En realidad, te verías muy bien. Magnánima, incluso. —Me odiaba por no echarle en cara toda su porquería, pero estaba dispuesto a hacer lo que fuera para mejorar mi vida, y así poder terminar la secundaria en paz y sobrevivir el camino al mundo real.

Katie sacudió la cabeza y extendió una mano para tocar la mía. La echó hacia atrás como si hubiese tocado una cocina caliente.

—Las cosas fueron demasiado lejos. Es demasiado tarde para que podamos volver a ser amigos.

Bueno, lo intenté.

—Lamento oír eso.

Ella suspiró.

—No me arrepiento de haber sido tu amiga. —Su rostro se sonrojó, y apartó la vista—. Valoré nuestra amistad, Justin. Sé que piensas que soy una persona horrible por haber puesto a Brad por encima de ti, pero solo el no haber querido salir contigo no significaba que te valoraba menos.

—Oye, lo entiendo. Quiero decir, ¿quién querría salir con un perdedor gordo, después de todo?

—Por favor, no digas eso. No eres un perdedor.

Pensé en Elyssa, mi nuevo amor, y en cómo ella no quería involucrarse conmigo. *Tal vez yo sea una persona siniestra. Tal vez Ash se equivocó al decir que yo le gustaba, y por eso ella está evitándome.* La reflexión me dolía porque parecía ser correcta. Había estado en la zona de amistad con Katie y había saltado directamente a la de Elyssa.

Mi optimismo se desvaneció, e hice todo lo posible por no reír y llorar de manera histérica frente a los comentarios de Katie.

—Te equivocas. Soy veneno social para cualquiera que se acerque a mí ahora. Además, comprendo las cosas un poco mejor que antes. —Extendí una mano hacia ella, lo pensé mejor, y la bajé—. ¿Puedes cancelar los ataques? ¿Por favor?

—No puedo. No los controlo. —Se limpió las lágrimas. Su mirada se fijó en algo detrás de mí, y sus ojos se abrieron un poco más—. Ten cuidado, Justin. —Se alejó apresurada.

Antes de que pudiera darme vuelta, el sonido de un puño contra una palma abierta me alertó de otro enfrentamiento. Giré para ver a Nathan y a tres de sus amigos más fornidos, que mostraban los dientes e intentaban verse amenazantes. En su lugar, parecía que estaban haciendo fuerza para defecar en el estacionamiento.

Con gran esfuerzo, guardé silencio. ¿Qué más podía hacer? Si peleaba con ellos, solo sería una victoria política. Si no hacía nada, ellos ganaban igual.

—¿Qué te dije sobre molestar a Katie, pequeño acosador? —Nathan me miró con desdén—. Parece que tendremos que darte una lección muy pronto. No sabrás cuándo ni dónde, pero podría ser en cualquier instante.

—Apuesto a que tus padres están muy orgullosos. —Volteé y caminé hacia el edificio. La mañana estaba comenzando tan bien que no podía esperar a ver qué sucedería a continuación. Sonó el timbre de clase y gruñí. Era demasiado tarde para ir al gimnasio a ver a Elyssa. "Maldición", murmuré. El alma se me fue al suelo. Ya la extrañaba. Por otra parte, tal vez ella necesitaba espacio.

Quería creer de verdad en lo que decían Ash y Nyte. En cuanto revelé que sentía algo por Elyssa, las señales de ella no habían sido confusas:

había dejado muy en claro que no quería más que una amistad conmigo. *Debo dejar enfriar las cosas. No la merezco.*

Una parte de mí quería impresionar a Elyssa. Yo podía doblar barras de acero. Podía correr más rápido que cualquiera que no fuera vampiro en la escuela. Podía cortarme y sanar en un día o menos. También podía seducir a cualquier mujer que quisiera.

Me estremecí. *¡No!* ¿Qué utilidad tenía ese poder cuando todo lo que yo quería era amor verdadero? Tal vez eran las hormonas de la adolescencia que me hacían sentirme así de tonto por Elyssa. Tal vez se pasaría como mis sentimientos por Katie. No importaba. No abusaría de mis poderes así. Me habían acosado casi todos los años desde cuarto grado. Me habían obligado a comer lodo, me habían arrojado excremento y había soportado amenazas de chicos más grandes y fuertes.

Ya no lo toleraría más y, definitivamente, no se lo haría a alguien más débil que yo. O le gustaba a Elyssa o no le gustaba. Sucediera lo que sucediese, sin importar que me rompiera el corazón, seguiría adelante. El viaje de mi vida apenas comenzaba, y era demasiado pronto para darme por vencido.

Llegó la hora del almuerzo. De inmediato, noté algo infinitamente distinto en la mesa gótica. En lugar de individuos de rostro pálido y saturado de rímel con cantidades desagradables de *piercings*, había dos chicos abatidos. Ash, como era de esperarse, era asiático bajo todo ese maquillaje que solía usar. El nombre *Phuc* lo revelaba también. Junto a él se sentaba un chico pálido con tez rojiza. Si no fuera por la cresta teñida, no habría sabido que era Nyte.

Ash tenía un moretón oscuro debajo de un ojo. Una costra resaltaba en el labio inferior hinchado de Nyte.

Me deslicé en mi asiento.

—¿Qué sucedió?

Ash arrugó la frente.

—El director nos informó que ya no podíamos usar nuestros disfraces de adoradores del diablo.

—¿Y les pegó?

Él sacudió la cabeza.

—No, eso sucedió anoche, cuando Nyte y yo salíamos del centro comercial. Tres tipos fornidos con pasamontañas nos hicieron esto. —Se señaló el ojo.

—Y uno de ellos me arrancó el aro del labio. —El rostro de Nyte se puso rojo.

Me estremecí.

—Cielos, amigo. ¿Estás bien?

Se tocó el labio inferior.

—Hoy estoy mejor. Ayer, no tanto.

—No entiendo cómo el director puede controlar el uso de maquillaje. Va contra la libertad de expresión. —Hice un gesto con la cabeza hacia Lisa Gibbs. Ella se untaba tanta base que su rostro parecía un campo de lodo seco—. ¿Por qué ella puede tener una capa de maquillaje en el rostro y ustedes no? —Me volví hacia Nathan y los deportistas—. ¿Y esas camperas deportivas estampadas? Si ellos pueden usar eso, ustedes deberían poder usar su ropa gótica.

Ash se encogió de hombros con expresión de "¿Qué se puede hacer?".

—Sí, podríamos llevarlo ante un tribunal. —Miró a Nathan—. Pero, si lo hacemos, tengo la sensación de que esos tipos se pondrán los pasamontañas y nos atacarán de nuevo.

Capté una sonrisa de superioridad en Nathan, y el mundo se tornó rojo por la furia. Eso no podía continuar, pero ¿qué podía hacer al respecto? Ya había intentado la violencia física. Eso los había enfurecido más y habían ido tras mis amigos. Volví a mirar a Ash y a Nyte. No hacía mucho que los conocía, pero era verdad: eran mis amigos. Me habían aceptado en los tiempos difíciles y me habían apoyado. Mark y Harry habían revelado su verdadera forma de ser apenas les había convenido.

Ya nada se podía hacer al respecto. Debía encontrar una mejor manera de llevar a Nathan y sus tontos compañeros a su propio territorio. Lamentablemente, no había obtenido poderes de superpensador para combinar con mi superlibido.

—¿Dónde está Elyssa? —inquirí.

Como si estuviese preparado, ella entró al comedor por el otro extremo. Tenía los hombros caídos, y las ojeras oscuras bajo los ojos se veían más pronunciadas que nunca. Su rostro se iluminó cuando cruzamos las miradas, pero en seguida rompió el contacto visual. Mi estómago se agitó. El mundo parecía un lugar mejor sabiendo que ella estaría junto a mí en un momento, pero también parecía más triste al saber que jamás sería otra cosa que un amigo para ella.

—¿Se sienten mejor ustedes dos? —les preguntó a Ash y a Nyte cuando se sentó.

Ellos asintieron.

Ash apretó el puño.

—Sigo furioso.

A pesar de mis nuevas habilidades, me sentí impotente frente a tanto abuso.

—Debemos acabar con esta basura.

—¿Cómo? —indagó Ash, con una chispa de interés en los ojos.

—Ya se me ocurrirá algo. Debo hacerlo.

—Espero que no alimentes sus esperanzas en vano —planteó Elyssa esa tarde, durante la hora de castigo—. Me enojaré mucho contigo si lo haces. —El violeta de sus ojos parecía más pálido y menos intenso que lo habitual. Su piel había pasado de blanca a pálida. Daba la impresión de que su falta de sueño era peor que nunca.

—¿Sucede algo? —susurré, echando un vistazo hacia el pasillo en busca de alguna señal de nuestra guardiana, la señora Foreman.

Ella pareció pensativa por un momento, antes de llegar a la aparente conclusión de que no quería decirme nada. Extrañamente, apenas podía detectar sus sentimientos, a diferencia del modo como lo hacía con las otras chicas, y el derrame emocional habitual que acompañaba a la mayoría de las mujeres no estaba. Era como si resguardara sus sentimientos con la Gran Muralla China. Podría soltar la cuerda que mantenía mi bestia interior a raya e intentar presentir más, pero no quería violarla. La quería demasiado para hacer eso. Aun peor: podría perder el control, y podrían suceder cosas malas. Si ella era *la indicada*, no quería arruinar todo.

Al fin respondió.

—Solo estoy cansada.

Pasamos de raspar goma de mascar en los pupitres de las aulas a las mesas del comedor. La mesa donde solían sentarse Nathan y su banda tenía montones de esa cosa aferrada a la parte de abajo. Me pregunté si la señora Foreman les pedía que lo hicieran para que sus sirvientes tuvieran algo que hacer. Por fortuna, los guantes de goma nos protegían las manos de esa horrible cosa. No quería tocar nada que hubiera sido masticada por alguien más, en especial por Nathan. A Elyssa no parecía importarle.

—¿No te da asco esto? —pregunté.

Ella se encogió de hombros.

—Hice cosas peores.

—¿Tus padres te hacen levantar excremento de caballo o algo así?

Ella rio.

—No. —Me arrojó un trozo de goma de mascar fosilizada. Me eché hacia atrás y le di un golpe en el aire.

Al menos hoy no está tan distante. No sabía por qué parecía más cómoda conmigo, y no quería arruinarlo al expresar mis sentimientos.

—Ejem. —La señora Foreman estaba parada en la puerta del comedor, justo a un metro y medio de distancia. El trozo de goma de mascar quedó colgando de su pelo. Me esforcé por no soltar una carcajada fenomenal ni gritar de puro pánico—. Bueno, muchachos, veo que este trabajo es demasiado sencillo para ustedes —comentó con una sonrisa sin alegría—. Síganme. —El pavor formó un caldero de ácido burbujeante en mi estómago, al tiempo que ella nos conducía a la cocina y nos entregaba unos overoles de goma. Apestaban a grasa rancia y a detergente industrial—. Colóquense esto —ordenó.

—¿Para qué son? —consulté.

—No es momento de preguntas, jovencito. Los dos. Colóquense esto. —Sonrió al igual que lo haría un torturador mientras le arrancaba las uñas de los pies a una víctima.

Elyssa se puso el suyo sin decir palabra. La imité. Maldición, si una chica no se quejaba, supuse que tampoco lo haría yo. No duró mucho.

Cinco minutos más tarde, estábamos frente a los colectores de grasa del comedor. No eran pequeños. Eran de tamaño industrial, grandes como piletas de cocina, y pertenecían al comedor de una escuela donde la comida ya se veía como basura. Los organismos mutados que se cocinaban en ese lugar, probablemente, crearan un serio peligro biológico. No podía creer que nos hiciera hacer eso. ¿No estaba en contra de las leyes sobre trabajo infantil? El aparato extractor, que solía succionar la grasa, estaba roto. Significaba que debíamos levantar toda la porquería con la mano y echarla a las bolsas de plástico desechables.

Era evidente que la señora Foreman había utilizado ese castigo con anterioridad. Le pidió a un conserje que nos mostrara cómo quitar la tapa de los colectores, mientras ella se retiraba.

—Ustedes sí que deben haberla hecho enojar —comentó el anciano arrugado con una sonrisa—. No le desearía esto ni a mi exesposa.

—No puede ser tan malo. —Elyssa sostenía una pala y una espátula.

Él rio.

—Oh, es malo. Solo espero que tengan estómagos fuertes y un sentido del olfato débil.

Casi vomité al instante cuando él quitó la tapa del primer colector. Los gases y olor que salían de allí olían a cadáveres putrefactos untados con vómito y excremento de perro. Se veía aun peor: charcos negros de formas de vida licuadas, con trozos de choclo y otras porquerías diversas, que flotaban encima. Elyssa frunció la nariz, respiró profundo un par de veces, se arrodilló y comenzó a raspar. El conserje nos dejó; su risa resonaba por el pasillo al alejarse.

—¿Qué demonios te obligan a hacer tus padres en casa? —inquirí—. ¿Cómo puedes soportar el hedor?

—Debes aprender a filtrarlo —respondió.

¿Filtrarlo? Me dieron arcadas.

—Tus padres no te hacen levantar excremento de caballo: te hacen levantar caballos muertos.

Al parecer, la señora Foreman era consciente del olor, por lo que jamás se presentó mientras trabajábamos, sudábamos y, en mi caso, luchábamos con unas náuseas intensas. A la expresión "No tocaría eso ni con un palo de tres metros" habría que agregarle otros trescientos metros para saber cómo me sentía con tan solo mirar la pileta de putrefacción. De alguna manera me las arreglé para controlar la constante necesidad de vomitar, y empecé a raspar. Para cuando terminamos, eran casi las once. Ninguno de los dos había disfrutado del ejercicio, pero igual me sentía cercano a Elyssa, como si el hecho de compartir una tarea tan horrible nos hubiera vinculado más.

Intenté convencerla de guardar un poco de grasa rancia para que pudiéramos decorar la oficina de la señora Foreman. Elyssa me lanzó una mirada que detendría en seco a un toro embravecido, así que tomé eso como un no.

La señora Foreman sonrió de manera amable pero malvada cuando fuimos a decirle que habíamos terminado. *¿No tiene familia que la espere? ¿Un sótano de huérfanos prisioneros a quienes alimentar con sobras?* ¿Qué docente en su sano juicio querría quedarse en la escuela por la noche?

La señora Foreman miró el reloj.

—¡Cielo santo, chicos! Les tomó bastante tiempo. —Rio regodeándose, lo que me recordó a una bruja malvada—. Si el conserje da su aprobación, tal vez pueda encontrar algo menos exigente para mañana. Ya pueden irse.

Caminamos fatigosamente hacia el estacionamiento. Intenté presentir a Stacey, pero no lo hice. No me sentía cómodo sabiendo que esa chica escalofriante podría merodear por los alrededores.

—Bueno, fue una semana interesante —comenté—. De alguna manera, extrañaré esto una vez que se termine mañana.

Elyssa se detuvo y me miró con furia.

—Estás loco, ¿no?

—Tal vez un poco. —Eso le dibujó una leve sonrisa en sus labios—. Hablando en serio, ¿qué sucede contigo?

—Ya te respondí eso. No dormí lo suficiente.

—¿Por qué no? ¿Viste mucha televisión?

—¿Es tan importante para ti?

—Sí, porque tú eres importante para mí.

Ella suspiró.

—No pasaremos por lo mismo otra vez, ¿verdad?

—¿Pasar por qué?

—Por eso de que haces cosas estúpidas porque quieres protegerme o te pones sentimental.

Intenté resistir la atracción de expresar mis sentimientos por ella. Estaba claro que no quería que fuéramos más que amigos. Pero sus palabras me provocaron, y no pude contenerme.

—Si preocuparme por lo que le sucede a alguien es ponerse sentimental, entonces, lo lamento. No soy un verdadero hombre. Soy solo un idiota que cree en la educación y en las buenas costumbres.

—Guarda tus sentimientos para alguien que los necesite, Justin. En caso de que no lo hayas notado, estaba bastante bien hasta que tú comenzaste a mostrar preocupación. Mira dónde nos llevó eso.

—Desagradecida... —Cerré la boca antes de que se escapara algo horrible.

—¿Quieres gratitud? —Soltó una carcajada desdeñosa a todo pulmón—. Así que de eso se trata. Lo haces para sentirte bien contigo mismo. —Hizo un gesto de asentimiento—. ¿Por qué no encuentras a alguien que pueda mostrarte la gratitud que deseas? —Me quedé allí parado, con los puños cerrados, mientras la presión arterial aumentaba. *¡No lo hagas, Justin! ¡No arruines esto!* Caminé hacia ella. La tomé de la cintura delgada. La acerqué y le planté un beso en sus labios suaves. Ella se puso tensa. Me preparé para un posible rodillazo en la entrepierna. En su lugar, ella se derritió sobre mí y emitió un suave gemido. Olía a flores primaverales, cuero y un poco de colector de grasa. Era extraño, pero una inesperada combinación agradable. Su cuerpo se sentía caliente contra el mío. La parte animal enjaulada en mi interior arañó la barrera endeble que había colocado para mantenerla a raya. No podría contenerlo por mucho más tiempo. Interrumpí el beso antes de que el lado oscuro de mi lujuria derribara el muro. Me perdí en los ojos grandes y trémulos de Elyssa. Su pelo negro azabache enmarcaba la piel blanca de su rostro. *Cielos, es hermosa.* Aparté un mechón y lo acomodé detrás de su oreja. El corazón me martilleaba, tan lleno de deseo y de anhelo que tuve que respirar profundo. Ella se veía tan vulnerable y asustada que quería besarla de nuevo. Pero no podía. Debía contener mi necesidad sexual diabólica. Cuando *diabólico* se convierte en un adjetivo habitual para describirse a uno mismo, se sabe que se tiene un problema—. ¿Por qué tuviste que hacer eso? —preguntó en voz baja mientras recorría mi pecho con un dedo.

Un escalofrío placentero me hizo cosquillas en la piel que ella acariciaba.

—Porque de verdad me gustas.

—¿Por qué te gusto?

Me devané los sesos en busca de una respuesta, pero a mi cerebro solo se le ocurrió una cosa:

—Porque sí.

—¿Porque sí? ¿No se supone que me digas lo hermosos que son mis ojos y lo firme que es mi trasero?

Reí.

—Bueno, ambas cosas son verdad.

—¿Estuviste mirando mi trasero? ¿Cómo sabes que no es algo flácido si no tengo el vaquero ajustado para mantenerlo en su lugar?

—Solo hay una manera de averiguarlo. —Le di una palmada—. Cielos, ¿haces ejercicio? —Me dio un pequeño empujón en broma y rio en un tono aniñado que jamás pensé volver a oír—. Yo... Yo no estaba seguro de que te gustara, Elyssa. —Tragué con fuerza para pasar el nudo en la garganta—. Cuando te dije lo que sentía, te apartaste.

La tristeza se asomó en sus ojos. Me tomó la mano y, distraídamente, recorrió mi palma con una uña.

—Justin, debemos ir despacio. Tengo una... vida privada inusual y temo que quizás ya no quieras estar conmigo cuando me conozcas mejor. —Una lágrima solitaria brilló en el rabillo del ojo—. Mi padre no quiere que salga con nadie. Quiero decir: se supone que no debo enamorarme de nadie, ¡en especial aquí! Tú eres tan normal, y yo...

La interrumpí con un beso.

—Está bien. —Le tomé la mano y besé la piel suave de la muñeca, justo debajo de la palma. Me llevé su mano a la mejilla y cerré los ojos. Se sentía bien. Se sentía como... estar en casa—. No creo que una familia loca pueda alejarme, Elyssa. Esto se siente bien.

Sus labios rozaron los míos.

—Así lo espero.

La acerqué para un último beso antes de que se subiera al auto y se fuera. Por primera vez hasta donde podía recordar, todo se sentía perfecto, pero los recuerdos de Katie sembraban mi optimismo de dudas. Al pensar en Randy, me di cuenta de que Elyssa podría convertirse en un objetivo una vez que él descubriera que yo tenía novia.

Randy había probado que todavía podía patearme el trasero. Si quería protegerme y proteger a Elyssa, debía tener control sobre mis poderes. Debía detenerlo.

CAPÍTULO 15

La insistente alarma del reloj me despertó supertemprano a la mañana siguiente para poder llegar al gimnasio de la escuela a tiempo. Cuando estaba por salir de casa, sonó el teléfono fijo. Nadie llamaba a ese número, excepto vendedores telefónicos, y casi estuve a punto de ignorarlo, hasta que vi el identificador de llamadas: Investigaciones Privadas. Levanté el teléfono de su base.

—¿Sí? —Intenté poner voz grave.

—Habla Willis. No pude contactarlo al móvil, por eso llamé al teléfono alternativo que me dejó.

—Ajá.

—Decidí no seguir adelante con esto. Desde que ese Conroy apareció en nuestra oficina para advertirnos que no investigáramos, han estado sucediendo cosas raras. Miles de ratas invadieron la oficina dos días atrás. Ayer todos los autos del estacionamiento se dieron vuelta... Quedaron sobre el maldito techo. Ah, y esa ni siquiera es la mejor parte. Hoy el estúpido chihuahua de mi esposa se me acercó durante el desayuno y me dijo (en español) que me quedaba un día antes de que comenzaran a pasarme cosas malas.

—¿Le habló? —inquirí con un grito ahogado, pero tratando de disimular la voz, a pesar de las cosas locas que ese tipo estaba contándome.

—Mire, ya he lidiado bastante con el Supramundo, pero esto es muy superior a mí.

—¿El Supramundo? —Stacey había mencionado esa palabra.

Él no pareció haber oído mi pregunta.

—Mi secretaria me dijo que se iba si no hacía algo. Francamente, estoy muy cerca de irme yo mismo. No me importa si me cree o no. Terminé. Le reembolsaré la mitad de los honorarios. Y, por cierto, creo que tienen a alguien que está rastreándolo porque un cazarrecompensas estuvo por aquí haciendo preguntas el otro día. Será mejor que se cuide la espalda.

La línea quedó muerta. Me quedé observando el teléfono por un momento. Mi padre había mencionado a los Conroy. ¿Quiénes eran? ¿Por qué intentaba encontrarlos? ¿Y cómo podía hablar un perro? Antes de mi transformación, jamás habría creído una historia tan alocada. Pero ya no estaba tan seguro. ¿Por qué mi padre había contratado a ese tipo en primer lugar?

Revisé el historial de mensajes en mi móvil. Mi madre no me había respondido, y mi padre no estaba en casa. Las cosas estaban oficialmente muy mal en mi vida privada. Llamé a mi padre y me atendió el contestador. Envié un mensaje, pero no tenía mucha fe en recibir una respuesta. Él odiaba enviar mensajes. A pesar de todas las preguntas que se acumulaban, me apresuré a salir para llegar a la escuela.

Elyssa me había reservado un lugar en las gradas, junto a ella. Le di un beso en la mejilla y le tomé la mano. "¡Carpe diem!", pensé porque no estaba seguro de cómo decir: "Toma la mano" en latín. Estaba resuelto a no arruinar esa relación por ser tímido.

Aparecieron Ash y Nyte. Ninguno de los dos pareció sorprendido al ver que Elyssa y yo nos poníamos atrevidos. Ash miró furioso a las gradas superiores, donde Nathan y sus tontos lamebotas molestaban a un grupo de nerds anteojudos, que leía el manual de Reyes y Castillos.

—Ojalá fuera más grande y fuerte. Golpearía a esos matones hasta romperles la nariz.

Conocía el sentimiento. Lamentablemente, el poder puro no me había ayudado nada en mi misión de vencer a los acosadores, ya fueran normales o sobrenaturales. En especial, cuando el acoso llegaba a la cadena de mando que debería prevenirlo.

—Pelear no es la respuesta. —Elyssa me clavó la mirada—. En especial, con la adoración al fútbol americano que hay aquí.

—Pero nos robaron la dignidad —protestó Ash—. Nos quitaron nuestra propia identidad.

Elyssa suspiró.

—Esto es la escuela, no la vida real. Esos imbéciles creen que son los peces gordos, pero están nadando en un estanque pequeño.

—Más bien una fosa séptica —intervine.

Ella sonrió.

—Exacto. De todas maneras, una vez que salgamos de aquí, jamás tendrás que volver a preocuparte por ellos. Nathan y sus abusadores de esteroides embarazarán a unas chicas cualesquiera y terminarán con sobrepeso por la bebida antes de llegar a los treinta. Esas porristas remilgadas perderán su atractivo después de haberse prostituido y drogado en la Universidad y terminarán viviendo con pueblerinos en un parador de casas rodantes.

—¿Tienes una bola de cristal? —indagué—. Es maravilloso. Puede predecir el futuro y es hermosa.

—Crees que estoy bromeando. —Elyssa levantó una ceja con expresión de desdén—. Sé lo que digo. El círculo de la vida sobre el que oyeron hablar continúa repitiéndose en escuela secundaria tras escuela secundaria en todo el país. Dios sabe que me parece haber estado en todas.

—Lo que te olvidas es que tendremos todo un conjunto nuevo de idiotas con quienes lidiar en el mundo empresarial estadounidense —planteó Ash.

Nyte sacudió la cabeza con fuerza.

—Jamás trabajaré para las corporaciones

—¿Serás un rapero? —consultó Elyssa.

Reí.

—Nunca vi a un rapero pelirrojo, pero tal vez sea ese nuevo giro que todos buscan.

—Seré Carrot Ice. —Nyte hizo un gesto pandillero y fingió morderse el dedo como un conejo con una zanahoria.

Nosotros gruñimos.

—Nam —expresé.

Elyssa se puso tensa.

—¿Cómo conoces esa palabra?

—Está mordiéndose el dedo. —Levanté una ceja—. Ya sabes, como el Monstruo de las Galletas, que hace "nam, nam" cuando come.

La expresión de Elyssa se relajó.

—Ah, claro.

Ash frunció el ceño.

—¿Qué pensaste que había dicho?

—Nada en particular. Solo que no lo había escuchado bien. —Ella se miró las manos. Tenía las uñas cortas y sin esmalte. Nunca antes lo había notado. Para alguien que mantenía un pelo perfecto, parecía extraño que no se ocupara de la manicuría.

Sonó el timbre, así que nos pusimos de pie para irnos. Ash fue el primero en entrar a la corriente de estudiantes que bajaba por las gradas, ya que era el más cercano a la punta. Nathan bajó corriendo los escalones detrás de Ash y lo empujó. Ash se sacudió como si un auto lo hubiese chocado y cayó en picada por los últimos tres escalones, mientras sus libros y papeles se desparramaban por la cancha de básquet.

—Cuidado con el último escalón —bromeó Nathan—. Es una caída larga. —Los dos matones, de quienes había averiguado que se llamaban *Adam* y *Steve*, rieron a carcajadas como si fuera la cosa más divertida del mundo y patearon los libros aún más lejos al pasar junto a Ash.

Elyssa me sujetó el brazo con tanta fuerza que me dolió. Hice una mueca, pero ella no se dio cuenta. En su lugar, miró con expresión de puro odio a Nathan. Le toqué la mano.

—¿Puedes aflojar un poquito? —le pedí.

Ella pestañeó como si estuviese saliendo de un trance y se quedó observando la mano que me cortaba la circulación.

—Lo siento.

Nos apresuramos a ayudar a Ash a juntar los libros. Algunos otros estudiantes también se detuvieron a colaborar. Entre ellos, reconocí a algunos de los nerds que me habían apoyado en mi guerra contra el acoso. Al menos no toda la humanidad estaba condenada.

—¿Te encuentras bien? —le consulté a Ash.

Él bajó la cabeza.

—Mi dignidad bajó otro nivel.

Vi a Nyte alejarse a toda prisa, con el cuello rojo.

—Te veo más tarde —le avisé a Elyssa y la besé en la mejilla. Luego, me apresuré para alcanzar a Nyte antes de que hiciera algo estúpido. Entró al baño de hombres. Esperaba que no hubiese seguido a Nathan hasta allí. Los resultados no serían agradables. Nyte estaba solo, al fondo del baño, sollozando y dando puñetazos a la pared con todas sus fuerzas. No sabía qué hacer. No estaba seguro de querer que alguien me molestara en medio de un colapso nervioso. Abrí la boca para hablar, pero lo pensé mejor y salí sin hacer ruido. Me quedé en el pasillo intentando decidir qué hacer cuando él salió del baño, con el rostro compuesto y con los ojos rojos—. ¿Estás bien? —indagué.

—No. Ni un poquito. Jamás había querido lastimar a alguien físicamente en toda mi vida. Pero quiero matar a Nathan. Quiero atravesarlo con una espada.

—No puedo permitir que hagas eso, pero puedo mostrarte cómo atravesar gente con espadas falsas.

Él levantó una ceja.

—¿Cómo?

—Tal vez a ustedes les gustaría unirse a mí en Reyes y Castillos este fin de semana. Ya no tengo equipo, pero sigo siendo líder. Los registraré, y podemos construir algunas armas y patear algunos traseros.

—Oí hablar sobre el torneo. Tal vez sería divertido fingir que matamos gente. —Se encogió de hombros—. Probablemente, sea un desastre.

—Todos somos un desastre en algo. Lo importante es divertirse. —Esas palabras sonaron extrañas en mi boca. Ganar R&C solía ser lo único que me importaba en la vida. Elyssa había cambiado mi perspectiva de todo lo que había sido una parte vital de mi existencia. R&C ya no parecía tan importante. Desde que había terminado mi amistad con Harry y con Mark, no había dedicado otro minuto a construir armas ni a preparar otro torneo. Aun así, sería divertido que la banda se uniera a mí en un torneo. Llegó la hora del almuerzo, y les conté a Ash y a Elyssa sobre R&C.

—El torneo es mañana por la mañana. Supongo que podríamos improvisar algunas espadas de hule esta noche si ustedes quieren venir a casa después de la escuela.

Eso, por supuesto, dependía de que la señora Foreman nos dejara a mí y a Elyssa salir a una hora decente. Tal vez tendría piedad, ya que era viernes.

—¿Reyes y Castillos? —preguntó ella.

No me sorprendía que jamás hubiese oído hablar del tema.

—Sí, es como Calabozos y Dragones, pero se juega en la vida real con armas falsas.

Sus ojos brillaron.

—¡Oh, cielos!, eres todo un nerd.

—Tú también.

Me dio un beso en la mejilla.

—Sí. Anótame.

La miré y pensé en el extraño camino que habíamos recorrido para conocernos, específicamente, el día en que Randy me había amenazado por primera vez y luego cuando había salvado a Ash de que lo untaran con excremento de perro.

—¿Por qué me dijiste que no me rindiera cuando salvé a Ash del excremento de perro aquel día?

Ella se encogió de hombros.

—No lo sé. Parecía como si te hiciera falta algo de aliento.

—¿Sentías pena por mí?

Su rostro se sonrojó.

—No dejes que esto infle tu ego, pero supongo que un poco te admiraba por lo que habías hecho. Protegías de un abusador a alguien a quien ni siquiera conocías.

—¿Me admirabas? —Me sentí un poco conmocionado por la admisión. Había hecho algo para impresionar a la chica dura.

Ella suspiró.

—Oh, sabía que con eso se te subirían los humos. Era un poquito de admiración.

La miré con expresión de dolor.

—¿Solo un poquitito chiquitito? —Uní el pulgar y el índice para mostrar una medida.

Ella rio.

—Quizás menos que eso.

Ver su sonrisa me llenó de deseo. Quería besarla. Ni siquiera me importaba que todo el comedor lo viera. Me pararía sobre la mesa y declararía mi eterna devoción por ella. Pero el timbre sonó, y pasó el momento.

Esa tarde, Elyssa y yo mantuvimos la boca cerrada y trabajamos duro. La señora Foreman nos dejó ir a las cinco. Era probable que quisiera pasar una noche de viernes relajada, torturando a niños secuestrados en su sótano.

Ordené pizza camino a casa. Ash y Nyte ya estaban cuando llegué, y la pizza apareció unos minutos más tarde.

Sorprendentemente, mi padre estaba en casa. Cuando entré, estaba sentado en la oficina de mi madre, trabajando en la computadora de ella. Tenía tantas preguntas para él que me explotaba el corazón. Como no quería hacerlas frente a mis amigos, cerré la boca y esperé el momento adecuado.

Mi padre me revolvió el pelo e hizo una mueca.

—Oh, maldición. No debería hacer eso frente a tus amigos.

Ash sonrió.

—Creo que es genial.

—Somos el producto de unas vidas hogareñas terribles —agregó Nyte—. Almas torturadas y todo eso.

Mi padre rio por lo bajo.

—Cuanto más dolor y angustia, mejor. Necesito dedicar más tiempo a hacer miserable a Justin.

No quise decirlo pero, últimamente, las actividades de mis padres ya me habían causado algunas dudas y confusión. Antes de que él volviera a salir de la casa, tendríamos una reunión familiar. Sonó el timbre. Fui a abrir la puerta, y entró Elyssa. Los ojos de mi padre brillaron por la sorpresa.

—¡Santo cielo, hijo! ¿Cómo un vándalo feo como tú logra que ella venga a pasar el rato?

Elyssa rio con nerviosismo.

—Por fortuna, puedo ver más allá del exterior feo de Justin. Quiero decir, también es un poco horrible por dentro, pero me gusta eso.

Mi padre soltó una carcajada.

—Bueno, parece que todos tienen las cosas bajo control. Iré hasta Melton's por una hamburguesa.

Le sujeté la muñeca.

—Papá, necesito hablar contigo sobre cosas muy importantes más tarde, ¿de acuerdo?

Él se puso serio ante mi tono de voz.

—Sí, creo que debemos hablar. Sin embargo, ¿puede esperar hasta mañana?

—En cuanto regrese de Reyes y Castillos, mañana por la tarde, ¿está bien?

Él asintió.

—De acuerdo, hijo.

Después de que mi padre se había ido, tomé los elementos para hacer armas y nos sentamos a comer la pizza mientras hacíamos espadas. Me divertí como no lo había hecho en años. Ash levantó la espada que había construido. Se desplomó como un fideo mojado. Elyssa rio.

—Esa cosa necesita Viagra.

La desarmé y le mostré cómo utilizar un tubo de PVC para ponerla rígida. Elyssa construyó dos espadas chicas; una para cada mano. Las giraba como si supiera lo que estaba haciendo mientras la observábamos maravillados.

—Quería ser *majorette* —nos contó encogiéndose de hombros con expresión avergonzada.

Ash y Nyte hicieron unos sables medianos; al menos creí que eso pretendían hacer. Eran tan burdos y estaban cubiertos con tanta cinta adhesiva que podría haberlos hecho un niño de jardín de infantes.

—Esto será una bomba —opinó Nyte con los ojos iluminados—. Nunca había hecho algo así.

—Bueno, permítanme darles algunas indicaciones rápidas antes de lanzarlos al medio de la acción.

Los llevé afuera y les conté cómo funcionaba la logística del equipo y cómo cuidarnos las espaldas entre todos. Luego les mostré los principios básicos del manejo de la espada. Si bien no era un experto en la materia, era mucho mejor que la mayoría de los participantes de R&C, gracias a las clases de esgrima que había tomado unos años atrás. Aunque no se traducía del todo bien a las espadas de hule. Después de que Ash y Nyte se habían despedido, me apoyé sobre el auto de Elyssa y la acerqué para darle un beso.

—No eres un mal líder —comentó con un dejo de admiración en el tono de voz.

—Maldición. ¿Acabo de oír otro halago de esos encantadores labios?

Ella me dio un beso apasionado, que me dejó jadeando. Asentí.

—Eres una persona diferente de la que conocí. Te ves más seguro de ti mismo. —Sonrió con ironía—. Quizá demasiado seguro a veces.

—Es verdad —comenté con una mueca—. ¿Ahora puedo tener otro de esos magníficos besos?

Acerqué sus labios a los míos. Su aroma me intoxicaba. Su cuerpo junto al mío era como si el sol me besara la piel. Subí una mano por su cuello, le sujeté el pelo a la altura de la nuca y di un leve tirón. Ella gimió. Yo gruñí. Sus dientes me mordisquearon el cuello, y me estremecí de placer. El fuego nació en mi estómago e inundó las venas. Mi lado oscuro arremetió contra la jaula como una bestia salvaje. El control flaqueó. Me aparté de golpe y di unos pasos atrás. Me costó un gran esfuerzo contenerme. Pensar en el béisbol no ayudaba.

—¿Qué sucede? —inquirió ella.

—No quiero apresurar las cosas —respondí—. Me siento tan atraído hacia ti que tengo miedo de hacer algo de lo que me arrepienta.

—Eres un romántico, ¿verdad? —Ella chasqueó la lengua—. Tonto.

—En realidad, sí, lo soy. Quiero que mi primera vez sea especial. —Me preparé para su respuesta, temeroso de que pudiera reírse.

Ella frotó la nariz sobre mi mejilla.

—No tengo problema con eso.

Sentí alivio, pero luego se me cruzó otro pensamiento aterrador. Antes de que pudiera resistir la necesidad, solté la pregunta.

—¿Eres virgen?

Ella rio.

—Cien por ciento virgen certificada. —Mostró una amplia sonrisa e hizo una reverencia.

Casi salté de la alegría. Mi corazón se sentía tan liviano que casi creí que saldría flotando. *Esta chica debe ser la indicada.*

—¿Quieres que tu primera vez sea especial?

Ella se apretó más contra mi cuerpo y me dio un beso que me dejó sin respiración.

—¿Cuán especial quieres que sea, mi caballero de radiante armadura?

Nuestros cuerpos estaban tan cerca que supe que ella podía sentir exactamente lo que me había hecho.

—¿Estás diciendo que quieres tener sexo?

Ella levantó una ceja.

—No estoy diciendo nada. ¿Por qué tienes que ponerlo en palabras? ¿No puedes dejarte llevar por los sentimientos y ver qué sucede?

Eso sería muy peligroso. Mi sentido sexual hiperactivo era ya difícil de controlar con chicas que no me gustaban; mucho menos podría con la chica de la que estaba enamorándome. Y el hechizo que entretejía no era real. Había experimentado tan poco con eso que no sabía bien hasta dónde llegaba mi habilidad. La mayoría de los chicos con mi *problema* lo usarían con gusto con mujeres a diestra y siniestra sin pensarlo dos veces. Tal vez tipos como Nathan no tenían una conciencia cuando se trataba de esas cosas, pero yo quería saber que la chica a la que le hacía el amor lo hacía porque estaba tan enamorada de mí como yo de ella. *Qué asquerosamente romántico.*

—¿Qué sucedió con lo de ir despacio?

—Sé lo que dije, pero... —Sonrió y bajó la mirada—. Esto no es fácil de decir para mí, Justin, pero el hecho de estar cerca de ti me hace querer dejar de hablar y de pensar. ¿Y si hoy es el último día de nuestras vidas?

Su comentario me tocó de cerca. ¿Y si Randy me extraía toda la sangre? Le toqué la barbilla y la hice mirarme a los ojos.

—Tienes razón —afirmé—. Hablo demasiado.

—Así es. —Me volvió a besar, y me estremecí—. ¿Estuviste haciendo ejercicio? —Me apretó el brazo.

185

—Un poco.

—También estás perdiendo peso. Espero que no seas de esos que hacen dietas milagrosas.

—No. Solo como sano.

Ella recorrió mi pecho con un dedo y bajó la mirada.

—Entonces, respecto de mi familia, tal vez puedas conocerlos el domingo.

—¿Te refieres a tus padres?

—Y a mis dos hermanos mayores: Jack y Michael.

—¡Cielos!, obtuve nombres.

La comisura de su boca se levantó apenas para una sonrisa torcida.

—No hablo mucho de mi familia. Sin embargo, me gustas un poco, así que quizás esté bien por esta vez.

—Eres una chica dura. Supongo que lidiar con dos hermanos hace eso. ¿Cuántos años tienen?

—Jack tiene cinco años más que yo y Michael, siete más.

—¿Son cercanos?

—Oh, sí —contestó con mirada distante.

—¿Están en la Universidad?

—Jack, sí. Michael trabaja para nuestro padre.

—¿Qué tipo de negocio?

—El negocio familiar.

Me encogí con una expresión fingida de temor.

—¿Son de la mafia?

Ella rio por lo bajo, pero casi pareció como si no lo considerara tan alejado de la verdad.

—Estamos en el negocio de la seguridad.

—Ah —respondí, como si eso lo explicara todo. Tal vez su padre la hacía trabajar hasta tarde en la empresa, aunque era difícil imaginar a Elyssa vestida de policía para alquilar. Eso explicaría la fatiga que solía ver en su rostro.

—Si crees que estás preparado... Debo advertirte que mi padre es una persona muy seria. Es un tipo especial de cabrón, en especial con los novios.

—¿Qué les hizo a los otros novios?

Una sonrisa nostálgica le llevó tristeza a su mirada.

—Tú eres el primero al que podría llamar *novio*. El último chico no duró ni los cinco minutos que me tomó bajar a recibirlo.

—¿Es una broma? ¿Qué le hizo tu padre?

—Se quedó observándolo.

—Tu padre suena aterrador.

Ella asintió, con el rostro serio como la muerte.

—Lo es.

CAPÍTULO 16

No dormí bien esa noche. Tal vez eso tenía que ver con los nervios por mi nuevo equipo de R&C. Quizás tenía que ver con el padre de Elyssa. Soñé con un hombre con corte de pelo militar y ojos brillantes. Se quedaba observándome hasta que yo salía corriendo a los gritos.

Me desperté en pánico, con el puño incrustado en la cabecera de la cama. Nadie con ojos brillantes estaba parado junto a mi cama, así que aparté el puño y me preparé para el torneo.

Elyssa me esperaba en el estacionamiento. Frené en seco y me quedé mirando. Ella se había trenzado el pelo negro en dos colitas, que caían sobre los hombros. Llevaba botas con plataformas, altas hasta la rodilla. Unas medias de red y una falda negra dejaban ver unas piernas musculosas. Era evidente que hacía ejercicio. Se veía tan sensual que quería huir con ella y olvidarme de todo el resto.

—¿Te gusta? —Ella sonrió ante mi silencio estupefacto.

Asentí.

—Mí gustar mucho. —Casi babeaba.

Ash y Nyte llegaron poco después. Llevaban variantes de vestimenta gótica. Nos veíamos como el ejército de la oscuridad en lugar de vernos como duendes. No me importaba. También habían usado pintura blanca y negra como una especie de camuflaje. Sí, definitivamente eso se apartaba de los duendes con capas verdes.

—¿Kiss se unió al ejército? —preguntó una voz conocida.

Me di vuelta y vi a Harry sonriendo con suficiencia hacia el grupo. Mark y dos chicas vestidas de duende del bosque estaban a su lado. Los miré con expresión fría y luego me volví a mi equipo sin decir palabra. Elyssa arqueó una ceja y me mostró una media sonrisa. Me tomó del brazo y caminamos hasta unirnos a la multitud del ejército élfico.

Harry y su banda nos siguieron.

—Me pregunto quién será la carne de cañón hoy —comentó él.

—Creo que los afeminados irán primero —señaló Mark.

Harry rio.

—Si Justin no se distrae por la prostituta a la que contrataron para unírseles...

Me puse furioso. Levanté un puño y me di vuelta. Algo me detuvo en seco al sujetarme del brazo. Harry retrocedió, trastabilló con la espada de Mark y cayó de espaldas. Se veía como si estuviera por hacerse encima. La cálida mano de Elyssa se aferraba con fuerza a mi bíceps y evitaba que mi brazo lanzara el puñetazo que quería darle al estúpido rostro de Harry.

—¿Qué te dije sobre hacerte el héroe? —rugió.

Respiré profundo varias veces y me tranquilicé. ¿Cómo se suponía que protegería a una chica que se enojaba conmigo cada vez que intentaba defender su honor? Costaría mucho acostumbrarse.

—Sí, así es. Sigue caminando —gritó Harry cuando los dejamos atrás.

—¿Está permitido matar compañeros de equipo? —consultó Nyte.

—No hay una regla que lo prohíba —respondí—. Pero primero ataquemos al enemigo y después nos encargaremos de esos imbéciles.

Nos colocamos con el resto de nuestros aliados. Los Dungeon Masters, vestidos con sus largas túnicas sueltas y con una barba falsa como la de Matusalén, estaban en la parte superior de una torre, en medio del campo de batalla.

—Diez minutos para que comience la batalla —anunció uno de ellos con un tono de locutor bien ensayado.

Sacamos las armas para que fueran inspeccionadas por las hadas vestidas con colores brillantes, que oficiaban de árbitros.

Uno de ellos sostuvo las espadas de Elyssa. Las sopesó en sus manos y luego las giró.

—Vaya, tienen un gran equilibrio. Son como unos sai ninja.

Ella mostró una amplia sonrisa.

—Gracias. Si no tienen un buen equilibrio, ¿de qué sirven?

—Exacto. —Él se veía perdido en los ojos de ella; pobre nerd...

—Ejem. —Le di mi espada larga, excelentemente diseñada. Él la observó, la sopesó y me la devolvió sin decir nada. Me sentí un poco ofendido. Elyssa rio por lo bajo—. Supongo que no todos podemos ser maestros de la espada de hule —resoplé.

—Soy una perfeccionista. —Me besó con afecto en la nariz.

Formé a mi equipo y les di recomendaciones de último momento. Luego los llevé hacia el flanco izquierdo. Nyte y Ash rebosaban de entusiasmo. Elyssa se quedó observando la aldea medieval improvisada, que nos separaba de los parientes lejanos de Conan *el Bárbaro* (el ejército enemigo). Pinos delineaban el perímetro de la aldea y, más allá de estos, colgaban las cuerdas amarillas que marcaban los límites exteriores. A nuestra derecha, estaba el estacionamiento y las gradas para aquellos que disfrutaban de ver a unos nerds matándose entre ellos. Señalé un fuerte cercado en el medio del campo de batalla.

—Ese es el objetivo —expliqué—. Llegamos allí, y estaremos de maravilla.

Elyssa señaló una choza pequeña, rodeada de un seto tupido.

—¿Por qué no allí?

—No tiene un muro.

—El seto es lo suficientemente tupido para evitar que la gente lo atraviese, y es un lugar más chico para defender. No nos pueden flanquear.

La miré con curiosidad.

—Hace un tiempo que hago esto. Cada vez que mi equipo tomó y mantuvo ese fuerte central, sobrevivimos.

Ella se encogió de hombros.

—De acuerdo, valiente líder.

Sonó un gong, y comenzó la batalla.

Los ejércitos salieron a la batalla con un rugido. Nyte y Ash cayeron en la primera escaramuza. Elyssa giraba, golpeaba, bloqueaba y derribaba enemigos cada vez que atacaban. Incluso bajó algunas flechas en el aire, antes de que nos dieran. Me hacía ver como un completo novato. Después de varias batallas pequeñas, ella y yo atravesamos la última línea de defensa enemiga.

Elyssa se volvió una imagen borrosa mientras bloqueaba, arremetía y cortaba con las espadas. Los árbitros se veían tan confundidos como yo, pero declaraban cada muerte mientras mi novia atravesaba enemigos como manteca. Me deshice de algunos rezagados. Sonó el gong. Elyssa acababa de liquidar al rey enemigo. Harry y Mark la miraron boquiabiertos. Yo la miraba boquiabierto. Los árbitros la miraban boquiabiertos. Ella nos miró y se sonrojó. El resto de nuestro ejército rugió y se apresuró a expresar sus felicitaciones. Después de que habían terminado las celebraciones y de que el setenta por ciento de los tipos presentes le habían pedido matrimonio a Elyssa, logré alejarla de la multitud.

—¿Dónde demonios aprendiste a pelear así? —le consulté—. Eres fantástica.

Sin embargo, ella se veía de todo, menos feliz. De hecho, se veía sumamente avergonzada.

—Muchas películas de kung fu, supongo.

—Sí, no funciona así. —Ladeé la cabeza como un perro curioso—. Tomaste clases de artes marciales, ¿verdad?

—Sí —respondió un poco demasiado rápido—. Mi padre me hizo tomar lecciones, y supongo que hoy me vino bien.

No estaba seguro de que fuera toda la verdad, pero al menos sonaba verdadero. Además, estaba demasiado impresionado por ella para pensar con claridad. La deseaba tanto que tuve que esforzarme por no arrastrarla a una de las chozas y poner manos a la obra.

—Te deseo —expresé.

Ella sonrió.

—Eres tan fácil... Todo lo que una chica debe hacer es blandir una espada, matar unos cuantos enemigos, y estás listo para avanzar. —Su risa ronca recorrió mi sistema nervioso como un rayo cargado de sexualidad. Me di cuenta de que, si comenzaba a besarla, no podría contenerme. Cerré los ojos y pensé en el béisbol. *No sirve*. Pensé en la lengua áspera de Stacey. No funcionó. Respiré profundo varias veces y pensé en Stacey jugando al béisbol. Nada aplacaba el insoportable calor de mi deseo por Elyssa—. ¿Y bien? —inquirió ella, con una expresión perpleja en su mirada fogosa.

—Yo... Tal vez debamos ir a limpiarnos.

Ella revoleó los ojos.

—¿En serio? Tú me deseas. Yo te deseo. ¿Qué tiene de malo?

—Nada, pero...

—Exacto. No hay nada de malo con el sexo. Ambos tenemos dieciocho años. Apenas, pero somos adultos. —Me mordisqueó el lóbulo.

—Aún no tengo dieciocho.

—Qué raro. Pensé que hoy era tu cumpleaños. —Sacó su *smartphone* de algún lugar secreto y me mostró la pantalla. El calendario tenía escrito "¡Cumpleaños de Justin!" en letras grandes y en negrita, rodeadas de pequeños corazones.

—¿Tengo dieciocho? —Me había olvidado de mi día especial.

—Contéstame esto, muchachote. ¿Por qué no puedes dejar que la naturaleza siga su curso? ¿Tienes miedo?

—No, claro que no. —*Estoy petrificado*. En parte debido a mi efecto psíquico incontrolable sobre las chicas y en parte debido a que Elyssa era una fuerza con la que había que lidiar. Ella pensaría que había algo terriblemente malo conmigo si no actuaba como cualquier otro adolescente movido por la testosterona—. Solo quiero que sea especial. No algo apresurado por un impulso de último minuto.

Ella suspiró.

—Creo que alguien estuvo mirando demasiados comerciales educativos.

Mi energía sexual se desvaneció, y el pequeño demonio obsesionado con el sexo, que estaba apoyado sobre mi hombro, se esfumó de regreso a su ardiente morada subterránea donde podía enfurruñarse por mi idiotez. Ahora que podía besarla sin peligro, se sentía extraño. Regresamos a los autos en silencio, aunque Ash y Nyte hacían más que compensarlo al parlotear sin cesar sobre lo genial que habían sido sus diez minutos en la batalla.

—Vamos a comer pizza para celebrar —propuso Ash.

—Tengo que irme a casa —anunció Elyssa—. Tal vez otro día.

—También yo —intervine—. Gran trabajo, chicos.

—Iré contigo, Ash. —Nyte se subió al gigantesco Ford azul de Ash.

Se fueron, y quedamos Elyssa y yo parados junto a su auto en el estacionamiento casi vacío. Me clavó una mirada intensa de anhelo antes de apretarse contra mi cuerpo y de darme un beso que me hizo sonrojar. Deslicé las manos hacia la parte baja de su espalda. Ella tomó una de estas y la presionó contra su pecho. Casi perdí el control de las funciones corporales.

Una fiebre demoníaca me abrumó. Mi sentido hambriento de sexo golpeó contra su prisión de papel aluminio. Levanté a Elyssa. Giré y la apoyé sobre el capó del auto. Ella envolvió las piernas alrededor de mi cintura y apretó mi cuerpo con fuerza. Sus uñas arañaron mi espalda. Picos de puro placer me hacían estremecer. Todo vestigio de resistencia desapareció. Quería estar con ella más que nada en el mundo. Estaba listo para entregarle todo. Ella presionó mi mano sobre su muslo y la movió despacio hacia arriba. Mi corazón martilleaba. La criatura enjaulada en mi mente rugió. Y entonces perdí todo control.

La oleada de hambre carnal rompió la represa psíquica. Extendió las garras hacia la sensualidad ardiente que emergía de ella como erupciones solares. Intentó sujetar esos bucles y, por un instante, lo consiguió. Sin embargo, los bucles se le escurrieron como humo y retrocedieron. Unas manos fuertes me tomaron de la remera y me hicieron volar como una muñeca de trapo. Me deslicé de espalda por la gravilla del estacionamiento hasta que el tocón de un árbol me detuvo en el borde. Abrí los ojos. Sentí un metal frío sobre la garganta. Un líquido cálido goteaba por el cuello. Unas estrellas violeta atravesaban el polvo y me miraban.

—¿Elyssa? —grazné.

Ella se sentó a horcajadas sobre mí. Las lágrimas rodaban por sus mejillas y me mojaban.

—Monstruo asqueroso —expresó sollozando—. Casi me tuviste, ¿no?

—¿De qué hablas?

—Debería matarte en este instante. —Me mostró los dientes mientras los sollozos sacudían su cuerpo. El metal frío se apretó más sobre mi piel. Cada latido golpeteaba contra la hoja y causaba que otra gota de sangre corriera por el cuello. Contuve la respiración por miedo a que abriera una arteria—. Me sedujiste con tus palabras dulces y con tu encanto, y yo entré a la trampa como un ratoncito estúpido.

—¿Mi encanto? —pregunté con voz ronca.

Ella se ahogó con los sollozos.

—Maldito seas, Justin. ¿Por qué? ¿Cómo puedes ser un monstruo?

—Por favor, dime qué sucede, Elyssa. ¡No entiendo! ¡Por favor, dime qué diablos sucede!

Sus ojos brillantes se abrieron de golpe, y esperé que unos láseres ultravioleta me quemaran. El rostro de ella estaba pálido, sin color. Sus labios se curvaron en un gruñido. Di un grito ahogado cuando sus caninos se alargaron hasta parecer agujas perladas. Se parecían a los colmillos de Randy, pero relucientes en lugar de manchados de sangre.

Elyssa se quedó observando la sangre que goteaba por mi cuello. Ensanchó las fosas nasales. Se mojó los labios y bajó la cabeza hacia mi cuello. Se apartó de repente, sacudiendo la cabeza, como si quisiera mantener a raya una sensación de mareo.

—Me engañaste. Me usaste. Sabías todo sobre mí y sobre mi familia, ¿verdad? —Una expresión de furia y traición helaron su tono de voz—. Fue todo una estratagema.

—No sé nada sobre tu familia. —Me sentí mareado, ya fuera por falta de sangre o por la comprensión de que mi novia era una maldita vampira. A pesar de la terrible revelación, no me importaba. *¡La amo!*—. Elyssa, soy yo, Justin. Jamás haría algo para lastimarte. Por favor, dime qué sucede.

Se quedó observando mis ojos por un largo momento antes de ponerse de pie de golpe y de alejarse de mí. Advertí una hoja larga de color gris en una de sus manos.

—Explícate, entonces, pero no des un paso hacia mí, o acabaré contigo.

Me toqué el cuello, y un color carmesí me manchó la mano.

—¿Eres una vampira?

Ella volvió a observarme y detectó la sinceridad de mis preguntas antes de responder.

—En serio no lo sabes, ¿verdad?

Soltó una carcajada frenética. Recordé cómo me había sujetado para que no enfrentara a Harry más temprano y lo fuerte que me había apretado el brazo el otro día. No le había prestado atención porque todavía no me acostumbraba a mi fuerza recién descubierta. Elyssa era tan fuerte como yo, o más.

—¿Eres como yo? ¿Tienes superfuerza?

—Oh, no —respondió con desdén—. No tengo nada que ver contigo.

—Pero eres tan fuerte como yo. No puedo controlar el problema que tengo. ¡No quería que sucediera!

Elyssa sollozó, y nuevas lágrimas llenaron sus ojos. Me rompía el corazón verla tan dolorida. Ver el dolor que había causado mi ignorancia. Ella se alejó de mí como alguien que retrocede ante una serpiente vencnosa.

—No quiero oírlo, Justin. Solo mantente alejado de mí. No me hables. No vuelvas a acercarte.

—Por favor, no, Elyssa. ¡No te vayas!

Ella se limpió las lágrimas de los ojos y me miró con una expresión entre odio puro y anhelo. Corría hacia ella. Levantó el cuchillo en posición defensiva.

—No estoy mintiendo. Te mataré si vuelves a acercarte a mí.

—¿Qué crees que soy? —Mi tono de voz sonaba roto, patético.

—Eres un maldito engendro de demonio.

Una punzada de hielo se clavó en mi pecho.

—¿Un... un demonio? ¡No! —Me pellizqué el brazo—. ¡Soy humano!

—No. —Sacudió la cabeza—. No lo eres.

—Pero... Pero, Elyssa. Te amo. —Mi tono de voz sonaba tan roto y desesperado que apenas lo reconocía.

Ella apretó los dientes.

—¡Cállate! —gritó—. ¡Cállate, monstruo despreciable y mentiroso! —Se subió al auto, cerró de un portazo y salió a toda velocidad del estacionamiento.

Me quedé solo entre el polvo, llorando.

Feliz cumpleaños.

CAPÍTULO 17

Me quedé clavado en el lugar mientras la agonía me destrozaba las entrañas, hasta que la luz del día se desvaneció y la oscuridad se apoderó del cielo. De alguna manera reuní la fuerza de voluntad para llegar hasta el auto y subir. Lloré como un bebé durante todo el viaje a casa. Las mujeres eran mi criptonita. Hasta la que me amaba creía que era un monstruo... un demonio, nada más ni nada menos. Y tal vez lo fuera. Ella era una vampira, pero no me importaba. *Se equivoca. ¡No soy un demonio!*

Una cosa era verdad: mis habilidades recién descubiertas causaban más dolor y daño que bien. No podía golpear a los acusadores. No podía proteger a mis amigos. Todo lo que hacía resultaba contraproducente y lastimaba a las personas que me importaban.

Ni siquiera estaba seguro de que aún tuviera amigos. ¿Qué les diría Elyssa a Ash y a Nyte? Los conocía hacía mucho más tiempo que yo. Si se sentaba con ellos en el gimnasio de la escuela, yo no podría hacerlo. No sin que me apuñalaran con un lápiz en la garganta. Una cosa era segura: no conocería a los padres de Elyssa el domingo.

La madre de Elyssa, Leia, me vino a la mente. Recordé sus ojos. Sus ojos violeta. Igual a los de Elyssa. Yo no tenía ojos violeta. Hasta donde sabía, mis ojos no brillaban. O tal vez lo hacían, y no me había mirado en el espejo en el momento indicado. Me pregunté si toda su familia estaba compuesta por personas con colmillos y con ojos violeta. La familia Brady vampira. Pero, si ella era una vampira, ¿por qué no tenía los colmillos manchados de sangre ni los iris rojos? ¿Y por qué no me daba respuestas concretas?

La primera pregunta, posiblemente, era una simple cuestión de higiene o de mezclar bicarbonato con dentífrico. La segunda no se respondía con tanta facilidad, a menos que no todos los vampiros tuvieran ojos rojos o violeta.

Entré a casa. Mi padre no estaba por ninguna parte. Tenía preguntas que hacerle, maldición. Me había prometido que hablaríamos, pero su motocicleta no estaba, y no contestaba el móvil. ¿Quiénes eran los Conroy? ¿Adónde había ido mi madre? ¿Había nacido, o mis padres me habían invocado desde las calderas del Infierno?

Entré a mi habitación y cerré la puerta con llave. Parecía un zombi. Tenía tierra en el rostro. La sangre seca formaba una costra en el cuello, y una delgada línea roja corría por el costado izquierdo de la garganta hacia la nuez de Adán. No podía creer que Elyssa me hubiera hecho eso. Con razón yo creía que ella estaba ocultándome algo. Era así. Mi novia (exnovia) era una asesina ninja vampira. *¡Diablos!, es tremendo.*

El modo en que había manejado esas espadas durante el torneo me había volado la cabeza. Ella sabía lo que hacía. Pero yo continuaba tan perdido como el día en que Stacey me había atacado. Excepto que ya sabía que mi superexnovia era una vampira; posiblemente, yo era un demonio; y Stacey era algo completamente distinto. ¿Qué sucedía entre las chicas sobrenaturales y yo?

¡No quiero ser un demonio!

Elyssa debía de haberse equivocado conmigo. Repasé una lista imaginaria para intentar deducir qué podría ser. No era un vampiro, ni un hombre lobo, ni un duende, mucho menos un tritón. La lista seguía y seguía, pero nada coincidía con mis síntomas. Nada que hubiese leído en novelas de fantasía urbana me había preparado para ese dilema. No resplandecía ni brillaba ni me crecían colmillos, pero podía seducir a una mujer en un instante. Corrección: podía seducir a cualquier mujer *normal*. Al parecer, las mujeres sobrenaturales sabían cómo defenderse. *Creí que los demonios poseían a las personas, no las seducían para tener sexo.*

Me di una ducha, durante la que alterné entre sollozos y un silencio estoico. Eso era peor que todas mis relaciones desastrosas juntas en una bola enorme de dolor. Katie podría haber partido mi corazón en dos, pero Elyssa lo había hecho añicos.

Era el candidato perfecto para una carrera en las telenovelas: mucho drama y un final triste para todos mis esfuerzos románticos. Me encontré observando la pantalla de la computadora. Solo mirándola, sin ninguna idea de por qué me había sentado frente a esta en primer lugar.

Busqué "engendro de demonio", y surgieron cientos de resultados. La mayoría eran historias sobre seres míticos, que se deleitaban con las almas de mujeres jóvenes. Al parecer, estaba perdido por esa maldición. Ni siquiera sabía cómo llamar a los síntomas que tenía. Casi escribo una publicación en el sitio sobre salud, WebMD: "¡Ayuda, por favor! Tengo una habilidad psíquico sexual, que me permite ver unos vapores sexuales emanar de las mujeres. Luego, las violo. Sinceramente. Abusador sin intención".

Luego, encontré una pista que casi tenía sentido: "Íncubo: demonio que seduce a mujeres cuando duermen". Leí más sobre el tema, pero hablaba de posesión y de visitarlas en sus sueños. La parte de la seducción era exacta, pero todo lo demás ya no tanto.

Garabateé algunos pensamientos en un papel. El *vapor*, como yo lo llamaba, era un sentimiento sexual que mi mente interpretaba como un halo fantasmal que rodeaba a las personas pero, más visiblemente, a las mujeres. Tenía que ser algún tipo de telepatía. Pero no podía leer mentes, solo indicios de emociones en torno a ese núcleo sexual de energía. Se me encendió una lamparita. Sentía la energía sexual y algo de energía emocional. Energía psíquica.

Busqué esos términos y encontré desde yoga hasta personas que se pegaban piedras energéticas a la frente. También descubrí toda forma concebible de alargar mi hombría. Ni siquiera había una pregunta en Yahoo Respuestas sobre superfuerza combinada con la capacidad de hacer que las mujeres se arrancasen la ropa.

El término *íncubo* apareció varias veces, pero ninguna definición lograba ese momento de "¡Eureka!". Encontré un sitio web donde se detallaban cientos de criaturas sobrenaturales, incluida una que se parecía a mí: un hada oscura. El hada noseelie, o hada malvada, utilizaba su encanto sexual para atrapar mujeres mientras les extraía la belleza y la vida. Pero algunas cosas no cerraban. Las hadas eran longevas (según el sitio web), inmortales y no tenían hijos. Por lo tanto, a menos que otra hada malvada me hubiera hecho algo y me hubiese dado en adopción, no sabía cómo podría ser una. En el fondo, tampoco quería admitir que era un hada porque sonaba afeminado. Pero al menos era un comienzo.

Me acosté boca arriba en la cama y pasé tiempo valioso mirando el cielorraso mientras mis emociones sensibleras arrastraban mi espíritu a la alcantarilla. De alguna manera, me quedé dormido. El domingo, me senté en la cama, mirando la pared: el cielorraso necesitaba un tiempo a solas. La agonía me desgarraba el corazón.

Llamé a Elyssa y me atendió el contestador. "Por favor, llámame —le pedí—. No comprendo lo que sucede". Una hora después, volví a llamarla. A la quinta vez, me rendí: ella no me llamaría. Hasta donde yo sabía, ella no tenía un perfil en redes sociales ni en ningún sitio web de importancia. Ni siquiera sabía dónde vivía. Llamé a Ash.

—Hola, Justin —saludó con tono alegre—. Amigo, ayer fue increíble.

—Sí, fue divertido.

—¿Sabes?, quería agradecerte.

—¿Por qué? —Me sorprendió que Elyssa no lo hubiera llamado para decirle que no hablara conmigo.

—Has sido un gran amigo —respondió—. No es fácil para mí decir esto, pero... —Respiró profundo—. No tuve muchos amigos de verdad, aparte de Nyte y de Elyssa. Tú eres auténtico, amigo. Gracias por estar ahí para mí.

Sentí un nudo en la garganta. Se me entrecortó la voz al intentar hablar.

—Claro. Gracias por estar ahí para mí también.

—Cuando quieras. —Rio por lo bajo—. Más tarde iremos a comer unas hamburguesas si quieres venir.

—¿Tú, Nyte y Elyssa?

—¡Ja!, como si no supieras que ella vendrá. Nunca la vi tan feliz, amigo. Me alegra que se hayan conocido.

Sentí que las lágrimas comenzaban a acumularse y apreté los dientes para evitar que me temblara el labio superior.

—Tal vez vaya más tarde. —Intenté desesperadamente conservar un tono calmado.

—Genial. Envíame un mensaje si puedes venir.

Corté. Las lágrimas saladas me hacían arder los ojos.

—Al diablo. —Me acosté boca arriba. Había olvidado preguntarle si sabía dónde vivía Elyssa. Era posible que le llamase la atención la pregunta. Parecía algo que un novio debería saber. Además, si Elyssa pensaba que yo era un demonio, ¿qué diría su familia? Por mucho que necesitara salir de la casa, no podía forzarme a reunirme con Ash. Solo sería un manojo de tristeza. Pasé el domingo aturdido por el dolor.

Me desperté el lunes. Una pizca de esperanza de poder hablar con Elyssa se plantó en mi corazón. Pero ella no estaba en el gimnasio esa mañana. Ash y Nyte no sabían dónde estaba. La busqué por todas partes entre clase y clase. A la hora del almuerzo, miré, pero no pude encontrarla en el comedor. Ash supuso que estaba enferma. Yo sentía revuelto el estómago. Salí del comedor y hacia el exterior. Una persona estaba sentada en un banco junto a las canchas de tenis, al costado de la escuela.

Elyssa.

Ella se dio vuelta para mirarme cuando estaba a seis metros de distancia. Se relajó un poco cuando vio que era yo, pero sus manos permanecieron en posición defensiva.

—¿Qué estás haciendo aquí? —inquirió.

—¿Qué haces tú aquí afuera? —repliqué—. Esto es tonto. No soy un demonio, Elyssa. Soy un chico como cualquier otro. De acuerdo, tal vez no como cualquier otro, pero jamás te haría daño.

Su mirada se tornó fría.

—Aléjate de mí.

—No iré a ninguna parte hasta que me digas qué sucede.

—No lo entiendes, ¿no? —Tomó su sándwich y lo guardó en la bolsa—. Eres un engendro de demonio. La idea de haberte besado me da náuseas. Ni siquiera eres humano.

—¿De qué hablas? —La ira cubrió la tristeza. Caminé hacia ella con los brazos en alto—. Mírame. Soy tan humano como tú.

—Tu clase es cualquier cosa, menos humana.

—Estoy cansándome de que la gente me diga cómo es mi clase. ¡Ni siquiera sé cuál es mi clase! Y, por si no lo notaste, ¡eres una vampira!

Ella rechinó los dientes.

—No sabes de lo que hablas.

Caminó hacia mí con expresión amenazadora. Retrocedí en caso de que sacara otro cuchillo.

—Te amo, Elyssa. No quería hacer lo que fuera que mi maldito cuerpo estaba intentando hacerte. No puedo controlarlo. ¿No puedes ayudarme?

—Tú no sabrías lo que es el amor ni aunque te arrancara el corazón, Justin. Es un sentimiento humano. —Su tono de voz hervía de pura emoción. Me empujó para pasar—. Si mi padre se enterase sobre ti, te mataría.

—¿Matarme? ¿Qué hice para merecer la muerte?

—En principio, violar la Ley del Supramundo. —Me mostró los dientes—. Y mi padre odia a los engendros de demonio.

El terror se apoderó de mi corazón.

—Por favor, no soy malvado. Si soy un demonio, ¡te juro que soy de los buenos!

—Mantente lejos de mí. —Caminó unos metros y se dio vuelta—. Y será mejor que no les toques un pelo a Ash ni a Nyte, o te perseguiré y te colgaré de los intestinos.

—Entonces, ¡¿también me los quitarás?! —grité—. ¿Me arrancarás todo lo que me importa en esta vida?

—Maldición, ¡actúas bien, Justin! —Ella levantó las manos—. Tu clase es incapaz de preocuparse por algo. Supongo que lo descubrirás pronto, y no me sentiré tan mal por tener que acabar contigo. —Dicho eso, se alejó.

Golpeé el banco de madera con tanta fuerza que se partió al medio. Lo golpeé una y otra vez hasta que quedó una masa deforme. Me dolían las manos. Las astillas sobresalían entre mis nudillos, y me chorreaba sangre por los puños. En pocos minutos, la piel se deshizo de las astillas. La sangre dejó de correr. Mis manos se veían como nuevas. Si tan solo fuera así de sencillo curar un corazón roto...

Mi estómago rugió de hambre. Vi mi almuerzo empaquetado en el piso, donde debí haberlo dejado caer antes, así que lo tomé y me lo devoré.

Seguía teniendo hambre, pero también tenía sed. Fui hasta un bebedero y tomé agua, pero nada parecía calmar la sed. Mi estómago volvió a rugir. Entré al baño y me lavé las manos. Cuando me miré en el espejo, vi a un desconocido.

Bueno, no a un desconocido, sino a un chico miserable que se veía como yo, pero con ojos azul claro en lugar de castaño claro. Esos ojos estaban atormentados. Ese rostro estaba muy pálido. Ese desconocido, el pobre tonto, no tenía ni una oportunidad de ser feliz. Fue entonces cuando me di cuenta de que mis ojos se veían iguales a los de mi padre aquella noche. *¿Qué soy, papá? ¿De verdad soy un demonio?*

Dos chicos a los que no conocía entraron al baño. Se reían tan fuerte que se les caían las lágrimas.

—Y el oso se limpió el trasero con el conejo —contó uno de ellos, golpeando la pared con cada carcajada. Su amigo se derrumbó contra la pared, sosteniéndose la panza y aullando de la risa.

Seguían repitiendo esa frase una y otra vez. Al parecer, era el final de un chiste que desconocía, pero que deseaba haber conocido para poder reírme con ellos.

Algo me sacudió los sentidos. Era vago, pero emanaba de ellos dos. Intenté alcanzarlo con mi mente y lo atrapé. Eso era completamente distinto a lo que había sucedido con Victoria. Con ella, había sido como beber un batido por un sorbete largo. Eso era más como beber té amargo por una pajilla para revolver: placentero si tienes mucha sed, pero no tan sabroso ni satisfactorio. Mi mente succionó con voracidad, de todas formas. El hambre constante disminuyó. Las risas fueron menguando mientras hacían sus cosas y luego se fueron.

Me miré furioso al espejo. Los ojos azules se oscurecieron hasta quedar de color castaño. Mi piel recuperó el color. Acababa de alimentarme con la alegría de otra persona.

De verdad soy un monstruo.

CAPÍTULO 18

Un río helado de miedo me recorrió el cuerpo. Elyssa tenía razón: era una criatura chupaalmas, y jamás conocería el amor. Jamás sentiría sus brazos alrededor de mí ni sus suaves labios sobre los míos. Jamás conocería la alegría de hacer el amor con ella, ni con otra mujer para el caso. Mi sesión de besos con Victoria había sido tan falsa como con una muñeca inflable. Podía seducir a cualquier mujer, pero nunca ganaría su amor. Aun peor: al parecer, tenía que chupar las emociones de otras personas para satisfacer mi hambre.

No quería esa vida. Quería mi vida de regreso. Quería a Elyssa de regreso. Las lágrimas se asomaron a mis ojos. Apreté los dientes y sujeté la pileta de porcelana con ambas manos.

Deja de llorar, estúpido fenómeno. La pileta se agrietó y se deshizo en mis manos. Retrocedí y hui del baño vacío antes de que alguien entrara y me denunciara por vandalismo.

—Oooh, miren, alguien estuvo llorando —comentó una voz conocida. La expresión maliciosa en el rostro de Nathan apareció en foco a través de la mezcla de ira, miedo y odio que sentía.

Cerré los puños con tanta fuerza que mis nudillos crujieron como fuegos artificiales. Creí que mis manos sangrarían. Me llevó cada gota de fuerza de voluntad que tenía no golpear a Nathan en ese instante hasta dejarlo como papilla de piel ensangrentada y huesos rotos. Algo en el fondo de mi cabeza gritó: "¡Hazlo! De todas maneras, eres un monstruo. Jamás te aceptaron como humano. ¿Qué te hace pensar que alguna vez serás aceptado por alguno de ellos, fenómeno diabólico?".

No me importaba si le agradaba a Nathan o a su grupo. Solo me importaban tres personas, y una de ellas me detestaba. Otros estudiantes se metieron y me ridiculizaron mientras caminaba por el pasillo bordeado de casilleros.

Algo duro me golpeó la cabeza. Vi las estrellas por un instante y oí risas estridentes. Me di vuelta y vi a Steve riendo a carcajadas y señalando su anillo de graduación, el cual había girado hacia adentro para golpearme en la cabeza. Las llamas de furia acariciaban mi corazón y me hacían hervir la sangre.

MATAR. DESTRUIR.

La voz interior clamaba muerte. Exigía un baño de sangre.

Podría hacerlo. Podría matar a todos aquí.

La idea me dio náuseas. Cada uno de ellos se merecía una buena paliza, pero no la muerte. Giré y me alejé, mientras resonaban las carcajadas a mis espaldas.

—Hola, Justin. —El señor Turpin estaba de pie en la puerta de su aula, observándome.

—Hola, señor. —Me detuve y puse las manos en los bolsillos—. ¿Necesitaba algo?

—Cambiaste. —Me miró de arriba abajo—. Te ves más fuerte que antes.

Sus afirmaciones me incomodaron.

—Hago ejercicio, si a eso se refiere.

La mirada del señor Turpin parecía más aguda de lo habitual, y tenía una sonrisa de suficiencia que no era propia de él.

—No tienes que soportar el acoso, Justin. No eres el chico débil de hace algunas semanas.

—¿Está diciéndome que debería pelear con ellos? —Arrugué la frente—. Hacerlo no me beneficiará en nada. Solo me meterá en problemas.

—Si tuvieras el poder para lograrlo, ¿lo harías?

Pestañeé unas pocas veces y me pregunté si el señor Turpin sabía más sobre mi situación que lo que dejaba entrever. Por otro lado, su pregunta era certera. Sí tenía el poder de moler a golpes a cualquiera de la escuela y, probablemente, era lo suficientemente rápido y fuerte como para salirme con la mía. Pero ese no era yo. No quería abusar de mi poder como Randy; quería (respiré profundo)... quería usarlo para el bien. Sacudí la cabeza.

—No. Yo sé lo que es sufrir acoso. Si tuviera el poder, no lo utilizaría para acosar a otros.

Él frunció los labios. Asintió.

—Interesante. —El señor Turpin se cruzó de brazos—. Te veré en clase, Justin. —Volteó y entró al aula.

Elyssa pensaba que yo era un demonio, un monstruo. Tal vez lo era por definición. Lo que debía hacer era probar que era bueno. Si una acción valía más que mil palabras, entonces, necesitaba dejar de deprimirme y pasar a la acción.

En mi siguiente clase, me senté y escribí los puntos en el cuaderno.

- *Elyssa sabe sobre criaturas sobrenaturales.*
- *Su padre odia a los engendros de demonio.*
- *Elyssa lleva una maldita daga con ella.*
- *Es una ninja.*
- *Tiene colmillos.*

- *Su familia tenía su propia empresa de seguridad.*
- *Elyssa siguió al tipo de la remera de Affliction.*
- *¿El tipo es un ser sobrenatural?*

Una vez anotadas mis suposiciones y preguntas, uní los puntos. Un panorama más general comenzó a formarse lentamente. Elyssa había admitido haber recibido entrenamiento de artes marciales. Su desempeño en R&C también señalaba un entrenamiento en armas. Todas las trasnochadas y los hábitos furtivos indicaban que trabajaba con frecuencia en la empresa de seguridad de la familia. Si de verdad estaban en el negocio de la seguridad y el de la remera de Affliction era un delincuente sobrenatural, en ese contexto, la conducta de Elyssa tenía sentido.

Por otro lado, el de la remera de Affliction podría haber contratado a la familia para que le cuidaran las espaldas. En ese caso, Elyssa estaba protegiéndolo y vigilándolo a la distancia. Por algún motivo, sentí que ese no era el caso. Parecía que Elyssa estaba siguiéndolo, no cuidándolo mientras él compraba lencería femenina en Macy's.

Mi objetivo era simple: perseguir al de la remera de Affliction y llevarlo ante la justicia. Otra conexión encendió las neuronas en mi cerebro: *Randy estaba en el centro comercial ese día.*

Randy vendía esteroides ilegales, tal vez alterados de manera sobrenatural con mi sangre o con sangre de vampiro. Aún quedaba la posibilidad de que haber inhalado esos gases me hubieran transformado en superhumano. Deseé haberme acordado de mencionarle eso a Elyssa pero, probablemente, no me habría creído.

Tal vez estaba aferrándome a un clavo caliente, pero ¿y si Randy había ido al centro comercial para reunirse con el de la remera de Affliction y su banda? Tal vez era su proveedor. Chasqueé los dedos.

—¡Sí! —grité en voz alta.

La mitad de la clase dio un salto, y el profesor de Química, el señor Heisenberg, exclamó alarmado:

—¿Qué demonios, Justin? —Se frotó la cabeza calva.

Miré las variables escritas en el pizarrón.

—Oh, la fórmula cobró sentido de repente.

—Ah, bueno, me alegra que te entusiasme la Química. —Heisenberg miró furioso a Tommy Smith, quien roncaba suavemente con la cabeza apoyada en el pupitre—. Si tan solo todos estuvieran así de entusiasmados...

Cindy Mueller levantó una mano y la sacudió.

—¡Yo estoy entusiasmada, señor!

Heisenberg suspiró.

—¿No es siempre así?

Justo después de clase, recorrí todos los pasillos buscando a Randy en todos los baños de hombres. Encontré a Brad Nichols arreglándose el pelo en el último baño. Me vio por el espejo y gruñó.

—Eres hombre muerto, Case. —Golpeó el puño contra la palma—. ¿Listo para el segundo round?

—No. —Me crucé de brazos y me mantuve a una distancia prudente—. ¿Qué tipo de drogas vende Randy?

Él entrecerró los ojos.

—Nunca tuvo oportunidad de contarme, gracias a que tú lo estropeaste todo.

—¿No volviste a reunirte con él?

Brad me mostró los dientes.

—No te diré nada, Case.

Resistí la necesidad de levantarlo contra la pared. Parecía funcionar en todas las versiones de *CSI*, pero no confiaba en su efectividad en un baño de escuela. *¡Utiliza tu cerebro, Justin!*

—Sé que no tienes por qué hacerlo, pero oí que lo que vende no funciona tan bien como dice. Le está echando estimulantes para que la gente crea que funciona, pero solo los pone hiperactivos.

Brad frunció el ceño.

—No es lo que oí.

—Bueno, uno de mis amigos lo tomó y vomitó sangre, así que yo tendría cuidado. —Me encogí de hombros y retrocedí—. Solo ten cuidado.

—Será mejor que ese maldito no haya mentido. —Avanzó hacia mí—. No creas que te has librado, imbécil.

—Oye, ¿tan siquiera sigues con Katie?

Brad soltó una carcajada.

—Nunca fui tan idiota. Estaba durmiendo con otras tres chicas mientras estaba con Katie.

La sangre me comenzó a hervir.

—Sí, eres todo un semental. Ganaste la lotería genética con buena apariencia, pero tienes un certificado de excelencia en ser una porquería en términos de humanidad.

Brad gruñó y me lanzó un puñetazo con toda su fuerza. Me golpeó en la mandíbula. Ni siquiera me inmuté. Gritó de dolor y se sostuvo la mano.

—¿Qué diablos...?

Sonreí.

—Será mejor que te hagas ver eso, Brad. —Abrí la puerta del baño, me detuve y miré hacia atrás—. Ya que estás, que revisen si tienes herpes. —Luego me fui, doblé en la esquina del pasillo y esperé.

Aún quedaban cinco minutos antes de la siguiente clase. Esperaba que haber dejado a Brad lastimarse el puño contra mi rostro no hubiese arruinado mis planes. Brad salió de prisa del baño, con el puño envuelto en toallas de papel. Algunos estudiantes curiosos le miraban la mano, pero nadie le impidió seguir caminando hasta el gimnasio, al otro lado del pasillo.

Avancé serpenteando entre los estudiantes, ignorando las burlas de los demás, y seguí a Brad. Avanzó hacia la izquierda del gimnasio y entró en una zona de servicio. Cuando desapareció a través de las puertas dobles al final del pasillo, espié por las ventanas sucias, hasta que lo vi doblar una esquina. Entonces, entré.

—Quiero esa basura ahora. —La voz de Brad resonó por el pasillo.

—Estoy esperando la nueva tanda. ¿Encontraste a otros que estén interesados?

—¿Qué hay sobre esa cosa temporal? Me dijiste que me daría una muestra de superfuerza.

—Me quedan algunos viales, pero las nuevas tandas serán las auténticas. —Randy suspiró—. Mira, amigo, es obvio que estás enojado por algo. ¿Y qué le sucedió a tu puño?

—Nada —rugió Brad—. Solo dame el estímulo. Tengo un asunto pendiente.

—Oye, aguarda, motoquero. Espera. —Rio—. No puedo andar repartiéndolo para que tú te pongas violento con alguien. Recuerda que no queremos llamar mucho la atención.

—Maldición, Randy. Dame algo, ¡o te patearé el trasero!

Caminé en puntas de pie hasta una esquina, feliz de que el sonido de estudiantes que hablaban en el vestíbulo exterior tapara el ruido de mis pasos. Al ser Randy un vampiro, era probable que tuviera superaudición como yo, y no quería que me oyera acercarme.

—¿De verdad acabas de amenazarme, niño?

Brad refunfuñó. Gritó de dolor.

—¡Basta!

—¿No te gusta que te aprieten las tetillas, Brad?

—¡Basta, por favor! —lloriqueó Brad—. ¡Me duele!

—Sí, un poco como aquella vez cuando me pegaste en los testículos para impresionar a esas niñas en la escuela media, pedazo de porquería. —Rio—. Si no tuviera una misión, te arrancaría el escroto y te lo haría comer.

—Lo siento —gimoteó Brad—. Solo necesito...

—Shhh —lo calló Randy—. Sigue la corriente, y todo estará bien. Te avisaré cuando tenga la nueva tanda, ¿de acuerdo? Sabré algo hoy, más tarde.

—Bien —acordó Brad con tono tembloroso.

—Ahora sal de aquí.

Me apresuré a salir del corredor y llegué al vestíbulo justo cuando sonó el timbre. Todo estaba en marcha. Lo único que debía hacer era seguir a Randy después de la escuela y encontraría a su proveedor.

Cuando sonó el timbre de salida, corrí al estacionamiento y esperé a que Randy apareciera. Busqué entre todos los rostros, pero incluso, a medida que la multitud disminuía, no había señales de él. No fue hasta que todos se habían ido que salió una figura delgada con una campera. Tenía la capucha puesta.

Aunque no podía ver sus rasgos, sabía que debía ser él. "Los vampiros se queman con la luz del sol", me recordé. Como si fuera para probar que estaba equivocado, Randy se quitó la capucha y miró a su alrededor. No brillaba, pero tampoco se prendió fuego. Unos segundos después, se volvió a colocar la capucha.

"Tal vez no es un vampiro —murmuré—. O tal vez los vampiros son diferentes en el mundo real". Por lo que sabía, ni siquiera se convertían en murciélagos.

Randy se subió a un todoterreno negro con vidrios polarizados. Me subí al auto y lo seguí a una distancia prudente, con la esperanza de que él no supiera qué vehículo conducía. Ya había bastante tránsito, que se puso más pesado a medida que nos acercábamos a los edificios altos de Atlanta. Tomó la I-85, bajó en una ruta lateral y dobló a la derecha por una calle entre un hotel y un parque empresarial.

La última vez que dobló, llegó hasta el letrero de un caballo saltarín de neón. *Pink Pony* titilaba justo bajo la yegua que corcoveaba. Jamás había entrado, pero había oído sobre ese lugar. Por fortuna, llevaba bastante dinero de mis padres.

Randy entró al club de *striptease* como si fuera el dueño. El portero que estaba en la entrada simplemente asintió para saludarlo. Estacioné al fondo del estacionamiento y me dirigí a la puerta de entrada. El tipo de seguridad tomó tres dólares por el estacionamiento y abrió la puerta. El hombre fornido sonrió.

—Diviértete, muchacho.

—Iuju. —Levanté un puño—. Adoro a las chicas desnudas.

—Malditos vírgenes —murmuró el portero mientras cerraba la puerta.

La música retumbaba en el interior. Una estríper vestida giraba alrededor de un caño en uno de los escenarios, frente a la escasa audiencia. Me senté en el bar y observé a los tipos de aspecto escalofriante entregarle billetes mientras buscaba a Randy. Vi a mi presa hablando con una bailarina morocha en el bar. Le mostró algo de dinero, y ambos se fueron a una zona VIP.

No estaba seguro de si debía seguirlos, así que me volví hacia los tipos escalofriantes que observaban a la bailarina sobre el escenario. Uno anciano llevaba anteojos de los ochenta y una gorra de detective, al estilo Sherlock Holmes. Otro se frotaba la tetilla por un agujero en la camiseta sucia. Un tipo de seguridad con anteojos se reclinaba perezosamente sobre una pared; no parecía importarle el festival de fenómenos.

—¿Quieres un baile privado, cariño? —inquirió una voz en mi oído izquierdo—. Soy Raven.

Una adorable morocha, vestida con un negligé transparente, estaba detrás de mí con las manos sobre mi hombro. Unos ojos de color chocolate pestañeaban de manera incitadora bajo pestañas postizas. El tatuaje de un unicornio, que tenía por encima del *piercing* en el ombligo, era algo sensual, y ella olía bien, pero sus vapores sexuales (su aura) se sentían fríos y muertos.

—¿Qué tan privado? —consulté, intentando disimular el temblor en la voz.

Me mostró una sonrisa dulce.

—No estés nervioso, corazón. —Me frotó el brazo con afecto—. Seré amable.

Parecía que yo le gustaba en serio. *Por supuesto que así parece, tonto. Es su trabajo.*

—¿Cuánto? —Me obligué a pensar con lógica. Podía usarla para vigilar a Randy.

—Bueno, un baile privado sería diez, un baile en el salón privado son treinta, y un baile en la habitación VIP son dos cincuenta.

—¿Doscientos cincuenta? —Tenía mil dólares en los bolsillos, pero igual me parecía mucho.

—Exacto. —Agitó las pestañas—. Es mucho más íntimo allí.

De verdad quería sentir más entusiasmo del que sentía, pero esa chica era una vela parpadeante en comparación con la llama furiosa de Elyssa. *Solo úsala para entrar al VIP.* Le sonreí.

—Hagámoslo.

Ella aceptó el dinero y me llevó a la parte trasera, adonde había ido Randy. Unas habitaciones con cortinas bordeaban el pasillo. Oí gemidos de la primera a la derecha. Raven se llevó un dedo a los labios y sonrió. Luego, corrió la cortina despacio.

La morocha con la que había entrado Randy estaba desnuda e inclinada sobre una silla. Me quedé boquiabierto cuando vi el trasero escuálido de él moviéndose de atrás hacia adelante. La energía sexual pura de la mujer sacó a mi bestia interior de su escondite, y mis pantalones se sintieron más apretados.

Raven me llevó a la habitación del fondo. Había un sofá de cuero sintético contra la pared del fondo y una silla plegable en el medio de la habitación. Ella se colocó sobre mi regazo y comenzó a bailar.

—¿Eso es una pila de billetes de veinte en tu bolsillo, o estás contento de verme?

—¿Ambos? —Mi voz se entrecortó.

Ella se rio con suavidad.

—Eres adorable, cariño. —Apretó mi rostro contra sus pechos—. ¿Qué te parece un tratamiento completo por esa pila de billetes?

Me quedé paralizado.

—Emmm...

Ella volvió a reír.

—Bueno, si solo quieres el baile, repasemos las reglas, ¿de acuerdo?

—Está bien —acepté con la voz entrecortada.

—Yo seré la que toque. Tú... —Colocó mis manos a los costados de la silla— debes mantener las manos quietas. De lo contrario, tendré que llamar al portero para que venga y te saque. Y eres demasiado lindo para querer hacerte eso. —Sonrió y me tocó la punta de la nariz con el dedo. Asentí y me aferré a los costados de la silla hasta que mis nudillos quedaron blancos. Ella rio—. Si te portas bien, tal vez te deje tocarme gratis.

Contuve la bestia en mi interior. Ver a Randy y a esa bailarina casi la habían liberado. Sacudía los barrotes de mi fuerza de voluntad. *¡Tómala! Es tuya.* Con esos pensamientos, tal vez sí fuera un demonio.

Comenzó una nueva canción. Raven (si ese era su verdadero nombre) movió el cuerpo a ritmo lento. Se inclinó hasta dejar ver su ropa interior y luego se enderezó en un movimiento lánguido. Deslizó el negligé por los hombros con ademanes bien ensayados. Me pregunté cuántos cientos de veces había hecho el mismo baile para otros hombres. En mi cabeza, podía oír, sentir, oler y casi saborear el zumbido ardiente de energía sexual del club. Sus caricias me excitaban y avivaban más a la bestia. Rechiné los dientes y rogué que terminara la canción. Raven continuó bajando el negligé hasta mostrar los pechos.

—Puedes pasar treinta minutos con estos. ¿No te gustaría tocarlos?

—¿Treinta minutos? —Me tembló la voz.

—No son doscientos cincuenta por un solo baile, cariño. —*No puedo aguantar treinta minutos con una mujer desnuda.* Mi visión cambió y mostró su aura fría e impersonal. Los bucles de energía surgieron desde mí hacia ella. Resistí, pero me llevó un gran esfuerzo. Mis pantalones parecían estar a punto de explotar, y el esfuerzo de resistirme me provocó mareos. Si no me iba, todo terminaría fuera de control. Me levanté de un salto y dejé a Raven en el piso con suavidad—. ¿Qué demonios...?

—Mira, tengo novia. No puedo hacer esto. —Caminé hacia la cortina—. Lo siento mucho.

Una sonrisa genuina se dibujó en su rostro.

—Eso es muy dulce. —Salí al pasillo justo cuando Randy salía de su habitación. Regresé a la mía y espié hacia afuera—. ¿Qué estás haciendo? —Raven se apoyó en mí.

—Oh, acabo de ver que el chico del otro extremo del pasillo se iba. Se siente raro salir caminando con él.

—Sí, es cliente habitual. Creo que conoce al gerente o algo.

Me volví hacia ella.

—¿Viene muy seguido?

Ella asintió.

—Es muy amigo de Spike, el gerente nocturno.

Hice una mueca.

—¿Quién diablos le pone *Spike* a su hijo?

Raven rio.

—Su nombre es tan real como el mío.

—¿*Raven* es tu verdadero nombre?

Ella resopló.

—Eres muy gracioso. No, no es mi nombre. Creo que Spike se llama *Fred* o *Bob*, pero no le hago muchas preguntas. Es superescalofriante.

—¿Le gustan las remeras de Affliction? ¿Tiene barba candado?

Raven levantó las cejas.

—¿Lo conoces?

Enseguida me di cuenta de que debería haber mantenido la boca cerrada.

—Me pareció verlo afuera.

—Qué extraño. No suele llegar antes de las ocho. —Se encogió de hombros—. Tal vez vino temprano.

Randy se había ido, y Raven no parecía saber por qué se reunía con Spike, así que caminé por el pasillo y espié por la esquina. Randy estaba de pie, junto a la barra, de espaldas a mí. Caminé con naturalidad hacia un rincón oscuro y me senté donde podía observarlo sin que él me viera.

Pasó una hora, durante la que tuve que soportar bailes privados para no parecer fuera de lugar. Por fin apareció el de la remera de Affliction. Él y Randy se fueron a una habitación trasera.

Esperé y esperé hasta que casi me disloqué la mandíbula con un bostezo. Eran casi las once, y aún no había señales de Randy. Salí y me di cuenta de que su auto no estaba. *¡Maldición!* Me cubrí el rostro con las palmas. Debieron haberse ido por una puerta trasera.

En mi primera noche de detective había descubierto algunas conexiones, pero era un principiante y había dejado escapar a mi presa. Si iba a probarle a Elyssa que era bueno, no podía permitir que volviera a suceder.

CAPÍTULO 19

Cuando llegué a casa y me bajé del auto, un calor familiar apareció entre mis omóplatos.

—Te advertí, y no me escuchaste, ¿verdad, mi amor? —preguntó Stacey.

—¿Amor? —Volteé para enfrentar a mi linda pero aterradora acosadora—. ¿Qué sabes sobre el amor?

Stacey mostró sus adorables dientes y ronroneó. Una brisa le corrió hacia atrás el pelo, y advertí que sus orejas eran puntiagudas como las de un duende o... las de un vulcano.

—Sé más que tú, pequeño cordero.

Caminé hacia ella y la sujeté de los hombros. Ella frunció los labios rosados y ronroneó más fuerte.

—¿Soy un demonio? —pregunté—. ¿Algo como un íncubo?

—¿Un demonio? —Ella rio—. Bueno, bueno, querido. No te diré nada hasta que aceptes mis condiciones. —Intenté captar su energía psíquica, pero se me escapó como humo en el viento. Las sensaciones que obtenía de ella eran tan diferentes que casi parecían extraterrestres—. Verás que no me pueden atrapar ni tentar con tanta facilidad como a las mortales, cariño. Yo te enseñaré a ti cómo complacerme. —Me rodeó la cintura con un brazo y me acercó más a ella. Frotó la cabeza contra mi pecho e inhaló. Estaba muy tentado a rendirme a sus exigencias en ese instante. ¿Qué más podía perder? Me liberé con algo de dificultad del abrazo firme de Stacey y caminé hacia la casa—. ¿Me abandonas otra vez? —inquirió con un tono enfadado—. ¿Ni siquiera sientes curiosidad por lo que tengo para ofrecer?

—Claro que sí. —La miré de arriba abajo. Era indiscutiblemente sensual y hermosa, pero esa parte no del todo humana me daba escalofríos. Orejas gatunas. Lengua áspera. Ojos felinos. ¿Era algún tipo de mujer felina? Se agregaba otra entrada a mi catálogo interno de criaturas fantásticas. Me pregunté si podía convertirse en gato. El cambio de forma ya no parecía tan alocado. Tal vez era alguna clase de mujer gato —. Hice una contraoferta, pero te negaste.

—Ya me expliqué bastante a fondo —señaló ella y olfateó.

—¿Qué sucede con las mujeres y el olfateo despectivo? —Ella arrugó la frente y me miró confundida. La luz de una farola se reflejó de manera espeluznante en sus ojos de color ámbar, igual que pasaría con un gato. Sus pupilas verticales se dilataron hasta que quedaron redondas—. Eres un gato extraño. —Lo decía literalmente.

—Soy excepcional.

—No me oirás discutirlo, Cheetara, pero no me gusta tu *gatitud*.

Sus cejas quedaron en forma de V.

—Y dime, por favor, ¿quién es Cheetara?

—Eso es asunto mío. Tú deberás descubrirlo. —*¡Mi turno de ser misterioso, nena!* Hice una última jugada para obtener su ayuda—. ¿Alguna vez quisiste ser una heroína?

Ella arrugó la nariz.

—Lo intenté, y salió bastante mal.

—Hay un chico en mi escuela. Solía ser normal, pero ahora es un vampiro y tiene algunos asuntos sospechosos entre manos. —Me incliné hacia ella—. Soy un completo novato. Necesito alguien con experiencia que me entrene en las cosas de la Fuerza. Necesito un maestro que me ayude a controlar mis habilidades. ¿Serías mi tutora?

Stacey sonrió con picardía.

—Si estás de acuerdo con mis términos, tal vez pueda ayudarte. —Me tomó la mano—. Un consejo gratis: mantente alejado de los vampiros. No intentes ser un héroe, cariño. Solo terminarás muerto.

Bueno, lo intenté.

—Un gran poder conlleva una gran responsabilidad. Rendirse no es una opción.

Una risa musical tintineó en sus labios rojos.

—Mi pobrecito ingenuo. Me encantaría mantenerte a salvo. Prometo que te amaría hasta la muerte.

—¿Ves?, esas son las cosas escalofriantes que alejan a los chicos. —Retrocedí—. Mencionar todo eso del amor y la muerte juntos nos asusta. —Hice una pausa y decidí tratar de descubrir su identidad—. Eres una mujer gato, ¿verdad?

Sus ojos se agrandaron, y una sonrisa iluminó su rostro.

—Eres inteligente, mi corderito. Tal vez eso sea suficiente para mantenerte vivo. —Se paró en puntas de pie y me besó en la mejilla con sus labios ardientes. Luego, se fue corriendo en la oscuridad. "No tan rápido", pensé. Quería descubrir dónde vivía. Corrí detrás de ella y tropecé con las raíces de un árbol al otro lado de la calle; casi me rompí la cabeza contra una pared baja de piedra. Me levanté y me quité la tierra de los pantalones. Se me escapó un suspiro. ¿De qué servían los superpoderes si mis reflejos no podían mantener el ritmo? *Maldición, necesito un sensei o un maestro Jedi.*

Entré a casa. Mi padre seguía ausente. Aún no había recibido mensajes de mi madre. No hacía falta ser un genio para darse cuenta de que no estaban en ningún viaje de negocios y de que todo se relacionaba con el dinero que había en el banco. Quizás tenía que ver conmigo. Podría ser un demonio. Tal vez estaba poseído. Tal vez los esteroides de Randy me habían cambiado. Parecía lógico que mis padres supieran algo, y ellos habían desaparecido alrededor del momento en que había comenzado a suceder.

Un mensaje titilaba en el contestador del teléfono fijo. Lo revisé. Otro investigador privado había dejado un mensaje en el que le decía a mi padre que dejaba el caso después de que una sola nube negra apareciera en el cielo despejado y cayeran ranas sobre su agencia. Los Conroy otra vez.

¿Por qué contrata investigadores privados? Intenté llamarlo, pero me atendió el contestador. Por otra parte, era pasada la medianoche. Me pregunté si mi padre estaría acechando mujeres en la lavandería otra vez.

Troté hasta el centro comercial, pero no estaba allí observando ancianas con esos ojos extrañamente azules. Entonces, se me ocurrió algo: sus ojos y los míos eran del mismo color: castaño claro. Y los suyos se habían puesto azules aquel día, al igual que los míos se habían transformado. ¿Él también era un demonio? Tomé una botella del piso y la arrojé furioso, esperando que volara un par de metros y se hiciera añicos contra la acera. En su lugar, voló a través del estacionamiento, por encima del centro comercial y se perdió de vista. Era suficiente ya de misterios e ignorancia. Debía encontrar a mi padre y exigirle respuestas.

∼

LA EXPRESIÓN en el rostro de Ash y de Nyte cuando me vieron entrar al gimnasio al día siguiente me mostró que estaban al tanto de mi situación con Elyssa. Ash sacudió la cabeza con pena.

—Lamento lo que ocurrió entre tú y Elyssa.

—Apesta, amigo. —Nyte se sonrojó.

Como no se lanzaron al ataque con horquetas y antorchas, era probable que Elyssa no les hubiese mencionado que yo podría ser un demonio.

—Emmm, ¿qué les contó, chicos? —indagué.

Ash frunció el ceño.

—Solo que las cosas no funcionaron y que se alejaría un tiempo del grupo.

Eso sonaba como uno de los motivos racionales de Elyssa. Claro que era una completa mentira. Me sentía enfermo con tan solo pensar en ella. Mis rodillas se aflojaron, y se me revolvió el estómago. Me dejé caer sobre las gradas, intentando desesperadamente no llorar y vomitar al mismo tiempo. Ash me apretó el brazo.

—De verdad pensaba que eran una gran pareja.

No pude responder. Tuve que esforzarme al máximo por no sollozar sin control. Por fortuna, sonó el timbre. Me puse de pie y salí al pasillo para bajar la escalera. Sentí pasos fuertes detrás de mí. Se me levantaron los pelos de la nuca.

Me eché hacia atrás, al tiempo que Nathan embestía con el hombro el espacio vacío, donde yo había estado. Perdió el equilibrio y cayó siete escalones antes de terminar con el rostro aplastado sobre el piso de madera. Aulló de dolor mientras rodaba sobre un charco de sangre. Se había roto la nariz... otra vez.

Hubo una oleada de risas en las gradas. Sus compañeros de equipo corrieron a ayudarlo. Unas porristas preocupadas se apresuraron a llegar a su lado, y todos los lindos comenzaron a regañar a la multitud.

El señor Barnes entró corriendo. Vio a Nathan sangrando en el piso del gimnasio y llamó a los gritos a la enfermera. Clavó la mirada en mí. Echaba chispas por los ojos. Se acercó a Adam y habló con él. Intenté sintonizar mi oído para escuchar la conversación, pero el barullo general formaba una barrera sónica que me lo impedía. Adam me señaló; tenía el ceño fruncido. Barnes mostró una sonrisa maliciosa que, probablemente, había practicado frente al espejo una y otra vez, y me hizo señas para que me acercase.

Ash y Nyte gruñeron al mismo tiempo. Apreté los dientes y caminé hacia el señor Barnes. Sabía que nada me exoneraría. Si tan solo mi cerebro hubiera recibido una mejora, igual que mi fuerza...

MÁTALOS A TODOS. TE CORRESPONDE TOMAR EL PODER.

Tal vez yo no fuera un demonio pero, definitivamente, estaba poseído por algo. No era exactamente diabólico, sino carnal, lujurioso y, sobre todo, engreído como pocos.

Por desgracia, no tenía un ángel que me aconsejara tolerancia por la otra oreja, sino solo un nerd con anteojos con voz nasal, que me recordaba que la violencia física llevaba a la expulsión y a la cárcel.

¡NINGUNA PRISIÓN PUEDE RETENERNOS!

Vete al diablo, demonio. Estoy de acuerdo con el nerd.

—Así que te recibiste de hacer tropezar a las personas, Case. —Barnes me miró con desdén—. Ve a la oficina del director y aguarda allí.

Adam y Steve sonrieron con suficiencia. Excepto por el color del pelo, podrían ser clones.

—Parece más un caso de esteroides que interfieren con la coordinación motora —planteé.

—¡Maldito...! —Adam se abalanzó sobre mí, me tomó de la remera e intentó empujarme. Me mantuve en mi lugar y sonreí con superioridad. Sus ojos brillaron con incredulidad. Me dirigí al vicedirector.

—Creo que él acaba de atacarme, señor Barnes.

—No vi nada. —Barnes mostró una media sonrisa—. Pero sí oí un ataque verbal, así que lo agregaré a tu reporte.

Me ardía el rostro. La ira sofocó el último vestigio de resistencia, y el nerd cauteloso que había en mi interior huyó del lugar. Todo pareció ralentizarse a medida que la adrenalina en mi cuerpo aumentaba. Cerré los puños. Aplastaría a esos imbéciles. A esos insectos. El demonio estaba de acuerdo.

¡SOMOS EL PODER ENCARNADO!

Vi un rostro familiar. Elyssa estaba en la puerta. Sus ojos brillaban de tristeza. ¿O los tenía entrecerrados con expresión de desprecio? Abrí los puños y relajé los brazos al costado del cuerpo. Una lágrima brilló como un diamante al rodar por su mejilla. Se dio vuelta y se alejó. La bestia interior se retiró a su jaula enfurruñado. Caminé fatigosamente hasta la oficina y me senté frente a la secretaria.

—¿Ya de vuelta? —Ella chasqueó la lengua—. Estos chicos de hoy en día… —La ignoré. La imagen de Elyssa me atormentaba. Cerré los ojos y la vi sonreír, con el rostro lleno de luz y de amor. Abrí los ojos y vi el trasero del señor Perkins frente a mí mientras flirteaba con la secretaria. Mi supersentido del olfato no me ayudó mucho. Ella rio—. Oh, señor Perkins, qué divertido que es usted.

Él volteó hacia mí.

—A la oficina, Case. —Entré y me senté, resignado a mi destino—. Veo que aún no aprendiste la lección. —Se reclinó en la silla con un fuerte chirrido de los resortes. Apoyó las manos sobre su panza redonda—. Sospecho que la señora Foreman estará muy decepcionada cuando se entere de que sus métodos no fueron suficientes para enderezarte. —Se tocó el labio inferior, y se le dibujó una sonrisa malvada—. Tal vez tenga la cura para ti, muchacho.

Unos momentos más tarde, sonreí mientras abandonaba la oficina. ¿Ese idiota creía que estaba castigándome? Me esforcé por no reír a carcajadas ante la mirada confundida de la secretaria.

—¿Por qué sonríes, muchacho? —Resopló—. Chico despreciable.

Ash y Nyte aguardaban ansiosos saber lo que había ocurrido cuando me senté a la mesa. Al contarles sobre mi castigo, hicieron una mueca de horror.

—Es una atrocidad —protestó Ash—. Te asesinarán.

Nyte estaba boquiabierto.

—¡Amigo, te destruirán!

—Creo que se sorprenderán. —Flexioné mi bíceps incipiente.

—¿Estuviste haciendo ejercicio? —preguntó Nyte.

Asentí. Ash se cubrió el rostro.

—No me atrevo a mirar.

Nyte suspiró.

—Yo sí miraré, sin importar lo malo que sea. Tal vez deba grabarlo para la posteridad y como prueba.

—¿Prueba de qué? —inquirió Ash—. ¿De homicidio?

Suspiré.

—Cálmense, chicos. No asesinarán a nadie. Confíen en mí.

—¿Qué quieres para tu epitafio? —preguntó Ash. Luego, sacudió la mano en el aire—. No importa. Ya se me ocurrirá algo. Tendrá que hacer mención a la valentía con la que enfrentaste tu destino trágico. A cómo amaste, perdiste, y enfrentaste la muerte con dignidad.

—O cómo se hizo encima —agregó Nyte.

—Basta de melodrama. —Me lo tomé a broma. Estaban destruyendo mi confianza.

Cuando salí del comedor, Tonto, Retonto y Recontratonto se apartaron de la pared sobre la que habían estado apoyados esperándome. Nathan, con la nariz amoratada y vendada, intentó sonreír mientras sus dos lacayos imitaban sonrisas de chimpancé. Era lógico que el rumor sobre mi castigo se corriera rápido.

—Eres todo mío, Case —sentenció con tono de nariz tapada. Me empujó con un dedo en mi pecho.

—Lo siento, Nathan, pero solo me van las chicas, no los monos.

Nathan gruñó y me sujetó de la remera.

—Guárdelo para el campo de juego, señor Spelman —advirtió Ted Barnes desde unos metros de distancia.

Nathan me soltó la remera a regañadientes. La alisó mientras me mostraba una espantosa sonrisa magullada.

—Tiene razón, señor Barnes. No quisiera ensuciarle la ropa de salir.

El señor Barnes sonrió.

—Muy bien. —Me miró furioso—. Ve a clase antes de que me ponga más creativo con tu castigo.

Me encogí de hombros y caminé por el pasillo. Al pasar por el cruce con el pasillo de los casilleros de último año, una mano se extendió y me forzó a doblar la esquina. Elyssa me lanzó contra los casilleros.

—¡Auch! —Me froté la cabeza.

Ella me miró enfadada, con acero en la mirada.

—Tienes que librarte de ese castigo.

—¿Esta es tu idea de juego previo? —Su aroma, mezclado con ira, cuero y aceite, me intoxicaba.

—Cállate y escúchame. No puedes seguir adelante con eso.

—¿Qué te importa? Soy un demonio, ¿recuerdas?

—Tal vez no seas humano, pero esos jugadores de fútbol americano sí lo son. No comprendes lo que sucederá si los lastimas y las autoridades se enteran.

—¿Autoridades? —Levanté una ceja—. Por favor, explícale a este pobre ignorante, Elyssa.

Ella apretó los labios en una línea firme.

—Es probable que estés jugando conmigo, pero de acuerdo. Te seguiré la corriente.

—No estoy jugando contigo ni con nadie. —Quería sujetarla de los hombros, pero lo más probable fuera que terminaría con muñones ensangrentados.

—El Supramundo tiene leyes que gobiernan a los sobrenaturales y a los nams... A los normales. Las autoridades podrían matarte por la infracción.

—Por eso te llamó la atención cuando dije: "Nam". —Intenté inclinarme hacia adelante, pero su fuerza sobrenatural me mantuvo contra los casilleros—. ¿Eres una detective sobrenatural?

Elyssa mostró los dientes.

—Soy una maldita deshonra por no entregarte.

—¿Rompí alguna regla?

Ella rio en tono de burla.

—Ah, sí. Además, no veo cómo el petulante papá engendro de demonio envía a su hijo a la escuela pública: suelen menospreciar a todo el mundo.

—¿Estoy poseído por un demonio, o los demonios tienen forma física? Curiosidad intelectual.

Elyssa retrocedió.

—Ya no voy a jugar este juego. —Movió el índice de un lado al otro—. Maldición, eres bueno. Años de maldito entrenamiento. Por fin consigo mi propia misión, y me engaña un engendro de demonio. ¿Tan siquiera tienes dieciocho años?

Ignoré la pregunta.

—¿Por qué advertirme que las autoridades del Supramundo quieren matarme? —Me froté la garganta ya curada. No me dolía, pero el corazón me martilleaba con fuerza ante la idea de lo que ella había hecho y de lo que había prometido hacer—. Pensé que me querías muerto.

Elyssa desvió la mirada.

—No lo entiendes. No espero que lo hagas. Tal vez, si no me hubieses engañado para que te amara, pero...

—Aguarda, entonces, ¿sí me amas? —La esperanza invadió mi corazón.

Ella gruñó y golpeó un casillero, al que le dejó una abolladura en forma de puño.

—Basta, Justin. ¡Basta!

La sujeté de los hombros. Al diablo las consecuencias.

—Mírame y dime que no me amas. Hazlo, y jamás volveré a molestarte.

—No te amo —murmuró.

—¡Mírame cuando lo dices!

Ella me miró con los ojos apagados y sin brillo.

—No te amo.

La solté. Mi corazón se convirtió en plomo, y el pesado bulto se hundió en mi pecho.

—Bueno, si hay agentes por ahí buscándome para matarme, supongo que sería un alivio.

Giré para irme. Su mano me sujetó del hombro.

—Por favor, escúchame, Justin.

Le aparté la mano, pero no volteé para verla. No podía permitir que viera las lágrimas en mis ojos.

—¿Por qué? ¿Qué importa? Solo juego contigo, ¿recuerdas?

—Importa. No... No quiero que te lastimen.

Suspiré estremecido.

—No estás haciendo un buen trabajo. —Me alejé y la dejé allí parada.

CAPÍTULO 20

Me tomó más de lo que esperaba ponerme un uniforme de fútbol americano, pero no tanto como le había llevado al de la tienda encontrar uno que me quedara. Me había tomado las medidas: un metro setenta y siete y ochenta y dos kilos. Eso fue una sorpresa para mí ya que, hasta hacía unas semanas, medía un metro setenta y pesaba noventa kilos de pura grasa. La mayoría de los jugadores de fútbol americano estaban entre el metro ochenta y cinco y los dos metros, y con todo el equipo parecían aún más grandotes. Me veía como un chiquillo en un bosque de torpes gigantes.

"Buena suerte", me deseó el vendedor. Tenía una expresión de duda en el rostro. Probablemente, tenía pensado enviar mis medidas al dueño de la funeraria.

Me pregunté si, en el caso de morir, me convertiría en polvo y espantaría a todo el mundo, o si un fantasma demoníaco saldría por mis fosas nasales y poseería a alguien más. Esperaba que no. Si alguien como Nathan obtenía esos poderes, abusaría de cada mujer en el país.

El entrenador Burgundy me gritó apenas puse un pie en el campo para la práctica, lo que me sacó de mis pensamientos.

—¡Trae aquí tu trasero, Case! —El hombre, bajo y robusto, lucía bigote de actor porno, panza de cerveza y nariz enrojecida. No tenía sentido que un hombre con su físico entrenara a un equipo de fútbol americano. Por otra parte, el desempeño del equipo (una victoria y tres derrotas) no rebosaba de éxito.

El coordinador de la línea ofensiva, el entrenador Wise, hacía honor al nombre de su cargo al hacer comentarios ofensivos al tiempo que demostraba su bajo coeficiente intelectual. De manera grosera, me invitó a aumentar el ritmo de mi parte baja posterior. Él era bajo, gordo y rubicundo, con la cabeza afeitada. Lo miré ofendido y troté hacia donde estaba el entrenador Burgundy.

—Muéstranos lo que tienes, muchacho. —Burgundy señaló una larga hilera de neumáticos.

—¿Los levanto? —consulté. Un recuerdo vago de haber visto algo así antes resonaba en la casi vacía base de datos sobre fútbol americano que tenía en la cabeza, pero no estaba seguro de cómo era la cosa. Tal vez debía hacerlos rodar hasta alguna parte.

Se oyeron risas entre los jugadores reunidos.

—Retardado —comentó uno.

El entrenador Wise me lo aclaró con un grito constructivo:

—¡Idiota! ¡Pasas corriendo entre ellos!

Corrí hasta donde estaban. Me tropecé con el primero y caí de cabeza sobre los neumáticos. Las carcajadas retumbaban en todo el campo. Mi rostro ardía por la humillación. ¿Podía moler a trompadas a esos idiotas, pero no podía correr entre unos estúpidos neumáticos? Me puse de pie, me limpié el polvo, y comencé de nuevo. Esa vez lo hice más lento. Me concentré en mis pies. Mis ojos miraron más allá y detectaron el patrón. Mis pies captaron el mensaje y, con cuidado, logré completar el resto del camino sin tropezarme. De todas maneras, lo había logrado a un ritmo menor que una tortuga. El entrenador Wise me gritó que diera la vuelta y regresara más rápido.

Supuse que solo quería que moviera el trasero otra vez. Volví un poco más rápido. Casi perdí el equilibrio en una fila de neumáticos más grandes, pero al final lo conseguí. Nathan observaba en su uniforme grande e intimidatorio, con el casco bajo el brazo. Frunció el ceño cuando lo logré sin hacerme daño. Su nariz hinchada, roja como una ciruela, tenía menos vendas. No podía creer que estuviera allí, practicando. Supuse que no tenía la nariz rota, solo esguinzada (si era que eso existía).

—No puedo esperar a la práctica de bloqueos, Case. Te mostraré lo que es el dolor.

Eché un vistazo a su nariz.

—Creo que ya estás mostrándomelo.

Un coro de desdén y de risotadas emergió entre los jugadores. Algunos se burlaban de Nathan, mientras que otros esperaban que me trasladaran a la morgue después de la práctica.

Para el siguiente ejercicio, el entrenador Wise se paró sobre un aparato con patines abajo y con una almohadilla grande al costado. Parecía hecho más para una pista de esquí que para un campo de césped. Por fortuna, no tuve que participar primero. Observé a otros jugadores embestir la almohadilla con el hombro y empujarla mientras el entrenador Wise les lanzaba insultos cuestionando sus preferencias sexuales, linaje familiar y fuerza física. Si eso se consideraba charla motivacional en el fútbol americano, no era extraño que abundaran imbéciles como Nathan.

—Case, Meyers, Riggs, Heyward, muevan su trasero hasta aquí —ordenó Wise con su encantador tono meliflúo. Otros tres chicos trotaron conmigo. El entrenador Wise bramó algunas órdenes. Nos colocamos uno junto al otro. Él sopló el silbato. Embestimos contra el aparato. Apoyé el hombro y empujé con todas mis fuerzas. El entrenador Wise sopló el silbato como un policía de tránsito enloquecido. Me detuve y miré a mi alrededor, confundido. Habíamos empujado el aparato unos veinte metros. Corrección: yo lo había empujado. Los otros tres jugadores estaban levantándose del piso. Al parecer, había empujado tan rápido que ellos habían caído de cara al suelo—. ¿Qué diablos sucede contigo, Case? —rugió con el rostro enrojecido—. Debes coordinarte con el equipo, estúpido.

—Lo siento.

Dimos vuelta el aparato y volvimos a formarnos. Esa vez, fui despacio y solo usé el mínimo esfuerzo para que los demás pudieran seguir el ritmo. Después de varios ejercicios inútiles más, Wise nos dividió en ofensiva y defensa. Nathan se formó en la línea defensiva. Sus dos amigos, Adam y Steve, se ubicaron detrás de la línea. Al parecer, de verdad eran defensas.

El entrenador Wise me colocó en lo que aprendí que era la posición de ala cerrada. Nathan se acercó al entrenador y le dijo algo. Ambos rieron disimuladamente, como niños pequeños, susurrándose uno al otro. Supe que no la pasaría nada bien. Nadie estaba ubicado directamente frente a mí, pero Steve, que caminaba por detrás de la línea defensiva, me miraba con desdén. Superfuerza o no, esos tipos sabían lo que hacían y tenían mayor masa muscular. Podían causarme algo de dolor si me golpeaban de la manera correcta. Nos reunimos en torno al mariscal de campo.

—Pase corto a la cuenta de tres. —Me tomó de la camiseta de práctica—. Me refiero a ti.

—¿Yo cuento hasta tres?

—No, idiota. Corre unos tres metros y dobla a la izquierda. Busca el balón justo cuando cruces la mitad del campo. —Recordé haber visto un partido de fútbol americano, donde un tipo quedó aplastado al intentar atrapar el balón en el medio. Quedó claro mi futuro como muñeco de prácticas. Suspiré y tomé mi posición. El mariscal comenzó con las indicaciones—: ¡Verde cuarenta y cinco! ¡Verde cuarenta y cinco! ¡Hut! ¡Hut! ¡Hut!

Ambos bandos se lanzaron a la acción. Dudé. Salí disparado unos cuantos pasos. Corté a la izquierda. Corrí a lo loco por el medio. Mis sentidos se activaron. Los colores se volvieron más brillantes. Cada respiración y cada ruido de uniforme que llegaba a mis oídos se coordinaba con una ubicación. Otros jugadores parecían ir más despacio... O tal vez mi percepción se había acelerado.

Los botines de Adam levantaban polvo a medida que me corría desde la izquierda. Nathan giró y se enfocó en su objetivo, o sea, yo. Steve se acercó por detrás. El mariscal se preparó para lanzar el balón. Catapultó el brazo hacia adelante. El balón salió disparado hacia un punto a treinta centímetros, donde yo debía atraparlo y donde mi cuerpo se encontraría con Nathan y con sus amigos. Según mis cálculos, atraparía el balón una fracción de segundo antes de que Nathan y Adam me golpearan de frente y Steve arremetiera desde atrás.

Al diablo. ¡Allí voy, malditos!

Atrapé el balón. Bajé los hombros y apreté los dientes. Me estrellé contra Nathan y Adam. Eran tipos pesados, musculosos, sin mencionar sus cráneos duros. Sin embargo, yo estaba más cerca del piso y era mucho más fuerte. Además, estaba listo para ellos. Se sintió como si hubiera chocado con una pared de ladrillos, pero logré llegar al otro lado y correr tres metros antes de tropezarme con mis propios pies y de arar la tierra con mi máscara protectora.

Me puse de pie escupiendo y quitándome pasto y tierra de los ojos. Tuve que quitarme el casco para limpiarme todo. Me di vuelta y vi a Nathan de espaldas en el suelo y a Adam rodar tomándose la rodilla. El entrenador Wise se quedó observándome con una combinación de puro terror y asombro.

Steve levantó a Nathan del piso. Este cojeó un poco y me miró con puro odio. Luego, él y Steve ayudaron a Adam a levantarse y a sentarse en un banco.

El entrenador Wise se abalanzó sobre mí y me sujetó de la camiseta. Tiró de mí para acercarme a sus dientes amarillentos torcidos y a su aliento a tabaco. Giró la cabeza hacia un costado y escupió una bola oscura antes de volver a mirarme con furia.

—¿Alguna vez jugaste al fútbol americano, hijo?

—No.

El entrenador Burgundy habló con Nathan y con Steve. Me miraron. Burgundy sonrió y asintió.

Oh, maldición.

Luego, me ubicaron como corredor. No estaba seguro de si era el corredor de velocidad, el corredor profundo o el corredor de poder, pero sabía que recibiría el balón. Se suponía que debía correr a través de un agujero que dejaría el tipo grande del centro y el que estaba a su izquierda. No podía recordar los nombres de las posiciones, pero supuse que no importaba. Nathan se ubicó donde quedaría el agujero. Steve se agachó justo detrás de él. Adam, sentado a un costado del campo, tenía hielo en la rodilla, así que al menos no tenía que preocuparme por él.

—Sentirás dolor, Case —anunció Nathan—. ¡Es hora del entrenamiento de dolor! —Tensó los músculos y rugió.

El mariscal ladró las indicaciones. Lo vi girar con el balón. Corrió hacia adelante, y sentí el balón golpear mi estómago. Fue bueno que el verdadero corredor me hubiese explicado cómo recibirlo, o tal vez lo habría dejado caer al piso.

Una vez más, mis sentidos se aceleraron. Se abrió el hueco en la línea, excepto que no era un hueco para que yo escapara, sino más bien para que Nathan y Steve pasaran y me hicieran puré. Corrí directo hacia ellos. Esa vez, agregué un poco de movimiento de brazo y aparté a Nathan. Steve rebotó sobre mi otro hombro, pero se sujetó de mi camiseta. Corrí, arrastrándolo detrás de mí por diez metros, hasta que otro jugador se arrojó a mis piernas y me derribó.

Nathan aullaba de dolor mientras se sostenía el brazo. Lo había lanzado unos metros. Steve se levantó despacio. Parecía aturdido. El entrenador Wise se acercó y me tomó de la máscara protectora. Me arrastró hasta el entrenador Burgundy.

—Wise dice que jamás jugaste fútbol americano —comentó Burgundy—. ¿Es cierto? —Asentí—. ¿Tomas algo, muchacho?

Sabía que no se referían al jugo de naranja.

—¿Habla de esteroides? No.

—Tendrás que pasar un análisis de drogas de todas maneras. Ve a darle algo de orina y sangre a la enfermera.

—¿Por qué tengo que pasar un análisis de droga?

Él rio por lo bajo.

—Quieres ser parte del equipo, ¿no es así, muchacho?

—No, en realidad, no. —Abrí los ojos aterrado. Eso significaba que tendría que ver a Nathan y a sus matones todos los días, sin mencionar que tendría que practicar fútbol americano.

—Creo que, si quieres caerle en gracia al director, deberás hacer lo que yo diga, muchacho. Supongo que quieres graduarte, ¿verdad?

El entrenador Wise escupió una bola marrón entre mis zapatos.

—Ahora sal de aquí y dale a la enfermera lo que él te dijo, Case. Y trae tu trasero aquí para la práctica mañana.

—Pero... Pero... —balbuceé, sin poder ofrecer ninguna defensa. Me cubrí el rostro con la palma y volteé para dirigirme al vestuario. A mitad de camino, oí pasos que corrían detrás de mí. Giré, preparado para defenderme, pero advertí que eran Ash y Nyte.

—¡Eso fue condenadamente épico! —Nyte me palmeó la hombrera.

Ash estrechó mi mano.

—Simplemente maravilloso, Justin. No sabía que fueras capaz de algo así.

—Y está todo grabado —agregó Nyte—. ¡Épico!

—Hurra —expresé con tristeza y levanté un puño—. Debería haber dejado que me patearan el trasero.

—¿Por qué? —inquirió Ash.

—Porque ahora quieren que me haga un análisis de drogas para poder jugar en el equipo.

—¿Qué? —preguntaron al unísono.

—Y, si no lo hago, amenazaron con empeorar las cosas para mí.

—Oh, cielos. —El acento de nerd de Ash cambió un poco más a asiático que lo que era usual—. No pensé que podrían agregarte al equipo a esta altura de la temporada.

Nyte resopló.

—Amigo, estamos en el sur de Estados Unidos. Los entrenadores de fútbol americano son como dioses aquí.

Fui al vestuario y me cambié de ropa. Tal vez debería haberme duchado primero, pero no estaba pensando con claridad. Me dirigí a la enfermería. La enfermera continuaba allí, balbuceando y murmurando para sus adentros. Me extrajo sangre, y luego oriné en un tarro con tapa a rosca. Temí que ella quisiera apretarme mis partes privadas y hacerme toser. Lo último que quería era que una anciana me violara. Por fortuna, no lo hizo.

Para cuando salí de ahí, estaba famélico, y no solo por comida. Si la enfermera me hubiese tocado allí abajo, habría podido perder el control, y los resultados habrían destruido mi deseo sexual para siempre. Me estremecí.

La oscuridad descendía mientras regresaba a casa. El hambre aumentaba, desgarraba mi estómago y exigía que lo alimentara.

"¡No!", exclamé. Golpeé el volante. Me invadió una oleada de náuseas. El camino se tornó borroso. De repente, volvió a aclararse. Unas luces traseras brillaron a pocos metros. Clavé los frenos y evité la parte trasera de una camioneta por pocos centímetros.

Maldije y me detuve en el siguiente estacionamiento que encontré. Un restaurante chino me incitaba a mí y a mi estómago a bajarnos allí. Pero tenía hambre de algo más que de comida, y eso estaba volviéndome loco. Era una tortura. Mi estómago volvió a quejarse y rugió su descontento conmigo.

"Solo comida normal —le dije—. Nada de abusar de chicas". No estaba seguro de que fuese el estómago al que debía hablarle.

Corrí al restaurante y me serví un plato enorme de carne y brócoli de la mesa bufé. Olía de maravillas. Mi estómago bailó contento, pero el demonio interno gruñó. No le gustaba que lo ignorasen. La camarera que me sirvió agua era anciana, gorda y le salía pelo de una verruga en la barbilla. Eso podía ser muy, muy bueno o muy, muy malo, dependiendo de con cuánta desesperación quería energía mi estómago succionador de almas.

Ataqué la comida. Comer tanto debería haberme llenado. En su lugar, me sentía tan vacío y hambriento como nunca antes. Lo que sentía no era diferente al típico dolor de hambre, pero unas extrañas visiones aparecieron ante mí. La mayoría de las personas, incluso los hombres, tenía halos vaporosos de energía, que flotaban alrededor de la cabeza, o una nube resplandeciente que emanaba como neblina de sus cuerpos. La criatura en mi interior se removió. Se me caía la baba. Me limpié la boca con una servilleta y cerré los ojos con fuerza. Debí irme de allí antes de hacer algo horrible. En especial si se trataba de tener sexo con otro tipo o con mi camarera.

—¿Más agua?

Levanté la vista y me perdí en los ojos oscuros de una preciosa chica asiática.

—Yo... emmm... —Unos hilos blancos emanaron de mí y se aferraron al halo de la chica. Tiré el vaso de la mesa cuando estiré inútilmente las manos hacia los tentáculos fantasmales en un intento por detenerlos. Era demasiado tarde.

Los párpados de ella se volvieron pesados. Se le dilataron las pupilas y eclipsaron los iris marrones. Ella dejó caer la jarra de agua al piso, donde se estrelló con las baldosas y le salpicó los zapatos. Hubo un breve momento de silencio. El restaurante entero cayó en ese silencio. Luego, ella se abalanzó sobre mí. Mi autocontrol se hizo añicos. Sus suaves labios tocaron los míos, apretaron fuerte, llenos del deseo de consumirme. Me mordió el labio inferior. Rio por lo bajo. Saltó sobre mí a horcajadas y me llenó de besos. Luego, se puso más íntimo. Me quitó la remera y me besó el cuello. Lo mordió. Pasó la lengua por el lóbulo y me susurró lo que quería hacerme.

Quité los platos y los condimentos de la mesa y la senté encima mientras se oía el ruido de vidrios rotos y de los cubiertos al caer.

¿Qué estás haciendo? Una voz minúscula pero horrorizada gritaba desde el interior de mi cabeza. Me aparté de la chica por un momento. Unos hilos de energía se arremolinaban como pequeños vórtices, se desprendían de su halo y llegaban a mí. Su esencia resplandecía, acogedora y lujuriosa.

COMER. ¡DEVORAR!

Mi cuerpo luchaba por continuar lo que estaba haciendo, pero la parte cuerda de mí se preguntaba si estaba matando a la chica.

¡ES TUYA!

El espíritu malvado en mi interior no tenía problema con eso. De hecho, quería que lo hiciera. *¡A mí me importa!* No quería ser un demonio malvado. Aun si no era más que un monstruo, no significaba que tuviera que ser un completo desgraciado.

¿Por qué me importa? Elyssa me odia. Y el poder que tengo... ¡Debería utilizarlo! ¿Por qué no puedo experimentar el amor y la felicidad?

Pero eso no era felicidad y, definitivamente, no era amor. Era simple y pura lujuria, nada más. Además, ¿qué sucedería si le extraía toda la energía?

Sentí una ola de agua fría al costado de la cabeza. Otra jarra de agua fría empapó a la hermosa camarera. Escupí un poco de agua. Ella chilló. Mi conexión con la chica se evaporó. La camarera anterior, la que tenía una barba incipiente, gritó algo en chino. La chica miró horrorizada el desastre que ella y yo habíamos provocado y gimoteó por la confusión. Se le llenaron los ojos de lágrimas.

—¡Lo lamento tanto! —Extendí las manos en posición defensiva—. ¡Por favor, perdóname!

Dejé doscientos dólares sobre la mesa y hui. Me subí al auto y salí a toda velocidad del estacionamiento.

"Puedo tener a cualquier mujer. —Suspiré—. Pero solo quiero a Elyssa".

Respiré profundo antes de sofocarme por la sensación opresiva y sensiblera. Los poderes que tenía estaban arruinándome la vida. Hasta el momento, no había logrado nada. Cada vez que intentaba vencer a mis opresores, terminaba más y más bajo su control. Si tan solo hubiera permitido que me golpearan durante la práctica, ya habría terminado con el castigo. Ahora debía unirme al maldito equipo.

Utilizar mis habilidades claramente agotaba mis niveles de energía sobrenatural, pero debía hacerlo si quería sobrevivir al fútbol americano. No podía renunciar porque el director y sus lacayos me tenían agarrado de los testículos. Eso significaba que esas ansias voraces continuarían. Eso significaba violar más mujeres.

No podía hacer eso. Esa pobre camarera podría ser despedida, y todo sería mi culpa. Si no encontraba el modo de arreglarlo, terminaría haciendo algo horrible y atraería la atención incorrecta. Elyssa me había advertido. Stacey me había advertido. Estaba arrinconándome en una esquina muy peligrosa. Aun peor: el fútbol americano me impediría averiguar en qué andaba Randy.

Mi móvil sonó por un mensaje de Ash. Tenía un enlace a Facebook y otro a YouTube. Hice clic y me quedé mirando horrorizado: Nyte había publicado videos cortos de la práctica. Allí estaba para que todo el mundo me viera arremetiendo contra dos gigantes como si fueran bolsas de plumas.

Mis habilidades sobrenaturales habían quedado al descubierto.

CAPÍTULO 21

Al día siguiente, no podía quitarme el nudo que sentía en mi estómago como un peso de plomo. Me preguntaba cuántas personas en la escuela habrían visto el video de Nyte y habrían atado cabos aunque, por fortuna, Nyte había omitido decir nombres, y su cuenta no estaba asociada a su verdadera identidad. No se sabía a cuántas personas les había mostrado el video. Justo lo que necesitaba: un video que mostraba mi fuerza inhumana.

¿Dónde diablos estaban mis padres cuando más los necesitaba? Mi padre jamás había regresado después de que lo había visto el viernes. No tenía idea del dolor que me había causado lo de Elyssa ni la tormenta de fútbol americano con la que debía lidiar a partir de ese momento. Me preocupaba sinceramente mi madre, y estaba enfurecido con mi padre.

¡Enfurecido!

Ese pensamiento fluyó hacia una idea: el día anterior le había dado una muestra de orina y de sangre a la enfermera. ¿Y si de verdad no era humano? ¿Qué tipo de resultados obtendría el laboratorio?

Oh, cielos.

Eso era un problema. Debía cambiar esas muestras con las de alguien más. Tal vez podía hablar con Ash o con Nyte para pedirles si alguno podía darme fluidos corporales para ayudarme. Tendría que mentirles y decirles que estaba consumiendo esteroides o alguna droga recreativa.

En lugar de ir al gimnasio, fui directo a la enfermería. La anciana no estaba presente. Encontré a su colega, que me miró con rostro soñoliento.

—¿Sí? —preguntó el enfermero. Era un tipo alto, corpulento, con ojos pequeños y con un tonel por cabeza. No podía comprender cómo alguien en el área de salud podía permitirles estar así: debía pesar unos ciento cuarenta kilos.

—Dejé, emmm, unas muestras de fluidos ayer, y me preguntaba si aún estaban aquí.

—No. La enfermera Godwin se llevó todo al laboratorio esta mañana. Regresará pronto con los resultados, así que no te preocupes.

La frente se me cubrió de sudor.

—¿Dónde está el laboratorio? —Mi tono de voz se elevó a un chillido de pánico.

Él entrecerró los ojos.

—¿Te preocupa algo?

Mi mente se esforzó por buscar una excusa.

—Comí testículo de toro en polvo, y alguien me comentó que podía aumentar mis niveles de testosterona. Tengo miedo de que salga algo mal en el examen.

Sus ojos se relajaron, y rio.

—Esos remedios homeopáticos son falsos, amigo. No tienes nada de que preocuparte. Además, comenzaron los análisis a las seis de la mañana, así que ya casi deben haber terminado.

Reprimí una catarata de maldiciones, pero las guardé en mi almacén craneal en caso de que las necesitara alguna otra vez. Abandoné la enfermería. En lugar de ir al gimnasio (donde los problemas siempre me encontraban), me escabullí en el aula de la primera clase y me quedé muy quieto, con la esperanza de que el señor Herman no levantara la vista del enorme mural de Sonny y Cher que estaba pintando en la pared. Giró la cabeza, como si un puro instinto animal le hubiese advertido. Me di cuenta con un sobresalto de que yo era un depredador en todo el sentido de la palabra. Era cierto que no acechaba hombres. Aunque me había alimentado de esos chicos en el baño. Pero había sido solo risas, nada de besos. Eso no ponía en duda mis preferencias sexuales, ¿verdad? Me estremecí.

—Gracias —expresó él, y continuó pintando.

—¿Por qué?

—Por haber noqueado al imbécil de Nathan Spelman. No puedo pedirle al gorila retardado que haga nada. Tiene a toda la directiva lamiéndole el maldito trasero.

—¿Noquearlo?

Él rio por lo bajo.

—Vi el video. Estaba mirando un video de Deep Purple cuando un colega me mandó el enlace.

Oh, no. Nyte, te mataré. Comencé a sudar.

—¿Cómo sabía que era yo?

Él dejó el pincel y se volvió para mirarme.

—El cuerpo docente está al tanto de tu castigo. Esos idiotas de la dirección no pueden ocultarnos ningún secreto. Supuse que estarías en muletas la próxima vez que te viera.

—¿Hay algo que pueda hacer para evitar que me hagan jugar fútbol americano?

—Este es el Sur, amigo. No es la California progresiva ni el Gran Norte Blanco, donde reina el básquetbol. Esos tipos te tienen agarrado de tus mellizos, te guste o no.

—¿Y ustedes, los profesores, no pueden ayudarme?

Él resopló.

—¿Por qué? Después de lo que vi, no tienes nada que temer.

Sin embargo, sí me preocupaba. Si Elyssa tenía razón, tenía mucho de que preocuparme. ¿Y si mataba a alguien por accidente?

Recibí un montón de miradas curiosas durante el día. Quería ponerme una bolsa de papel sobre la cabeza para que la gente no supiera que era yo. Después de la clase de Inglés, el señor Turpin me hizo señas para que me acercara a su escritorio. Me pregunté si me daría más consejos inútiles acerca de asegurarme de derribar a los tipos grandes antes de patearles el trasero o si me haría preguntas extrañas. Se reclinó en la silla.

—Parece que tienes talento natural para el fútbol americano. Vi los videos y debo decir que estoy impresionado.

Elyssa había tenido razón. Eso estaba convirtiéndose en un terrible error.

—Me pasé con las bebidas energéticas. Toda esa cafeína y el azúcar, ya sabe.

Una sonrisa divertida se dibujó en su rostro.

—Estoy seguro. Parece que esta temporada de fútbol americano será mucho más interesante que lo que había anticipado. Tal vez Nathan y sus amigos aprenderán que no eres una presa tan fácil después de todo.

—De verdad no quiero jugar —expliqué—. De hecho, preferiría renunciar.

—Las acciones tienen consecuencias. —Sus ojos parecían juzgar mis reacciones—. En el gran orden de las cosas, esto es bastante insignificante. Puedes aprender y seguir adelante.

El señor Turpin estaba repleto de consejos, últimamente.

—No sé sobre seguir adelante. Me siento un poco atrapado.

—¿Atrapado? Ah, sí. —Él rio por lo bajo—. Lamentablemente, parece que nuestro buen entrenador Burgundy tiene un interés personal en mantenerte en el equipo.

—Eso me dijeron.

Su sonrisa desapareció en cuanto se inclinó hacia adelante.

—Sin embargo, siempre hay maneras de solucionar esos problemas.

Algo en su rostro me heló la sangre, y me pregunté si se le habían soltado algunos tornillos en su época de boxeador, o si había hecho cortocircuito en alguna zona fundamental del cerebro. Ese tipo no estaba sugiriendo que hiciera cosas horribles, ¿no?

—¿Qué quiere decir?

Entrecerró los ojos y frunció los labios por un momento.

—Estoy seguro de que harás lo que debas hacer. Buena suerte.

—¿Y eso que significa? —pregunté.

Giró un lápiz entre los dedos de una manera que me recordó la habilidad de Elyssa con una daga.

—Las personas se convierten en animales muy diferentes cuando se los acorrala en una esquina. Me pregunto en qué clase de animal te convertirás.

Esa era una condenadamente buena pregunta... para la que no tenía respuesta.

—¿En un oso de peluche?

Turpin lanzó el lápiz. Salió disparado hacia arriba y se clavó en el cielorraso, encima del escritorio, junto a otros seis.

—Ya veremos.

Tragué saliva y me dirigí a la siguiente clase. *Comienzo a pensar que soy la única persona normal en esta escuela.* La administración era como la típica mafia. El señor Herman y vaya uno a saber cuántos profesores más querían que yo le pateara el trasero a Nathan. El señor Turpin quería verme arrinconado solo para descubrir cómo reaccionaría. Elyssa tal vez me quería muerto.

Sí, estoy perdido.

A la hora del almuerzo, me apresuré a llegar al comedor y tragué el revuelto casero que había llevado. Para cuando Ash y Nyte llegaron a la mesa, ya estaba levantándome para irme.

—¿Adónde vas? —consultó Ash.

—Debo estudiar. No tuve tiempo anoche. —Saludé y me dirigí a mi verdadera misión. Como no tendría tiempo de seguir a Randy después de la escuela, recorrí los baños con la esperanza de poder descubrir más sobre su suero sobrenatural. Por fin oí su voz resonar desde el baño más cercano al gimnasio.

—Todavía no. Pronto —afirmó.

—Maldición, Randy, hemos estado esperando una semana por el nuevo V —señaló una voz desconocida.

—No puedo evitarlo. Tú serás el primero en enterarte cuando esté listo —anunció Randy.

—¿La tanda nueva de V es tan buena como dicen? —inquirió otra voz.

—Tal vez mejor. —Randy rio entre dientes—. Conseguí algunos ingredientes nuevos. Como sea, debo irme.

Doblé la esquina y espié la puerta del baño. Dos machos alfa salieron vestidos con vaqueros holgados y camisetas de béisbol. Randy salió un minuto más tarde, y se dirigió al gimnasio. Dobló a la izquierda hacia el pasillo de servicio, donde Brad lo había enfrentado el día anterior. Aguardé a que desapareciera detrás de la puerta y conté hasta veinte antes de entrar para darle suficiente tiempo de llegar adonde fuera que fuese. Justo cuando comencé a acercarme, Elyssa pasó sigilosamente junto al gimnasio y espió por la ventana sucia de la puerta que daba al pasillo de servicio. Volví a ocultarme y espié justo cuando ella se escabulló por la puerta. *¿Qué hace ella siguiendo a mi delincuente?*

Al parecer, había unido los puntos entre el tipo de la remera de Affliction y Randy. Me acerqué a la puerta sin hacer ruido y la abrí lo suficiente para deslizarme al interior. El zumbido de fondo del sistema de ventilación cubría mis pasos, pero también amortiguaba la conversación que se oía más adelante. Llegué a la esquina y espié. Randy estaba sentado en una vieja silla de plástico, con las piernas cruzadas y con una expresión engreída en el rostro. Elyssa estaba de pie frente a él con expresión seria.

—...haría un mejor trabajo —señaló ella—. ¿Por qué crees que me expulsaron de mi anterior escuela?

—¿Porque eras pésima? —sugirió Randy—. No quiero que fracasados trabajen para mí.

—No me atraparon. Los otros distribuidores se enojaron y me hicieron echar. —Elyssa se encogió de hombros—. Si buscas ayuda con la distribución, puedo hacerlo. Las mujeres buscan V tanto como los hombres.

Mi corazón se congeló. Pestañeé varias veces. Me sentí mareado. *¿Elyssa quiere trabajar con Randy?* Y yo que pensaba que era el tipo malo, el que jugaba con los sentimientos de las personas. En su lugar, era la chica de la que pensé que estaba enamorado. No podía respirar. Solo quería salir corriendo lo más rápido posible de allí, pero me quedé observando horrorizado mientras Elyssa cerraba un trato con Randy.

—Bueno, necesitamos chicas —se planteó Randy—. Pero debes consumir el V si quieres distribuirlo. ¿Comprendes?

—Trato hecho. Pero no seré tu conejillo de indias. Necesito la tanda buena, no esa porquería que has estado traficando. —Elyssa se apoyó sobre una columna, con los ojos entrecerrados—. Aún tengo conexiones en otras escuelas.

Randy se frotó las manos y sonrió.

—Espectacular. En ese caso, intentaré llevarte a la próxima reunión con el jefe.

—¿Cuándo será eso? —indagó Elyssa.

—Depende. —Randy se encogió de hombros—. Están probando un nuevo ingrediente. Si funciona, debo conseguirlo. Estoy trabajando en eso ahora.

—¿Cuál nuevo ingrediente? —Elyssa frunció los labios—. Ustedes no son principiantes. ¿Por qué agregar algo nuevo a la mezcla ahora?

—Porque es el eslabón que faltaba. —Randy se puso serio—. Estoy seguro. —Se encogió de hombros—. Como sea, debes estar atenta. Te enviaré un mensaje cuando sea el momento. Tal vez este fin de semana o a principios de la semana próxima; es lo que espero.

Elyssa se apartó de la pared. Asintió.

—Espero que V sea todo lo que prometiste, o se acaba el trato. ¿Se entiende?

Randy hizo un movimiento de revés con la mano.

—Sí, lo que sea.

Elyssa comenzó a caminar hacia donde estaba yo, así que escapé en puntas de pie hacia la salida y me escabullí en el aula taller. Con el corazón roto, la observé salir del pasillo de servicio y desaparecer de mi vista.

Mi exnovia, la traficante de drogas.

AL TERMINAR LAS CLASES, me dirigí fatigosamente hacia la práctica de fútbol americano. Un trueno atravesó el cielo, seguido de lluvia. Complementaba mi humor a la perfección. Elyssa quería trabajar para Randy. Eso significaba que mis planes de acabar con él no harían que ella cambiase de opinión sobre mí. Solo la enfurecerían. ¿Alguna vez me había amado? ¿Todo había sido una estratagema?

Hasta los traficantes de droga se enamoran. Si Elyssa era una verdadera criminal, ¿qué decía sobre mi clase de sobrenatural como para que ella me considerara un monstruo? Por otra parte, ella no parecía saber que mi sangre era, probablemente, el ingrediente nuevo que quería Randy. Si yo averiguaba que ella se había acercado a mí para conseguir mi sangre, eso me devastaría... otra vez.

Sabiendo lo que sabía, debería odiar a Elyssa por lo que me había hecho pasar, ¡esa hipócrita santurrona! Pero no. Mi corazón aún la anhelaba. Todo lo que quería era a mi pequeña reina de las drogas de nuevo entre mis brazos. *¡Cielos!, soy patético.*

Me puse el uniforme y me encaminé hacia la práctica. Un par de jugadores a los que no conocía asintieron a regañadientes en señal de respeto (o tal vez de temor) cuando me acerqué. Nathan y su grupo me miraron furiosos. *Vaya novedad.*

Luego de lagartijas, abdominales, saltos de tijera y algo que llamaban *burpee*, tuvimos que correr por el tormento de los neumáticos, empujar el aparato sobre patines, y repetir lo mismo del día anterior. Después, me colocaron en la posición de corredor.

Bryan, el mariscal de campo, me sujetó de la camiseta durante el pelotón.

—No sé por qué diablos te ponen en esta posición. No sabes nada de fútbol americano.

Le aparté la mano y observé la mezcla de expresiones de enfado y preocupación en los demás.

—No tengo opción. Tengo que aguantarlos, y ustedes tienen que aguantarme. —Pero tenía una idea para salir de ese desastre.

Recibí el balón en la primera jugada, por supuesto. Nathan se abalanzó sobre mí. Dejé que me chocara. Me derribó al suelo. Me dolió, pero no tanto como temía. Igual hice un buen espectáculo y fui cojeando hasta el pelotón. La siguiente jugada me llevó directo a los brazos de Steve. Rugió triunfal mientras me levantaba y me arrojaba al lodo. Levantó los puños y rio. Nathan le chocó la mano en señal de festejo y pateó una masa de lodo hacia mi camiseta, al tiempo que me ponía de pie. Después de tres jugadas y de tres tacleadas dolorosas, el entrenador Burgundy me llamó a un costado. Por fin. Un final para esa locura.

—No eres mal actor, muchacho —comentó con una sonrisa—. Pero esto no es un club de comedia musical, y tú no engañas a nadie, excepto a esos idiotas.

—Ayer solo tuve suerte. —Me encogí de hombros—. Ya se fue el efecto del suplemento de testículo de toro en polvo.

—No lo creo, muchacho. —Se metió una bola de tabaco en la boca—. Creo que no quieres jugar. —Escupió, y miró a los jugadores—. Hay algunos chicos buenos allí. Tú puedes tener la fuerza pero, en lo que a mí concierne, solo eres un trozo de basura cobarde, comparado con ellos.

—Gracias por el aliento, señor —respondí con el mayor sarcasmo posible.

—Te diré algo más, muchacho. No me importa lo que pienses sobre jugar. Si no cambias de actitud y empiezas a caminar derecho, tus notas se verán afectadas.

—¿Obligará a los profesores a aplazarme si no juego? No puede salirse con la suya.

—¿Crees que no? Soy el dueño de esta escuela, muchacho.

—No es dueño de todos los profesores. No hay manera de que le sigan la corriente.

Burgundy se cruzó de brazos y sonrió con suficiencia.

—¿Por qué no pones a prueba tu teoría y ves lo que sucede?

Por lo que me había dicho el señor Herman en el aula esa mañana, los profesores no moverían un dedo para ayudarme si eso significaba proteger sus empleos.

—Bien, que me aplacen. Me cambiaré de escuela.

—Quizás tú puedas. Pero ¿podrán tus amigos? —Carraspeó y escupió tabaco entre mis zapatos.

Me quedé boquiabierto. ¿Quién se creía que era esa basura obesa? Obviamente, Dios. Ojalá hubiese tenido un grabador. Lo habría atrapado. Seguro que los policías harían algo al respecto, aunque nadie más lo hiciera. Sin embargo, en ese momento, no tenía más opción que obedecer. Aguardaría el momento adecuado y sacaría la misma conversación al día siguiente, ya con un grabador.

—Bien. Pero deje a mis amigos afuera.

Me dio una palmada en el trasero.

—Ese es mi muchacho. Ahora vuelve allí.

—¿Qué sucede? —preguntó Nathan en un tono quejoso y burlón cuando me uní al equipo en el campo—. ¿El entrenador por fin se dio cuenta de que no vales nada?

Lo ignoré, e ignoré el choque de hombros de Steve mientras pasaba entre la línea defensiva hacia el pelotón ofensivo. Bryan suspiró y sacudió la cabeza.

—Topadora a la izquierda. —Otra variación de la misma jugada que repetíamos para que Nathan y sus amigos pudieran golpearme en el lodo. Podía ver que estaba cansándose de eso al igual que yo, pero el entrenador Wise gritaba las jugadas desde el costado del campo como un pueblerino trastornado, borracho de aguardiente casera ilegal.

Miré al entrenador Burgundy y gruñí detrás de la mascarilla protectora. Observé a Nathan. Me mostró los dientes como un chimpancé. No sabía a quién odiaba más en ese momento: al entrenador Burgundy, a Nathan, o a mí mismo.

Recibí el balón. Choqué de lleno con Nathan para pasarlo, pero lo hice despacio para que no se viera tan espectacular. Doblé a la izquierda para evitar a Steve, que avanzaba hacia mí, y luego corrí a toda velocidad, hasta que tropecé con mis propios pies. Que el cielo me ayudara si el entrenador creía que también había fingido eso. Golpeé la tierra con el puño, y se me cortó la respiración cuando Adam y Steve se arrojaron encima de mí.

—Suficiente —protestó el entrenador Wise con su habitual tranquilidad y con las venas que latían en la frente como mangueras azules a punto de explotar. Bryan me ayudó a levantarme—. ¿Cómo puedes ser tan bueno un minuto y tan torpe al siguiente?

Me encogí de hombros.

—Nunca fui muy atlético. A menos que cuente la esgrima.

Después de la práctica, me senté en el auto y me quedé observando el estacionamiento, oscuro y vacío. Se arremolinaban en mi cabeza pensamientos sobre Elyssa y sobre su traición. Pensándolo bien, ella no me había traicionado exactamente. Yo había creído que era una buena persona, una heroína del misterioso Supramundo. En su lugar, había resultado ser una criminal. ¿O no?

Me cubrí el rostro con las palmas. ¿Y si solo estaba jugando con Randy para poder acercarse al tipo de la remera de Affliction? Tal vez era todo un ardid, y yo había exagerado. Tenía tantas ganas de que fuera verdad que me negaba a tan siquiera pensar en la alternativa de que fuera una basura mentirosa.

Tenía otros problemas más urgentes con los que debía lidiar. Después de haber usado demasiada energía en la práctica, regresó el hambre voraz. Sin importar cuánto lo intentara, no podía ignorarla. No tenía más remedio que alimentarme.

Fui a un restaurante y encontré a una linda chica, que se dirigía al baño. Entre el baño de mujeres y el de hombres, había un baño accesible, cerrado con llave.

—Hola. —Dejé que el hambre diabólica controlara los hilos vaporosos que buscaban sexo.

La chica me miró mal.

—¿Qué diablos quieres, pervertido?

Sus palabras me hicieron dar un paso atrás.

—Bueno, eso escaló rápido. Solo dije: "Hola".

—Sí, ¿mientras iba al baño? Déjame sola, pervertido.

Me aferré a su halo. Ella se detuvo en seco, y la lujuria llenó sus ojos. Abrí la puerta del baño accesible y la llevé adentro. Luchando contra el deseo de violar a la pobre chica, dejé que la energía fluyera hacia mí mientras esquivaba los besos de ella. La lujuria de la carne me provocó una erección. Extendí la mano hacia su pierna.

¡Contrólate, maldición! ¿Qué pensaría Elyssa?

La imagen de sus ojos violeta y de su pelo negro apareció en mi cabeza. El corazón se me llenó de dolor. La chica rompió en llanto, y la energía se cortó. Al menos el hambre había desaparecido por el momento.

Cuando llegué a casa, busqué la motocicleta de mi padre en el garaje. Aún no había regresado. Su promesa de darme respuestas el sábado anterior habían sido una mentira, y estaba furioso con él. ¿Dónde estaba mi madre? ¿Por qué él estaba contratando investigadores privados para encontrar a los Conroy? Hasta donde sabía, ambos estaban muertos, y habían sido arrastrados al fondo de un lago con bloques de cemento atados a los pies.

Estaba tan furioso y a la vez tan preocupado por ellos que apenas pude dormir. Llamé al móvil de mi padre diez veces y le envié un mensaje de texto: "¡Contéstame, maldito desgraciado! ¿Dónde estás?".

~

AL DÍA SIGUIENTE, intenté vigilar a Elyssa en la escuela, pero no se reunió con Randy o, por lo menos, yo no la vi. En cuanto a mi archienemigo, desapareció después del almuerzo y no regresó. Hasta me pregunté si, en realidad, estaba asistiendo a clases y traté de averiguarlo. Ninguno de los profesores a los que les pregunté lo conocía. Por otro lado, no pude preguntarle a todo el cuerpo docente.

Más tarde, durante la práctica, vi a Ash y a Nyte, así como a un grupo de estudiantes, sentados en las gradas. *Guau, mi propio club de fans.*

Saludé a mis amigos y luego busqué al entrenador Burgundy. El alguacil y dos ayudantes estaban reunidos con él. *Qué conveniente.* Había ocultado un reproductor MP3 en mi pantalón, decidido a conseguir pruebas incriminatorias. Me hizo señas.

—Este es el chico del que les hablé. —Burgundy me dio una palmada en la espalda.

—Parece poca cosa. —El alguacil me evaluó—. ¿Estás seguro de que está preparado?

—No dejes que su tamaño te engañe, Roscoe. El chico sabe lo que hace. —Palmeó al alguacil en el hombro.

Roscoe me miró como si fuera un sabueso premiado antes de asentir.

—Tenemos mucho en juego, muchacho, así que no nos decepciones.

Mi brillante idea de grabar al entrenador se apagó como un cigarrillo en un mingitorio. Si él y el alguacil estaban confabulados, ¿a quién más tenía en el bolsillo? Como si respondiera a mi pregunta, el jefe de la Policía local se acercó con una sonrisa en su rostro de rasgos duros. Era más alto que el alguacil y de espaldas anchas. Le dio una palmada a Roscoe en la espalda y estrechó la mano del entrenador Burgundy. Volteé y me largué rápidamente con la cola entre las patas.

A pesar de su ubicación en el área metropolitana de Atlanta, el club de los buenos muchachos era fuerte en Decatur. Las únicas autoridades a las que podría recurrir a esas alturas podrían ser el GBI o el FBI. No me habría sorprendido ver que representantes de esas agencias aparecieran para sonreírle al entrenador Burgundy y para darle una palmada en el trasero obeso.

Después del calentamiento habitual, soporté los pases de práctica sin que la línea defensiva me detuviera por una media hora.

—¿Por qué repetimos lo mismo una y otra vez? —le consulté a Bryan.

—La repetición ayuda a la memoria muscular. Tu cuerpo sabrá exactamente cómo responder a una jugada bajo presión.

Ojalá ayudara también a mi memoria cerebral. Me sentía un idiota por hundirme más y más con cada paso que daba.

La línea defensiva se unió a la ofensiva para practicar. Nathan y sus amigos acapararon el costado izquierdo, ya que sabían que era mi destino.

—Vamos, Nathan. Practiquemos de verdad —propuso Bryan cuando fue a colocarse detrás del centro.

Nathan lo miró con desdén.

—Cállate, Jones. Haré lo que quiera.

Bryan suspiró, y gritó la jugada. Tomé el balón; noté que mi cuerpo ya sabía cómo atraparlo mejor después de tanta repetición. En el último segundo, decidí que arremeter contra tres tipos enormes se vería demasiado sospechoso, así que los rodeé. El profundo se lanzó sobre mí mientras corría hacia la zona de anotación. El entrenador Wise hizo sonar el silbato para detener la jugada.

Me di vuelta a tiempo para ver que Nathan corría a toda velocidad hacia mí, con una mirada asesina. En el último segundo, me corrí a un costado y le hice una zancadilla. Él trastabilló, tropezó, cayó con un ruido sordo y terminó con la cabeza en un charco de lodo. El grupo de estudiantes que estaba en las gradas festejó. Me volví hacia ellos e hice una reverencia. El entrenador Wise hizo sonar el silbato, hasta que pensé que se le reventaría una arteria y rociaría el campo.

—Spelman, basta con eso, muchacho. Practica como sabes que debes practicar.

Nathan se incorporó; el barro le goteaba por el rostro y por la camiseta de práctica. Se veía como si quisiera matarnos a los dos. Nathan estuvo a punto de matarme pero, en su lugar, me miró con tanta furia que podría haber provocado una evacuación de los intestinos a mi versión anterior. Pero mis intestinos lo ignoraron. Le arrojé el balón al entrenador Wise y estaba a punto de apartar la vista de la pequeña multitud cuando advertí dos figuras sentadas en la esquina superior de las gradas, bien alejadas de los demás.

Llevaban capuchas negras sobre la cabeza, vaqueros y guantes. Tenían anteojos de sol grandes, pero llegué a ver algo de piel pálida. Parecían tener, al menos, veinte años. Definitivamente, no eran estudiantes de secundaria. Definitivamente, nadie que conociera. Me di cuenta de que estaba con la mirada fija, y la aparté de inmediato.

¿Serían esas las personas de las que Elyssa me había advertido? ¿Eran amigos vampiros de Randy? El terror me heló el pecho. Debía tener cuidado. Mucho cuidado.

Antes de que terminara la práctica, el grupo de observadores se duplicó. Nerds, porristas y gente a la que jamás había visto se habían presentado para ver el espectáculo de Nathan contra Justin. Por lo menos así lo llamaban Nyte y Ash. Habían borrado los videos después de haberles rogado, pero eso no significaba que otros no publicaran los propios.

Bajé el tono de mi actuación lo suficiente como para que la gente no se hiciera preguntas. Pero tampoco podía exagerar porque Burgundy se quejaría y volvería a amenazarme.

Observé a los de la capucha por el rabillo del ojo. Para cuando había terminado la práctica, ellos habían desaparecido. Pero eso no significaba que no estuvieran vigilándome. Me castañeteaban los dientes, a pesar de que el sudor corría por el rostro.

—Te tengo en la lista para el juego de mañana —me avisó el entrenador Burgundy después de la práctica—. Descansa y cena bien. Quiero tu mejor esfuerzo para el juego.

Sentí un gran alivio. Casi había olvidado la muestra de sangre que le había dado a la enfermera. Como el FBI y una decena de otras agencias federales no estaban alrededor de mí en ese instante, tal vez no habían descubierto nada inusual en mis fluidos.

—Sí, señor —acordé. Era todo lo que le decía últimamente. Él era mi dueño, y lo sabía.

Abandoné la práctica y decidí dónde iría a "comer". Sin importar lo mucho que cuidara mi energía sobrenatural, mi demonio interior quería darse un festín. Si eso continuaba, tendría que elegir un lugar diferente para alimentarme cada noche, a fin de mantenerme fuera del radar sobrenatural. Un centro comercial, un restaurante, una biblioteca... No importaba.

Al menos tenía un botón de emergencia para detener todo. Con solo pensar en Elyssa, mi ánimo se destrozaba.

Lo odiaba. Por un lado, ansiaba tanto tener sexo que mis "chicos" parecían estar a punto de explotar. Por el otro, cada vez que besaba a una chica, sentía como si estuviese traicionando a Elyssa. Cuando cerraba los ojos, veía su rostro y olía su pelo. Mi alma estaba con ella, no con las desconocidas cuya esencia me mantenía cuerdo.

Lamentablemente, el fútbol americano me condenaba a un futuro deprimente.

CAPÍTULO 22

Era casi medianoche cuando regresé a casa ese día. Había conducido hasta el lado oeste de la ciudad para evitar desastres cerca de donde vivía.

—Estás convirtiéndote en un gran depredador, mi pequeño cordero —comentó Stacey mientras bajaba con flexibilidad de un árbol en el patio delantero de mi casa.

Solté un chillido y salté medio metro del piso.

—¿Puedo darte mi número de móvil? ¿Por favor? —Llevé mi mano al corazón—. Me darás un infarto. —Por una fracción de segundo creí que ella podría haber sido uno de los observadores anónimos de la práctica de fútbol americano.

Ella rio y caminó sigilosamente hacia mí. La luz de una farola cercana se reflejaba en sus ojos brillantes.

—Te daré un consejo gratis, cariño: No busques a tus presas en un mismo lugar. Llamas la atención mucho más.

—Debes estar bromeando. —Le guiñé el ojo—. Tendré más cuidado. —Intenté poner buena cara, pero su advertencia disparó alarmas en mi cabeza. Estaba caminando por un campo minado sin un detector de metales. Esos espías encapuchados con piel de marfil podrían ser las minas a las que ella se refería. Era solo cuestión de tiempo antes de que activara alguna.

—Eres demasiado adorable, cariño. Imagino que muy pronto verás lo equivocado que estabas, y vendrás a mí. —Se acurrucó en mi pecho y ronroneó.

Suspiré y me pregunté por qué las lindas también tenían que ser psicóticas. Levantó la cabeza de repente y olfateó el aire como un animal que presiente el peligro. Ella siseó y clavó una garra en mi espalda. Grité y me aparté de ella. Mis músculos estaban tensos y estaba listo para el peligro.

—¿Qué sucede?

Ella no respondió. Sus ojos color ámbar brillaron con una cautela de animal silvestre. También advertí que sus uñas se habían convertido en garras de siete centímetros. Tal vez había activado una de esas minas después de todo. Ella salió corriendo a toda velocidad.

Busqué a mi alrededor alguna amenaza, pero no presentí nada. Fuera lo que fuese, podía esperar. Corrí detrás de mi acosadora inoportuna. Correr y esquivar raíces, cordones de acera, rocas, cáscaras de banana y todas las otras pequeñas cosas que hacía muy peligroso correr a una supervelocidad se volvió mucho más sencillo.

No podía creer cuánto había mejorado. *Debe ser toda la práctica de fútbol americano.* Mi mente se comunicaba más rápido con las piernas y detectaba obstáculos más alejados. Mis brazos se movían atrás y adelante, y ayudaban a mantener el equilibrio en giros bruscos.

Stacey saltó una cerca de madera de un metro ochenta. La pasé de un solo salto, pero una rama baja que estaba del otro lado casi me arrancó la cabeza. Ella corrió por el patio trasero y saltó una piscina; giró en el aire y rodó hacia un costado, por encima de la cerca. Salté, pero lo hice a destiempo. Mi pie izquierdo se hundió en agua fría cuando aterricé, pero el derecho llegó al borde. Me sacudí el agua. Salté la cerca y llegué a otro patio. Un perro me mordisqueaba los talones mientras perseguía a Stacey y saltaba una cerca de alambre para pasar a otro patio más.

Zigzagueamos entre calles residenciales y antiguos parques empresariales cerrados. Mi zapato mojado iba haciendo ruido hasta que la velocidad lo secó un poco. Ella aumentó el ritmo y recorrió una calle, donde se erigían edificios abandonados y casas en ruinas. Reconocí Scottdale, un pueblo abandonado, al este de Atlanta.

Aceleré. Mis pies repiqueteaban en el pavimento. El viento pasaba silbando por mis oídos. Stacey corrió por una calle asfaltada en pésimas condiciones, bordeada por edificios de ladrillos dilapidados. Dobló a la izquierda y subió corriendo a toda velocidad por el costado de un almacén de ladrillos rojos. Saltó hacia el alféizar de una ventana en el almacén vecino. Sin detenerse, rebotó hasta el techo de otro edificio, y desapareció. Gruñí. El fútbol americano no me había enseñado nada sobre escalada urbana.

Subí corriendo el costado del edificio. Fue mucho más sencillo que lo que esperaba; la fuerza centrífuga ofrecía una falsa gravedad sobre los ladrillos. Me di vuelta y salté hacia el alféizar. Sin embargo, en lugar de aterrizar allí, atravesé la ventana tapiada y caí de cabeza contra una baranda de metal al otro lado. El choque sonó como un gong.

La oscuridad de la habitación me dejó ciego. Una luz azulada titilaba. Capté destellos de ladrillos gastados, barandillas metálicas oxidadas y una caída profunda por cemento roto. Me tomó un momento darme cuenta de que la luz no provenía de una fuente externa: al parecer, tenía visión nocturna. No estaba a la altura del desafío y se apagó, lo que me dejó de nuevo en plena oscuridad.

Me puse de pie, un poco atontado por el impacto. Algo hacía ruido en la oscuridad. Algo siseaba, ¿o arañaba? No podía estar seguro. Hubo un golpe fuerte. La pasarela de metal tembló, y chirrió. Dos brillantes esferas amarillas aparecieron a unos tres metros de distancia. Se me cortó la respiración. Sentí una fuerte necesidad de hacerme encima.

Fuera lo que fuese esa cosa, olfateaba el aire con lo que parecía ser un hocico enorme.

Decidí no esperar a averiguar qué era. Salí huyendo por la ventana; el mismo pánico me dio el impulso. Me sujeté del techo del almacén de enfrente, y me incorporé. La luz de la luna era débil, pero una silueta apareció en la ventana, donde había estado. Olfateó el aire. Me quedé quieto. Apenas me atrevía a respirar. ¿Podía verme? ¿Qué era? ¿Me había hecho encima?

Estaba seguro de una cosa: Stacey vivía cerca, posiblemente, en uno de esos edificios abandonados. Ya no sentía deseos de quedarme a averiguarlo. Pero no estaba muy seguro de hacia dónde estaba mi casa. Un maullido grave precedió a un golpe fuerte, al tiempo que la criatura aterrizó en el techo, junto a mí. Unos ojos brillantes se cruzaron con los míos. Era un gato doméstico. Corrección: un gato doméstico *gigante*. Unas protuberancias parecidas a una coraza de huesos corrían a lo largo del lomo. Unos dientes de sable sobresalían del hocico. Unos músculos gruesos y fibrosos se ocultaban bajo la piel erizada. *¡Maldición!, ¿a He-Man se le perdió Battle Cat?*

En cualquier otro momento, habría pensado que se veía fantástico. En ese momento, sin embargo, chillé y retrocedí hasta chocar con una chimenea, que interrumpió mi retirada. No era nada bueno.

El gato siseó y rasgó el aire con garras afiladas y del tamaño de sables. Giré hacia la izquierda para evitar quedar como un salame en rebanadas. La chimenea se hizo añicos por la fuerza del golpe. Tomé un trozo de madera del techo y lo sostuve como una espada. El gato le dio un golpe y le arrancó un trozo. Tragué saliva. Él se abalanzó. Salté a un costado y le golpeé la cabeza con la madera que me quedaba. Esta se hizo astillas, y el gato monstruoso aulló de dolor. Se abalanzó sobre mí en un último intento aterrador y grácil. Se me enganchó el pie en una rejilla de ventilación, y caí de espaldas sobre el techo. La criatura me aplastó el pecho con una pata enorme. Las garras se extendieron lo suficiente para arañarme la piel. Si se extendían más, me atravesarían el corazón. Claro que también podría arrancarme la cabeza.

Empujé la pata, que era del tamaño de la de un tigre. No cedió. El gato me olfateó. Junté las piernas y las apoyé contra el estómago del gato. Antes de que pudiera empujar, el animal me golpeó con la otra pata, y me dejó inconsciente por un momento. Abrió grande la boca y dejó ver las hileras de dientes de marfil detrás de los colmillos. Ese era el momento. La mordida que terminaría con todo.

Una sombra pasó a gran velocidad. Hubo un destello plateado. Los ojos del gato se abrieron aún más. Emitió un breve aullido, que se convirtió en un gruñido. Luego, su cabeza quedó colgada a un costado y cayó sobre el techo con un golpe seco. Por poco no tocó mi cabeza. Las patas se aflojaron, y el cuerpo cayó sobre el mío, lo que me sacó el aire de los pulmones. Gotas de sangre caían sobre mi rostro. Escupí y me removí con desesperación. De alguna manera, logré hacer suficiente palanca para apartar el cadáver de mi pecho. Me limpié la sangre del rostro y de los ojos. Me quité la remera. El frente estaba empapado de sangre, pero la espalda estaba bastante bien, así que la utilicé para limpiarme el rostro. Arrojé la remera a un lado y busqué a mi salvador. No había nadie allí.

Olfateé el aire, intentando utilizar mis sentidos agudizados para detectar algo. Todo lo que pude oler fue el hedor a cobre de la sangre fresca. Luego vomité. Después, reí y lloré. Parecía una yuxtaposición imposible. Temblaba de miedo, pero la felicidad de continuar existiendo le daba un matiz de excitación a mi risa. "¡Gracias!", expresé en tono conversacional. Esperé una respuesta, pero no llegó ninguna.

Después de haberme orientado, me encaminé a casa. Me llevó más tiempo porque fui por la calle. Ya había tenido suficientes saltos de cercas por una noche. Tiré la ropa ensangrentada a la basura y me metí en la ducha. El agua caliente relajó mis músculos, enrojecidos por la sangre del gato. Mientras me secaba después de la ducha, examiné mi cuerpo en el espejo y me di cuenta de que los rollos de mi panza ya casi no estaban. Tenía un poco más de músculos en los brazos que la semana anterior. Las piernas estaban más musculosas. Lamentablemente, la mayoría de mis vaqueros nuevos ahora me quedaban por encima de los tobillos, y no podía ajustar más los cinturones porque no tenían más agujeros. Estaba creciendo hacia arriba, en lugar de hacia afuera, como lo había hecho mi cuerpo anterior.

Me preocupé al pensar en mi salvador. No tenía quejas sobre mi rescate, pero ¿quién o qué había matado a ese gato enorme? ¿Había estado en el vecindario o me había seguido? Ni siquiera mis músculos nuevos ni mi fuerza habían podido competir con ese gato de tamaño desproporcionado. Claro que quien fuera que hubiese sido me quería vivo porque podrían haberme matado junto con la criatura. Demasiados misterios competían por tener un espacio en mi cerebro abrumado. *Si tan solo pudiera ser más inteligente, eso sería útil.*

Arrojé otro par de vaqueros que ya me quedaban chicos a una pila en el suelo. Al parecer, Elyssa, Renaldo y yo tendríamos que ir de nuevo al centro comercial. Excepto que... Elyssa me había dejado. La agonía de la pérdida era una punzada en el corazón. Reprimí el llanto y me recosté en la cama. Quería olvidarla. Olvidar el dolor. No quería estar enamorado de ella. A mi corazón no le importaba lo que yo quería. Aún latía por ella. Aún anhelaba su abrazo y la sensación de sus suaves curvas pegadas a mi cuerpo. Vi la sonrisa de Elyssa, sus labios, sus ojos violeta, que brillaban con deseo.

Una fila de mujeres, de completas desconocidas, esperaban para saciar mi futuro hambriento. Pero jamás serían (jamás podrían ser) aquella a quien yo necesitaba. Aquella a quien yo quería. La chica que llenara el agujero del tamaño de Elyssa en mi corazón.

Maldición, te extraño.

CUANDO ENTRÉ a la escuela el viernes, personas con las que jamás había hablado en mi corta vida se acercaban y me palmeaban la espalda, estrechaban mi mano o me chocaban el puño. Arrastraba los pies a causa de la excursión de medianoche tras Stacey, y el tanque de combustible sobrenatural estaba casi vacío.

—Buena suerte en el juego de esta noche —me deseó un chico.

Adam Gosling y su grupo de nerds se acercaron adonde estaba sentado en el gimnasio.

—Este es un video con nuestra evaluación de tus fortalezas y debilidades de acuerdo con tus prácticas. —Me entregó una memoria USB—. Por favor, patéales el trasero a los de Lanier High.

—¿Por qué les importa el fútbol americano? —les pregunté. Adam tenía la musculatura de un mondadientes con una cabeza gigante en forma de aceituna y unos anteojos que hacían que mis antiguos lentes gruesos parecieran delgados en comparación. Gordos o delgados, la mayoría de su grupo parecía tener la palabra *nerd* escrita en al frente. Por otro lado, yo hubiese encajado a la perfección no mucho tiempo atrás.

—Gerald Ledbetter, mi archienemigo, concurre a Lanier High. El año pasado, ganó el premio en la feria estatal de Ciencias, donde le ganó por poco a mi batería de papa modificada genéticamente. Es una cuestión de orgullo.

—Pero esto es fútbol americano, no ciencia.

Él se encogió de hombros.

—Me haría sentir mejor. Su hermano mayor, Marty, es el mariscal de campo, y Gerald no deja de hablar sobre él.

—Ah. Bueno, haré lo mejor que pueda. —Miré la memoria USB que me había dado—. Gracias por esto. Lo miraré.

—Eres una verdadera inspiración, Justin. —Andy me miró de arriba abajo—. Has pasado de corpulento a atlético y has mejorado notablemente. —Hizo un ademán hacia el grupo de nerds detrás de él—. Ahora todos vamos al gimnasio y comemos más sano. —Uno de los chicos más regordetes del grupo se llevó un pastelito relleno a la boca justo cuando Andy terminaba la oración. Este suspiró—. Excepto por Theodore. Me temo que es una causa perdida sin importar lo que suceda.

Me emocioné, pero no supe qué decir. Parecía un comercial educativo. Los alenté.

—Salgan a patear traseros. —*Sabiduría y perspicacia. Lo tengo todo.*

Andy y el grupo me ovacionaron.

Algo llamó mi atención hacia la puerta al otro extremo del gimnasio. Elyssa estaba allí, de pie, observando a las personas que pasaban a desearme suerte, a darme galletas... una chica incluso me dio su ropa interior. Hice una mueca y rogué que estuviera limpia.

Miré a Elyssa. Ella me clavó la mirada. Me pregunté si había nostalgia en su mirada o desconfianza. Podía detectar cada detalle de su belleza pálida con mi vista agudizada. Recorrí la línea de la mandíbula y anhelé apartar de su mejilla un mechón de su pelo negro azabache. Deseaba tanto correr hacia allí, abrazarla y sentir que se acurrucaba sobre mí, aunque fuera por un instante... Su atención significaba más para mí que el circo en el que se había convertido mi vida. *Incluso si es una traficante drogas.*

—¿Estás bien? —Ash guardó más de mis regalos en su ya abultada mochila.

—No.

Él siguió mi mirada y vio a Elyssa.

—Oh, cielos. —Me palmeó la espalda—. Eso apesta. Ojalá pudieran solucionar las cosas.

—No creo que eso suceda.

Nyte suspiró.

—¿Por qué la vida no puede ser como en *La princesa prometida*? Podría escalar los Acantilados de la Locura por una chica como Buttercup.

Lo miré con incredulidad.

—¿Te gusta *La princesa prometida*?

—La mejor película de todos los tiempos —afirmó Ash.

Nyte asintió.

—La vida real apesta.

Volví a mirar a Elyssa, y tragué con fuerza.

—Sí. Así es.

Hasta la primera hora de clase se tornó soportable después de que se habían conocido las noticias sobre mis hazañas en el fútbol americano.

—Te ves genial, Justin. —Annie me tocó el bíceps y suspiró—. ¿Quién hubiera pensado que serías bueno en los deportes?

—¿Tomas esteroides? —preguntó Jenny.

Las miré furioso.

—¿En serio? ¿De repente son mis amigas?

—Siempre hemos sido tus amigas. —Jenny abrió los ojos bien grandes, con expresión de inocencia.

—¿Qué? —espeté.

—No te pongas nervioso. —Annie me palmeó la espalda—. Debes conservar la energía para el juego.

Revoleé los ojos, me di vuelta y saqué la tarea que debía terminar. Había recibido ofertas de varios nerds para ayudarme a ponerme al día con mis tareas escolares, pero las había rechazado. El trabajo terminado no me beneficiaba si no lo hacía yo mismo. Podría ser un desastre con las mujeres, pero quizás aún podría entrar al MIT, donde podría seducir a todas las chicas nerds que quisiera.

Mi estómago rugió de deseo, y no por primera vez aquella mañana. La persecución de Stacey y el escape por milagro del enorme gato de la noche anterior había dejado famélica a la bestia, pero yo había estado demasiado cansado y deprimido para cazar a otra víctima. Después de haber visto la manera en que Elyssa me había mirado esa mañana, decidí que no quería llenar ese tanque succionador de almas. No quería fútbol americano. No quería fama. No quería todas esas amistades falsas que me ofrecían mis compañeros. Solo la quería a ella.

Apenas podía concentrarme en la tarea entre los dolores interiores y los pensamientos sobre la chica que amaba. Me pregunté si de verdad me quería. Prácticamente, ella había admitido que me amaba (o que me había amado). Pero de a poco estaba convirtiéndome en el monstruo al que ella temía. En especial, después de todo lo que había hecho para satisfacer a la bestia furiosa en mi interior. La mayoría de los tipos pensarían que estaba loco por no acostarme con cada chica sensual con la que me cruzaba. Lo cambiaría todo por la chica de los ojos violeta.

La escuela presentó un espectáculo de porristas después del almuerzo. *La diversión nunca acaba.*

Después de toda esa tontería, me saqué rápidamente la nueva camiseta de fútbol americano, que apestaba a vinilo nuevo, y me puse mi ropa. Los estudiantes salieron del gimnasio. Seguí a Elyssa por el pasillo y la tomé del brazo. Ella intentó soltarse, pero la sujeté y la llevé hasta un salón vacío. Me agarró el pulgar y lo dobló hacia un costado. El dolor me subió por el brazo. Chillé y aparté la mano.

—Eres tan condenadamente malvada... —protesté.

Ella me arrojó contra una pared y dio un paso atrás.

—¿Cuántas veces debo decirte que me dejes en paz?

Quería enfrentarla por sus negocios con Randy, pero nada de eso me importaba. Podría ser la reina de las drogas en Atlanta, y la perdonaría con tal de que me aceptara de nuevo.

—Me amas, y lo sé —gruñí—. Vi cómo me miras.

Ella resopló.

—¿Ah, sí? ¿Solo eso se te ocurre? Patético.

—No puedo dejar de pensar en ti. Eres todo lo que me mantiene cuerdo.

Me dio una bofetada. Me zumbaron los oídos y me eché hacia atrás.

—Déjame... en... paz. No sé cuánto más clara puedo ser. Eres un engendro de demonio. No vuelvas a tocarme. —Me abalancé sobre ella y traté de besarla. Mis labios llegaron a ella al mismo tiempo que su rodilla llegaba a mi estómago. Caí gruñendo y luchando por respirar. Ella se arrodilló junto a mí—. ¿Estás bien?

Intenté reír, pero me dolía mucho.

—No.

—Qué bueno. Tal vez tu novia felicana puede besarte para que sanes pronto.

Antes de que pudiera preguntarle qué era eso, ella desapareció. Gracias a toda la investigación acerca de lo sobrenatural, no me llevó mucho tiempo averiguarlo. A los hombres lobo también se los conocía como *licanos*. No era descabellado llamar *felicanos* a los felinos cambiaformas. Antes de que pudiera alegrarme de haber resuelto ese pequeño acertijo, me percaté de que Elyssa sabía sobre Stacey.

CAPÍTULO 23

—Maldición, Justin, has pasado de cero a la izquierda a héroe. —Randy se inclinó sobre mí.

Me levanté de un salto, con la rapidez de un gato.

—Justo cuando pensaba que habías dejado de molestarme. —Por un momento, me planteé preguntarle sobre Elyssa, pero lo reconsideré. No sabía si ella iba en serio con lo de las drogas o si estaba fingiendo.

—Estuve ocupado con el jefe. —Randy se encogió de hombros—. Vine con una propuesta de negocios.

—¿Negocios con un vampiro? —Entrecerré los ojos.

Randy se apoyó contra la pared y se cruzó de brazos.

—Tu sangre es de primera clase, aun mejor de lo esperado. No quisiera sacártela a golpes, Justin. Es contraproducente, ¿sabes? —Sonrió con superioridad—. Preferiría que me la dieras de manera voluntaria todas las semanas. A cambio, recibirás mil dólares.

—¿Para qué utilizarías mi sangre exactamente? ¿Para preparar tu droga?

—Para ayudar a las personas. —Randy levantó ambos pulgares—.

Estamos trabajando en algo que cambiará el mundo, pero necesita algo extra. Tu sangre le da eso.

—Por alguna razón, me parece difícil de creer. —Me crucé de brazos e imité su postura—. De hecho, aprendí lo suficiente sobre el Supramundo como para sospechar que lo que haces es ilegal.

—No. —Randy se apartó de la pared—. Es legal, y tú puedes ser parte de eso. —Se hizo a un lado. Luego, se detuvo—. Un consejo, Justin: acepta el trato. Serás más feliz si lo haces.

No me gustó cómo había sonado eso.

Debía detener la empresa delictiva de Randy. Ya no se trataba de probarle algo a Elyssa. Se trataba de proteger a los otros chicos de la escuela. ¿Quién sabía que podría hacerles ese suero sobrenatural, mejorado con mi sangre, a los chicos normales? Me pregunté qué efectos tenían las otras tandas. Solo esperaba poder lograrlo. La sola idea de luchar contra vampiros me aterrorizaba.

Había pasado de meganerd a supersemental a los ojos de mis compañeros pero, bajo el agua, mis piernas se agitaban inútilmente. Era un pato que nadaba contra la corriente en un río revuelto y apenas esquivaba las rocas. Al final, caería por la catarata y terminaría destrozado en el fondo. *O podría agitar mis pequeñas alas de pato y salir volando.* Maldición. Incluso los patos tenían mejores opciones que yo.

Después de clase, caminé fatigosamente por el pasillo; mi mente apenas tenía conciencia de mis alrededores. Alguien me tocó el codo. Me di vuelta, listo para agacharme, esquivar y zigzaguear. Katie, hermosa como siempre, me sonrió con ojos verdes brillantes.

—Hola —me saludó con una sonrisa.

Casi me tropecé con mis propios pies antes de recuperarme.

—¿Estamos hablando de nuevo? —pregunté sin rodeos. Estaba harto de que todos actuaran como mis nuevos mejores amigos cuando ni siquiera sabían quién diablos era yo. Al antiguo yo podría haberle parecido genial. El nuevo casi había sido devorado por un gato doméstico mutante, tenía una acechadora felicana, una exnovia vampira y recibía amenazas de un vampiro que traficaba drogas. Se necesitaba mucho para impresionarme.

—Lamento haberme portado tan mal contigo. —Entrelazó su brazo con el mío. Su piel se sentía cálida y reconfortante. ¿Cuántas veces había fantaseado con su abrazo? ¿Cuántas veces había deseado que fuera mía?

—Está bien. —El rostro enfurecido de Elyssa cruzó por mi mente. "¡Vete al diablo!", exclamé utilizando ondas telepáticas. No era que hubiese averiguado cómo comunicarme con la mente, sino que quería expresarle mis sentimientos a mi corazón, que aún no había recibido el mensaje. Era hora de seguir adelante.

—¿Me acompañas a clase? —me pidió.

—¿Qué hay sobre Brad? —Recordé nuestra conversación en el baño y me pregunté si debía mencionarlo. *No, solo la haría llorar.*

Ella frunció los labios e hizo puchero.

—Nos separamos para siempre.

Como sea. Le sujeté el brazo con fuerza, y caminamos por el pasillo. Cuando llegamos a su clase, me miró con expresión seductora.

—Tienes más músculo. Es sensual. —Me tocó los bíceps firmes, que ya no estaban fofos. Oprimió una mano sobre mi pectoral derecho.

Su halo resplandeciente de deseo sexual me llamaba. Mi esencia intentó tocarla. Luché contra el deseo vacío y contra la bestia. La punta de un hilo de energía tocó su halo. Una diminuta gota de energía refrescante fluyó hacia mí. Mi cuerpo exigió más. Me resistí y contraje el hilo traicionero hasta que me pareció seguro moverme. Katie había estado hablando sobre algo todo el tiempo y no pareció darse cuenta de la intrusión.

—Todo fue mi culpa —expresó con una sonrisa triste. Luego me besó. No fue solo un toque en los labios, sino un beso profundo.

Temblé, al tiempo que el hambre luchaba por obtener el control mientras mi cuerpo reaccionaba de manera predecible. *¡Por todos los cielos! ¡Katie me besó! ¡De verdad!*

Ella se apartó para respirar y soltó un gemido de admiración.

—Cambiaste. —Me rozó los labios con otro beso—. Me gusta.

—¿Estarás en el partido? —pregunté con voz ronca mientras guardaba mentalmente los hilos hambrientos y toquetones de vuelta en la jaula.

—No me lo perdería por nada del mundo, bombón. —Me guiñó un ojo.

La dejé y fui a clase, dando unos brincos. No me sentía inmensamente feliz. Pero me sentía mucho mejor que cuando Elyssa me había dado un rodillazo en las entrañas. Al menos Katie había tenido la decencia de no aplastar mi hombría con esa pierna poderosa y sensual.

También me sentía levemente mejor después de haber absorbido una pizca de energía de Katie. Me detuve en seco cuando se me ocurrió que no había tenido que violarla para conseguir mi dosis. De alguna manera, había logrado tocar suavemente su aura sin tener que abrir las compuertas. Apenas había podido controlarlo, pero tal vez fuera debido a mi poderosa atracción hacia ella. Quizás sería más fácil si lo intentara con alguien que no me pareciera sensual.

Bien podría ser la respuesta a mi problema o la llave a mis pesadillas. Al igual que me había alimentado de las risas de aquellos chicos una vez, podría ser posible alimentarme de emociones positivas que emanaran de las personas, sin tener que arrancarles la ropa. Me senté en la clase de Química y observé a mis compañeros. Quería practicar lo de la alimentación, pero pronto descubrí que el humor general era tan triste y serio que no estaba seguro de que funcionaría.

La única persona con una energía positiva era Cindy Mueller, una de las chicas más inteligentes de la escuela. Era la típica lamebotas del profesor. Cada vez que el profesor hacía una pregunta, ella levantaba la mano de golpe y la sacudía entusiasmada. No era lo ideal, pero era mi mejor opción. Me conecté con ella e intenté limitar el flujo a solo un goteo.

Pero el hambre me traicionó casi de inmediato y abrió las compuertas. Ella dio un salto y miró desesperadamente alrededor del aula mientras gemía y se frotaba las caderas.

El señor Heisenberg, el profesor, observó conmocionado mientras yo intentaba, desesperado, cerrar la conexión. Alan Weaver estaba sentado detrás de Cindy. Él la observaba con expresión aterrada. Intenté conectarme con su aura, con la esperanza de que una emoción opuesta pudiera soltar el control psíquico de Cindy. Por un instante, sentí que chocaba el miedo de Alan con el deseo sexual de Cindy. Las dos presencias desaparecieron de mi mente. Cindy y Alan se miraron. Ella lo atacó con los labios.

Tuve que darle crédito a él: no se desmayó. Cindy era delgada, usaba anteojos gruesos y se peinaba con un estilo más cercano al de los cincuenta pero, probablemente, era linda bajo todo ese aspecto de nerd. Alan se puso de pie de un salto y unió los labios con los suyos mientras gemía y le arrancaba la ropa. Cindy sujetó la camisa de Alan y la destrozó. Los botones se esparcieron por todos lados. Los estudiantes salieron en desbandada de sus pupitres, gritando y chillando, desesperados por escapar de esa locura. Finalmente, el señor Heisenberg entró en razón y les gritó. Se apresuró a separarlos.

La culpa me carcomió por dentro. Yo había comenzado ese desastre demencial. Sujeté a Alan y lo aparté de ella. Él se removió como un conejo atrapado, pero mi fuerza lo abrumó. La pareja dejó de forcejear y se quedó allí, de pie, jadeando con lujuria y contemplándose con pasión. Me sentí horrible. ¿Qué había hecho? ¿Les había destruido el cerebro?

—Ustedes dos, ¿en serio? —resopló el señor Heisenberg—. Entiendo lo de las hormonas, pero esto está fuera de lugar.

—Te deseo —expresó Cindy.

—Eres una diosa sexual —afirmó Alan, con los ojos iluminados.

Me pregunté si, de alguna manera, los había conectado entre ellos y había causado una lujuria mutua, o si a Alan le gustaba de verdad.

—Qué romántico —canturreó Cheryl Horne.

Mientras Alan y Cindy continuaban proclamando la intensa necesidad mutua, sonó el timbre. Ayudé a Alan a recoger sus cosas, pero lo mantuve agarrado del brazo. Estaba seguro de que, si los dejaba solos, él y Cindy protagonizarían algunas escenas pornográficas memorables que nos dejarían marcados a todos de por vida. Acompañé a Alan a su siguiente clase. A mitad de camino, comenzó a sacudir la cabeza como si estuviera intentando despejarla.

—Guau. —Se detuvo en el pasillo.

—¿Guau qué? —inquirí.

—Eso fue intenso. Siempre había sentido algo por Cindy, pero no pude controlarme en el aula.

—Hormonas —sugerí.

Él emitió un silbido.

—Hormonas recargadas. —Alan me detuvo frente al aula de Economía del Hogar—. Llegué.

Miré hacia atrás y vi al señor Heisenberg al otro extremo del pasillo; acompañaba a una Cindy también aturdida hacia nosotros.

—¿Ustedes dos cursan juntos la siguiente clase? —No me lo imaginaba horneando tortas—. ¿Por qué demonios estás cursando Economía del Hogar?

Él miró a Cindy con adoración.

—Porque ella lo hace.

—Oh, cielos. —Sonaba como mi madre cuando yo había hecho algo horrible.

El señor Heisenberg miró a Alan con suspicacia y luego dejó que Cindy siguiera por su cuenta. Ella se acercó a Alan, y la luz regresó a sus ojos vidriosos.

—Lamento haberte atacado sexualmente. No sé qué me ocurrió.

Él le tomó la mano.

—Un poco me gustó.

Ella sonrió.

—A mí también. —Miró la camisa destrozada de Alan—. Oh, no, la arruiné. Tal vez pueda coserle algunos botones nuevos durante la clase.

—Eso sería muy dulce de tu parte. —La frente de Alan se llenó de gotas de sudor, y le temblaba la mano. Conocía muy bien ese sentimiento.

—Ustedes deberían tener una cita —propuse—. De hecho, creo que Alan quería invitarte a cenar.

Los ojos de ella brillaron.

—¿Ah, sí? —Ella chilló y lo miró tan cautivada que se me empañaron los ojos.

Él asintió. Estaba claro que las cuerdas vocales se habían bloqueado por los nervios. Ambos entraron al aula, y Cindy les comentó a todos con gran entusiasmo que tenía una cita. No me quedaban dudas de que era la primera cita en toda su vida. Respiré profundo entre dientes. Mis propios nervios estaban un poco agitados. Casi había causado un tremendo desastre... una verdadera calamidad. Podría haber provocado un daño cerebral a dos de los más brillantes del colegio y pude haber arruinado nuestras posibilidades en el siguiente decatlón académico.

O tal vez me había topado con algo realmente bueno. Me sentía bastante encantado con la vida, ya que algo había salido bien. Pero estaba tan hasta el cuello en todo esto que no sabía para dónde ir. Basta de intentar averiguar todo solo. Elyssa no me ayudaría. Lo más probable era que, en algún punto, terminaría convenciéndose de matarme. Tendría que rendirme a Stacey.

Me estremecí ante la idea. Si no fuera por esa lengua gatuna, sería lindo tener una relación. Ahora que sabía qué era ella, me sentía un poco mejor, aun cuando me aterraba. Después del juego de esa noche, buscaría a Stacey, y cerraría el trato. La idea me hizo estremecer.

Lamentablemente, mis pruebas con Cindy casi no habían recargado a la bestia. Estaba enojada en su jaula, ya que solo había recibido un aperitivo cuando, en realidad, quería un menú de cuatro platos. No haría más pruebas de campo en la escuela.

El resto del día pasó volando. Antes de que me diera cuenta, mis compañeros de equipo y yo estábamos formados y corríamos entre las porristas para nuestra gran entrada al campo de juego. Bryan Jones se reunió con Marty Ledbetter y con los árbitros para el lanzamiento de la moneda. Los Lanier Bobcats ganaron el sorteo y tuvieron la primera posesión.

El entrenador Wise me hizo señas para que me acercara antes de la patada inicial.

—El chico Davis se lastimó el pie, Case. Entrarás con los equipos especiales.

Solo había practicado una vez con los equipos especiales.

—¿Qué debo hacer?

—Taclear al que lleva el balón.

No había practicado mucho taclear, ya que estaba en la ofensiva, pero tenía una idea general. Nuestro equipo patearía el balón desde un *tee*, y el otro equipo la atraparía e intentaría correr con esta. Parecía bastante simple. Los nervios se agitaban en mi estómago como peces. Parecía que debía ir al baño por décima vez. Respiré profundo varias veces para tranquilizarme. No ayudó. Mi vista agudizada captó una sombra furtiva encima de la cabina de transmisión. Reconocí la sonrisa de Stacey a noventa metros de distancia.

"Genial", murmuré. Mi futura novia felicana estaba allí, pero mis padres ni siquiera sabían que estaba jugando. Probablemente, mi padre estaba por ahí, contratando detectives privados y rastreando a los Conroy, fueran quienes fuesen.

¡Cielos!, esperaba que él y mi madre estuvieran bien. Planeaba atarlo a una silla e interrogarlo apenas entrara a casa. A pesar de la situación bizarra, sentí una punzada de arrepentimiento, y deseé que mis padres pudieran ver mi momento de gloria.

Sonó el silbato. Una confusión momentánea nubló mi mente justo cuando nuestro pateador envió el balón, que rotó a toda velocidad hacia la oposición. Salí de mi aturdimiento y corrí hacia adelante. Fijé la vista en el balón y avancé tras este mientras dibujaba un arco hacia el otro extremo del campo. Choqué con alguien y oí un fuerte gruñido cuando rebotó contra mí. En pocos segundos, estaba donde caería el balón. Me di cuenta con un sobresalto de que había corrido más rápido de lo que había querido. De hecho, estaba parado justo frente al receptor de los Bobcats. Él me miró sorprendido. Yo le sonreí avergonzado. El terror me invadió cuando me di cuenta de que ni siquiera sabía cuán rápido había corrido por el campo. Eso era malo. Muy...

Alguien me golpeó en la espalda. Caí despatarrado sobre el receptor. El balón rebotó en su casco y se alejó de nosotros. Una pila de camisetas rojas de mi equipo lo cubrió justo cuando varios jugadores más se apilaron sobre mí y sobre el pobre receptor. Me quedé encima de él incómodamente. Sus ojos ardían de furia. Intenté apartar la mirada, pero me costaba mover el casco sin quitar a todos los jugadores de arriba de mí.

—Buena corrida —señaló él.

—Gracias. —Silbé con expresión de inocencia.

El peso se levantó, y pudimos levantarnos. Mis compañeros me palmearon la espalda, riendo y vivando como si yo acabara de comprarles equipo de campamento de camuflaje, que era su favorito.

—Espectacular, muchacho, simplemente espectacular —me felicitó el entrenador Wise al recibirme en la línea lateral—. Nunca había visto a nadie correr así. Ahora sal y acábalos. —Me dio una palmada en el trasero.

La confusión me nubló el cerebro. Bryan y la ofensiva se acomodaron en el campo, y poco a poco me di cuenta de que habíamos recuperado el balón en la yarda veinte de los Bobcats.

Mi estómago psíquico hacía ruidos furiosos en mi cabeza. Estaba quedándome sin energía. No había hecho nada para recargarla desde mi intento fallido ese día y no tenía idea de cuánto había quemado en esa carrera estúpida al comienzo del juego. Me uní al pelotón.

—Excelente jugada —comentó Bryan. Los otros jugadores sonreían y me palmeaban la espalda.

—Tomé demasiada bebida energética antes del partido —expliqué—. Estoy un poco agitado.

—Bueno, le darás buen uso a esa energía. Jugada de topadora a las tres.

El pelotón se abrió. El extremo izquierdo de la defensa de los Bobcats parecía una pared de ladrillos. El extremo derecho era como una cortina de hierro. Sus jugadores eran enormes. La mayoría eran tan altos como Nathan. Para completar, no me sentía tan bien. El revuelto incesante en mis entrañas empeoró. Oí el conteo y salí corriendo en automático. Dos enormes defensas atropellaron nuestra línea ofensiva. Los apoyadores de los Bobcats saltaron la línea y corrieron directo hacia mí. Los esquivé hacia la derecha y casi me resbalé en el césped antes de lograr el agarre con los tacos de los botines. La situación de ese lado era aun peor. Un mar de camisetas verdes arreciaba por un agujero en nuestra línea. No tenía adónde ir, más que hacia el centro.

Bryan se las arregló para ayudar a nuestro centro a empujar a un tipo del tamaño de un gorila. Me escabullí por el agujero. Oí el choque de cascos y vi las estrellas. Un gong resonaba en mis oídos. Mis pies se levantaron del piso, y mi espalda tocó el suelo con un golpe seco. Bryan me ayudó a levantarme. Sentía las piernas como flan. Fui cojeando hasta el pelotón. A la distancia, oí a alguien gritar mi nombre.

—Mantengan la maldita línea —ordenó Bryan—. Ni siquiera Justin puede atravesar toda su línea defensiva.

Técnicamente, sí podía... Al menos cuando tenía el tanque de energía lleno. Un hambre voraz me atacaba en oleadas. Me dieron arcadas.

—¿Estás bien? —consultó uno de los defensas.

—Me siento terrible. —Reprimí otra tanda de náuseas.

—Ánimo, soldado —expresó Bryan con una sonrisa—. Terminemos rápido con esto, y podrás tomarte un descanso.

Asentí. Nos colocamos uno junto al otro. Me concentré en la zona de anotación y en mis piernas. Llegó el balón. Arremetí hacia adelante. Algo enorme y verde se abalanzó en mi camino. Salté, y oí un clamor del público mientras esquivaba al gigante verde. Un apoyador se acercó a mí por un costado. Lo rechacé con el brazo extendido, y cayó al piso. Luego, algo me chocó por el otro lado.

CAPÍTULO 24

Un rostro femenino, manchado de sangre, me mira con ojos enormes y llenos de terror. Con la respiración entrecortada, me sujeta la remera y me acerca más. Miro sus piernas y reprimo un grito. Trizas de piel, sangre y huesos son todo lo que queda. Un rastro rojo carmesí recorre la acera hasta una casa, que me es sumamente familiar. Me inclino sobre la mujer y agudizo la audición para comprender las palabras que salen de su boca.

"... Cuarenta y tres once. —Respira con dificultad—. Solo tú puedes hacerlo, Justin. Pero primero debes...".

Me desperté de repente por un fuerte olor a amoníaco frente a la nariz. Un rugido vago resonaba en mis oídos. El olor a tierra y césped reemplazó al del amoníaco. Unas figuras borrosas, que estaban encima de mí, fueron quedando en foco.

—Se encuentra bien. Solo lo dejaron sin aire —explicó un hombre con uniforme de médico.

Bryan y uno de los chicos me ayudaron a levantarme. La multitud me ovacionó.

—Y vemos que se encuentra bien —afirmó el comentarista pueblerino.

Me dejaron en el banco, y Bill Chauncey, el corredor habitual, tomó mi lugar. El banco crujió. A mi izquierda se sentó el entrenador Burgundy, con una sonrisa fingida. Me rodeó los hombros con el brazo.

—Hijo, si pierdes este partido, te prometo que no te gustarán las consecuencias. —No había ni una gota de cordialidad en esa sonrisa.

—De verdad no me siento bien —señalé—. No estoy fingiendo.

Observamos mientras los Bobcats capturaban a Bryan para forzar una pérdida. El entrenador Wise les gritó a los equipos especiales que intentaran un gol de campo. El entrenador Burgundy me apretó el hombro.

—Muchacho, no me interesa si te ensuciaste los calzones. Solo mantente donde no me llegue el olor, y anota. El alguacil y sus hombres tienen mucho puesto en este juego, sin mencionar a otras personas que no estarían muy felices por perder. Consigue lo que necesites del entrenador Howard. Él tiene algunas cosas que te curarán enseguida.

Gruñí y eché un vistazo a la horda de entrenadores al costado del campo. Lo que fuera que tuviese el entrenador Howard no me ayudaría. Eso lo tenía claro. Sentía como si estuviese en una versión sureña de *El padrino*. Ese sueño... Había sido demasiado real para ser mi imaginación y más parecido a las pesadillas que había tenido sobre el bebé y sobre la mujer embarazada. Seguramente, me habían aflojado algunos tornillos en el último golpe a la cabeza.

Los equipos especiales patearon el gol de campo. Nuestra defensa salió al campo de juego. Supuse que, al menos, teníamos patanes enormes, como Nathan. La ofensiva de los Bobcats no se veía tan impresionante como su defensa, pero tenían un corredor rápido, y su mariscal de campo era una amenaza con los pases. Bryan, por otro lado, solo era bueno con pases cortos. Tenía buen brazo, pero no precisión.

¿Qué voy a hacer? Me sentía enjaulado. Si continuaba haciéndolo bien, yo solo me iría hundiendo cada vez más en ese desastre. Pero eso iba mucho más allá de que mis amigos obtuvieran malas calificaciones. No había manera de saber cómo se pondrían las cosas si los policías corruptos perdían dinero por mi culpa. Gruñí.

La multitud que nos apoyaba abucheaba y chiflaba, al tiempo que los Bobcats anotaban. Intenté abrirme a la energía emocional a mi alrededor, pero estaba demasiado lejos y era demasiado negativa. La decepción de mis compañeros me cayó encima como leche rancia. Me provocó una expresión de amargura en el rostro. Bryan me tomó del hombro.

—¿Estás bien para regresar?

Asentí. Bryan me pasó el balón tres veces. En las tres oportunidades me aplastaron. El entrenador Burgundy me lanzó una mirada que hizo que mi corazón palpitara de miedo. Era probable que Elyssa pudiera cuidarse sola, pero no Ash ni Nyte. ¿Y a quién más perseguirían esos estúpidos? Para empeorar las cosas, mis compañeros de equipo me miraban como si los hubiese traicionado. Como si estuviese jugando mal a propósito para que ellos perdieran. ¿Cómo había pasado de detestar a esas personas a sentirme mal por haber herido sus sentimientos? *Esto es un equipo, maldición. No un unipersonal.*

Al parecer, esa noche tenía todo el peso sobre mis hombros, y Burgundy y sus amigotes habían apostado fuerte por mi actuación. Quería gritar de la frustración, pero no serviría de nada. El público que nos apoyaba se había quedado en silencio. Detecté a Stacey encima de la cabina de transmisión, sonriendo de manera traviesa. Frunció los labios y besó el aire. Vi a Ash y a Nyte. Ash se mordía las uñas. Nyte comía un *corn dog*. A unas filas a su derecha, estaba Katie, quien me miraba con ojos verdes tristes. Me saludó con la mano. Jenny y Annie estaban sentadas junto a ella. Reían disimuladamente sobre algo. Busqué a Elyssa. No la vi. Esperaba que pudiéramos cruzar miradas. Ella sonreiría y me inspiraría. "Te amo", articularía ella en silencio y me enviaría un beso soplado. Nada me detendría después de eso. Ni siquiera los ogros que estaban aplastándonos en el campo de juego. *¿Soy un idiota o qué?*

Los Bobcats anotaron tres veces más. Su línea defensiva me derribó más veces de las que quería recordar o tal vez de las que recordaría, debido al daño cerebral por los golpes constantes. El entrenador Burgundy estaba fuera de sí por la furia para cuando por fin llegó el entretiempo y el equipo abandonó el campo de juego.

—Justo lo que pensé. —Nathan me empujó para pasar y entró al vestuario—. No vales nada, Case.

Bryan me palmeó la hombrera, me miró con expresión empática y caminó fatigosamente hacia el vestuario. Dejé que todos los demás entraran y luego me escabullí hacia un costado. Arrojé el casco y observé el estacionamiento, a unos veinticinco metros de distancia. Podía huir. En ese mismo instante. ¿Por qué debía quedarme?

Podría advertirles a Ash y a Nyte y pedirles que le advirtieran a Elyssa. Entonces desaparecería. Mi madre estaba desaparecida, mi padre era como si estuviera desaparecido, y mi vida, como la conocía, estaba terminada. Caminé de un lado al otro al borde del estacionamiento. ¿Por qué tenía tanto cargo de conciencia? Caminé hacia los autos. Nadie me vio. Me quité el uniforme y dejé un rastro de camiseta, hombreras y caso detrás de mí. Decidí quedarme con los pantalones y con la ropa interior por una cuestión de decencia.

Busqué a Stacey, con la esperanza de que ella se presentara para que pudiera rendirme a sus exigencias y continuar con mi vida deprimente como el niño demonio McGillicuddy. Eché un vistazo hacia la cabina de transmisión, pero no pude ver ningún movimiento en las sombras por encima de esta. Algo cálido llegó hasta mis sentidos desde la oscuridad del costado izquierdo. La enorme unidad de aire acondicionado estaba apagada en medio del frío del otoño. Unas risas resonaron desde detrás de esta. Me acerqué a hurtadillas y espié por el borde. Mi antiguo mejor amigo Harry y su novia, a quien reconocí como Sally Palmer, estaban besándose. Ella le palmeó las manos cuando él intentó desabrocharle la camisa.

—Vamos, cariño. Sabes que te amo —afirmó él. Unos hilos hambrientos emergieron de mí como misiles termodirigidos. No pude detenerlos. Sentí el calor de la mente de Sally; su sensualidad fundida era como vapor con aroma a lavanda en el aire. La respiré, y mi esencia se conectó con la de ella. Ella dio un grito ahogado. Abrió los ojos aún más. Se arrancó la camisa y dejó a la vista un sostén blanco de encaje. Los botones llovieron sobre el cemento. Sally sujetó a Harry de la remera. Lo acercó hacia ella y se la quitó—. ¡Maldición! —Sus ojos se abrieron aún más—. ¿Qué te hizo cambiar de idea? —Ella no respondió. Estaba demasiado ocupada cubriéndole de besos el escuálido pecho algo peludo. Alcanzó el cinturón. El miedo cubrió el rostro de él. Pálido y tembloroso, luchó con ella por la hebilla del cinturón—. ¿Estás segura, cariño?

—Cállate y bésame —exigió ella.

Él obedeció, mientras protegía la hebilla con una mano. Una energía pura y deliciosa fluyó hacia mí mientras ellos jugueteaban. Sus emociones se arremolinaban juntas, como un tornado de energía psíquica que inundaba mi psiquis hambrienta y la llenaba en minutos. Rompí la conexión con Sally. Por un lado, me sentía lleno y satisfecho y, por otro, un poco asqueado por haber propiciado y presenciado una escena casi pornográfica. Harry había sido mi amigo. Era asqueroso verlo a él y a su trasero pálido y flacucho intentando tener relaciones con una chica.

—No estoy listo. —Harry interrumpió el último intento de Sally por quitarle el cinturón. Sus ojos estaban llenos de desesperación y de miedo—. Creí... Creí que lo estaba.

—Niño miedoso —protestó ella—. ¿Tanto hablar y ahora me dices que no estás listo?

Los dejé para que continuaran su discusión y regresé al vestuario. Por el camino, levanté el equipo del suelo y volví a colocármelo. Al diablo

Burgundy. Al diablo Nathan y mis falsos amigos. Solo había una razón para terminar el juego: mis verdaderos amigos.

Resolvería ese desastre y acabaría con todo eso. Me quedé fuera del vestuario y observé las bandas que desfilaban por el campo de juego durante el resto del entretiempo.

El equipo salió del vestuario. Era evidente que el entrenador Burgundy no les había dado un discurso motivacional alegre porque se los veía como un grupo de pandas tristes. Algunos de los chicos me palmearon el hombro en señal de aliento. Nathan me gruñó.

—Será mejor que arregles este desastre, muchacho —ordenó el entrenador Burgundy detrás de mí, con la mano pesada sobre mi hombrera. Carraspeó, resopló y escupió al piso.

Me quité su mano de encima y me di vuelta para enfrentarlo.

—Haré mi trabajo —afirmé—. Pero dejemos una cosa en claro: si algo les sucede a mis amigos, se ganará un enemigo muy peligroso.

Él rio como un chico de pueblo alcoholizado.

—Hijo, das tanto miedo como un gato doméstico.

No tienes idea de lo aterradores que pueden ser los gatos domésticos, imbécil.

Troté por el campo de juego para recibir el balón cuando los Bobcats dieran la patada inicial. El balón no llegó hasta mí, sino que cayó en los brazos de David James, el receptor habitual. Me lo arrojó una fracción de segundo antes de que un tsunami de camisetas verdes se abalanzara sobre él. Encontré al tipo más grande y de expresión más malvada en el otro equipo, y arremetí contra él. Una sonrisa iluminó su rostro. Debía medir unos dos metros. Bajó la cabeza e intentó sujetarme con brazos gruesos. Bajé el hombro y lo embestí. Él refunfuñó y cayó sobre los chicos detrás de él. Todos cayeron como fichas de dominó. Esquivé a un jugador en pleno vuelo. A partir de allí, el camino quedó despejado. Avancé con facilidad hacia la zona de anotación mientras la multitud enloquecía. El vejestorio pueblerino gritó mi nombre por los altoparlantes como si la Navidad acabara de llegar y Santa le hubiese dejado un par de chaparreras sin trasero en su media.

El tipo al que había pasado por encima aún estaba tratando de levantarse. Tambaleó como si estuviese embotado por el alcohol hasta que pudo encontrar la salida del campo de juego. Me acerqué al entrenador Burgundy.

—Póngame en la defensa.

Él escupió al piso.

—¿Defensa?

—Sí. Al ver lo efectivos que resultaron ser, supongo que necesitan ayuda.

Él asintió.

—Johnson, afuera. Case, entra allí.

Trip Johnson me miró aliviado mientras se alejaba del campo.

—Acábalos. —Chocó el puño con el mío, al tiempo que ocupaba su lugar en la línea.

Trip era más alto que yo, pero el defensa de los Bobcats que estaba frente a mí hacía que Trip pareciera un chihuahua. Él sonrió mientras yo me ubicaba a la sombra de su cuerpo descomunal. Al parecer, se había perdido de lo que yo les había hecho a sus compañeros en la jugada inicial.

—¿Qué diablos haces tú aquí? —Nathan me sujetó de la hombrera y me hizo dar vuelta.

—Es evidente que estoy ayudando. Así que, a menos que tengas un problema con eso, apártate.

Nathan apretó la mandíbula, pero obedeció.

Los Bobcats lanzaron el balón. Salí corriendo entre el defensa y el centro, y tacleé al mariscal de campo antes de que pudiera retroceder.

Decidí que, si hacía eso en cada oportunidad, mis habilidades mutantes quedarían al descubierto. En la siguiente jugada, abrí un agujero en la línea. Nathan pasó rugiendo y volvió a capturar al mariscal de campo. A partir de allí, fue pura repetición. Las estadísticas de captura de Nathan serían épicas.

El resto del juego frustró en extremo a los Bobcats. No podían evitar que yo anotara cuando corría con el balón ni podían mantener a Nathan o a Steve fuera de su campo trasero, ya que yo seguía derribando a su bloqueador quien, por cierto, ya no sonreía.

Una vez que anoté el touchdown que nos daba la ventaja, el público coreaba mi nombre. Se sentía condenadamente bien. Como si estuvieran adorándome. La energía me dio de lleno, cálida y seductora. Una amplia sonrisa se me dibujó en el rostro. Así era mejor. Hasta podría comenzar a disfrutar de jugar al fútbol americano. Sonó la chicharra final, y el público local rompió en una gran ovación.

Otros entrenadores y jugadores chocaron mi puño o la palma, y me palmearon el trasero. Hasta Nathan se acercó con expresión arrepentida.

—Oye, Case —llamó con voz ronca—. Buen trabajo. —Levantó el puño. Lo choqué suavemente, e imitamos la explosión de un asteroide, con sonido y todo. De pronto, el universo se volvió un lugar mejor.

Steve y Adam también dieron las gracias a regañadientes. Me sentía como todo un hombre. Me sentía mejor que lo que me había sentido en lo que parecía una eternidad. Eso era aceptación. A pesar de la coerción y chantaje descarado que me tenían pateando y gritando hasta ese momento, me encantaba.

Me di una ducha, sonriendo y asintiendo cada vez que los jugadores entraban y me felicitaban, mientras se higienizaban e intentaban desesperadamente que no se les cayera el jabón. Era extraño no sentirse como un debilucho de cuarenta kilos en el vestuario. Por otro lado, el aire apestaba a Old Spice. Casi esperaba ver al tipo de Old Spice aparecer bailando por la esquina. Mientras me secaba, vi que Nathan se empapaba las axilas con el desodorante corporal.

—¿Por qué Old Spice? —consulté, intentando con desesperación bloquear el olor con la fuerza de voluntad.

Miró el aerosol con atención.

—Amigo, esto es lo que usan los hombres.

Recordé mis dolores de cabeza y la extraña concurrencia con el olor a Old Spice, que invadía mis fosas nasales. Era probable que cada miembro del equipo de fútbol americano se bañara en eso. Ahora entendía por qué lo olía con tanta frecuencia. *Un misterio menos. Queda un millón.* Sacudí la cabeza.

—Me quedaré con Axe, muchas gracias.

Él rio por lo bajo.

—Iremos a una fiesta en The Creek. ¿Qué tal si vienes?

—Claro —acordé. The Creek era una urbanización abandonada, no muy lejos de mi casa. Había oído de varias fiestas que se habían realizado allí, pero jamás me habían invitado a una. Me vestí y revisé el móvil. Tanto Ash como Nyte me habían enviado mensajes de felicitaciones. Les envié mi agradecimiento y me dirigí al Jetta. El estacionamiento estaba atestado de jugadores y fanáticos que celebraban la victoria. La mayoría de los fanáticos no parecía reconocerme sin el uniforme, y por mí estaba bien. El puño me quedaría enrojecido si seguía chocándolo con todos.

—¡Eres sensacional! —Katie se acercó por detrás y me envolvió el cuello con los brazos. Me dio un beso cuando me di vuelta. Ni un suave roce de labios. Ni uno en la mejilla. Me besó de verdad, como lo había hecho más temprano en el pasillo.

Algo sensual apareció en mi radar. Levanté la vista y vi a Elyssa, de pie junto a Ash y a Nyte, a varios metros de distancia, en un mar de juerguistas. Algo brillaba en sus ojos. ¿Era dolor? ¿Deseo? ¿Ira? Ella volteó y se abrió camino entre la multitud antes de que pudiera adivinar. Ash y

Nyte saludaron con enormes sonrisas en el rostro. Al parecer, no habían notado que Elyssa se había ido.

—¿Qué sucede? —inquirió Katie.

Me quedé observando la espalda de Elyssa mientras se alejaba.

—Nada. —Respiré profundo para achicar el nudo en la garganta.

Llegué a la entrada de The Creek acompañado por Katie y ubiqué la fiesta por la mera cantidad de camionetas y autos estacionados en la calle. La casa de la fiesta estaba casi construida por completo, pero otros esqueletos y bases de cemento vacíos hablaban de un proyecto fallido que tal vez jamás se terminaría. Nathan gritó cuando me vio, y me hizo señas de que me acercara a los barriles de cerveza. Katie lo vio y se estremeció. Annie y Jenny chillaron desde una habitación contigua.

—Estaré con ellas. —Observó a Nathan con recelo. No podía culparla. Parecía que había pasado una eternidad desde que él la había manoseado y había intentado robarle un beso. En cierto modo, ese había sido el suceso que había dado comienzo a mi extraño destino. Ya estaba más claro: los dolores de cabeza y las visiones borrosas habían sido los problemas del crecimiento sobrenatural. Ya no era Justin Case. Era otra cosa. Algo inhumano. Y toda esa gente creía que era una persona como ellos.

—¡Mi gran campeón! —rugió Nathan por encima de la música. Me entregó un vaso de plástico lleno de cerveza color orina y luego me llevó al porche trasero, donde un grupo de personas tomaban tragos y festejaban con juegos de beber. Me observó por un minuto y vaya que se veía avergonzado—. Hemos pasado por mucha porquería, ¿verdad?

Bebí un poco de cerveza e hice una mueca antes de mirarlo a los ojos.

—Eso es decir poco.

Él asintió.

—Te odiaba.

—¿Ahora somos mejores amigos?

—No iría tan lejos. —Rio por lo bajo y bebió la mitad de la cerveza—. Supongo que el punto es que lo... —murmuró algo más.

Me llevé la mano detrás de la oreja.

—No te entendí.

Emitió un gruñido bajo.

—Lo siento.

Oír una disculpa por parte de Nathan se sentía muy bien. Al mismo tiempo, apenas cubría todo el maltrato que había ejercido sobre mí, sobre mis amigos y sobre tantos otros chicos. *Poco a poco. Poco a poco.*

—Creo que alguien que necesita una disculpa más que yo es Katie.

Su rostro se enrojeció, y estuve seguro de que había oprimido el botón incorrecto. Pero, cuando sus ojos se fijaron en la cerveza, supe que no era ira lo que estaba sintiendo, sino vergüenza.

—Soy... Soy un desastre con las mujeres.

Nathan me miró con expresión de cachorro triste. En realidad, era más una expresión de rottweiler enfermo, considerando su cabeza enorme.

—Pero eres un jugador de fútbol americano —comenté como si se hubiese quebrantado una ley de Física. *¿Las mujeres no se abalanzaban sobre los jugadores?*

—¿Cómo lo haces? —Miró a Katie con tristeza a través de la puerta de vidrio corrediza, donde conversaba con sus amigas—. Se la robaste a Brad Nichols frente a sus narices, y el tipo consigue mujeres solo por tener una motocicleta.

Lo miré confundido. ¿Ese era el mismo Nathan que siempre había conocido, o un extraterrestre le había vaciado el cerebro y lo había reemplazado con la materia gris de algún tonto al azar? Katie me había hecho pasar por un infierno, y aún no estaba del todo seguro si de repente se había enamorado de mí, o si solo había sido por el fútbol americano.

—Una cosa puedo decirte con seguridad.

El interés se encendió en su mirada.

—¿Qué cosa?

—A las chicas no les gusta cuando los chicos intentan obligarlas a besarlos.

Se sonrojó aún más.

—Sí, ya me di cuenta.

—A las chicas tampoco les gustan los pusilánimes amables sin importar lo que digan. Tal como lo veo, debes estar en un punto intermedio.

—¿Ni un tipo amable ni un completo imbécil?

—Exacto. —La verdad, no tenía idea de lo que estaba hablando pero, si hacía de Nathan un mejor ser humano, ¿quién era yo para discutir?—. Pero, primero, creo que debes disculparte con Katie.

—Y de esa forma, no sería un completo imbécil. —Me palmeó el hombro—. Case, eres un maldito retorcido, amigo. Entonces, estamos bien, ¿no?

Asentí.

—Claro. Lo pasado pisado, como siempre digo. —En realidad, jamás lo había dicho en mi vida, pero supuse que me hacía ver magnánimo.

Se apoyó sobre la pared de ladrillo a medio terminar.

—¿Qué sucedió entre tú y esa chica gótica?

—Las cosas no funcionaron —respondí, con la voz llena de emoción.

—Mujeres... —expresó, como si eso explicara todo en el universo. Tal vez así era. Su rostro se iluminó—. Oye, quiero probar tu consejo. —Me llevó hasta un grupo de porristas sonrientes, que hablaban sobre comprar zapatos. También había algunas chicas mayores, estudiantes universitarias que, al parecer, no habían cumplido los requisitos para ser porristas en la Universidad.

Comencé a charlar con una morocha llamada *Mandy*. Tenía una nariz italiana, ojos grandes, y olía a vodka y a perfume con aroma a melocotón. Parloteó entusiasmada sobre la Universidad y sobre apresurarse a elegir una hermandad mientras tomaba trago tras trago. No hice más que asentir y decir: "Ajá" y "Mmm" a cualquier cosa que ella decía.

Mientras tanto, Nathan intentaba mi enfoque patentado "No un completo imbécil" al halagar a una chica y luego decirle que sus zapatos eran horribles, o algo por el estilo. Sorprendentemente, parecía estar funcionando, al menos con una de ellas. O tal vez la montaña rusa de emociones hizo un cortocircuito dentro del cerebro de la chica.

Katie apareció de la nada, y me sujetó del brazo.

—¿Quiénes son tus amigos? —consultó ella arrastrando las palabras. El olor empalagoso de algo como jarabe para la tos persistía en su aliento.

La presenté.

—Justin es maravilloso en el fútbol americano. —A Mandy le costaba mantener el equilibrio. Se había tomado cuatro tragos en diez minutos —. Pasó por encima de esos tipos enormes como si nada. ¡Bam! —Chocó una mano contra la otra a modo ilustrativo y casi se cayó en el proceso.

Katie sonrió, agarrada de mi brazo para sostenerse en pie.

—Ciertamente, es maravilloso.

Mandy me tomó del otro brazo, a la altura del bíceps.

—¡Flexiónalo! —Reprimí un suspiro, pero lo flexioné—. Chica, mira ese cuerpo. —Me frotó los abdominales por encima de la remera—. ¡Cielos!, me encantaría lavar mi vestido sobre esa tabla.

La sonrisa de Katie se tornó malvada.

—Hace ejercicio.

—¿Cuándo te gradúas? —inquirió Vanda, una de las compañeras de Mandy.

—Al mismo tiempo que yo —contestó Katie cuando yo estaba a punto de hablar.

—Vamos a casa de mis padres para una fiesta más íntima —anunció Mandy—. Deberías venir, Justin. La mayoría serán universitarios, pero tú eres supergenial.

—Ven, por favor. —Vanda pestañeó con ojos grandes y expresión insinuante.

Katie me sujetó el brazo con más fuerza.

—Tenemos otros planes.

Antes de que pudiera preguntarle cuáles eran, ella me arrastró hacia la puerta.

—¿Tenemos otros planes? —repetí.

—Sí... Así es. —Ella se tambaleó un poco cuando salimos al aire fresco.

—¿Cuánto bebiste?

—Ufff. Demasiado. Alguien nos dio tragos de algo verde. Annie vomitó encima de Jenny.

—Excelente. —Reprimí una risa de regodeo malvado.

Katie me besó. Era una buena besadora. Sabía a cuenco de farmacéutico, gracias a lo que fuera que había en esos tragos. No me importaba. Aún sentía algo por ella y la deseaba, a pesar del arduo camino que nos había llevado hasta ese momento. *Los labios de Elyssa son mucho más suaves.*

Apreté los ojos con fuerza y desterré su imagen de mi mente traicionera. Elyssa me había dejado. Había echado a perder nuestra posibilidad de tener algo maravilloso. Todavía podía tener eso con Katie. Después de todo, no había pasado mucho desde que había pensado que estaba enamorado de ella. Tal vez el universo estaba favoreciéndome por una vez.

—¿Están tus padres en casa? —consultó ella.

—No.

—¿Quieres...?

Asentí.

Conduje la corta distancia que nos separaba de mi casa mientras Katie me mordisqueaba el lóbulo de la oreja y me besaba el cuello. Mi mente daba vueltas con la idea de lo que estábamos por hacer. *Ella durmió con Brad Nichols.* Mi estómago se revolvió ante la idea. Yo era virgen. Ella no. ¿Debería importar?

—¿Seguro que Brad fue el primero en tu vida? —inquirí. La pregunta me sorprendió porque no había pensado hacerla en voz alta.

Ella asintió y se acurrucó junto a mí.

—Solo lo hicimos una vez. Fue un terrible error, Justin.

Sí, no me digas.

Llegamos a casa y fuimos directo al dormitorio. Katie quería dormir conmigo, y yo ni siquiera estaba usando mi persuasión sobrenatural con ella. Era la primera chica que quería estar conmigo de verdad. *Excepto por Elyssa.* Una punzada de dolor se me clavó en el corazón. Intenté ignorarla.

Entramos. No vi a mi padre. La puerta de su habitación estaba abierta y, aparte del besuqueo entre Katie y yo, la casa estaba en silencio. Katie me arrojó a la cama y gateó por encima de mí. Presionó los labios sobre los míos e introdujo la lengua en mi boca. Unos suaves gemidos surgían de su garganta.

La imagen de ella con Brad Nichols volvió a aparecer en mi cabeza. La desterré y acerqué su cuerpo más hacia mí. Deslicé la mano por su espalda y le apreté el trasero con ambas manos. Ella se estremeció.

Temblé. Eso era lo que siempre había querido. Esa noche, Katie sería mía, y yo sería suyo. Era el destino.

Katie se sentó y se quitó la remera. Sus pechos, aún atrapados en el sostén blanco de encaje, se menearon. *¿Esto es real?* Tenía que estar soñando. *Cielos, ojalá fuera Elyssa.*

La bestia se despertó y sacudió su jaula. Intenté alejar su presencia insistente mientras las manos de Katie recorrían mi pecho y me provocaban un cosquilleo en toda la piel. Podía concentrarme en una cosa o en la otra, pero no en ambas. Ella presionó su piel desnuda sobre mí, al tiempo que una de sus manos se deslizaba por mis pantalones y me sujetaba.

La bestia se liberó. Manoteó la esencia de ella antes de que pudiera impedirlo. Su sensualidad se entrelazó con la mía como brillantes enredaderas blancas. Nuestros cuerpos se retorcían con el otro, y la necesidad sexual se convirtió en un deseo insaciable.

—Oh, sí —gimió ella; sus ojos verdes estaban llenos de lujuria.

Rodé con ella hasta que quedó debajo de mí. Katie sujetó el botón de mis pantalones y tiró.

Otra mano, una más grande, me aferró el hombro con fuerza y me arrancó del lugar. Salí volando por el aire y choqué contra una pared con un golpe que sacudió todos mis huesos. Las fotografías enmarcadas cayeron de la pared y se estrellaron en el piso. Reboté, rodé por encima de la cómoda y caí de espalda. Miré hacia arriba. Un rostro demoníaco me observaba: mi padre había llegado.

CAPÍTULO 25

Un fuego azul literalmente brillaba en los ojos de mi padre, y la furia le distorsionaba el rostro. Jamás lo había visto con una expresión tan horrible. El rostro apenas parecía humano, como si hubiese dos versiones, una encima de la otra.

Katie emitió un leve sonido y se desmayó cuando una fuerza invisible cortó nuestra conexión. Mi padre volvió la mirada hacia mí; tenía los ojos llenos de una furia oscura y fría.

—¿Qué demonios crees que estás haciendo? —preguntó entre dientes.

—Auch —fue todo lo que pude expresar. Me puse de pie. Lo miré y sentí terror de verdad, del tipo de cuando estaba en un sueño, pero me movía en cámara lenta—. ¿Qué sucede? —chillé.

Mi padre caminaba de un lado al otro de la habitación, observando a Katie y luego a mí. El brillo en sus ojos se desvaneció, pero el rostro continuaba lívido.

—Llévala a su casa.

—¿No recordará lo que sucedió?

Él la olfateó.

—Está tan ebria que dudo de que recuerde algo. En especial no después de que te corté la conexión.

—¿Fuiste tú?

Él no dijo nada, sino que volteó y cerró la puerta al irse.

Me puse la remera y le coloqué la suya a Katie. Sorprendentemente, ella aún tenía la mayoría de su atuendo puesto. Yo temblaba por miedo y por el final abrupto de mi aventura carnal.

Levanté a Katie sobre el hombro y la llevé hasta el Jetta. Mi padre estaba cerca de la puerta; su rostro estaba calmado, pero triste.

—¿Qué sucede, papá? ¿Dónde diablos estuviste? —La tristeza y la ira ahogaron mi voz.

—Te lo diré cuando regreses. —Su tono era más tranquilo—. Ve.

Subí al auto y llevé a Katie a la casa. Era tarde, y todas las ventanas estaban oscuras. Esperaba fervientemente no despertar a nadie porque sus padres enloquecerían. Saqué las llaves del bolso de Katie.

Deslicé la llave en la cerradura y la giré con lentitud. Se abrió sin hacer ruido. La manija respondió con un suave clic. Abrí la puerta despacio. Las bisagras chirriaron. Mi corazón latía con fuerza. Hice una pausa y oí con mi audición agudizada. Oí una respiración lenta. Nada de pasos ni otra cosa que indicara que alguien estaba levantado. Coloqué a Katie sobre mi hombro y subí la escalera, ayudado por una luz nocturna en el vestíbulo de arriba y en la única habitación con la puerta abierta. Pronto descubrí que esa era la habitación de ella. El excesivo color rosa lo confirmó. ¿Qué sucedía entre las chicas y el color rosa?

Después de haberla dejado bajo las mantas, hui con éxito. Dejé las llaves en el interior y cerré la puerta.

Mi padre caminaba por el vestíbulo cuando llegué a casa. Colocó las manos sobre mis hombros y se quedó observándome como si fuera un experimento científico que había salido mal.

—Era hora de que te presentaras —señalé—. Necesito respuestas.

Él rio por lo bajo.

—No, era hora de que tú te presentaras. —Dio un paso hacia atrás—. Supongo que debemos tener una conversación.

—En caso de que no lo hayas notado, ya pasé la época en la que necesitaba saber sobre las aves y las abejas.

—Estoy muy consciente de eso. Esta es una conversación diferente.

Quería estar furioso con él, pero me sentía tan aliviado de verlo vivo que olvidé gritar.

—¿Dónde está mamá? —Mi voz se entrecortó; temía oír que algo terrible le hubiese sucedido.

—Ya llegaré a eso. —Mi padre parecía muy alterado. La confianza y la autoridad emanaban de él, en lugar de ebriedad y apatía. Por lo general, tenía la idea de que era mi madre la que llevaba los pantalones.

La actitud de él indicaba que ella debía de estar bien. Tomé un vaso con agua y me senté en la mesa.

—Soy todo oídos.

—Casi no sé por dónde comenzar. —Sacudió la cabeza—. Honestamente, no creía que serías como nosotros. Como yo. Tardaste en desarrollarte.

—Aguarda un condenado minuto. ¿Tú tienes las mismas habilidades? —Supuse que debería habérseme ocurrido después de todas las pistas que había reunido. Los ojos brillantes también deberían haber sido una pista. Por el lado positivo, eso podía significar que mis ojos también podrían brillar, lo que era algo genial. Imaginé poder encender y apagar el brillo en la oscuridad para así asustar a los niños en Halloween.

—Claro que sí. Después de todo, eres mi hijo.

—¿Y mamá también es como nosotros?

—Oh —expresó con un suspiro—. Tu madre es harina de otro costal.

—De acuerdo, bueno, encuentra un punto de inicio y cuéntame. ¿Soy un demonio?

Él apoyó un dedo sobre la barbilla y fijó la mirada en la pared detrás de mí por un momento; luego, pareció llegar a alguna conclusión.

—En cierto sentido, sí. Eres un íncubo.

—¿Qué? Pero pensé que solo seducían mujeres en sus sueños.

—Mmm… no, esa es una definición bíblica. Somos la versión masculina de un súcubo.

El cuarteto de cuerdas en mi cabeza tocó una nota de terror. Esperaba ver rayos en el exterior y oír truenos mientras un órgano espeluznante tocaba de fondo. Me levanté de un salto y casi derribé la mesa.

—Entonces, ¿de verdad somos demonios? —No podía pensar en algo peor—. ¡Preferiría ser un hada malvada o un vampiro en lugar de un demonio!

—Cálmate, Justin. No es tan malo como lo crees.

Comencé a hiperventilar.

—Somos demonios, papá. ¡Demonios! Oh, cielos, ¿puedo seguir diciendo eso sin preocuparme por que me caiga fuego del Infierno? ¿O es fuego del Cielo?

—Siéntate —ordenó con tono firme. Me dejé caer en la silla. El dolor se aferró a mi corazón con garras de acero. Elyssa había tenido razón. Era un monstruo, cien por ciento diabólico, destinado al Infierno y salido directamente del mundo inferior—. No somos demonios puros, no en el sentido en que el mito nos retrata. De hecho, somos muy parecidos a los humanos (por lo menos en el exterior), aunque nuestras necesidades son más parecidas a las de los vampiros.

—Estaba saliendo con una vampira. —Mi corazón sufría al pensar en Elyssa.

Él levantó una ceja.

—¿Saliste con una vampira? ¿Estás seguro?

—Vi los colmillos, papá. Justo después de que me pateara el trasero.

Mi padre arqueó ambas cejas.

—Hijo, los vampiros no salen con los de nuestra clase. Se alimentan de nosotros. —Soltó un suspiro y se pasó la mano por el pelo—. Creo que será mejor que comiences por el principio. Tengo la sensación de que te metiste en bastantes líos.

—No gracias a ti. Primero, mamá desaparece en un viaje, y luego tú desapareces de la faz de la Tierra. ¿Dónde estuviste? ¿Dónde está mamá?

Él palideció y se llevó una mano a la frente.

—Estoy avergonzado de mí, Justin. Te fallé y nos puse a ambos en peligro. Dime cuándo comenzó esto y todo lo que ocurrió.

Suspiré y lo miré furioso. Eso no era una explicación, y él no estaba cerca de ganarse mi perdón. Pero le conté la historia de todas maneras, comenzando por Randy, mi encuentro con Nathan, la pelea desastrosa que me había convertido en un paria, luego el gimnasio y Stacey, y mi casi pérdida de virginidad en manos de la mujer en el almacén. Para cuando llegué al final, mi padre se había tapado el rostro con las palmas unas diez veces.

—Jesús, María y José —expresó—. Supongo que te fue bien para ser un adolescente que no tiene idea de nada.

—Eso no me hace sentir muy bien.

—Sobrevivir a las atenciones de una felicana es toda una hazaña.

—¿El gato grande con el que peleé era un felicano?

—No, eso suena a un moggy. Son gatos callejeros a los que los felicanos mutan para convertirlos en guardianes. Los utilizan como drones para hacer guardia o para atacar, y son difíciles de matar.

—Bueno, alguien o algo le cortó la cabeza a ese gato salvaje.

—Debes tener un ángel guardián.

—¿Los ángeles también son reales?

Él rio por lo bajo.

—No lo decía en ese sentido. Los felicanos son criaturas solitarias, a menos que tengan pareja. Es claro que estabas en su madriguera, y ese debía ser uno de sus gatos salvajes. En cuanto a quién lo mató, es difícil de saber.

—¿Los felicanos pueden infectar a los humanos como lo hacen los hombres lobo?

—No estoy muy seguro de lo que son capaces. Son escasos, y solo conocí a uno. Pero sí les gusta nuestra clase. Si no estuvieras protegido por tu madre, esa felicana podría haberte extraído toda tu esencia.

—¿Cómo está protegiéndome mamá? Ni siquiera estaba allí.

—Hay mucho que explicar. Tal vez deba contarte lo básico y enseñarte el resto con el tiempo.

—Justo lo que necesito. Jardín de Infantes sobrenatural.

—Nuestro verdadero apellido no es Case. Es Slade.

El recuerdo de la discusión que habían tenido mis padres apareció en mi cabeza. "Los Slade", había mencionado mi madre. *¿Aquel vaquero estuvo preguntando por mi familia?*

—Los escuché a ti y a mamá hablar de los Slade. ¿Tenemos más parientes?

—Sí.

—¿Por qué no los conocí?

Mi padre sacudió la cabeza.

—Si fuera por mí, jamás conocerías a mi familia. Justin, los engendros de demonio tienen mala reputación por buenas razones. De hecho, es por eso que tu madre y yo adoptamos el apellido Case. Hemos estado ocultándonos de nuestras familias durante años.

Me aventuré a adivinar.

—¿De los Conroy?

Sus ojos se abrieron aún más.

—¿Cómo lo sabes?

—Los detectives privados que contrataste. ¿Hay alguna conexión entre ellos y mamá?

—Sí. Ella no se fue de viaje, Justin. Nos dejó para estar con los Conroy. —Una lágrima rodó por su mejilla—. La vida no vale la pena sin tus seres queridos.

Me pregunté cómo él (o yo, para el caso) podía amar. Éramos engendros de demonio. ¿El amor que yo sentía era una ilusión después de todo? De todas maneras, la idea de que mi madre estuviera en peligro a causa de los Slade o de los Conroy me causaba terror.

—¿Los Conroy son tan malos como los Slade?

Mi padre asintió.

—Son arcanos. Hechiceros.

Elyssa mencionó a los arcanos. Chasqueé los dedos.

—Eso explicaría lo de las ranas y las ratas.

—Escuchaste mis mensajes.

—Por supuesto que sí. Necesitaba respuestas, y tú no estabas aquí para dármelas. —Me puse de pie y caminé inquieto de un lado a otro; tomé una manzana de la mesada y la mordí—. Supongo que mi madre también es un engendro de demonio. Una súcubo.

Mi padre se reclinó sobre la silla de madera de la cocina.

—Tu madre y su familia son humanos.

—Aaah. —Me estremecí—. Apuesto a que a su familia no le gustó la idea de tenerte de yerno.

—No más de lo que mi familia quería que me casara con una humana. —Giró una lapicera sobre la mesa y perdió la vista en esta—. Mi clase en su conjunto se llama a sí misma *Daemos*, aunque muchos nos llaman *engendros* en tono de burla. Si no me hubiera ido de casa, me habrían forzado a aparearme con mis hermanas, con mi madre y con otras familiares. Habría sido poco más que un semental para reproducción.

Escupí trozos de manzana por todas partes.

—¿Aparearte con tus hermanas y con tu madre? ¡Cielo santo, papá! ¿De qué clase de familia provenimos?

—La endogamia no afecta a los engendros de la misma manera que a los humanos. —Apartó la vista de la lapicera y la fijó en mí—. Pero es asqueroso, y no quiero saber nada del tema.

—¡Vaya! ¿No tengo parientes normales?

—Define *normales*.

Considerando que ni siquiera era humano, supuse que mi vida no estaba destinada a estar llena de actividades familiares.

—Si mamá es humana, ¿eso no significa que soy mitad humano?

—Lo dudo. Los engendros consideran que el apareamiento entre especies es asqueroso y repugnante.

—¡Como si el sexo entre familiares no fuera lo peor de todo!

Una sonrisa le iluminó el rostro por un instante.

—Es verdad. No habíamos visto el resultado de una relación engendro-humano en siglos, pero se dice que los niños nacen puros: completamente humanos o engendros.

—Pero ¿los engendros no tienen sexo con las humanas cuando están alimentándose?

—Ah, sí. Pero jamás confundas alimentarse con reproducirse.

—¿Ya te dije lo loca que está tu familia? —Vaya doble moral—. Entonces, ¿no puedo ser mitad y mitad?

—No lo creo. Pareces haber heredado las habilidades de mi lado de la familia. Por lo tanto, eso significaría que eres un engendro puro. Como yo, eres un desalmado, en el sentido estricto de la palabra.

Otra ola de pánico me invadió cuando me di cuenta de lo que estaba diciendo. Respiré profundo para evitar un ataque de ansiedad.

—¿No tengo alma? Oh cielos, esto apesta.

—Nuestra naturaleza demoníaca nos da una forma de inmortalidad a cambio del alma, o eso me dijeron, pero sí tenemos un espíritu demoníaco.

Reprimí el terror hasta que se me ocurrió otro pensamiento. *¿Cómo puedo tener un alma gemela si no tengo alma?* ¿Tan siquiera era posible el amor verdadero para los de mi clase? ¿Elyssa había tenido razón desde el principio? Esas eran noticias horribles. Encontré mi voz para hablar.

—Esto no tiene sentido. ¿Los vampiros tienen alma?

Él se encogió de hombros.

—Algunos creen que ellos renuncian a su alma humana por la inmortalidad, pero no soy experto. Tu madre y yo escapamos de la vida sobrenatural e intentamos llevar vidas normales. Pero tú no tendrás nada parecido a una vida normal si no te enseño a usar tus poderes con responsabilidad.

—Más vale tarde que nunca, supongo. —Mi terror se convirtió en ira. ¿Cómo pude haber estado tan ciego? Parecía que mis padres deberían haberme dicho algo. Pero, si resultaba ser humano puro, me habrían preocupado por nada. La voz de mi padre quebró mi silencio glacial.

—Justin, escúchame: el mundo es mucho más peligroso que lo que crees. Cuando te alimentas de energía psíquica, esa actividad brilla como un faro. Cualquier chupasangre puede sentirlo. Eso incluye a felicanos y a vampiros. Los hombres lobo pueden oler a nuestra clase, en especial, cuando nos alimentamos. Si bien es probable que no interferirán, los vampiros nos consideran un placer poco común. No solo nuestra sangre es como un buen vino para ellos, sino que algunos creen que puede aumentar sus habilidades vampíricas. Imagínate quedar reducido a un tonel de vino viviente.

Todo lo que Randy había dicho tenía mucho más sentido. Me estremecí ante la imagen.

—Entendido.

—Además, hay maneras de alimentarte sin quedar expuesto. Has estado haciéndolo con demasiado entusiasmo.

—Pude alimentarme de esos chicos que se reían en el baño.

—Exacto. Descubrí que los clubes de comedia son un buen punto de concentración de energía positiva. La alimentación pasiva demora más y es menos sustanciosa, pero mantendrá oculta tu naturaleza. Esa, creo, será la primera lección que te enseñe.

Fruncí el ceño.

—Papá, las ansias de comer son muy fuertes. ¿Estás diciéndome que, durante todo el tiempo que estuviste con mamá, nunca satisficiste tu hambre por completo?

—Ella valía el sacrificio. Nuestra clase no es de las que se enamoran, pero tu madre me conquistó desde el primer momento. —El dolor endureció sus rasgos. Tomó la lapicera de la mesa. Crujió en el puño cuando lo cerró.

Se me hizo un nudo en la garganta. Era probable que el dolor en sus ojos se repitiera en los míos. Me costó hablar por un momento, pero debía saberlo.

—¿Elyssa es una vampira? —Él no había dicho nada sobre ella.

—Es mejor que la olvides —sugirió.

—Pero la amo.

—El amor es poderoso. Muy poderoso. Pero no puede superar todos los obstáculos.

—Suficiente con todas las tonterías misteriosas. ¿Es alguna clase de vampiro?

Él dudó.

—Así parece.

—Pero va a la escuela. No se incendia con el sol.

—A los vampiros, por regla general, no les gusta el sol porque los hace sentir aletargados y los quema, pero no se prenden fuego.

—Ella no parecía cansada. ¿Serviría un protector solar factor tres mil?

Él mostró una sonrisa forzada.

—Podría ser una dhampira, es decir, una raza poco común de vampiro diurno.

—Oh, genial. Una clase rara de chupasangre. —Arrojé los restos de la manzana a la basura.

Mi padre se puso de pie y se limpió los trocitos de la lapicera aplastada en la mano. Luego se quitó la tinta derramada con una servilleta de papel.

—Los verdaderos vampiros no pueden reproducirse. Solo aquellos de muy avanzada de edad y potencia pueden convertir a un humano en uno de su clase. Sin embargo, en la época oscura, era una práctica habitual de algunos vampiros ancianos y solitarios formar una familia convirtiendo a una mujer embarazada.

Me dieron arcadas.

—¿Los bebés pueden sobrevivir a eso?

—Muy pocas veces. La metamorfosis vampírica es salvaje para el cuerpo. Hasta los adultos más fuertes suelen morir en el proceso.

—¿Tus padres te enseñaron todo esto en casa?

—Ciertamente no es algo que aprenderías en la escuela pública. Tu madre y yo te dejamos en una peligrosa ignorancia. Teníamos la esperanza de que serías un niño humano y de que podríamos ofrecerte una vida normal. Estábamos tan equivocados... Y lo lamento.

—¿No tenían ni una pista de que podría ser como tú?

Hizo un ademán con la mano.

—Sospeché que era posible, pero estuve tan ausente este último tiempo que... que te fallé.

Pensé en Elyssa, con los ojos centelleantes y con los colmillos relucientes. Aterrador, pero condenadamente sensual.

—Entonces, ¿estás diciendo que un bebé podría nacer como vampiro? Como un dhampiro. ¿Qué lo hace diferente de un vampiro normal?

—Los dhampiros tienen alma. Son mitad humanos. Son inmortales, pero también pueden procrear como los humanos.

—Te ves mayor que yo, pero eres inmortal, ¿verdad?

—Ambos somos inmortales, hijo. —Mi padre sonrió—. Nuestros cuerpos inmortales crecen y envejecen hasta un cierto momento porque nacemos así y no fuimos convertidos. Nuestro envejecimiento se ralentiza y luego se detiene. Sin embargo, un mortal que es convertido a vampiro no envejecerá ni cambiará a partir de ese instante.

—Eso explicaría lo de Randy.

—¿El vampiro del baño?

Asentí.

—Parece un mondadientes pero, incluso con mi superfuerza, no pude vencerlo. —Suspiré—. Supongo que los vampiros son más fuertes.

Mi padre sacudió la cabeza.

—No. Mano a mano, puedo vencer a cualquiera, excepto a los vampiros más ancianos, en una gresca.

Resoplé.

—¿Gresca?

Él levantó una mano.

—Soy viejo, Justin. ¿Sabes el fastidio que implica tener que adaptarse a todos los cambios culturales en el lenguaje a través de los años? —Hizo un ademán con la mano—. Como sea, nunca debes preocuparte por un solo vampiro, sino por la manada. Son seres sumamente sociales. Adoran vestirse bien y verse geniales. El Sindicato Rojo impone un código estricto de vestimenta a los vampiros miembro.

—¿El Sindicato Rojo es como un club opcional para los vampiros?

—No diría *opcional*. Es el brazo político de los vampiros, tal como lo es el Consejo Arcano para hechiceros, arcanos y otros. —Papá hizo un ademán hacia atrás—. No es extremadamente importante porque, al igual que los políticos humanos, son puro mentirosos.

Resoplé.

—Entendido.

—Sí, detesto la política. Una de las razones por las que evité a mi familia.

—Se estremeció—. Aún no terminaste de desarrollarte, Justin. Alcanzaste la pubertad demoníaca un par de semanas atrás, así que no esperes tener toda tu fuerza. Cada daemos tiene un periodo de torpeza porque sus habilidades físicas exceden sus reflejos y su agilidad mental. Sé que odiaste que te obligaran a jugar fútbol americano, pero creo que obró maravillas para hacer que tus neuronas se activaran al mismo tiempo que tu cuerpo.

—Ya me di cuenta. —Me encogí de hombros—. Aun así, apuesto a que Elyssa igual podría patearme el trasero.

—Sí, ella es harina de otro costal. —Se llevó un dedo a la barbilla—. Justin, si ella es lo que creo que es, tienes suerte de que no te haya despedazado aquella noche, después de Reyes y Castillos.

Tragué saliva.

—¿Qué es?

—Bueno, definitivamente es una dhampira. Si mal no recuerdo, creo que los ojos violeta son un indicio.

—No lo habías mencionado antes.

—Sí, bueno, la sesera tiene mucha información inútil. —Mi padre se tocó la sien.

—Entonces, ¿los dhampiros odian a los engendros? —consulté.

—Oh no, eso no viene al caso. —Sacudió la cabeza—. Puedo estar equivocado pero, si tiene habilidades de ninja y su familia está en el negocio de la seguridad, apuesto a que es una templaria.

—¿Qué? —Me rasqué la cabeza—. ¿Como el viejo con barba y armadura de Indiana Jones?

Mi padre soltó una carcajada.

—Nada que ver.

—De verdad pensé que le agradaba. Supongo que eso explica por qué casi me degolló y me llamó *monstruo*.

—¿No lo somos? —Se raspó la tinta de la mano, pero no se salía—. Como dije, tienes suerte de que no te haya cortado la cabeza por haber intentado tus trucos demoníacos con ella.

Me estremecí e intenté apartar ese pensamiento de la mente.

—Aguarda un momento —pedí—. Esto no se trata solo de mí, sino también de mamá. ¿Ella piensa que eres un monstruo? ¿Piensa que yo soy un monstruo?

—Es complicado, Justin. Tu madre aún nos ama, a pesar de que parece que nos abandonó.

—Entonces, ¿por qué se fue? —Golpeé la mesa, furioso. Se abrió una grieta en el centro.

—Sus padres son muy poderosos en la comunidad de la hechicería. Nuestra feliz unión resultó ser una enorme vergüenza para ellos. Tu madre me amaba, a pesar de que no era humano, aunque fueron épocas muy complicadas. Me amó lo suficiente para dar a luz a mis hijos.

—Aguarda. ¿Dijiste: "Hijos"?

Mi padre asintió.

—Los Conroy robaron algo muy valioso para nosotros. Ella ya no podía soportar más ese dolor, y eso casi destruyó nuestra relación.

—¿Qué podría ser tan valioso como para abandonarnos?

Él pareció sopesar sus próximas palabras con mucho cuidado.

—Tu hermana menor.

CAPÍTULO 26

Me quedé allí sentado, boquiabierto, en un silencio estupefacto.

—Su nombre es Ivy, y está por cumplir once años. —Apretó la mandíbula como un tornillo de banco; sus ojos brillaban con una luz azul nefasta—. Eliza y Jeremiah Conroy, los padres de tu madre, se la llevaron poco después de su nacimiento. Jeremiah es muy poderoso en el Supramundo y en la comunidad arcana, así que nadie se atreve a ir en su contra.

—Tengo una hermana; mi madre es una hechicera, y mi padre es un demonio. —Me dejé caer en la silla—. Y yo que pensaba que los participantes de un reality show lo pasaban mal. —Me di cuenta de que las charlas de mi madre sobre las auras habían sido reales.

Mi padre sonrió con tristeza.

—Como dije, hijo, el amor no lo conquista todo. —Suspiró—. Mira, tu madre te dejó una carta en la que explica todo, pero pensé que sería mejor si yo hablaba contigo.

—¿Una carta? —Me quedé boquiabierto—. ¿Dónde está?

—Aguarda. —Entró a su habitación y regresó con un trozo de papel abollado—. No nos juzgues con mucha dureza, ¿de acuerdo?

Se lo quité y lo estiré.

Justin:

Significas todo para mí, y me atormenta tener que hacer esto, pero tu padre y yo decidimos continuar por caminos separados. ¿Recuerdas cuando te hablé sobre decisiones difíciles? Esta es una de esas. Te amo mucho, pero hay otra persona que me necesita más que tú y que tu padre. Debo hacer esto. Debo enmendar un error que jamás debí haber cometido. Ya me odio por eso, y ruego que tú no me odies también. Pero, si lo haces, lo comprenderé.

Por favor, no culpes a tu padre y, en especial, no te culpes a ti mismo. Solo yo tengo la culpa.

Te amo. Siempre te amaré.

Mamá

INTENTÉ REPRIMIR LA FURIA, pero no pude.

—¿No pudo decírmelo en persona? ¿Desde cuándo se supone que una carta de mala muerte enmendaría las cosas?

—No lo hace, hijo, pero ella lo hizo por las razones correctas. —Sacudió la cabeza con pena—. Esperábamos que los Conroy le permitieran regresar, pero eso no ha sucedido. Por eso estuve intentando averiguar dónde la tienen.

Volví a hacer un bollo con la carta.

—¿Por qué mamá esperó todo este tiempo para ir con Ivy? ¿Por qué los Conroy no me llevaron a mí?

—Logramos ocultarnos de ellos durante años, pero nos encontraron cuando tu madre estaba embarazada de Ivy. Su precio para no revelar nuestra ubicación y para permitirnos quedarnos contigo fue nuestra hija. Nos prohibieron verla hasta que cumpliera once, momento en el que tu madre regresaría a casa con ellos.

Hice algunos cálculos mentales.

—¿Cómo demonios no recuerdo que mamá estuviera embarazada? Tenía siete años, pero creo que eso se hubiera notado.

—Durante todo ese tiempo, tu madre te había hechizado y había hecho que los recuerdos fueran borrosos. Se ocupó de hacer más difícil que recordaras algunas cosas. Creyó que era lo mejor, que te ahorraría la pena, aunque yo no estuve de acuerdo.

—¡Por supuesto que hizo mal! Tengo una hermana. Quiero recordar todo sobre ella, sin importar lo doloroso que sea.

Pensé en la misteriosa mujer embarazada que se había cruzado frente a mi auto después de mi primer encuentro con Stacey. Se parecía mucho a mi madre. Recordé la pesadilla con el largo pasillo oscuro y la figura sombría con el bastón. Al pensar en eso, también recordé otras veces en las que había soñado con bebés que lloraban y con misteriosas mujeres embarazadas. Intentar poner todo en foco era como mirar a través de una neblina resplandeciente.

Todo cobró sentido. Mi subconsciente lo había sabido desde siempre. Mi primer encuentro con Stacey había activado los hechizos protectores de mi madre, y eso debió haber liberado algunos recuerdos reprimidos. El esfuerzo por recordar me dio un leve dolor de cabeza. Me masajeé la frente con los dedos, pero no ayudó.

—Recuerdo la noche en que los Conroy vinieron por mi hermana.

Mi padre asintió.

—Los atacaste con tu espada de juguete.

—Supongo que no gané.

—Tu abuelo se rio. —Apretó los labios—. Y luego te lanzó un hechizo que te congeló en tu lugar. —Un gruñido le desfiguró el rostro—. Me dijo que la próxima vez encadenara al pequeño monstruo.

—¿Por qué creía que yo era un monstruo? Tú ni siquiera supiste lo que era hasta ahora.

—Él creía que tú eras un engendro y que tu hermana era humana pura. No tengo idea de por qué lo creía así.

—¿Mamá sabía?

Él sacudió la cabeza.

—Claro que no. Me lo hubiera dicho. —Algo se encendió en su rostro. ¿Era pena? ¿Incertidumbre? Tuve la sensación espeluznante de que ni mi padre ni yo sabíamos de verdad qué tramaba mi madre.

—¿Por qué no volvimos a ocultarnos?

—Los hechiceros tienen maneras de encontrar a las personas sin importar adónde vayan. Según tu madre, esta ubicación geográfica en particular interfiere con la magia y con los hechizos de rastreo. Al final, Jeremiah nos encontró igual.

—No tiene sentido. —Reprimí la necesidad de abrir otra grieta en la mesa de la cocina—. ¿Por qué los Conroy le hicieron esperar once años? —*¿Y por qué no me llevó con ella? ¿Para protegerme?*

—A los once años, la mayoría de los niños comienza su entrenamiento en las artes arcanas.

—¿Magia?

Él asintió.

—Tu madre era una de las mejores profesoras.

—Once años es mucho tiempo para lavarle el cerebro a una niña. Tal vez supusieron que yo ya era demasiado grande para eso.

La furia y la tristeza se disputaban el dominio del rostro de mi padre, al tiempo que él asentía. Cerró los puños, los abrió, los cerró y los abrió.

Respiró profundo varias veces, como si llevara a cabo un ritual bien conocido. Como si exorcizara sus propios demonios.

Me puse de pie; un sentido de propósito recorrió mis venas. Rescataría a mi hermana y a mi madre. Con alma o sin alma, quería volver a tener una familia unida.

—Estoy listo.

—¿Para qué?

—Para aprender a ser un buen demonio. ¿Cuándo empezamos?

—Mañana a primera hora.

—¿Nada de desaparecer? ¿No más reuniones secretas con investigadores privados?

Él sacudió la cabeza.

—Es hora de convertirme en un padre de verdad.

Me acerqué a él y lo abracé.

—Gracias.

Me palmeó la espalda y me apretó contra él.

—Te amo, hijo.

—Yo también te amo, papá. —Por una vez, no me sentí incómodo por decirlo.

Nos quedamos conversando por un rato más. El reloj marcaba las dos de la mañana cuando terminamos; mi padre me dijo que descansara un poco. Comenzaríamos la práctica durante el día, cuando fuera más seguro para nosotros estar afuera.

A pesar del agotamiento, me tomó un tiempo quedarme dormido. *¡Tengo una hermana!* Eso significaba que era un hermano. Y un hermano mayor, nada menos. Eso me daba el derecho de apalear a cualquier chico que osara mirarla, ¿verdad? Estaba feliz, pero nervioso y lleno de terror al mismo tiempo. ¿Y si no le agradaba cuando nos conociéramos? Las imágenes del hombre misterioso con la galera daban vueltas en mi cabeza. Aún estaban borrosas por los intentos de mi madre de bloquear recuerdos dolorosos, pero lo suficientemente nítidas como para llenarme de ira. Quería una hermana a quien proteger y amar. La salvaría de aquellos monstruos, sin importar el costo.

Pero debía enfrentar la realidad. Todo era demasiado para mí hasta que mi padre me mostrara cómo utilizar mis habilidades y hasta que aprendiera más sobre el Supramundo. Todas esas veces en las que había salido por la noche a acechar mujeres, nunca había pensado en los peligros que presentaban otros seres sobrenaturales.

Un golpeteo suave en la ventana me sacó de mi ensimismamiento. Mis sentidos se pusieron en alerta. Me deslicé de la cama y espié por las cortinas. Un par de traviesos ojos de color ámbar brillaron. Gruñí y caminé hacia la puerta principal. La abrí suavemente para evitar despertar a mi padre.

—Stacey, ¿qué haces aquí? —Había olvidado por completo mis planes sobre convertirme en su novio a cambio de ayuda. Con la presencia de mi padre, ya no necesitaba la ayuda de ella.

Ella frunció los labios.

—Sé que no es asunto mío, pero pensé que quizá me ganaría tu cariño si... —recorrió mi brazo con la uña y dirigió una mirada seductora a mi entrepierna— te diera cierta información.

Casi le conté que mi padre me había dado toda la información que ella había sostenido como una zanahoria delante de mí durante todo ese tiempo. Parte de mí quería refregárselo en el rostro pero, a pesar de que tenía un nivel diez de locura, era una acosadora y una asaltacunas, me gustaba Stacey. Cubrí un bostezo con una sonrisa.

—Ya sé que soy un engendro de demonio. Sé que eres una felicana. Sé que...

—No esa clase de información, mi corderito. Es en referencia a ese vil vampiro que mostró un nefasto interés en ti. —Stacey levantó una ceja—. ¿Randolph?

—¿Randy? —Un escalofrío que nada tenía que ver con sus uñas sobre mi piel me erizó los pelos de la nuca. Examiné el patio en busca de señales de un ataque de vampiros—. ¿Por qué? ¿Qué sucede?

—Apareció en la fiesta con tu pequeña mujerzuela justo antes de que te fueras. —Su labio superior se curvó en una mueca—. Me quedé para vigilarlo. Él intentó encontrar tu casa muchas veces, pero me aseguré de despistarlo.

Cuando era niño, siempre había ido a jugar a casa de Randy porque él odiaba trasladar su montaña de juguetes hasta la mía.

—¿De verdad? —Le apreté la mano—. No tenía idea, Stacey. Gracias.

Ella se sonrojó de placer.

—Por nada, cariño. Verás, soy superior en todo sentido a esa pequeña zorra que te trajiste a casa.

—Por favor, no llames *zorra* a Katie. —Apoyé una mano sobre su hombro—. ¿Algo más?

Stacey pestañeó.

—Sí. Él te buscó en la fiesta. Revisé su auto y encontré un aparato para extraer sangre. Creo que quiere hacerte daño de verdad la próxima vez que te encuentre.

Me estremecí.

—No se rinde.

—También lo vi agregando un líquido rojo en secreto a las bebidas de las personas. No sé si es una poción de la verdad para ayudarlo a encontrar tu casa, pero todo era muy perverso.

Mi corazón dio un salto.

—No, eso no era suero de la verdad. Es una maldita poción vampírica de esteroides, o algo así. ¡Cielos, no se sabe qué le hará esa cosa a la gente! —La sujeté de los hombros—. ¡Debes ayudarme! —Corrí adentro para tomar las llaves del auto, pero no estaban. Mi padre no estaba en su habitación. No estaba en la casa—. ¡Maldición, papá! ¿Dónde estás? —No hubo respuesta. Su motocicleta seguía en el garaje, pero el Jetta no estaba. Tomé las llaves de la moto y toqué el asiento—. Sube, Stacey.

—Oh, qué emocionante. —Se subió detrás de mí y apretó el cuerpo contra mi espalda. No sé qué sonaba más fuerte: su ronroneo o la motocicleta. No tenía mucha experiencia con una moto grande, pero mis reflejos pulidos por el fútbol americano se conectaron con mis músculos acentuados. Giré la motocicleta hacia la ruta y salí a toda velocidad hacia The Creek.

No llevó mucho tiempo llegar allí ni mucho tiempo para ver que se había desatado el caos. La puerta de la casa donde había sido la fiesta estaba en el patio. La habían arrancado de cuajo. Toda la casa temblaba como si un gigante estuviera haciendo pogo en la sala de estar.

Corrí al interior. Una Jenny gruñona se abalanzó sobre mí desde el comedor a la izquierda. La esquivé y la mantuve a distancia con el brazo extendido. Sus ojos brillaban de color rojo; tenía el rostro desfigurado por la ira y trataba de morderme agresivamente con sus dientes humanos. Al parecer, la droga V no le había dado colmillos.

—Jenny, soy yo, Justin.

Ella chilló e intentó morderme otra vez. Cualquier rasgo de humanidad había desaparecido. Aunque Jenny nunca había tenido mucho sentido de la humanidad, para empezar. Me pregunté si Annie también había bebido del jugo de vampiro.

Hice girar a Jenny y la sujeté del cuello antes de que pudiera morderme. Ella gritó y se removió, pero no pudo soltarse. Chillidos y aullidos llenaban la casa. Unos golpes resonaban en el primer piso. Llevando a Jenny delante de mí, doblé la esquina y encontré un manicomio.

Había cuerpos esparcidos por el piso, muchos de los cuales eran mis compañeros de equipo, las porristas y los chicos universitarios que había visto antes. Annie estaba semidesnuda junto a un vaso derramado de ponche rojo. El cuerpo inmóvil de Bryan yacía junto a un barril de cerveza. No podía determinar si alguno de ellos respiraba o si estaban todos muertos.

Adam y Steve intercambiaban golpes en medio de la sala, aullando como desquiciados. Dos mujeres bailaban en círculo, ajenas a la matanza a su alrededor. Nathan gruñía como un perro y mordisqueaba una bota de cuero que alguien había perdido. Mandy y Vanda se retorcían en el piso en un charco de cerveza.

—Qué maldito desastre. —Stacey observaba tranquila, como si fuera otro día en la oficina para ella.

—¿Puedes dejarlos inconscientes? —le pregunté.

—Sin duda puedo darles un golpe en la cabeza. —Se encogió de hombros—. ¿Alcanzaría?

—¿Puedes hacerlo sin matar a nadie?

Stacey frunció los labios.

—Son tan delicados... Hay una farmacia nam no muy lejos de aquí. Tal vez tengan cloroformo.

—¿Puedes conseguir algo de eso antes de que se maten?

Ella me besó la mejilla, sin prestar atención a Jenny, que intentaba morderla a pocos centímetros.

—Claro que sí. —Dicho eso, Stacey desapareció.

Busqué si había soga o algo con que pudiera atar a Jenny para poder impedir que los otros se pelearan, pero era una fiesta de secundaria, no una velada fetiche. Si golpeaba a la chica con demasiada fuerza, podría romperle el cráneo, o algo peor.

Una figura pareció en la habitación y sonrió.

—Ahí está mi amigo.

—¡Randy, maldito idiota! ¿Qué les hiciste a estas personas? —Lo habría atacado, pero Jenny se liberó y casi me arranca un trozo de muñeca antes de que pudiera volver a controlarla.

—Les di una de las tandas malas de V. —Randy sostuvo en alto un vial con líquido rojizo—. Ya causó problemas con los sujetos de prueba en el pasado. —Sus manos se volvieron borrosas por un instante. Un vial con líquido violeta reemplazó al rojo—. Este es el antídoto.

—Entonces, ¡dáselo!

—No tan rápido. —La sonrisa de Randy se transformó en un gruñido—. Cuando llegué aquí, te vi hablando con esa porquería de Nathan Spelman como si fuera tu mejor amigo. —Fingió una sonrisa—. Planeaba volver a pedirte amablemente tu sangre, pero ¡observarte me enfureció tanto...! —Soltó las últimas tres palabras con furia y babeando.

Eso captó la atención de Nathan. Abandonó el zapato de cuero, gruñó y se abalanzó sobre Randy. El vampiro lo apartó de un manotazo sin pensarlo dos veces. El robusto jugador de fútbol americano salió volando por los aires y chocó contra una pared, donde quedó marcada su silueta.

—¡Cuidado! —grité—. ¡Podrías haberlo matado!

Nathan gruñó. Le salía sangre de la nariz. *¡Ese pobre chico y su nariz!*

Randy rugió.

—Me abandonaste cuando éramos niños, Justin. Me rechazaste cuando te pedí tu sangre. Ahora eres uno de los chicos populares. —Mostró sus dientes manchados de rojo—. Tú, mi amigo, eres un maldito fantoche.

—Ese es un gran insulto. Creo que me lo guardaré para usar en el futuro. —Mientras aún mantenía a Jenny controlada, extendí la otra mano e intenté calmarlo—. Randy, mira, te daré algo de sangre. Solo dales el antídoto a estas personas. Por favor.

—Tengo una oferta mejor. —Los ojos de Randy brillaron de color rojo—. ¿Por qué no te entregas tú mismo y luego les daré el antídoto? —Sostuvo una cinta brillante—. Solo envuelve esto en tu cuello.

—¿Es una broma? ¿Por qué debería envolverme el cuello con la cinta?

—Créeme: hará que todo sea mucho más sencillo. —Se encogió de hombros—. Pero oye, si salvar a estos chicos no es suficiente incentivo, tengo amigos en camino. Son muy persuasivos.

Se oyó el chirrido de neumáticos. Se cerraron las puertas de un automóvil. Caminé de costado hacia la cocina para poner mayor distancia entre la puerta principal y yo. Como la puerta rota estaba en el patio, solo me llevó un momento reconocer las figuras que caminaban por la acera. La mujer con atuendo de colegiala y anteojos de nerd me sonrió con malicia. Detrás estaba el chico de los vaqueros ajustados y, por último, un chico musculoso, de piel aceitunada, que parecía todo un pendenciero.

Tenía que deshacerme de Jenny sin lastimarla, pero ¿cómo? Miré la cinta que Randy sostenía y me pregunté qué no me había dicho al respecto.

—Bien, lánzame la cinta.

—Ese es mi muchacho. —Randy la envolvió en una botella de cerveza y me la arrojó.

Atrapé la botella con la mano libre y tiré de la cinta.

—¿Qué me hará esto?

—Te hará ver hermoso. —Rio disimuladamente y se volvió a sus compañeros—. Felicia, Mortimer, Blake, conozcan nuestro boleto a la cima: Justin Case.

La chica hizo una reverencia y sonrió con suficiencia.

—Encantada de conocerte. —Se mojó los labios—. Randy nos hizo probar un poco de tu sangre. Es absolutamente deliciosa.

—¡Cielos, qué desastre! —se quejó el chico—. El jefe se enfadará.

—¡Por todos los cielos, Mortimer! Basta con tus quejas. —Blake (adiviné su nombre por descarte) le dio un golpe suave en la parte trasera de la cabeza.

—¡Auch! —Mortimer se frotó la cabeza y gruñó—. Eres un imbécil.

Sostuve la cinta cerca del cuello.

—Tengo tu palabra de que usarás el antídoto en todos si hago esto, ¿verdad? —*Haz algo de tiempo. Stacey regresará pronto.*

—Desde luego. —Randy sacudió el vial con el líquido violeta—. Ahora, colócate la cinta.

—¿Están vivos? —Hice un gesto con la cabeza hacia Bryan y los demás, que estaban desparramados por allí cerca.

Randy revoleó los ojos.

—Mortimer, fíjate si los deportistas siguen vivos.

—¿Por qué yo? —Mortimer olfateó con fuerza y se acercó al cuerpo más próximo. Apoyó el oído sobre la boca—. Aún respira.

—¿Qué hay de los otros? —inquirí.

Mortimer refunfuñó y revisó a varios más.

—Sí, están vivos. —Se dirigió a Randy—. ¿Utilizaste la tanda mil seis?

Randy respiró entre dientes.

—No, esta es la nueve ochenta.

Mortimer se volvió hacia mí.

—La nueve ochenta deja inconsciente a algunas personas. Convierte a los demás en unos completos lunáticos. —Se incorporó y se limpió las manos—. Sobrevivirán si consiguen el antídoto dentro de las diecisiete horas siguientes a haber tomado el suero.

Blake hizo sonar sus nudillos.

—Ahora, colócate el maldito collar, o lo haré por ti.

—¡Ajá! —Me puse tenso, al tiempo que Jenny se sacudía como loca—. Entonces, es un collar. ¿Es mágico?

Randy se arrodilló junto a Annie y le sujetó la cabeza.

—Colócate el collar, o le romperé el cuello.

Mi tiempo acababa de terminar.

CAPÍTULO 27

Mi plan original se desmoronó. Si desafiaba a Randy, Annie moriría. El mundo sería un lugar mejor sin esa perra, pero todas las vidas eran valiosas, bla, bla, bla. Por otro lado, Randy podría estar mintiendo y podría matar a todos de todas maneras. En ese caso, Edenfield High pasaría por una oleada de funerales y tendría que reemplazar a todo el equipo de fútbol americano. ¿Cómo podría asegurarme de que mantuviera su palabra?

Una figura apareció en la habitación. Blake gruñó y salió volando por la puerta de un dormitorio. Un tremendo golpe seco hizo temblar las paredes. Randy se levantó de repente y dejó a Annie ilesa. Felicia y Mortimer se pusieron en posición de pelea.

—¡Stacey! —grité.

Unos ojos azules brillaron desde un rincón en penumbras. Mi padre salió a la luz con una sonrisa en el rostro.

—Bueno, maldición, hijo. Nos conseguiste unos juguetes. —Su rostro se transformó en algo no muy humano. Le salieron garras negras de los dedos—. Vamos a divertirnos.

—¡Maldición! —Randy arremetió contra mí.

Envolví la cinta alrededor del cuello de Jenny. Cayó flácida como un fideo. Apenas logré apartarla antes de que Randy chocara conmigo. Volé hacia atrás y atravesé yeso y montantes hasta que un cuerpo detuvo mi paso.

Blake refunfuñó al absorber el embate del impulso y chocó contra la pared al otro extremo. Randy se abrió paso por el agujero que yo había hecho; sus ojos ardían como brasas. El rostro se retorció por la furia y arremetió otra vez. En esa oportunidad, estaba listo. Bajé el hombro como un corredor y lo embestí.

Las costillas crujieron. Los gritos de Randy lo siguieron al tiempo que regresaba volando por el mismo agujero en la pared. Sentí un cosquilleo en el cuello, y se me erizaron los pelos de la nuca. Me agaché para evitar que Blake me sujetara. Tropezó conmigo. Le pateé la cabeza. Antes de que pudiera recuperarse, lo levanté y lo arrojé por la ventana. El vidrio ya estaba roto, así que casi no hizo ruido al salir volando por el aire nocturno.

¡Debo conseguir el antídoto! Si Randy escapaba, todos morirían. Esperaba no haber roto el vial durante la pelea. Corrí hacia la sala. Mi padre pasó en un suspiro. Sujetó a Felicia del pelo y la arrojó hacia la cocina. No pude evitarlo. Cielos, me esforcé, pero solo se me escapó:

—¡Adiós, Felicia!

Antes de que terminara de decir las palabras, mi padre pasó corriendo en diagonal. El tiempo pareció ralentizarse. Vi la amplia sonrisa en su rostro al deslizarse sobre las rodillas, con los brazos extendidos, y levantarle las piernas a Mortimer para derribarlo. El vampiro joven chilló y cayó sobre el cemento.

—¡Corran! ¡Corran! —Intentó incorporarse, pero el golpe en la cabeza lo tenía desorientado. Sus piernas se movían y giraban sin sentido.

Vi a Randy tratar de escapar. Era hora de que yo también utilizara la velocidad. Me concentré en mis pies y corrí. El viento silbaba. Doblé la esquina hacia el vestíbulo patinando. Me lancé sobre Randy. Lo sujeté de la chaqueta y tiré hacia atrás.

Unos brazos me aferraron con fuerza, como una abrazadera de hierro.

—¡Te mataré, maldito demonio! —gritó Blake en mi oído.

—¡No tan fuerte! —exclamé. Le pisé el pie con tanta fuerza que agrieté el cemento. Me soltó para agarrarse el pie aplastado.

—¡Ahhh...! ¡Uuufff! —Los gritos de Blake casi me rompieron los tímpanos.

Randy había logrado salir por la puerta. Estaba a mitad de camino hacia el auto, tambaleando y sujetándose la cabeza. Corrí través de la puerta. Sentí un cosquilleo en la nuca. Me arrojé a la izquierda para evitar otro embate de Blake. Lo hice tropezar. Antes de que pudiera caer al piso, lo tomé de los vaqueros y utilicé su impulso para lanzarlo hacia adelante.

Él voló seis metros por el aire y chocó con Randy. Ambos cayeron apilados. Me acerqué corriendo y revisé los bolsillos de Randy. Saqué cuatro viales con líquido violeta. El contenido de un quinto vial roto goteaba por la tela.

Felicia y Mortimer salieron corriendo de la casa, y un demonio de ojos azules los perseguía rugiendo. Tomé a Randy del cuello y lo arrastré mientras pateaba y maldecía. Mi padre rugió. Felicia y sus amigos chillaban como un autobús lleno de porristas que estaba cayendo del puente Golden Gate.

—¡Suéltame! —gritó Randy.

Lo solté. Se levantó de un salto. Lo golpeé tan fuerte en la mandíbula que dio vuelta dos veces y cayó de rodillas. Hurgué en el otro bolsillo de la chaqueta y encontré otra cinta. Antes de que pudiera envolverla en su cuello, uno de los estudiantes que había bebido la droga de Randy se abalanzó sobre mi espalda e intentó morderme.

Randy se paró tambaleando y corrió detrás de sus amigos. Felicia lo metió en una camioneta negra. Blake y Mortimer entraron después de él. Salió quemando ruedas y derrapando hasta que se perdió de vista.

—¡Maldito imbécil! —Me quité de encima al atacante y usé la cinta con él. Los extremos se unieron solos, y él se desmayó.

Mi padre soltó una carcajada.

—Oh, cielos, no me había divertido tanto en cien años. —Suspiró y me palmeó la espalda—. Buen trabajo. Diría que la práctica de fútbol americano definitivamente tuvo sus frutos.

Lo miré furioso y luego entré de nuevo, arrastrando a la víctima inconsciente detrás de mí. Supuse que, como Randy había diluido el suero en las bebidas, podía hacer lo mismo con el antídoto en un poco de agua y dársela de a poco a los estudiantes afectados. Mi padre me ayudó a poner el plan en acción.

Los que bailaban y actuaban como locos fueron los más fáciles de tratar, aunque pareciera sorprendente. Mientras mi padre les mantenía la boca abierta, yo vertía el antídoto. En lugar de escupirlo, lo tragaban con voracidad. En pocos segundos, el brillo en sus ojos desapareció y se quedaron dormidos. Nos llevó un par de horas revisar la casa y arrastrar a los chicos a la sala, donde les dimos el antídoto y los dejamos dormir. Durante todo ese tiempo, fulminaba con la mirada a mi padre. Cuando terminamos, reprimí la ira y pregunté con calma:

—¿Dónde estabas cuando me fui de casa?

—Alimentándome. —Mi padre suspiró—. Regresé a casa. Vi que la motocicleta no estaba y salí a buscarte. Creí que estabas dormido; de lo contrario, no me habría ido sin ti.

—¿Cómo me encontraste?

Él levantó una ceja.

—Tu felicana. —Mi padre rio por lo bajo—. Debió haberme visto conducir por el vecindario.

—Ella conoce el Jetta —señalé—. Me pregunto por qué no regresó.

Él se encogió de hombros.

—Bueno, ¿vamos a casa?

Seguía furioso porque Randy se había escapado.

—Si atrapo a Randy, ¿puedo entregarlo a la Policía del Supramundo?

Mi padre se mordió el labio inferior.

—No lo sé, hijo. Será mejor olvidarse de él.

Sacudí la cabeza.

—No. Es demasiado peligroso. —Lo desestimé—. Ve a casa. Descansa un poco. Me quedaré para asegurarme de que los estudiantes se despierten.

—Justin, si llegas a atrapar a Randy, no podemos contactar a los templarios. No podemos permitir que sepan dónde estamos.

Asentí.

—No te preocupes. Ya se me ocurrirá algo.

Me miró con expresión dubitativa.

—Es tu decisión. Supongo que te veré en casa.

Suspiré sin energía.

—Sí. Solo contesta el maldito teléfono si llamo, ¿de acuerdo?

Mi padre sacó el móvil y subió el volumen al máximo.

—Lo prometo. —Me lanzó las llaves del Jetta y extendió las manos para que le entregara las de la motocicleta—. Sin ofender, pero no confío en ti con la Harley.

—No te culpo. —Le di las llaves y lo vi irse.

Me acerqué a Bryan y le levanté los párpados. Su respiración sonaba normal, pero no podía determinar cuándo se despertaría o si lo haría.

Me incorporé y miré a los otros, considerando si ayudaría echarles agua fría.

Sentí calor en la nuca. Me di vuelta hacia la puerta.

Unos ojos violeta brillantes me contemplaban. Ella vestía un atuendo negro, ajustado al cuerpo y tenía una espada sai plateada enfundada en cada pierna. El pelo negro azabache caía como una cortina oscura alrededor del rostro. Se veía como un ángel de la muerte negro, que esperaba para cumplir con su deber. Las rodillas me flaquearon. Tambaleé hacia atrás.

—¿Elyssa?

—Tú. —Caminó sigilosamente, mostrando los dientes, y me pinchó el pecho... con un dedo—. ¡Tú eres el hombre al que ellos persiguen!

—¿Ellos? —No me alejé del dedo extendido. Ansiaba su toque, aun si fuera por pura ira. Me recuperé y respondí—: Casi hago un arresto ciudadano con tu nuevo socio. —Deseé tener a Randy para arrojárselo a los pies, pero tuve que conformarme con fingir que lo hacía.

—Oh, cielos —refunfuñó ella.

—"Oh, cielos", sí. —Enderecé los hombros—. Aunque no creo ni por un minuto que seas traficante. ¿Lo eres?

—¡Por supuesto que no! —Sostuvo el pulgar y el índice a poca distancia entre sí—. Estaba así de cerca de entrar al grupo, pero tú debiste haberlo arruinado.

—¿Arruinado? —Reí—. Él sigue suelto, y no es como si creyera que tú y yo somos amigos.

Elyssa suspiró.

—Espero que tengas razón. —Miró a su alrededor—. Maldición, parece una zona de guerra por aquí.

—¿No vas a suponer automáticamente que maté a estas personas y que me comí sus almas o algo?

Elyssa revoleó los ojos.

—Los vi a ti y a tu padre luchar contra los vampiros.

—¿Cómo sabes que era mi padre? —consulté.

Ella se tocó la oreja izquierda.

—Superaudición, Justin. Esperé afuera mientras recogían a las víctimas y les daban el antídoto.

Me quedé boquiabierto.

—¿Estuviste observando todo ese tiempo y no moviste ni un dedo para ayudar?

—Tenían las cosas controladas.

—¡Sí, pero podríamos haber atrapado a toda la banda de Randy! —Sacudí la cabeza lentamente—. Ahora todos se escaparon.

Hubo un destello de culpa en los ojos de Elyssa.

—También sentía curiosidad por ver qué hacían.

—¿Para ver si ayudaríamos o si haríamos daño? —Me atreví a tener esperanzas—. Soy un monstruo, Elyssa. Ahora lo sé y lo acepto. Pero ¿no puedes ver que soy un monstruo bueno?

Ella levantó las manos.

—Justin, ni siquiera puedo hacerlo ahora, ¿de acuerdo? —Elyssa miró el reloj—. Debes irte en cinco minutos, o no será agradable.

—¿Cinco minutos?

—Un equipo de limpieza viene en camino. Nos aseguraremos de que todos lleguen a salvo a casa, ¿está bien? —Elyssa dio un paso atrás e hizo un ademán con las manos hacia la puerta—. Así que vete.

—Pero... Pero ¿qué hay sobre Randy y sus secuaces? —*¿Qué hay sobre probar que soy bueno?*

—Con el tiempo lo atraparemos e irá a la cárcel sobrenatural, ¿de acuerdo?

—Nada de lo que haga probará que te amo, ¿verdad? Que no soy malvado.

Elyssa pestañeó varias veces. Retrocedió.

—Cuatro minutos. Será mejor que te vayas.

Reprimí un ruego desesperado. Mi plan maestro para probar que era bueno no había servido para hacer cambiar de opinión a Elyssa. En todo caso, ella parecía fría, impersonal e insensible. Mi mano ansiaba acariciarle la mejilla. Mis labios temblaban por tocar los suyos. Mi cuerpo temblaba de deseo por sentir su calor. Pero no podía ser. Ya no tenía más posibilidades.

—Jamás encontraré una estrella más brillante que tú —susurré. Luego me alejé y dejé lo que pudo haber sido a las arenas del tiempo.

Maldición, soy tan poético y tan patético que quiero llorar.

Y lo hice apenas me subí al Jetta. Las lágrimas caían lentamente por mis mejillas. No sollocé. No gimoteé. Había perdido al amor de mi vida para siempre y quería darle un poco de solemnidad al hecho. Así que derramé lágrimas de chico grande camino a casa y lloré hasta quedarme dormido.

CAPÍTULO 28

Un aroma delicioso me despertó de una noche sin sueños. Mi primer pensamiento fue para Elyssa. Lo desterré y apreté los dientes. *Se terminó. Acéptalo. Papá está en casa, y es día de entrenamiento.*

Después de la agitación de la noche anterior, esperaba que fuera algo relajado. Me puse unos pantalones cortos y fui a la cocina. Mi padre volteó un panqueque y colocó algo de panceta sobre una servilleta de papel. Me sonrió.

—¿Dormiste bien?

—¿Qué crees? —Bostecé—. Me muero de hambre tanto literal como demoníacamente.

—Yo también. —Colocó un plato con una pila de panqueques sobre la mesa—. Empecemos por el hambre literal primero, ¿de acuerdo?

Mi estómago rugió.

—¡No tienes que convencerme!

Después del desayuno, mi padre me explicó unas pocas cosas básicas, algunas de las cuales ya había averiguado por mi cuenta. Cuando utilizaba mis habilidades sobrehumanas, tales como restauración de la salud o fuerza, eso consumía energía de lo que él llamaba mi *psitus*, o pozo psíquico. El *psitus* era el equivalente a un estómago psíquico que almacenaba la esencia extraída a otros. Cuando lo hacía, me llevaba parte del alma y espíritu de un humano. Mi padre me explicó que eran cosas separadas, que hasta los seres desalmados tenían espíritu. Su explicación solo me confundió, así que confié en su palabra. Si me alimentaba demasiado de una persona, podría dañar su alma gravemente hasta un punto de no retorno y podría dejarla en coma, o peor.

Eso me asustó al pensar en Victoria y en las chicas a quienes había estado a punto de violar. Le conté sobre mis preocupaciones, pero él me aseguró que tendría que estar a un paso de la muerte para extraer suficiente alma de una persona para hacerle daño.

Me explicó que podía tocar con suavidad sin *engancharme*, como llamaba al proceso de conectarse. Al parecer, podía alimentarme de cualquier tipo de emoción pero, como sucedía con la comida, cada íncubo tenía sus preferencias.

—Están aquellos que disfrutan del dolor —señaló—. Las cosas que le hacen a una persona mientras se alimentan es horroroso.

—¿Por qué Stacey me considera una presa? —pregunté, recordando algo que me había dicho ella.

—Así es cómo la mayoría de los sobrenaturales consideran a los humanos.

—Es horrible.

—El depredador de una criatura es la presa de otra.

Me estremecí al pensar lo que Stacey podría haberme hecho si no hubiese contado con el hechizo de mi madre. Pensándolo bien, un medidor de energía psíquica sería útil. Tal vez colocado en un reloj o algo así para poder ver la hora y determinar si la batería sobrenatural estaba baja.

—¿Qué sucede si vamos a la iglesia? —inquirí.

—Nos desintegraríamos en charcos de piel y huesos fundidos.

Lo miré horrorizado y me levanté de un salto.

—¿Y si hubiera ido a la iglesia con un amigo? ¡Cielo santo, papá!

Él rio.

—Solo bromeaba. Lo peor que podría pasar es que escuches algún sermón aburrido.

—Ah. —Me senté—. Bueno, eso suena a motivo suficiente para evitar las iglesias.

Después de una mañana de lecciones, mi padre me llevó a un lavadero automático para practicar mis habilidades.

—¿Por qué un lavadero? —Contemplé a los hombres aburridos y a las mujeres apáticas que leían revistas o miraban repeticiones de *Salvados por la campana* en un antiguo televisor de diecinueve pulgadas—. ¿Esto es lo que estabas haciendo cuando te seguí aquel día?

—Sí, estaba alimentándome. Aquí la gente tiene un estado mental neutro. Es más sencillo practicar tocarlas con suavidad sin que emociones fuertes se interpongan en el camino.

Me alegró saber que no se gratificaba con mirar ancianas. Nadie parecía notar que no estábamos lavando ropa mientras yo practicaba. Me tomó un tiempo pero, finalmente, logré tomarle la mano. Si bien no podía leer mentes, tal como ya había descubierto, presentía estados emocionales. La mayoría de las personas en ese lugar estaba casi comatosa. No era ninguna sorpresa. Sin embargo, una chica estaba bastante entretenida leyendo una novela erótica.

Otro dato interesante: podía conectarme con la psiquis de una persona sin que esta quisiera arrancarme la ropa de inmediato. Tenía que adaptarme a su estado emocional antes de lanzarme.

—¿No es esto como control de mentes? —indagué.

—Es peligrosamente cercano a eso. Si puedes activar impulsos sexuales, puedes hacer que las personas hagan cosas que, por lo general, no harían. Como van las cosas, podemos evitar que ellos reaccionen al mantener nuestros ganchos adaptados a su estado, o podemos atraerlos.

Me decepcionó un poco no poder obligarlos telepáticamente a hacer lo que yo quería. Podría haber sido divertido obligar a alguien a zapatear. Después de que mi padre me había explicado el proceso, no me tomó mucho descubrir cómo adaptarme al estado del aura de las personas para poder conectarme con ellas. De todas formas, se requería mucho control y fuerza de voluntad para poner mi mente en un estado de pasividad.

—Una vez que hagas la conexión, puedes transferir el enlace a otra persona —me explicó—. Eso es lo que te sucedió con Cindy Mueller y ese otro chico.

—¿Estaban alimentándose entre sí?

—No, los humanos no pueden alimentarse. No tienen un *psitus*. Al conectar dos personas, puedes aumentar el flujo de energía, tal como lo hiciste con esa joven pareja en el partido de fútbol americano. Aunque parezca magia, hay algunos principios científicos en la generación de energía psíquica y todo eso.

—Cindy y Alan están saliendo ahora. Genial, ¿no? Desde mi accidente con esos dos en Cálculo, han sido inseparables.

La mirada de mi padre se endureció.

—No juegues con las emociones de la gente, Justin. Por un lado, no es correcto y, por el otro, los sentimientos de los que crees estar creando son ilusiones. No puedes hacer que alguien quiera o ame a otra persona si esos sentimientos no existían ya.

Lo miré conmocionado.

—Jamás haría eso. —En realidad, había planeado jugar a formar parejas en la escuela, pero no se lo iba a decir.

—Nuestra habilidad para forzar conexiones emocionales entre las personas puede ser un poder peligroso.

—Cualquier cosa es peligrosa en las manos de un adolescente lleno de hormonas —comenté con una sonrisa.

Él rio por lo bajo.

—Sin duda.

Practiqué conectar y desconectar por un rato para ver si podía dejar al individuo en cuestión sin afectarlo. Ellos parecían saber que algo sucedía porque la mayoría miraba a su alrededor como si alguien le hubiera tocado el hombro. Mientras mantuviera un estado emocional calmado, podía alimentarme sin casi molestar a la víctima. ¿Cuál era el problema con el estado emocional neutral? La energía goteaba por mis papilas gustativas demoníacas con todo el sabor de una simple torta de arroz.

Después de la práctica, fuimos a un restaurante hipster en el centro de Decatur para comer comida de verdad.

—¿Los dhampiros nos odian? —le pregunté a mi padre mientras comíamos.

Él frunció los labios.

—Imagino que cada individuo tiene su propia opinión sobre nuestra clase, tal como pasa con los humanos. En general, sin embargo, los engendros se han ganado su mala reputación.

—La madre de Elyssa es peluquera —comenté—. Una peluquera. Jamás habría pensado que alguien como ella era una dhampira.

Se encogió de hombros.

—Como todo el mundo, deben ganarse la vida.

Lo hizo parecer tan mundano... ¿Cuántas personas podían decir que su peluquera era una vampira diurna? Suspiré.

—Entonces, no hay posibilidades de que Elyssa y yo volvamos a estar juntos.

—Oh, ser joven y tonto... —planteó mi padre—. Odio decirlo, hijo, pero parece que ella tiene algunos prejuicios que serán difíciles de superar.

Intenté no bajar la cabeza, pero el peso de sus palabras me golpeó como un martillo, aun cuando Elyssa ya me había dicho, sin dejar lugar a dudas, cómo se sentía respecto de lo que yo era. Inclusive todo lo que había hecho la noche anterior no le había cambiado su opinión. Pero no había nada que pudiera hacer al respecto. Al igual que no podía convertirme en jirafa, no podía controlar la forma con la que había nacido. Además, salir con un engendro de demonio era, probablemente, más extremo de lo que la gente querría soportar. *¡Oigan, papá y mamá, estoy saliendo con un demonio chupaalmas!* Sí, era algo difícil de superar.

Salimos del restaurante y caminamos por un callejón entre este y un pub, hacia el estacionamiento en el otro extremo. Había vidrios rotos por el piso y crujían a nuestro paso. Un perro callejero pasó con algo colgado en la boca. Llegamos a un cruce de entradas de servicio, donde cuatro edificios se enfrentaban entre sí. Había contenedores de basura a lo largo de la franja pavimentada. Salía vapor de las alcantarillas, en medio del callejón de servicio. Fruncí la nariz ante el olor desagradable que invadía la noche de otoño que, por otra parte, era fresca.

Una capa de hojas se voló, lo que reveló una línea de tiza. Un chisporroteo y un zumbido bajo llegaron a mis oídos. Me detuve y miré a mi alrededor. Casi esperaba que explotara un transformador. Mi padre avanzó dos pasos. Se echó hacia atrás como si hubiera chocado con una pared.

—Maldición. —Volvió a avanzar y rebotó otra vez. Tocó el aire como un mimo que tocaba una pared invisible.

—¿Qué sucede?

—Tenemos un problema.

Todavía no estaba seguro de qué diablos sucedía.

—¿Qué estás haciendo? No hay nada allí.

—Es un círculo de confinamiento.

Se volaron más hojas, y vi la línea que se extendía en un círculo a nuestro alrededor, justo como los círculos detrás de la escuela. El vaquero misterioso apareció por la esquina y nos miró con expresión triunfante.

—Bueno, eso fue fácil.

—¡Tú! —grité.

El vaquero rio por lo bajo.

—Oye, me acuerdo de ti.

Cerré los puños.

—¿No deberías estar arriando ganado y promocionando cigarrillos?

Él frunció el ceño.

—¿Qué demonios se supone que significa eso?

—¿Qué quieres? —preguntó mi padre.

—La recompensa, por supuesto —respondió el hombre. Se acercó pavoneándose, como si fuera el gallo del corral, y me observó—. Tú debes ser el pequeño monstruo Slade por el que todos están tan alterados. —Miró a mi padre—. A ti, por otra parte, te buscan los Conroy. Supongo que será mejor que te entregue junto con tu "hijo". —Dibujó comillas en el aire para demostrar lo que pensaba sobre nuestras relaciones familiares —. Dejaré que las autoridades se encarguen.

Apenas conocía al vaquero, pero ya odiaba al bastardo.

—Supongo que los Conroy se cansaron de que yo anduviera metiéndome en sus asuntos. —Los ojos de mi padre brillaron de color azul—. ¿Quién puso una recompensa por mi hijo?

El hombre se encogió de hombros.

—No lo sé. Yo solo llevo a los monstruos al Cónclave y dejo que las autoridades se encarguen. —Se frotó las manos—. Ahora, si cooperan, prometo que no habrá contratiempos.

Estaba cansándome de las insinuaciones de ese tipo sobre que mi padre y yo éramos nada más que monstruos a los que él debía entregar. Caminé hacia adelante. Mi padre me detuvo.

—No puedes atravesarlo, hijo. Es un círculo.

—¿Un círculo?

—Es lo que los hechiceros utilizan para atrapar engendros de demonio, entre otras cosas. —Señaló la línea de tiza en el piso.

—¿Un círculo de tiza? —Resoplé—. Qué estupidez. ¿A quién diablos se le ocurrió esa regla?

El vaquero nos escuchaba con expresión divertida. Luego levantó un báculo cubierto de runas y lo movió de una manera que, probablemente, no era bueno para nuestro futuro inmediato.

Sabía que algo horrible estaba por sucederle a mi padre. Antes de que pudiera pensarlo bien, corrí hacia adelante y le quité el báculo. Lo partí en cuatro pedazos. Los arrojé al piso. Sujeté al hombre por el cuello. Él chilló como un cerdo (como le gustaría al entrenador Wise) cuando lo lancé contra el contenedor de basura. Rebotó contra la tapa abierta y cayó adentro con un ruido metálico. Corrí hacia el contenedor y miré. El vaquero estaba frío, cubierto de lechuga y tomates podridos. Me acerqué al tan peligroso círculo de tiza y borré una parte con la suela del zapato. Mi padre lo atravesó y me miró maravillado.

—¿Cómo lo hiciste? —inquirió.

—Yo, eh, solo crucé —respondí—. Sentí un poco de estática en el aire, pero nada más.

—¿Sabes lo que eso significa?

—¿Qué puedo cruzar una línea de tiza?

Él sacudió la cabeza.

—Que sí eres parte humano.

—Entonces, ¿no soy un engendro de demonio después de todo?

Él sonrió.

—Oh, definitivamente eres un engendro de demonio, pero también tienes un costado humano. —Emitió un silbido—. Y ellos creían que los mestizos eran imposibles.

—Los Conroy debieron haber sabido algo si se llevaron a Ivy.

—Quizás. O tal vez son personas malvadas.

—Eso ya se sabe de cualquiera que les robe un bebé a sus padres. —Señalé con el pulgar por encima del hombro hacia el hechicero en el contenedor—. ¿Qué hay sobre él?

—No sé qué hacer con él. Son malas noticias. Si nos encontró, significa que otros pueden estar cerca.

—¿Por qué los magos necesitarían dinero? ¿No lo pueden crear de la nada?

Él rio por lo bajo.

—No les gusta que los llamen así. Los amontona con los ilusionistas ordinarios. Además, ni siquiera los mejores hechiceros pueden crear cosas de la nada. —Mi padre se quedó con la mirada perdida por un momento y luego entrecerró los ojos—. ¿Tienes tu teléfono a mano?

—Por supuesto. —Lo saqué.

—Veamos el sitio web del Cónclave. Tal vez tengan publicada la recompensa por mí.

Mis cejas casi salieron volando.

—Debes estar bromeando. ¿Tienen un sitio web? —Tipeé la dirección que me dio mi padre. Como era de esperar, apareció un sitio web del

Cónclave del Supramundo con un diseño gráfico profesional y todo. La página principal tenía un listado de recompensas. La mía y la de mi padre estaban en los primeros puestos. La mayoría rondaba los mil dólares. Las nuestras eran de cincuenta mil cada una. Casi me sentí halagado—. ¿Cómo pueden tener un sitio web los hechiceros? Pensé que la magia y la tecnología no funcionaban bien juntas.

—La magia y la tecnología funcionan muy bien juntas —me corrigió—. Algunas de las cosas que pueden hacer hoy en día te matarían del susto. Además, este no es el sitio web del Consejo de Arcanos. El Cónclave del Supramundo gobierna a todos los seres sobrenaturales. O, al menos, lo intenta.

—¿Lo intenta?

—Cada facción se queja de que las otras tienen demasiado poder. La mayoría de las veces no se hace nada. En casi lo único en que la mayoría está de acuerdo es en mantener lo sobrenatural fuera de la primera plana. Se encargan rápida y silenciosamente de cualquiera que rompa esa regla.

Tragué saliva. ¿Había cruzado la línea? Pregunta estúpida. Me había lanzado por encima de la línea con el fútbol americano. Esa debía ser la razón por la que el Cónclave había puesto una recompensa por mí.

Me acerqué al contenedor y, a pesar del olor desagradable, saqué al hechicero inconsciente. Unos trozos de lechuga podrida cayeron de su gabardina marrón de cuero. Le palmeé la mejilla un par de veces. Se despertó de golpe, murmurando algo sobre acordarse de sus pantalones de gimnasia. Cuando sus ojos se enfocaron en mí, su mirada se endureció.

—¿Cómo rompiste el círculo?

—Yo haré las preguntas —señalé—. ¿Cómo nos encontraste?

—Mucho trabajo de detective.

—¿Hechizos de rastreo? —consultó mi padre.

Él sacudió la cabeza.

—No tenía sangre ni nada con que rastrearlos. —Yo no estaba seguro de cuáles eran los límites de la magia en ese aspecto. Hasta donde sabía, él podría sacudir una varita mágica y teletransportarnos—. Deberían venir conmigo. Será mucho más sencillo para ustedes.

Lo miré con una expresión de "Sí, claro".

—¿Qué tal si nos dejas en paz y te marchas?

Él resopló.

—Soy la menor de sus preocupaciones. Desde que se publicaron las recompensas por ustedes dos, toda clase de sobrenaturales salió a la caza.

—¿Vampiros? —indagó mi padre con expresión preocupada.

El hechicero se levantó y miró el destrozo que había hecho yo con el báculo.

—¿Sabes cuánto tiempo lleva hacer uno de esos? —Sacudió la cabeza—. No, claro que no. —Algo hizo ruido. Un trozo de teja cayó al callejón desde un segundo piso. Mi padre maldijo. El hechicero revisó la gabardina y sacó una vara de ébano de unos treinta centímetros de largo. Algo frío me hizo sentir un cosquilleo en mis sentidos, tal como había sucedido la noche anterior antes de la pelea con Randy—. Sabía que esos malditos estaban siguiéndome. Los asquerosos vagos debían estar esperando a que yo los tuviera ya dormidos.

Tragué saliva.

—Emmm, ¿quién está siguiéndote?

Unas formas oscuras cayeron desde arriba y aterrizaron frente a nosotros. Conté seis. Una figura sombría se acercó a la vaga luz de un farol. Se veía bastante corriente, aparte de la tonalidad anormalmente pálida y del pelo marrón largo hasta los hombros. Detrás de él apareció otro rostro familiar: *Randy*.

CAPÍTULO 29

Mortimer, Blake y Felicia estaban a los costados de Randy. Considerando que les habíamos pateado el trasero la noche anterior, no me habría preocupado si no fuera por la docena o más de otros chupasangres que los apoyaban. El del pelo largo sonrió y dejó a la vista unos dientes de conejo y un agujero.

—¡Por todos los cielos! ¿Qué les pasó a tus dientes? —Sacudí las manos con horror fingido—. ¿Los vampiros no van al ortodoncista?

—Maldición, estoy harto de tu sarcasmo, Justin. —Randy hizo sonar sus nudillos—. Deberías haber aceptado mi oferta de anoche. Ahora las cosas se pondrán desagradables. Odio hacerlo, pero tú y tu querido papito están por convertirse en los nuevos huéspedes en *Fortezza* del Vampiro.

—Me pateaste el trasero anoche. —A Mortimer le temblaba la barbilla—. ¡Demonios malos! ¡Malos!

Mi padre mostró los dientes, y sus ojos se encendieron.

—Sí, niño, es lo que hacemos.

Sonreí con superioridad.

—¿*Fortezza* del Vampiro? Maldición, Randy, tu portugués es terrible.

El vaquero resopló.

—Eso es porque es italiano.

Intenté pensar en una respuesta ingeniosa, pero fallé.

—Ah.

—Sí, estúpido. ¡Italiano! —Los dientes manchados de Randy brillaron a la luz del farol.

—Bueno, ¡al diablo tú y tu italiano! —grité.

Sus iris brillaron de color rojo en respuesta. Miré hacia los techos y perdí la cuenta de las sombras que aguardaban la orden de saltar.

—¡Aguarda un condenado minuto! —El vaquero levantó el *smartphone* para mostrar un símbolo, que se parecía un poco a la estrella de un alguacil—. Soy Harry Shelton, un cazarrecompensas del Supramundo con la debida licencia. No pueden pasar por alto mi reclamo.

—¿Supramundo? —Randy rio y miró a su alrededor. Otros vampiros sumaron su risa desdeñosa. La sonrisa se le borró de los labios—. Ya no necesitamos a esos perdedores. Están frente a lo que pronto será el nuevo orden vampírico.

—Malditas hadas voladoras. —Shelton sujetó la varita mágica con más fuerza—. Estúpidos desgraciados, no pueden hablar en serio. El Sindicato Rojo les arrancará los colmillos y se los meterá por el trasero antes de permitirles quebrantar la Ley del Supramundo. ¡Ahora lárguense de aquí y déjenme terminar mi captura!

Debía admitir que Shelton tenía agallas, considerando las probabilidades. Randy abrió la boca para mostrar sus colmillos horribles.

—Ni en sueños, vaquero.

—¡No soy un maldito vaquero! —La varita de Shelton emitió energía en un extremo—. Última oportunidad, monos chupasangre.

No podía evitar sentir respeto por el tipo, aun si era un idiota. Me puse tenso. Mi padre se puso tenso. Los vampiros avanzaron con estilo, por supuesto. El crujido de vaqueros rotos a la moda, faldas de colegiala y camisas de diseñador se mezclaba con las pisadas de costosas botas de cuero. Felicia se acomodó los anteojos y me mostró la lengua. Se veía tan sarcástica que me hacía querer golpearla en el rostro.

—¡Aguarden! —Levanté las manos, y los vampiros hicieron una pausa. Miré al de pelo largo—. ¿Dónde conseguiste esos pantalones fantásticos? —Eso lo desconcertó lo suficiente para que yo pudiera gritar—: ¡Corran!

Los tres nos retiramos.

Un grupo de vampiros saltó de los techos detrás de nosotros. Cada uno de ellos aterrizó perfectamente, excepto el último tipo, quien pisó el borde del contenedor. Su grito de consternación quedó interrumpido por un golpe seco cuando cayó de frente sobre los adoquines. No había hacia dónde escapar.

Mi padre se transformó: los músculos se acumularon alrededor de sus brazos, hasta que creció unos treinta centímetros de altura y su piel se tornó de un color celeste. Lucía garras afiladas y emitió un rugido. Mortimer gritó e intentó retroceder, pero el grupo de vampiros detrás de él lo empujó.

—¿Cómo me transformo así? —le pregunté a mi padre.

—Ni siquiera lo intentes. —Su habitual voz de tenor bajó una octava y quedó al borde de un sonido gutural—. Si te equivocas, verás lo que es un verdadero monstruo.

Los vampiros arremetieron. Se desató un infierno. Shelton gritó una palabra, y unas abrasadoras llamas naranja pasaron junto a mi rostro y estallaron sobre Blake, quien terminó contra una pared, con los pantalones chamuscados. El olor a pelo y tela de vaquero quemados invadió el aire.

Capturé a un vampiro con el puño en el aire. Lo lancé lejos. Esquivé el pie de Felicia cuando saltó de la pared hacia mí. Un vampiro detrás de mí me envolvió con sus brazos como una tenaza. Otro me lanzó un puñetazo. Me agaché para soltarme. En lugar de que el puñetazo me alcanzara a mí, le dio en la nariz del compañero. Bajé el hombro y embestí a mi atacante. Él salió volando y cayó dentro del mismo contenedor al que había arrojado a Shelton un poco antes.

El hechicero rostizó a otro vampiro. Le deshizo el pelo largo, que quedó como una masa olorosa y ardiente. El fuego no parecía matarlos, pero chamuscarles el pelo y la ropa de diseñador de verdad los enfurecía. Shelton gritó: "¡Yod!" y cerró el puño de la mano libre. Apuntó a los vampiros detrás de nosotros. Estos chocaron con una barrera invisible y rebotaron.

Mi padre sujetó al de los dientes de conejo y lo arrojó contra un contenedor. Sus dientes se rompieron.

—¡Supongo que es una manera de arreglarle esos dientes horribles! —Apoyé la espalda contra la de mi padre, y enfrentamos otra arremetida.

Mortimer se agachaba y esquivaba mis puñetazos. Me sentía un poco culpable por pelear con un niño pero, por otro lado, era probable que fuera mucho mayor de lo que se veía. Además, se movía entre mis golpes como Yoda después de varias bebidas energizantes. Felicia me atacó por la izquierda. Me dio un golpe en la mandíbula. Vi las estrellas. Tambaleé. El niño me dio un puñetazo en el estómago que casi me hizo subir la comida al esófago. Apenas logré esquivar otro golpe de Felicia y llegué a ver a mi padre mientras los vampiros se abalanzaban sobre él como hormigas. A pesar de su monstruosa forma de semidemonio, eran demasiados malditos vampiros.

Una oleada de ira alimentada por adrenalina me corrió por las venas. Arremetí contra Mortimer al tiempo que él me lanzaba otro golpe. Lo sujeté de la garganta. Lo arrojé contra una pared de ladrillo. Felicia me saltó a la espalda. La tomé de las colitas del pelo. La lancé contra el grupo de vampiros que acababa de atravesar el escudo del hechicero detrás de nosotros. El impacto los derribó como pinos de bolos y le dio a Shelton la fracción de segundo que necesitaba para crear una pared de fuego.

Chillidos y maldiciones comenzaron a surgir mientras las llamas consumían la ropa de los vampiros y, con esta, su dignidad.

Volteé hacia mi padre.

—Hay demasiados —protestó. Levantó la tapa de una alcantarilla y la arrojó como un frisbi. Los vampiros salieron volando hacia todas partes. Mi padre giró hacia la pared de ladrillos, levantó el puño y la golpeó. Se formaron grietas. La golpeó una vez más. Las grietas se agrandaron. Antes de que pudiera golpearla de nuevo, los vampiros avanzaron como una ola.

Lancé puñetazos a ciegas, sin poder distinguir amigos de enemigos en la aglomeración. Un globo naranja salió disparado al aire y se transformó en luz solar brillante. Los vampiros retrocedieron ante la luz, y su piel se tornó rosada.

—¡Papá! —Giré en un círculo mientras la masa de cuerpos se abría. Los vampiros se protegían del hechizo de luz solar. Vi que se lo llevaban. Su fuerza y su tamaño no podían competir con la cantidad de captores superpoderosos. Randy le envolvió el cuello con una cinta, y este cayó flácido. Randy cruzó la mirada conmigo y sonrió con suficiencia.

—Uno fuera. Queda uno, Justin.

Alguien me sujetó del codo. Me eché hacia atrás y casi golpeé a Shelton antes de darme cuenta de que era él. Nuestros atacantes, golpeados, quemados y adoloridos, abandonaron la pelea y custodiaron al grupo de compañeros que se retiraba a toda velocidad hacia una camioneta negra, al final del callejón.

—Maldición, chico, vamos. Ese hechizo no durará más de un minuto. —Shelton intentó llevarme en dirección opuesta a los vampiros en retirada.

—¡No! Ayúdame a detenerlos —le rogué—. Hazlos explotar.

—No puedo. Estoy exhausto, y son demasiados. Si se dan cuenta, pueden regresar y acabar con nosotros.

—¡Crea unas estacas de madera y lánzalas!

—No funciona así, chico.

Corrí hacia la horda de vampiros. Tres de los nuevos formaron un muro para proteger a los compañeros chamuscados y sin pelo. Bajé el hombro y los embestí. Uno cayó. El otro recibió una explosión de fuego del hechicero.

Un par de brazos me envolvió.

—Serás un rico aperitivo —comentó una voz masculina.

Gruñí, doblé las rodillas y salté hacia atrás para aplastar a mi captor contra la pared de ladrillo. Su agarre se aflojó. Sacudí el cuerpo hacia adelante y eché la cabeza hacia atrás. Su nariz hizo un crujido horrible. Me soltó y se llevó las manos a la nariz. Giré y le di un puñetazo en el ojo. Luego, un rodillazo en el estómago. Él aulló de dolor y se dobló al medio mientras su sangre oscura goteaba al piso. Recibí una patada en el trasero. Tambaleé hacia adelante y caí junto a los pies del hechicero. Él murmuró algo, y un escudo de tono azulado se formó entre nosotros y los atacantes. Randy me saludó con la mano desde el extremo del callejón.

—Oye, Justin, ¿quieres a tu padre de regreso? Acepto intercambios. —Me mostró el dedo mayor y se subió a la camioneta.

Los vampiros restantes retrocedieron y se dirigieron a un sedán negro, que se estacionó en el lugar donde había estado la camioneta. Felicia arrojó sus anteojos rotos contra el escudo y nos mostró la lengua antes de seguir a sus compañeros. Tenía una de las colitas desarmada, y su remera rosa estaba manchada con mostaza verdosa y lechuga podrida, probablemente del contenedor de basura.

—Buen trabajo, chico. —Shelton me palmeó el hombro.

—Oh, cielos. —Caí de rodillas—. Tienen a mi padre. ¿Qué voy a hacer?

—No hay mucho que puedas hacer. —Se encogió de hombros—. Maldición, eres un engendro de demonio. No debería importarte tanto.

Me puse de pie. Lo sujeté de la gabardina y lo acerqué a mí.

—Tal vez no creas que somos humanos, pero es mi padre. Me crio desde que nací, me compró pizza casi todos los viernes y me dejó probar la cerveza. Me mostró mi primera revista porno y se tomó el tiempo para lanzarme bolas de béisbol, a pesar de que yo era un desastre. —Lo sacudí—. Tal vez seamos unos humildes engendros de demonio, pero ¡es mi maldito padre!

—No me gusta la manera en que estás tocándome, chico.

—¿Ah, no? —La furia me hacía hervir la sangre. Lo levanté en el aire y consideré arrojarlo contra la pared hasta que quedara hecho una bola de carne.

—Puedes lastimarme si quieres, pero eso no salvará a tu padre.

Él tenía razón. No me ayudaría en nada. La tristeza me calmó la ira. Lo bajé y me di vuelta para mirar la salida del callejón. El hechicero se aclaró la garganta.

—Mira, te agradezco que me salvaras la vida. Mi nombre es Harry Shelton, pero todos me llaman *Shelton*.

—Oí tu nombre la primera vez. —Dejé caer los hombros—. Soy Justin.

—Lo sé. —Se apresuró a agregar—: Por la publicación de la recompensa.

—Supongo que los Conroy te contaron sobre nosotros.

—¿Esos presumidos de sangre azul? —Resopló—. Alice Conroy, tu madre, desapareció de la comunidad de hechiceros hace años. No hemos oído de ella en más de una década. De repente, vuelve a estar en el radar, y los Conroy ponen una recompensa sobre David Slade y su familia. Ahora, como bien saben todos, uno no se mete con la Casa Slade. Pero, al parecer, papito querido ya no era considerado parte de la familia. Entonces, investigué un poco y descubrí que Alice Conroy no solo jugaba a la casita con ese monstruo, sino que, además, te tenía a ti. Una vez que averigüé que *Case* era solo un alias, rastrearlos fue cuestión de tiempo.

—Supongo que tú dibujaste todos esos círculos de confinamiento detrás de la escuela para ver quién quedaba atrapado.

Shelton sonrió.

—Brillante, ¿no? Supongo que no se me ocurrió que no te afectarían.

—¿Tenías idea de que yo era el Slade al que buscabas? —inquirí.

—No. Me engañaste como un Jedi.

—No. De verdad no sabía que era un Slade hasta ayer. —Le mostré los dientes—. Y te agradecería que dejaras de referirte a nosotros como monstruos, imbécil prejuicioso.

Shelton me observó pensativo.

—Admito que tu padre no parece el típico engendro. Y tú... —Sacudió un dedo frente a mí—. Hay algo muy diferente en ti. Siempre pensé que una pareja de engendro y humano produciría un engendro puro. —Sus ojos se iluminaron—. Pero, en este caso, no fue así. ¿Tengo razón? Eres parte humano. Eso explica cómo pudiste romper mi círculo.

—Supongo que solo en parte soy monstruo.

Shelton sonrió con suficiencia.

—No seas tan duro contigo mismo, chico.

—Como soy parte humano, ¿me ayudarás? —Cada segundo perdido latía dolorosamente en mi pecho.

—Supongo que te debo una.

—Eso es poco decir.

—Solo hacía mi trabajo. —Shelton se encogió de hombros—. Si te ayudo, no podemos involucrar a otros arcanos. Tu clase no tiene muchos admiradores.

—¿Me parece a mí, o la comunidad sobrenatural está llena de imbéciles racistas?

Él sonrió.

—Mira, es evidente que no sabes mucho sobre el mapa político. Los engendros no son personas... emmm... agradables. Los vampiros, por otro lado, suelen ser bastante civilizados... excepto por estos chupasangres a los que acabamos de enfrentar. —Frunció el ceño—. En su mayoría, todos detestan a los engendros porque son un montón de idiotas demoníacos.

—¿Qué sucede con estos vampiros con los que luchamos? ¿Están en contra del Sindicato Rojo?

Shelton enderezó el cuello de la gabardina.

—¿Quién demonios sabe? Para mí eran como un grupo de niños. A los del Sindicato Rojo les gustan los candidatos de entre veinticinco y treinta años, por lo general. —Levantó los trozos del báculo y los miró con dolor—. Si hubiera tenido mi báculo, tal vez habría podido ser de más ayuda.

—Solo arréglalo con magia. Es un simple palo.

—Claro, bueno, no espero que comprendas nada sobre magia.

—¿No puedes decir: "Reparo" y arreglar esa cosa?

Él suspiró.

—Esto no es *Harry Potter*, muchacho. No existen las palabras mágicas: solo fuerza de voluntad y habilidad.

Desenroscó una tapa en el extremo inferior del báculo y retiró un cilindro plateado.

—¿Qué es eso?

—Un arcagenerador y un procesador mágico.

—¿Para qué diablos necesitas eso?

—Para energía mágica y para cálculo de hechizos complejos.

—¿En un báculo mágico?

Él revoleó los ojos.

—¿De verdad crees que podría hacer todos los cálculos de Física por mi cuenta? Preprogramo mis mejores hechizos en un arcatableta y los transfiero al procesador de mi báculo o de la varita. El arcagenerador puede ser muy útil si necesito pasar al modo Lastimar.

—¿Por qué antepones "arca" a algunas palabras?

—Tecnología más magia arcana es igual a arcanología. —Tocó un módulo en el cilindro—. Esta es la UPM o Unidad de Procesamiento Mágico.

—¿Como lo hacían Merlín y sus amigos en su época?

—Lo que podían hacer los hechiceros originales no es nada comparado con lo que podemos hacer ahora.

—Entonces, tu varita no tiene suficiente poder, supongo. —Puse expresión triste—. Tal vez si le colocas una arcaestrella brillante en un extremo, funcionaría mejor.

—Ja, ja. —Shelton guardó el generador en el bolsillo de la gabardina. Examinó la varita por un momento y luego me la entregó—. Fíjate si puedes encenderla.

La giré.

—No veo un interruptor.

—No existe uno, muchacho. Sujétala del extremo más grueso e imagina que está encendida.

No estaba seguro de cómo imaginar que estaba encendida. La extendí y la moví de un lado al otro. Nada sucedió, pero algo me hizo cosquillas en la mano. La sacudí frente a mí. Aún nada, excepto que parecía que unas hormigas trepaban por mi piel.

—Supongo que estaba equivocado —señaló Shelton, y la recuperó.

—Creo que el generador está por descomponerse. Podía sentir la corriente eléctrica en la mano.

Él frunció el ceño.

—¿Sentiste algo?

—Como si tuviera hormigas en la mano.

—Por el búfalo sobre la pista de patinaje sobre hielo en una noche de disco. —Me miró de arriba abajo—. Eres extraño. Nadie, excepto un humano con talento mágico, debería sentir algo que proviniera de esa varita.

—Bueno, mi madre es una hechicera.

Él soltó un silbido.

—Cielos, tienes razón. —Se mordió el labio inferior y entrecerró los ojos para pensar. Un momento después, me hizo señas para que lo siguiera y caminó hacia la calle—. Sugeriré algo que tal vez no quieras oír.

Cerré los puños, pero lo seguí.

—Salvaré a mi padre.

—Tal vez debas pedir ayuda al Consejo Arcano como hijo de Alice Conroy. Tienes un derecho de sangre. Deben escucharte.

—Pensé que a los hechiceros no les gustaban los engendros y, además, ¿qué hay sobre la recompensa?

—Como compartes una línea de sangre con una hechicera y con tu padre, podrían estar obligados por la ley a intervenir. Existe un precedente.

Quedar envuelto en un desastre político no sonaba como una opción válida. No mientras Randy utilizaba a mi padre para experimentos retorcidos. La sola idea me hizo un nudo en el estómago.

—Bien podría pedirles ayuda a los Slade —sugerí.

—Una idea terrible —afirmó Shelton—. En primer lugar, ellos repudiaron a tu padre y, en segundo lugar, averiguarían todo sobre ti, y ellos mismos te secuestrarían.

—¿Y los Conroy no lo harían? —Casi solté: "Como hicieron con mi hermana". Por fortuna, me contuve. Al parecer, Shelton no sabía sobre ella, y yo planeaba que siguiera sin saberlo.

—No podrían. Tenemos un código de ética.

—¿Ética? Qué gracioso. —Me detuve en las sombras al final del callejón y observé a las personas mientras seguían con sus vidas, ajenas a vampiros, engendros o hechiceros. Suspiré—. Mira, solo dame una pista. ¿Quién se llevó a mi padre?

—Piénsalo, muchacho. Si corres hacia allí sin ayuda, terminarás como tu padre. Imagina esas criaturas con colmillos chupándote el cuello durante años, incluso décadas. Te mantendrían vivo como un eterno postre.

Me estremecí.

—Tú podrías ayudarme. —Solo se me ocurría una persona más que podría ayudar, pero la idea de pedírselo me asustaba tanto como la idea de ir solo.

Shelton sacudió la cabeza.

—Oye, te agradezco por haberme salvado la vida, pero no entraré a ciegas en una fortaleza de vampiros sin ningún respaldo. Si no me haces caso, estarás por tu cuenta.

—¿Cómo encuentro a los vampiros?

Él sacó un *smartphone*.

—Dame tu correo electrónico y te enviaré lo que sé.

Parecía muy extraño darle mi correo a un hechicero, de entre todas las personas, pero lo hice.

—Solo no me agregues en Facebook.

Tomó ese comentario con una sonrisa irónica.

—Tienes espíritu y una gran cantidad de negación adolescente. Buena suerte.

Regresé al auto, y varios peatones me miraron sorprendidos por el camino. Tenía hollín y sangre de vampiro en la piel y en la ropa. No tenía tiempo de ducharme y cambiarme. Debía recurrir a mi última esperanza. Si ella me rechazaba, debería ir solo.

CAPÍTULO 30

Conduje hasta el viejo parque industrial en Scottdale, la posible guarida de mi furtiva acosadora felicana. A pesar de haber desaparecido la noche anterior, ella me había ayudado de alguna manera con Randy y sus amigos. Tal vez me ayudaría a rescatar a mi padre si me arrodillaba y le rogaba.

Según el correo de Shelton, los vampiros que se habían llevado a mi padre podían ser renegados, y no miembros del Sindicato Rojo. No sabía una cifra exacta, sino una suposición de que la guarida de vampiros podía albergar cerca de cien chupasangres.

Bajé del Jetta y me quedé en el aire frío de la noche para dejar que la brisa me llevara los aromas cercanos. Intenté sentir alguna pista de la presencia de Stacey, pero no encontré nada. Eso no significaba mucho, ya que mi rango no parecía ser muy extenso. De lo contrario, habría presentido a los vampiros que nos habían atacado a mí y a mi padre antes de que nos hubieran emboscado. Corrí entre dos depósitos de ladrillos rojos en ruinas. Trepé por la pared de la izquierda y salté de pared en pared hasta que llegué al techo. Me agaché y traté de oír el sonido de patas felinas que se acercaran hacia mí o el inconfundible olor a moggy. Nada.

Esperé durante una hora, moviéndome de edificio en edificio en el extenso complejo con el mayor sigilo posible, mientras vigilaba los otros techos. Si no hubiese tenido miedo de encontrarme con otro moggy, podría haber sido divertido. En su lugar, casi me hacía encima con cada sonido inocente. Finalmente, oí movimiento y me agaché, al tiempo que una figura saltaba por el borde del techo frente a mí y aterrizaba sobre los pies sin hacer ruido. La silueta de la figura voluptuosa que se recortaba sobre la luna, probablemente, era Stacey, pero no quería arriesgarme. Por fortuna, estaba en contra del viento. Los felicanos debían tener un magnífico sentido del olfato.

Emitió un maullido suave. Oí los pasos de decenas de patas y me quedé paralizado. ¿Había pasado por alto otro moggy? Unos gatos aparecieron de todas direcciones, corriendo y maullando como locos, lo que casi me dio un infarto. Stacey colocó paquetes sobre el techo y los gatos (de tamaño normal, gracias al cielo) empezaron a comer. Era carne fresca, pero no podía determinar de qué clase. Esperaba que no fuera carne humana. Me dieron arcadas ante la mera idea de que esos callejeros estuvieran comiendo hamburmanos.

Stacey se acuclilló y acarició a los gatos mientras estos se frotaban entre sus piernas. Le hablaba a cada uno y lo llamaba por su nombre. Corrí hacia el borde del techo y salté. Ella dio un salto hacia atrás, se plantó sobre ambos pies y me enfrentó, siseando y mostrándome sus garras felinas.

—Oye, tranquila, tigresa. —Retrocedí. Ella se sobresaltó al reconocerme y bajó las manos—. Chica, le das una nueva definición a lo de "la señora loca de los gatos".

—Me diste un susto de muerte, cariño —ronroneó—. ¿Cómo me encontraste?

Decidí no entrar en detalles sobre haberla seguido. Podría enojarse considerando que alguien había matado a su moggy por culpa mía.

—En primer lugar, gracias por la ayuda de anoche.

Ella frunció los labios y entrecerró los ojos.

—Vi a tu padre, y decidí que él estaba más capacitado para ayudarte.

—Lo valoro más de lo que te imaginas.

Una sonrisa lánguida se dibujó en sus labios carnosos.

—Continúa.

—Ahora tengo un problema más grande.

—¿Por qué no me sorprende? —Su sonrisa se desvaneció—. Mi corderito, tú eres un problema.

Decidí no medir mis palabras.

—A esos vampiros no les agradó nada que les hayamos pateado el trasero anoche. Quieren utilizar mi sangre para algún tipo de suero vampírico y nos persiguieron. Yo escapé, pero mi padre no.

—No puedo ayudarte. —El miedo cruzó por sus ojos—. Soy solo un alma solitaria.

—Un alma solitaria, un cuerno. Sé de lo que eres capaz. Mi padre me lo contó. Puedes armar un ejército con estos gatos.

—Me niego a enviar a estas inocentes criaturas a su muerte. —Su tono se elevó por la indignación—. ¿Crees que soy un maldito monstruo? —No respondí. No sabía qué decir. Las lágrimas se acumularon en los ojos de ella—. De verdad crees que soy un monstruo, Justin. —Ella resopló—. ¡Qué poco amable!

La sujeté con suavidad de los hombros.

—No, no es así. Solo que no me había dado cuenta de lo que sentías por tus mascotas.

Ella me apartó.

—No son mis mascotas. Son mis compañeros. —*Una señora de los gatos muy loca.* Me senté sobre un conducto de ventilación. No sabía qué hacer. Stacey se acercó por detrás y me acarició el pelo. Se sentía extrañamente relajante, como si me rascaran detrás de las orejas—. Lamento lo de tu padre —expresó un momento después—. Hace mucho tiempo que no sé lo que es una familia. —Suspiró—. Sería encantador tener un compañero. Alguien con quien cazar y con quien disfrutar de mis amigos felinos.

—¿Es por eso que me quieres?

—En efecto. Eres muy cercano a mi clase en naturaleza, aunque no puedas transformarte.

—Me gustan los gatos —señalé—, pero tú y yo jamás nos llevaríamos bien.

—Ah, ya veo. —Un tono de celos se coló en su voz—. Aún estás enamorado de esa dhampira.

—Elyssa. —El dolor quebró mis palabras—. Lo siento, Stacey. No estaba destinado a ser. Necesitas un chico que… emmm… adore a los gatos como tú.

¿Y qué hombre admitiría algo así?

—Quedan muy pocos de mi clase. —Dejó caer los hombros—. Me encantaría tener hijos algún día.

—Stacey, ¿comes personas?

—De ninguna manera. —Fingió sentir náuseas—. ¿Quién querría comer humanos, considerando la porquería que consumen?

—Pero te alimentas de energía humana.

—¿No lo hacemos todos? —Me rodeó para pararse frente a mí—. Los vampiros se alimentan de sangre humana. Nosotros, tú y yo, nos alimentamos de energía emocional. Hasta los nams se alimentan entre sí de manera emocional al amar, odiar, matar… —Se estremeció un poco—. Todos somos presas del otro, cariño. Los fuertes conquistan a los débiles.

—Nams. —Revoleé los ojos—. Los sobrenaturales tienen un apodo despectivo para los humanos normales.

—Los vampiros y otros seres sobrenaturales los llaman *nam-nams* porque se alimentan de ellos.

—Eso me dijeron. —Sentí que la conversación estaba desviándose, así que volví a encauzarla—. ¿No les das un susto de muerte a los nams para poder alimentarte de ellos?

—Es parte de lo que debo hacer. De lo contrario, toda mi alimentación sería insulsa.

—Te gusta jugar con tu comida antes de matarla.

—Admito que disfruto de carne fresca, pero no mato, ni como, humanos. —Perdió la vista en la distancia—. Supongo que otros pueden tener gustos diferentes. La verdad, no tengo idea, ya que no he visto otro de mi clase en años. —Sacudió la cabeza—. No, yo solo me alimento de sus miedos. Luego, los devuelvo al océano de humanos y dejo que se escapen.

La miré con suspicacia.

—Mi padre me dijo que nunca confiara en los felicanos, que ustedes son volubles.

—Bueno, soy mujer, Justin. —Ella sonrió con superioridad—. Tal vez puedas confiar en mí, o tal vez no. Supongo que depende de cuáles sean tus objetivos.

—Mira, me agradas Stacey. Probaste que eres buena persona al ayudarme anoche. —Estiré la mano—. ¿No podrías hacer algo, cualquier cosa, para ayudarme a salvar a mi padre?

Ella suspiró y echó un vistazo al grupo de gatos perezosos, que estaban echados sobre el techo, con el estómago lleno de carne cruda.

—Conozco varios machos que podrían aceptar pelear junto contigo, pero será su decisión. Una vez que los transforme en moggies, no hay vuelta atrás. Además, es muy difícil mantenerlos bien alimentados una vez que son más grandes.

Decidí hacerme el tonto, por si surgían preguntas acerca del moggy que había perdido la cabeza.

—¿Puedes hacerlos más grandes?

—Ah, sí. Me sorprende que tu padre haya omitido contártelo.

—Elyssa me había dicho que era un engendro de demonio, pero no le creí hasta que mi padre me lo confirmó ayer. No tuvo tiempo de darme todos los detalles sobre los demás sobrenaturales.

—Claro que no. —Me palmeó la mano—. La verdad es que conozco poco sobre tu clase, pero sí sé que tus hermanos son muy desagradables. —Se estremeció—. Sin embargo, tu energía psíquica es absolutamente de primera. En cualquier caso, mi corderito, me sorprendió gratamente conocerte.

—Intentaste atacarme. Alimentarte de mí. ¿A eso te refieres con conocerme?

Ella arrugó la nariz.

—Sí, lo hice, y lo siento. Pero eres tan encantador que podría hacerte saltar sobre mis rodillas.

No tenía deseos de descubrir lo ridículo que se vería que ella hiciera saltar sobre sus rodillas a alguien de mi tamaño.

—¿Qué ibas a hacerme?

—Te habría extraído un poco de tu esencia, tal como tú haces con tus presas. Puedo oler tu delicioso aroma cuando estás cerca. —Olfateó el aire hacia donde estaba yo y sonrió—. Me excita tanto... Me gustaría que pudiéramos llegar a algún acuerdo. Tal vez —se tocó la barbilla— pueda ayudarte a cambio de mis condiciones originales.

No tenía mucha opción.

—Supongo. Pero nada permanente.

—Me pides que arriesgue tanto por tan poco… ¿No podrías darnos una oportunidad? Te prometo que nuestro romance sería absolutamente encantador. —Casi sonaba como una vendedora telefónica sensual.

Suspiré.

—Stacey, bésame.

—Eres tan atrevido…

—Muy gracioso. Solo necesito comprobar algo.

Ella se acercó. Su respiración se volvió más intensa, y cerró los ojos. Nuestros labios se unieron. Los de ella eran suaves y ardientes. Presionó la lengua contra la mía. Me preparé para la desagradable sensación de papel de lija, pero se sintió como una lengua normal. Apasionada. Dispuesta. La acerqué más, intentando sentir algo en el corazón, cualquier cosa que me hiciera desearla más allá de una mera necesidad física. Algo que me hiciera aceptar el trato sin dudarlo.

Me acarició el pelo con una mano. Con la otra recorría suavemente mi espalda con las uñas. Me besó el cuello y me tocó la oreja con la lengua. Definitivamente, no se sentía áspera. De hecho, se sentía bastante genial. Sus pechos suaves se apoyaban sobre mi torso, y deslicé las manos por su espalda hasta apretar su trasero firme.

Mi cuerpo reaccionó: mi segundo cerebro se despertó ante la expectativa de apoderarse de esa seductora de cuerpo torneado. Me aparté sobresaltado. ¿Qué adolescente que se preciara de tal no se excitaría con semejante beso? Pero no había sido mágico. No me había recorrido las venas un deseo de consumirla y de hacerla parte de mí. A pesar de la atracción física, su beso solo había sido un recordatorio mediocre del toque fogoso, trascendental del verdadero amor. Ya fuera que tuviese alma o no, Elyssa afectaba parte de mí más allá de lo físico. Jamás tendría eso con Stacey.

—¿Por qué no puedo quitármela de la cabeza? —grité desesperado al cielo.

Las lágrimas se acumularon en los ojos color ámbar de Stacey.

—Estás demasiado enamorado de ella —señaló—. Hasta me mantuve completamente humana para hacerlo más confortable y que mi lengua no provocara un sarpullido.

—Lo siento, Stacey. De verdad. Pero estoy dispuesto a hacer un trato contigo de todas maneras, si me ayudas.

Ella se puso de pie y se alejó para perder la vista en la oscuridad.

—No te ayudaré, Justin. —Tenía la voz temblorosa y sollozaba—. Supongo que estoy condenada a no encontrar nunca el verdadero amor. —Apoyó el dorso de la mano sobre la frente en un gesto melodramático.

—Solo porque no estemos destinados a estar juntos no quiere decir que no podamos tontear un poco.

—Pero quiero que me ames y que me adores. Quiero un hombre por quien volver a casa. Alguien a quien pueda abrazar y besar y con quien pueda disfrutar. —Sollozó más.

Yo sabía exactamente de lo que estaba hablando. Excepto que yo quería una chica, y no un hombre, por supuesto. Y jamás llamaría *casa* a un lugar en ruinas como ese. La abracé. Ella se volvió y hundió el rostro en mi pecho.

—Stacey, quiero que seas feliz. No empezamos con el pie derecho, pero estaría dispuesto a hacer lo que tú quieres. ¿Qué tal si, emmm, salimos o algo por un año, siempre y cuando sobreviva a esto?

Oí un pequeño maullido y bajé la vista para ver una bola negra que se frotaba contra mis piernas. Levanté al conocido felino.

—¡Capitán Tibbs! —exclamé—. Debería haber sabido que encontrarías un mejor lugar.

—¿Se conocen? —consultó Stacey. Tomó al gatito y lo besó en el hocico

—. ¿Conoces a este hombre? —El Capitán Tibbs maulló varias veces. Stacey me miró con ternura. Apoyó al Capitán Tibbs sobre el hombro, donde se sentó y ronroneó mientras se lamía la pata delantera—. Te ayudaré.

—¿Qué te hizo cambiar de idea?

—Nightliss me contó sobre tu valentía al haberla salvado de las garras de unos perros malvados.

Con toda la porquería que me había sucedido, casi había olvidado ese episodio. Parecía algo distante con todas las preocupaciones que tenía en la cabeza.

—No podía permitir que la lastimaran. —Y pensar que supuse que *ella* era *él*.

Stacey apoyó la mano en mi mejilla.

—Qué heroico de tu parte. Ni siquiera tenías tus habilidades demoníacas entonces, ¿verdad?

—Así es. —Miré al Capitán Tibbs—. ¿Por qué lo, es decir la, llamaste *Nightliss*?

—Sería el equivalente humano a cómo se llama ella. Además, *Capitán Tibbs*, como tú la llamas, es un nombre ridículo. —Sonrió con tristeza y me miró de arriba abajo—. Estás hecho una mugre, y tu olor es muy desagradable. Ve a casa a lavarte. Pediré ayuda a los machos. Aquellos que acepten serán la ayuda que recibas de mi parte. No espero nada a cambio. Si no puedo tener tu amor, solo me sentiré miserable en una relación basada en la conveniencia.

Era una manera muy melodramática de plantear las cosas, pero era un resultado mucho mejor que el que había esperado.

La besé en la mejilla y la abracé. Nightliss me tocaba la oreja con la pata y maullaba.

—Gracias. Gracias.

Stacey miró a la gata.

—Eres tan insistente, pequeña... —Nightliss volvió a maullar—. ¿Por qué es tan importante? —La gatita respondió con una gama de aullidos y maullidos que me dejaron sorprendido. Sus ojos verdes se movían entre Stacey y yo—. Bueno, Nightliss es muy persuasiva. —Stacey frunció el ceño—. Es raro encontrar gatos que se preocupen por algo más que su siguiente siesta o su siguiente caza. —Nightliss le pegó en la oreja—. ¡Sí, lo consideraré! —Stacey resopló. Se volvió hacia mí—. Recuerda: solo aquellos machos que acepten te ayudarán. Tal vez no acepte ninguno.

—Me conformaré con lo que sea.

Me pregunté cómo interpretaba todos esos sonidos que hacía Nightliss. Parecía imposible. Por otro lado, ya debería creer en cualquier cosa a esas alturas. Les rasqué las orejas a varios gatos cercanos, mientras revisaba con discreción que tuvieran las partes adecuadas entre las patas. Necesitaba impresionar a los machos. Ponerlos de mi lado.

—Sabes que Elyssa no puede amarte —planteó Stacey con tono de tristeza—. No hay dolor más grande que el amor no correspondido.

Se me hizo un nudo en la garganta y miré hacia otro lado.

—Dímelo a mí.

CAPÍTULO 31

Me fui a casa para seguir el consejo de Stacey y ducharme. Me había dicho que nos encontraríamos en el mismo lugar a la noche siguiente. Había conducido un par de kilómetros cuando el Jetta se ahogó y se detuvo. Maldije y golpeé el volante. Me tomó solo un segundo identificar el problema: me había quedado sin gasolina. Con toda la basura sobrenatural que estaba sucediendo a mi alrededor, había olvidado las cosas más mundanas. No sabía qué hacer, excepto bajarme y correr a casa. Tendría que asegurarme de que nadie viera mi ropa. Me mirarían como si acabara de salir de un matadero y luego me hubiera ido a nadar en el lodo.

El camino más corto hasta mi casa era correr a través de Clarkston, una parte de la ciudad aún más destruida. No conocía ninguna ruta por patios traseros, así que me fui por las calles traseras, con la esperanza de saber hacia dónde iba. Pasé corriendo por comercios cerrados, casas tapiadas y almacenes con barrotes en las ventanas. Acababa de pasar por la terminal de autobuses cuando oí un ruido vago que me hizo frenar en seco.

Era el sonido del miedo. Un grito ahogado que podría provenir de una boca amordazada. La injusticia de eso me golpeó el corazón, y no pude resistir el tironeo. Corrí hacia la fuente, a unos noventa metros, detrás de un centro comercial. Dos jóvenes rufianes sujetaban a una chica, que no era mayor que yo. Los ojos de ella emanaban terror.

—Suéltenla —ordené antes de pensarlo. Era bastante estúpido considerando que no sabía si tenían armas.

El más alto se dio vuelta y de inmediato confirmó que sí las tenían. Sostuvo la pistola de costado, al estilo mafioso.

—Será mejor que te vayas, tonto. No tienes nada que hacer aquí.

Su compañero se paró detrás de la chica con una mirada lasciva.

—El idiota no tiene idea, D. J. Enséñale.

—Suéltenla. —Imaginé la ruta por la que tenía menos posibilidades de recibir un disparo.

El tipo armado flexionó el dedo. Me aparté hacia la izquierda. El arma explotó. El tiempo pareció ralentizarse. Doblé a la derecha. Le sujeté el brazo del arma y le choqué el hombro. Su brazo se rompió como una ramita. Tomé la pistola, lo miré con odio e intenté quitar el cargador, como lo hacían en las películas. Lamentablemente, no sabía lo que estaba haciendo, así que tuve un momento de incómoda confusión mientras toqueteaba esa estúpida cosa. Por fin solo le puse el seguro.

—¿Qué demonios...? —exclamó el otro tipo, el que no gritaba por su brazo fracturado.

—Supongo que deberías haber hecho caso. —La ira resonaba con un rugido en mi garganta. Algo cambió en mí. El dolor explotó en mi cabeza, y el mundo se volvió rojo. La sangre se me subió a la cabeza al ritmo de timbales que golpeteaban en mi corazón. Sentía como si la frente estuviera abriéndose. Como si algo brotara a través del hueso.

El rufián gritó en un tono extraordinariamente agudo para un hombre y salió huyendo. La chica se desmayó. El del brazo roto estaba demasiado ocupado sollozando de agonía como para pensar en correr.

Tambaleé. El dolor cedió. Casi desapareció del todo. No había tenido esos horribles dolores de cabeza en días. Tal vez mis problemas de desarrollo como un engendro de demonio aún no habían terminado. Fuera cual fuese el caso, la aspirina no serviría de nada.

Levanté a la chica y la llevé corriendo hasta el frente del centro comercial, donde un grupo de adolescentes gritaban con desesperación el nombre de alguien. Consciente de lo malo que se vería si un tipo sucio apareciera con una chica inconsciente en los brazos, la coloqué sobre un banco cercano y me oculté a la vuelta de la esquina.

—¡Por aquí! —grité. Oí pasos y exclamaciones cuando vieron a su amiga. Luego, me fui. *¡Qué sensación!*

Estudié mi ubicación y enfilé hacia casa. Se sentía maravilloso haber rescatado a alguien. A pesar de mis niveles bajos de energía y del hambre que rugía en mi estómago, me sentía energizado. Por tonto que pareciera, me dio esperanza.

Al fin llegué a casa y me quité la ropa arruinada. Después de una ducha, me puse unos vaqueros y una remera negra. Supuse que podría intentar camuflarme mientras hacía un reconocimiento del lugar que Shelton había mencionado en su correo. Si Stacey cumplía con su palabra, debía estar preparado.

Alguien golpeó la puerta. La esperanza resurgió. Tal vez mi padre había escapado. Tal vez Shelton había decidido ayudarme. O podrían ser Nyte y Ash. Tenía varios mensajes de ambos.

Espié por la mirilla y vi una escalera vacía. Giré la cabeza. Otros golpes en la puerta. Me di vuelta y volví a mirar. No había nadie allí: alguien estaba jugando. Eso podría ser muy malo. Podían ser más vampiros o hechiceros en busca de la recompensa. Espié una vez más por la mirilla, y un par de ojos violeta me miraron.

Abrí la puerta sin pensar. Allí estaba Elyssa, con expresión neutra, sin odio ni asco.

—Sé lo de tu padre —afirmó.

—¿Cómo es que ya lo sabes?

—Hace tiempo que vigilo a ese grupo de vampiros. —Se quedó quieta, observándome con cuidado—. Después de que les patearan el trasero anoche, supuse que solo era cuestión de tiempo antes de que buscaran venganza.

—Lo sabías, pero ¿no nos dijiste nada?

Elyssa se tocó la sien.

—Utiliza tu cerebro, Justin. Solo porque encerré a ese rufián de bajo nivel anoche, ¿creíste que se había terminado? ¿Que el resto de la organización detrás de él lo dejaría pasar?

Ella tenía razón, así que cambié la táctica.

—Bueno, felicitaciones, tienen a mi padre. —Mi labio superior se puso tenso—. Un monstruo menos, queda uno.

—Oh, vamos, Justin. No puedes rescatarlo. Los vampiros que se lo llevaron son renegados, así que ni siquiera podemos pedir ayuda al Sindicato Rojo.

—¿Por qué dices eso? —Estaba furioso con ella por ser tan insensible, pero parte de mí no podía dejar de pensar en rozar sus labios. *¡Basta, estúpido!*

—El Sindicato Rojo tiene una imagen oficial que mantener en la comunidad sobrenatural, aun cuando se trate de engendros de demonio. De lo contrario, exigiría su liberación o, al menos, lo entregarían a cambio de la recompensa.

—Es gracioso. No puedo creer que unos malvados chupasangre estén preocupados por su imagen pública.

—La política vampírica es complicada. Van hacia donde sople el viento. La mayoría de las veces son quienes lo hacen soplar en primer lugar. —Su mirada pasó de mi ojo izquierdo al derecho y luego bajó apenas—.

Incluso, si consideran que tu padre es un renegado, lo tratarían según la ley.

—¿Y qué hay sobre la familia de mi padre? ¿Se quedarían observando y no harían nada?

—Así es, considerando que lo repudiaron.

Le hice señas para que entrara. Su mirada se tornó cauta, pero entró de todas maneras. Noté que tenía dos espadas sai enfundadas en sus muslos, igual que la noche anterior. Se parecían mucho a las que había construido para Reyes y Castillos.

Llevaba puesto el mismo atuendo ajustado de la noche anterior. La tela elástica se pegaba a sus curvas. Sus labios rojos me llamaban desde su tez blanca como la nieve. El pelo negro azabache y sedoso caía por sus hombros. *Mi diosa ninja.* Despejé la mente de esos pensamientos e intenté obligarme a odiarla.

—Bueno, estás armada hasta los dientes.

—En mi línea de trabajo, no vale caminar por ahí en ropa interior.

Eso es algo que me encantaría ver. ¡Basta!

—Debo intentar salvar a mi padre. Sabes que no puedo dejarlo.

—Es un engendro de demonio. —Ladeó apenas la cabeza—. Tú eres un engendro de demonio.

—¿Y? —Levanté las manos—. ¿Debo repetir el discurso que le di a Shelton?

—¿Quién?

—Por todos los cielos, Elyssa, es mi padre. —Oprimí los labios con fuerza. *Nada de lo que digas la convencerá. Acéptalo y sigue adelante.*

Ella entrecerró los ojos.

—Hay otras maneras de liberarlo. Podríamos solicitar la intervención del Cónclave del Supramundo.

—Dijiste: "Podríamos". ¿Significa que tu familia me ayudará?

—Oh, diablos, no. —Ella sacudió la cabeza con vehemencia—. Ni siquiera saben que estoy aquí.

—¿Saben sobre mí?

—Ahora sí, gracias a todo este alboroto sobre tu padre.

—¿Y?

—¿Y qué? No te cazarán si eso es lo que piensas. Mi madre no estaba muy feliz de enterarse de que había atendido a un engendro sin siquiera saberlo. —Sus labios se curvaron en una sonrisa triste.

—Es un poco escalofriante, ahora que lo pienso —comenté—. Descubrir que tu peluquera es una vampira. ¿Un vampiro la convirtió cuando estaba embarazada de ti?

Elyssa frunció el ceño.

—Mi madre es una dhampira como yo, Justin. —Hizo un ademán con la mano—. No somos como esas criaturas.

—Aguarda un momento. Los vampiros son criaturas, pero ¿tú no? ¿No es muy hipócrita?

Ella se apoyó sobre el respaldo del sofá. Sus ojos brillaban peligrosamente.

—Solo porque un vampiro violó a uno de nuestros ancestros no significa que seamos parecidos a ellos. Hacemos algo positivo con nuestras habilidades. Los dhampiros no son vampiros.

—Entonces, ¿estás diciéndome que no pudiste evitar haber nacido dhampira? —Articulé una O en señal de sorpresa—. Maldición, yo tuve un completo control sobre mi creación. Elegí a mis padres de un catálogo porque eran las personas más malvadas que pude encontrar. Dios pensó que era una buena elección para mí.

Ella abrió apenas la boca.

—¿De dónde sacas toda esta basura?

—Podría preguntar lo mismo, ¡sobrenaturalista! —Quería buscar un término sobrenatural para *racista*, pero fracasé.

—¿Qué? —Arrugó la frente—. Hicimos un juramento de proteger a los mortales de los seres sobrenaturales. De seres como los engendros.

—¿Eres de la Policía Sobrenatural? ¿Debería llamarte: "Alguacil Elyssa"?

—Somos templarios —gruñó.

Bueno, eso confirma la sospecha de mi padre. Actué como si no lo supiera.

—¿Como los caballeros? —Reí—. ¿Vas corriendo por ahí matando vampiros y demonios?

—No es así. No andamos matando a nadie. Simplemente, nos ocupamos de los forajidos y de los solitarios, a pesar de nuestro desagrado por...

—¿Monstruos como yo?

Recibió el comentario con un largo suspiro.

—Así son las cosas.

Me dirigí a la cocina y me serví agua. Mis entrañas se agitaban por el deseo de golpearla por su prejuicio, de besarla porque aún la amaba, o tal vez por ambas cosas. Dudaba de que pudiera ponerle una mano encima antes de que me destripara. Bebí un poco de agua.

—No le rogaré un a grupo de políticos asquerosos que me ayuden a liberar a mi padre. Si funciona parecido a la política humana, llevará una eternidad. No se sabe lo que Randy y sus amigos imbéciles están haciéndole a mi padre en este momento. —Tragué el resto del agua para calmar la sed que me quemaba, pero no sirvió. No era esa clase de sed—. Igualmente, ya tengo alguien que me ayude.

—¿Quién? —preguntó en tono burlón—. ¿Tu chica gato? ¿De qué te servirá?

—¡Al menos ella quiere ayudar! —grité. Apreté los dientes y bajé la voz hasta que parecía un gruñido—. A nadie más le importa porque piensan que somos monstruos que no merecemos vivir en paz. Nos culpan por nacer como somos. —El enojo emanaba de mí al tiempo que la desesperación me invadía. Refunfuñé y me dejé caer en una silla—. No podemos manejar el modo en que llegamos al mundo, Elyssa. Lo que importa es lo que hacemos mientras estamos aquí.

Ella apoyó una mano sobre mi hombro. Ansiaba acariciarla. Hallar consuelo en esa caricia. Pero era un gesto vacío.

—Por favor, escúchame, Justin. No quiero que te lastimen.

—Lo dice la chica que casi me cortó la garganta.

—No. Lo dice la chica que vio cómo ayudaste a esos estudiantes anoche. No mereces morir. —Quitó la mano y se colocó frente a mí—. Mira, debo irme.

El hambre y su presencia eran insoportables.

—¿Al menos podrías decirme qué debo esperar? —Aparte de política básica, ubicación y cantidades estimadas, el correo de Shelton no decía nada sobre los peligros que acechaban ni cómo podría acceder a la fortaleza vampírica.

—De verdad harás esto sin importar nada, ¿verdad?

Asentí, intentando parecer serio y determinado, cuando por dentro me sentía asustado y solo.

Ella resopló un gruñido furioso.

—Terco idiota. Bien. —Sacó una hoja impresa de un morral que llevaba al costado y la estiró sobre la mesa. Detallaba el plano del edificio, con las entradas marcadas con rayas y los enemigos con puntos rojos.

—Sabías lo que diría, ¿no es así?

Ella suspiró.

—Por supuesto. Eres terco, estúpido o ciegamente optimista.

—Todas las opciones.

Elyssa revoleó los ojos.

—Cielos, eres peor que yo.

—Creo que es adorable que hayas preparado un plan de batalla para mí. —Eché un vistazo—. Eres tan femenina...

—¿Podemos cortar el sarcasmo por un rato, Justin? —Resopló y apoyó el dedo en el mapa—. Mi plan requiere cautela y mucha suerte. Además, funcionará mejor si lo ejecutamos durante el día. Los renegados estarán durmiendo, excepto por unos pocos guardias.

—Aguarda un momento. ¿Dijiste: "Ejecutamos"?

—Te ayudaré.

Los ojos se me llenaron de lágrimas. Me di vuelta y me los sequé para que ella no viera que estaba ablandándome.

—Gracias. —Me aclaré la garganta. Era difícil hablar—. ¿Por qué ayudar a un monstruo?

—Aunque las cosas entre nosotros no funcionaron debido a que eres un demonio y todo eso... —Se le quebró la voz. Hizo una pausa y tragó saliva—... no quiero que te maten.

—Yo tampoco quiero que me maten. Ni quiero que te lastimen.

—Ya soy una chica grande. Estaré bien.

Sonreí, a pesar de las emociones contradictorias que me recorrían.

—¿Por qué atacar durante el día?

—Los vampiros odian la luz del sol porque los debilita y se les hacen quemaduras muy feas, ya que su piel no puede adaptarse a los rayos ultravioleta —explicó Elyssa—. También les lastima los ojos.

—¿Cuál es la mejor manera de matarlos?

—Decapitarlos, por lo general. También morirán si pierden suficiente sangre.

Hice una mueca.

—¡Puaj! No entiendo cómo pueden beber sangre. Es asqueroso por varias razones, sin mencionar que es antihigiénico. —Hice una pausa y la miré—. ¿Tú tienes que beber sangre?

Ella se removió incómoda.

—Prefiero no hablar de eso.

—Tú sabes todo sobre mi clase. Yo no sé casi nada sobre esto de templarios y dhampiros.

Después de haberse quedado con la mirada perdida en la pared durante unos segundos, suspiró.

—Supongo que te mereces alguna explicación.

—Sería lindo después de haber tenido un cuchillo sobre la garganta. —Levanté una ceja desafiante.

Ella bajó la mirada hacia la mesa.

—Necesitamos sangre humana para sobrevivir, al igual que los acechadores nocturnos; así es cómo llamamos a los vampiros normales. Podemos subsistir con la sangre de otros mamíferos, pero no es tan nutritivo, por así decirlo.

—Nada como unas multivitaminas, ¿eh?

Una breve sonrisa iluminó su rostro, y desapareció como el sol detrás de una nube.

—No bebemos directamente de los humanos. Está prohibido. La organización templaria nos provee envases con sangre.

—¿Comes comida normal para disimular?

—Debemos comerla para que nuestra parte humana sobreviva.

—Mi padre me contó que a los vampiros les gusta la sangre de los engendros como a las mujeres les gusta el chocolate. ¿Te pasa lo mismo?

Sus ojos violeta brillaron y se quedó observando mi cuello.

—Nunca la probé. —Cerró un puño—. No comprendo cómo pude haber pasado por alto lo que eras. Por lo general, lo detecto enseguida.

—Mi madre le puso un hechizo a mi aura. Supongo que logró camuflarme lo suficiente.

—No, no lo entiendes. Apenas derramé tu sangre, tuve que esforzarme por no...

—¿Querías chuparme la sangre? —pregunté imitando al conde Drácula.

Ella sacudió la cabeza asombrada.

—Jamás había olido algo así. Tan dulce... Solo el aroma me provocó un cosquilleo en la piel, como el chocolate. No puedo imaginar qué gusto tendría.

—¿Estás diciéndome que solo me querías por mi sangre? —La duda se metió en mis entrañas. ¿Y si mi sangre dulce era la única razón por la que ella se había enamorado de mí en primer lugar?

Su cuerpo se puso tenso. Se mordió el labio superior y regresó la vista hacia el mapa.

—Tal vez debamos ocuparnos del rescate de tu padre.

Hice una mueca. *Chica terca.*

—¿Qué tenías en mente? —Dejé las dudas para otro momento: asuntos más importantes requerían mi atención.

—¿De qué estaba hablando antes? —Se tocó la barbilla y observó el mapa—. Ah, sí. Acechadores nocturnos. —Me mostró un dibujo de lo que parecía el abuelo de *La familia Monster*. Abajo, algunos párrafos describían unas interesantes trivialidades sobre los vampiros.

—¿Esto es literatura templaria sobre los vampiros?

—No, escribí esto especialmente para ti. —Ella levantó una ceja—. ¿Quieres un crayón para colorearlo?

—Qué simpática. —Reí por lo bajo y leí—. ¿Cómo puedes saber la edad de un vampiro?

—Bueno, si sus huesos parecen de hierro, es un anciano. Se ponen más fuertes con el tiempo.

—Eso ayuda. Me gustaría saber qué edad tiene antes de atacar.

—Los vampiros que tienen a tu padre son un grupo de jóvenes renegados. Están rebelándose contra la clase dirigente por mayor libertad.

—¿Para qué? ¿Para matar?

Ella sacudió la cabeza.

—A los vampiros no les gusta matar. Sería muy engorroso. Ellos cuentan con humanos dispuestos a mantenerlos alimentados a cambio de la posibilidad de ser convertidos o por la estimulación que les provoca.

—Sí, ¿quién no querría vivir para siempre?

—Se reduce a control de población. Los inmortales no pueden sumar más humanos a sus filas sin superar su fuente de alimentación. Los renegados no están de acuerdo con esa política.

—Tal vez quieren que todos sus amigos vivan para siempre.

—Probablemente. En cualquier caso, se rebelan porque odian las viejas políticas vampíricas.

—Suena muy parecido a la política humana.

Ella levantó una ceja.

—Solo porque son seres sobrenaturales no significa que sean mejores en la vida que el resto de nosotros.

Tenía muchas preguntas que hacerle sobre ella, su familia y su misión.

Pero todo debía esperar, así que le pedí que fuera al meollo del asunto y que me explicara el plan. Planteó varias rutas y posibles ubicaciones donde podría estar mi padre dentro del edificio. Me sorprendió su destreza militar. Dividió una misión imposible en tareas manejables y casi lo hizo parecer posible.

—Mañana nos preparamos, y comenzamos al amanecer del día siguiente.

—¿No es día de escuela?

Ella soltó un suspiro.

—Si fracasamos, no creo que importe.

Hice la pregunta de la que temía oír la respuesta.

—¿Qué posibilidades crees que tenemos?

Ella apretó los labios.

—Casi nulas.

CAPÍTULO 32

Elyssa miró la hora.
—Debería irme. Tengo... responsabilidades.

—¿Bestias por matar? ¿Personas por salvar?

Un extremo de su boca se curvó en una media sonrisa nostálgica.

—Digamos que se notará mi ausencia. —Conocía ese sentimiento. Su ausencia dejaba un vacío doloroso en mi corazón. Se puso de pie y volteó para irse. La acompañé a la puerta y le abrí. Ella se detuvo justo en el umbral y me ofreció una sonrisa esperanzadora—. Lo rescataremos, Justin.

Luego, mi chica ninja sensual giró y caminó hacia el auto. Quería correr tras ella. Darla vuelta y besarla. Ansiaba tanto regresar con ella que el esfuerzo de no seguirla me apuñaló el corazón, hasta que las lágrimas se acumularon en mis ojos. Mucho después de que las luces traseras habían desaparecido en la distancia, cerré la puerta y me preparé para ir a dormir.

Perdí el conocimiento apenas apoyé la cabeza sobre la almohada. Sorprendentemente, no tuve ni una sola pesadilla ni un solo sueño. La vida real ya era una enorme pesadilla, y el futuro no parecía mucho mejor.

Me desperté con una sensación un poco menos depresiva que el día anterior. Después de una ducha y de una afeitada, salí y fui al lavadero automático. Los clientes estaban tan alegres como la última vez. El aburrimiento se reflejaba en sus rostros agotados. Sus emociones eran como las líneas rectas en los monitores cardíacos y sabían a pretzels sin sal.

Después de una dieta insatisfactoria de nada, entraron dos ancianas, riendo y chismorreando sobre una pobre mujer llamada *Matilda* quien, al parecer, no era tan buena cocinera ni amante como creía. Ninguna de las dos era un regalo de los dioses tampoco, con ruleros rosa y ropa de poliéster. Apestaban a talco para bebé. Por otro lado, su estado emocional era excelente. Me conecté con ambas chismosas, y comencé a absorber nutrición emocional mucho más sabrosa, que tanto necesitaba. Mis nervios se calmaron, y la preocupación que arrugaba mi frente como un cisne de origami liberó la presión sobre mi pecho.

Pero quería más, y lo quería más rápido. Extraje con más intensidad. Las mujeres se dieron cuenta. Se mojaron los labios y se acomodaron el pelo. Una de ellas apoyó las manos sobre las caderas y frunció los labios. Advertí horrorizado que estaba por resucitar su viejo deseo sexual. No quería tener nada que ver con eso. Hice una mueca y reduje la intensidad antes de promover pornografía de abuelas, que destruiría la mente de todos los presentes.

Cuando terminé de alimentarme, fui a casa a esperar a Elyssa. Estudié el mapa que me había dado la noche anterior, con la esperanza de poder descubrir algún detalle menor que facilitara las cosas. Al parecer, no tenía sus habilidades analíticas porque todo se veía como un revoltijo de líneas y puntos. Me rendí. Sonó el móvil. Respondí sin ver quién era, pensando en que sería Elyssa.

—Hola, Justin —saludó Katie.

Mi cerebro quedó en blanco por un instante. No había pensado en ella desde la fiesta. Parecía que habían pasado siglos desde mi colapso causado por Katie.

—Ah, hola. ¿Qué sucede?

—No tengo noticias tuyas desde el viernes. Debo de haber estado muy ebria porque no recuerdo nada. —Hizo una pausa—. Sí recuerdo que nos besamos...

—Sí, estabas muy ebria. —Pensé rápido—. Pero, emmm, mi padre está enfermo, así que no tuve tiempo de llamar. —Estaba seguro de que "Lo secuestraron unos vampiros" no le caería bien.

—Oh, no. Espero que no sea nada grave.

—Está vomitando por todas partes. Me sentiría mal por dejarlo solo. ¿Qué tal si nos vemos más adelante en la semana?

—¿Lo prometes? —Habló con un tono sensual que jamás le había oído antes. ¿Qué diablos sucedía con las mujeres? En cuanto no te importaban un comino, de repente, ellas te deseaban.

—Lo prometo. —No mencioné la cláusula que me eximía de dicha promesa en caso de que los vampiros me asesinaran o de que Elyssa me quisiera de regreso, y corté.

—¿No te ha causado suficientes problemas esa chica? —preguntó Elyssa en un tono fulminante.

Di un salto tan grande que choqué con el cielorraso y dejé la marca.

—¡Por todos los cielos! Me diste un susto de muerte. —El polvo de yeso flotaba sobre mi cabeza como una aureola.

—Lo siento. —No lo sentía para nada. Apoyó una vaina negra de cuero sobre la mesa—. Te traje esto, por las dudas.

Desenvainé una espada ropera plateada y la admiré. Tenía un hermoso diseño: la hoja estaba grabada con caballeros diminutos que estaban asesinando a criaturas diabólicas como yo.

—Guau. —La guardé y la miré con curiosidad—. ¿Por qué no utilizamos armas de fuego? ¿O es necesario aplicar la vieja escuela con los vampiros?

Ella se encogió de hombros.

—Tradición. Hay quienes prefieren armas de proyectiles, pero no mi familia.

—¿Y si los vampiros tienen armas de fuego?

—Estoy segura de que algunos las tienen. Lleva una si quieres, pero no servirá de mucho, a menos que les haga un agujero bien grande.

—¿Qué tal un disparo a la cabeza? —Había matado miles de enemigos virtuales en los videojuegos, pero la idea de disparar en la vida real me provocaba escalofríos de horror en la espalda.

—Supongo que, si les vuelas la cabeza, eso los matará. Los vampiros pueden regenerar casi cualquier otra parte, siempre y cuando estén bien alimentados.

Examiné la hoja.

—¿Plata?

—Acero con una fina capa de plata —respondió—. La plata no matará a nadie directamente, pero impide que un sobrenatural se cure rápido.

—¿Por qué no fabricar balas de plata?

—Sería increíblemente costoso.

—Bueno, al menos algunos mitos tienen una base en la realidad, aun si no matan un vampiro al instante como lo hace Blade.

—Blade. —Ella resopló—. Qué ridiculez. —Sacó un par de cuchillos enfundados de un bolso y los agregó a la pila de la mesa. Lo último que sacó fue un atuendo negro al estilo ninja, con capucha y todo.

—¿Estás segura de que no son ninjas?

—Los ninjas son mucho más geniales. —Una pequeña sonrisa se abrió paso en su gesto adusto.

Extendí una mano con cautela y toqué la suya, donde la había apoyado sobre la mesa.

—Si sobrevivimos a esto, me encantaría saber más sobre quién eres y sobre qué haces —planteé.

Ella suspiró y apartó la mano.

—Si sobrevivimos a esto, podemos ser amigos, punto. Mis padres no te cazarán, pero eso no evitará que mis hermanos se metan. Tienen una manía por proteger a su hermanita. —Soltó la respiración y se la veía molesta.

—Entiendo. Dos hermanos mayores, y caballeros templarios, nada menos. Apuesto a que ser la hermana pequeña ha sido todo un problema para ti con esos dos, que molían a palos a cualquiera que te mirara mal. —Reí—. Con razón te enojabas tanto cuando yo intentaba protegerte.

Me concedió una sonrisa sincera.

—No soy una niña débil que no puede defenderse sola.

—La mayoría de las chicas no son templarias.

—Eso es cierto. Vamos. Veamos cómo manejas una espada de verdad.

Salimos al patio e hicimos esgrima. Ella era mucho mejor que yo, aunque jamás había practicado con alguien que utilizara dos espadas cortas, ni con nadie que usara espadas reales, para el caso. Las clases de esgrima que había tomado hacía unos años fueron de utilidad. Después de una hora, mis músculos se adaptaron al contacto y peso del arma. Era una pieza magnífica. Mis reflejos eran rápidos, y mi cuerpo, sobrenaturalmente ágil, pero la memoria muscular afinada de Elyssa sabía con exactitud qué hacer en situaciones que yo jamás había enfrentado. Creí que me arrancaría la cabeza si no utilizaba cada gota de mis habilidades.

—¿Estás tratando de matarme de verdad? —Apenas logré desviar el ataque doble con las dos espadas cortas.

—¿Crees que los vampiros se detendrán para darte un respiro? —Chocó ambas espadas con la mía. Barrió mis piernas con los pies. Caí de espaldas y apoyó una espada en mi garganta. Me trajo el recuerdo incómodo de la daga después del torneo de R&C.

Golpeé el césped con el puño. Si los vampiros eran así de buenos, estaba frito. El hecho de que una chica me pateara constantemente el trasero tampoco era bueno para mi ego. Después de incontables combates perdidos, por fin conseguí un empate. Ambos estábamos sin aliento por el ejercicio—. No eres malo —señaló mientras nos sentábamos en el sillón columpio del porche para recuperarnos.

—Si con "No eres malo" quieres decir que soy un poquito mejor que inservible, gracias.

Ella sacudió la cabeza.

—No, de verdad creo que, con algo de práctica, podrías derrotarme.

—¿Y tus hermanos son mejores que tú?

—Mucho mejores. Y más fuertes.

—Genial. —Saqué la espada durante tres segundos completos—. Espero que no averigüen dónde estás.

—Están fuera del Estado en una misión.

—¿No es una chica interesante? —opinó una voz masculina.

Elyssa y yo nos paramos de un salto, con las espadas listas. Shelton sonrió, apuntándonos con el báculo.

—¿Cómo me encontraste? —consulté.

—Soy un cazarrecompensas.

Bajé la espada.

—No, eres un hechicero.

—No hay razón para que no sea ambos, chico.

—¿Quién es este? —inquirió Elyssa.

—Este —señalé a Shelton— es Harry Shelton. Intentó capturarnos a mí y a mi padre por la recompensa.

Ella entrecerró los ojos.

—Entonces, ¿qué hace aquí?

—Sí, ¿qué haces aquí? Dijiste que no te involucrarías.

Él se encogió de hombros.

—Estuve pensando las cosas. Sobre cómo saliste de mi círculo de confinamiento…

—¿Salió del círculo? —repitió Elyssa.

Shelton la observó.

—Contuvo a su padre sin problemas. Pero a él no.

—Eso es imposible —afirmó ella—. No puedes escapar de un círculo si está bien hecho.

—Como dije, su padre estaba bien atrapado, pero él cruzó la línea como si nada.

Elyssa frunció el ceño.

—Eso no tiene sentido.

—Claro que sí —aseguró Shelton—. Es parte humano.

—¿Justin es parte humano? —Los ojos de ella se llenaron de incredulidad.

—Sí, pero no lo divulgues —le pedí—. No quiero arruinar mi reputación inhumana.

—¿Qué significa eso? —le preguntó a Shelton—. Jamás había oído de engendros de demonio mitad humanos.

—Buena pregunta —señaló Shelton—. Ojalá supiera la respuesta.

Me aclaré la garganta de manera exagerada.

—Odio interrumpir esta discusión sobre mi humanidad o la falta de esta, pero ¿por qué estás aquí, Shelton?

—Bueno, chico, me sentí terrible por haberte dejado solo. Estuve investigando el costado político de esto, y resulta que unos renegados se llevaron a tu padre.

—Ya le dije eso, muchas gracias —intervino Elyssa.

—Bueno, si me permites terminar, damita, podrías descubrir adónde quiero llegar. —La contempló por un momento antes de continuar—: Como son renegados, no hay nada desde el punto de vista político que le impida a un hechicero tomar acciones contra ellos.

—¿Ayudarás? —consulté.

—Estoy pensándolo. —Hizo un gesto con la cabeza hacia Elyssa—. Primero, quizás puedas explicar qué hace aquí la señorita templaria.

Elyssa y yo nos miramos con algo de incomodidad. Finalmente, respondí:

—Solíamos salir.

—Antes de que supiera que era un engendro de demonio —se apresuró a aclarar ella.

—No te quejabas —comenté.

—¡Eso fue antes de que intentaras violar mi mente!

Shelton levantó las manos.

—Alto, damas y caballeros. Volvamos al asunto en cuestión y dejemos la pelea de enamorados para más tarde.

—No somos enamorados. —Elyssa se cruzó de brazos y frunció el ceño.

—Ustedes los templarios creen que son mejores que el resto, ¿no es así? —pregunté.

—¡Suficiente! —rugió Shelton—. No participaré si ustedes dos no se callan y no actúan como profesionales.

Entrecerré los ojos y di un par de pasos hacia Shelton.

—Sé que no estás aquí por la bondad de tu corazón, cazarrecompensas. Suéltalo. ¿Qué ganas?

—Salvaste mi vida, chico. Tan simple como eso.

—Lo siento, pero no te creo. —Entonces, se me ocurrió algo—: ¿El Sindicato Rojo está ofreciendo una recompensa por los renegados?

Elyssa sacó el *smartphone* y tocó la pantalla.

—Sí, así es. —Me mostró el sitio web—. Más de dos mil por cada uno.

—Debe ser una broma —señalé—. ¿Cada grupo sobrenatural tiene un sitio web?

—No todos los grupos sobrenaturales se quedaron en los años oscuros —replicó.

Me volví hacia Shelton.

—El dinero es lo tuyo, ¿verdad?

Tuvo el descaro de sonreírme.

—De acuerdo, hay recompensas. Admito que no lo hago solo por mi buen corazón.

—Debería haberlo sabido —señalé revoleando los ojos—. Cualquiera que capture a un padre y a su hijo por una recompensa solo porque su familia política no los quiere es una persona horrible.

Me miró con expresión de dolor.

—No soy tan malo. Además, necesitarás la ayuda extra.

Apoyé la mano sobre el hombro de Elyssa y observé a Shelton con ojos entrecerrados.

—No mentiré. Necesito toda la ayuda que pueda conseguir. La diferencia es que confío ciegamente en Elyssa, aunque ella piense que soy un monstruo. Tú, por otro lado, eres un mercenario. Si las cosas se ponen peligrosas, no puedo contar contigo porque todo lo que te importa es el dinero.

Shelton levantó las manos.

—¡Jesús en un pogo saltarín! ¡No seas tan duro conmigo!

Lo ignoré y continué:

—Planeamos entrar y salir con mi padre sigilosamente. Si tenemos suerte, no tendremos ni que hablar con un vampiro, mucho menos pelear con uno. ¿Cómo encaja eso en tu búsqueda de recompensa?

—No tengo pensado entrar a los tiros, chico. —Se apoyó sobre el báculo. No era el mismo que yo había destruido, pero se veía muy similar, aunque un poco más gastado en los bordes—. También quiero un ataque y fuga sigilosos. Supongo que podré capturar algunos renegados por el camino y llevarlos al Sindicato Rojo por la recompensa.

—Si vienes con nosotros, deberás apegarte a nuestro plan —planteé.

—Haz que lo jure por su alma, Justin —sugirió Elyssa.

Shelton palideció.

—Vamos, puedes confiar en mí. Lo prometo.

—Júralo por tu alma —le pedí.

—Mira, si algo sucede y, por accidente, rompo el juramento, podría perder mis poderes.

—No te conozco, Shelton. No puedo arriesgar la vida de Elyssa ni la de mi padre por la posibilidad de que te desvíes del plan. O te vas, o juras que seguirás mis órdenes y las de Elyssa, y que no harás nada deliberado que podría comprometer la operación.

Elyssa sacó una tiza gruesa del morral y dibujó un símbolo de infinito sobre el cemento del porche.

—Júralo y séllalo, hechicero.

—Maldita templaria santurrona. —Shelton maldijo sin parar y vaciló mientras observaba el símbolo. Finalmente, se acercó e hizo el juramento. Elyssa se lo hizo repetir con sus palabras exactas. Shelton se cortó la yema del meñique y dejó caer una gota de sangre sobre el centro del símbolo de infinito. Hubo un ruido en el aire, y oí el mismo chisporroteo eléctrico que había oído del círculo donde había intentado atraparnos a mí y a mi padre—. Maldita templaria mojigata.

—Cerdo cazarrecompensas. —Elyssa mostró los colmillos al sonreír.

Con un equipo como ese, estaba más seguro que nunca de que moriríamos.

CAPÍTULO 33

—¿De verdad le pedirás ayuda a esa zorra felicana? —preguntó Elyssa mientras subíamos a su camioneta negra.

Le había dicho dónde estaba mi Jetta para poder recuperarlo. Resultó que quedaba muy cerca del escondite de Stacey.

—En realidad, es una persona decente una vez que la conoces.

—Nunca confíes en los felicanos. Son exigentes y peligrosos. Uno de ellos casi mató a mi hermano mayor, Michael.

—Guau, ¿tan fuertes son?

—Este sí. Irrumpió en varios refugios y liberó a todos los animales.

Fruncí el ceño.

—¿Qué tiene de malo?

—También hirió de gravedad a los guardias y al personal, sin mencionar que puso al tanto de sus habilidades sobrenaturales a algunos de ellos.

—Supongo que eso es algo malo.

Elyssa me miró con cara de "¡Obvio!".

—Está prohibido divulgar información sobre los sobrenaturales a los mortales. Es una de las primeras leyes que promulgó el Cónclave del Supramundo.

—No tuve tiempo de hacer el curso sobre el mundo sobrenatural.

—El Cónclave del Supramundo es el Gobierno sobrenatural de todo el mundo. —Elyssa le tocó bocina al auto delante de nosotros—. ¡Deja de enviar mensajes en los semáforos! —Soltó un suspiro y continuó con el tema previo—. Cada año organizan una junta directiva, donde se reúnen los delgados para establecer las reglas.

Ver a una ninja templaria en una discusión de tránsito me hizo sonreír.

—¿Delegados de diferentes grupos sobrenaturales?

—De los grupos principales. Los solitarios como tu gatita amiga no suelen participar. —Elyssa me lanzó una mirada de advertencia—. Eso no significa que no deba cumplir la ley.

Me sujeté de la agarradera sobre la puerta cuando giró bruscamente en una curva.

—Allí es donde entras tú.

Elyssa pisó el acelerador y rodeó un automóvil que iba más lento en una ruta de doble mano con un solo carril de cada lado.

—Estamos considerados como el único grupo imparcial del Cónclave. Cada nación tiene su propia fuerza de seguridad. Supongo que somos la versión sobrenatural de la Interpol.

¡Maldición, es una conductora escalofriante! Contuve el aliento pero, de alguna manera, mantuve el hilo de la conversación.

—Con espadas. Y atuendos de ninja.

Ella sonrió.

—Genial, ¿no?

Reí.

—¡Cielos!, me siento como un bebé. Naciones sobrenaturales, el Cónclave, los templarios... Es suficiente para darme un dolor de cabeza sobrenatural. —Me sujeté el puente de la nariz—. ¿Los engendros forman parte del Cónclave?

—Sí, son jugadores importantes, pero sus políticas internas son aún más complejas que las de los vampiros, aunque no lo creas.

—Puedo creer cualquier cosa a estas alturas. Al menos tengo una super-policía para protegerme.

Ella mostró una sonrisa brillante y observó la ruta. Un momento después, continuó:

—Tenía la intención de agradecerte.

—¿Por qué?

—Por lo que le dijiste a Shelton sobre mí.

—Ah. —Reflexioné por un instante, tratando de recordar exactamente qué había dicho. Luego vi el Jetta parado en la oscuridad, a un costado de la ruta—. Allí está.

Ella se detuvo a un costado, y me bajé con un bidón rojo de combustible en la mano.

—No me acercaré más a su guarida —afirmó Elyssa—. Me presentirá y se volverá loca.

—No la culpo. —Sonreí—. Apuesto a que ni siquiera te gustan los gatos.

—Prefiero los perros. —Se bajó de la camioneta y extendió la mano con la palma hacia arriba—. Me llevaré el Jetta.

—¿Por qué?

—Porque, si ella te da algunos moggies, necesitarás la camioneta.

—¿Los moggies enloquecerán si tú estás cerca? —pregunté con toda seriedad.

Elyssa se encogió de hombros.

—No soy experta en felicanos, pero no lo creo. Sea lo que sea lo que la mujer gato les ordene hacer, deberían hacerlo.

—Así lo espero. —Lo último que necesitaba era que unos gatos callejeros gigantes atacaran el caniche toy de alguien.

—No tengo idea de cómo encajar esas criaturas en el plan —comentó con un largo suspiro.

—Refuerzo.

—Si necesitamos refuerzos, probablemente, será muy tarde.

—Deja de ser tan optimista. —Me subí a la camioneta—. ¿Te veo en casa?

Elyssa abrió la tapa del tanque de combustible del Jetta y asintió.

Conduje la corta distancia hasta los viejos depósitos y presentí a Stacey en la cercanía, aunque algo sobre su presencia se sentía extraño. Trepé hasta la parte superior de uno de los edificios y revisé los techos. Sentí escalofríos por toda la espalda. Se me pararon los pelos de la nuca. Giré. Algo enorme me aplastó el pecho y me arrojó al piso. Unos colmillos felinos brillaban a unos centímetros de mi rostro. ¿Todos tenían colmillos, excepto yo? Un par de ojos color ámbar me miraron. Una pantera bastante grande con un pelaje de puntas amarillas sobre las orejas estaba apoyada sobre mi pecho.

Una lengua me cubrió la visión y me lamió la nariz. Escupí. El enorme gato me lamió las mejillas, y resonó un ronroneo en el pecho. Me removí. Logré quitarme el animal enorme de encima y me puse de pie. La pantera bostezó y me mostró algo parecido a una sonrisa divertida.

—¿Stacey?

El gato grande se estiró. Los huesos crujieron. Las enormes patas se redujeron, y el pelaje negro se retrajo. La pantera maulló y rugió por encima del ruido a huesos que se quebraban y del suave sonido de músculos y tendones que se reacomodaban. Yo hacía muecas y me estremecía con cada crujido. Sentí arcadas.

—¿Estás haciendo una escena? —Una Stacey muy desnuda caminó hacia mí sin la menor pizca de vergüenza. No podía dejar de mirar sus curvas, a medida que se bamboleaban con su paso felino.

—Creo que estoy por hacer una —respondí con voz ronca. Intenté recordar por qué había ido hasta allí en primer lugar. Ah, sí, los moggies—. ¿Alguno de tus compañeros decidió ayudarme?

—Así es, querido. Dos machos estuvieron a la altura de las circunstancias.

La desnudez de Stacey también puso algo en altura. Sacudí la cabeza y aparté la vista de sus pechos.

—¿Dos machos? —Estaba un poco decepcionado de que fueran solo dos pero, por otro lado, necesitaría un camión de ganado para cargar más cantidad. Aparecieron dos figuras sombrías, que saltaron al techo por un agujero. Eran tan altos como leones. Una cresta huesuda les corría por el lomo, y sus patas eran anchas y desproporcionadas. Aunque se veían torpes, se deslizaban por el techo con engañosa gracia y velocidad. Motas blancas y negras cubrían el pelaje de uno. El otro tenía un pelaje naranja con franjas negras. Parecían del mismo tamaño que el moggy original con el que me había encontrado, con las mismas protuberancias en el lomo, el pelaje desaliñado y los bigotes gruesos.

—Así que la chica dhampira está ayudándote —comentó Stacey en un rugido bajo.

No me molesté en preguntarle cómo lo sabía.

—Sí.

—Me parece muy sorprendente. Su clase no suele mezclarse con la nuestra.

—Es una buena persona.

Una sonrisa divertida iluminó el rostro de Stacey. Al menos eso creí. Me esforzaba por no clavar la mirada en sus pechos. Stacey se dio cuenta.

—¿Tú eres una buena persona, mi corderito?

—Creo que sí, mi pequeña gatita.

—Eres tremendo. —Le rascó detrás de las orejas al moggy naranja. Los ojos dorados de él se entrecerraron de placer, y un ronroneo profundo resonó en su garganta—. Este es Mermelada, y ese es Manchas.

Fruncí el ceño.

—Debes estar bromeando. ¿Tú les pusiste esos nombres?

—Así es cómo los llamaban antes de que huyeran de sus dueños insensibles.

—Adorable.

—Son muy adorables. Muéstrales el respeto que se merecen, y te honrarán con lealtad y servicio.

—¿Cómo les digo qué hacer? ¿Necesito aprender el lenguaje felino?

—Oh, no, mi querido. —Ella rio—. Solo diles qué hacer.

Decidí probarlo de inmediato.

—Ven aquí, Mermelada.

Este miró a Stacey. Ella le sujetó la enorme cabeza con las manos y le besó el hocico.

—¿Quién es mi chico bueno? —canturreó.

Él le lamió la mejilla y trotó hasta mí, donde se sentó y me miró a los ojos con cautela. Estiré la mano con cuidado y le rasqué las orejas grandes. El ronroneo resultante se pareció a la motocicleta de mi padre. Su pelaje era áspero y puntiagudo, y la mandíbula era más ancha que la de un felino normal. Fuera de eso, era una enorme bola peluda de amor.

—No les molesta la luz del sol, ¿verdad?

—No, pero ¿qué tan furtivos pueden ser a plena luz del día? —Stacey frunció los labios—. ¿Planeas atacar durante el día?

—Ese es el plan —respondí.

Ella hizo un gesto de desdén.

—Es cierto que los vampiros estarán en su momento de mayor debilidad. Pero no son tan tontos como para exponerse a un ataque diurno. Sugiero un ataque por la noche. Muchos de ellos estarán acechando víctimas, en lugar de estar durmiendo en casa.

No lo había pensado de ese modo.

—Pero Elyssa dice que el ataque diurno es mejor.

Ella gruñó.

—Estoy segura de que la chica tiene un conocimiento insignificante de estos asuntos, pero yo hablo por experiencia propia.

—¿Alguna vez atacaste a un grupo de vampiros?

—Estaban utilizando gatos para experimentos sumamente desagradables.

—¿Qué? —pregunté sorprendido—. ¿Estaban creando gatos vampiro?

—En efecto. Eran vampiros con mentes científicas. Les enseñé lo equivocados que estaban.

—¡Cielo santo!, no puedo imaginar lidiar con gatos vampíricos.

—Estaban muy turbados. —Ella resopló y se limpió una lágrima—. A aquellos que no murieron tuve que arrullarlos en el descanso eterno. Cada instante de vida era un peligro para todos los felinos. No podía permitir que esa plaga se extendiera.

Volví a encauzar la conversación de regreso al tema presente antes de que la curiosidad desviara mi pensamiento.

—¿Estás completamente segura de un ataque nocturno? Si lo arruinamos, estamos muertos.

—No creo que tengas muchas posibilidades en ninguno de los casos. Explícame tu plan actual.

Le conté la versión rápida del plan de Elyssa y me di cuenta con orgullo de que había pasado al menos un minuto entero sin mirarle los pechos.

—La chica tiene una mente racional —opinó Stacey un momento después—. Sin embargo, creo que una incursión nocturna tendrá más éxito, en especial, si lo llevas a cabo esta noche.

—¿Esta noche?

—Hay luna nueva. Los licanos están en su punto más bajo de fortaleza, y los vampiros, en su punto más alto. Estarán de juerga.

—Entonces, ¿hay algo de verdad en eso del mito de la luna llena?

—Supongo que sí, ya que, desde que ando por esta Tierra, las celebraciones de la luna llena y de la luna nueva siempre han sido así.

—¿Cuándo naciste? —pregunté.

—Nací bajo el reinado de la mejor monarca que haya conocido el mundo. De hecho, le serví con lealtad hasta que nuestra clase tuvo que volver a ocultarse.

Mi mente recorrió su patética base de datos de historia británica.

—¿La reina Isabel?

—Cielos, no, querido. No soy tan vieja como para haber estado durante el reinado de Isabel primera. Hablo de la reina Victoria. —Ella suspiró—. Esos fueron años dorados.

—¿No fue ella una gran puritana?

—En efecto.

—Pero tú eres tan, emmm... —No estaba seguro de cómo decirlo con suavidad—. Stacey, tú estás más del lado de las fulanas. Sin ofender.

—Sí, me volví más rápida e indecente con el paso de las décadas. Mi biología, sin embargo, me obliga a tomar acciones por temor a quedar sin hijos y sin amor para toda la eternidad.

—¿Qué harías tú si tuvieras que atacar a los vampiros? —Tenía el mapa conmigo, así que lo saqué y se lo mostré.

Ella lo examinó en silencio por un momento.

—El sigilo es el mejor enfoque. En eso estoy de acuerdo con la chica. —Ella suspiró y miró hacia el cielo estrellado—. Aunque me duele mucho admitirlo, Justin, eres lo más cercano que tengo a un amigo o a un compañero en este mundo. Llegué a tomarte cariño y creo que esta chica está conduciéndote a tu perdición.

—¿Estás segura de que no fuiste actriz en el pasado?

—¿Una actriz dramática? Jamás me identificaría con su clase.

—Si vamos con la idea de un ataque nocturno, ¿qué sugerirías?

Nightliss maulló y corrió hacia ella. Sus grandes ojos verdes tenían expresión seria mientras soltaba una catarata de maullidos a su ama.

—¿Sí, pequeña? —Stacey frunció el ceño. Maullaron entre sí por unos momentos antes de que Stacey asintiera—. Nightliss es muy insistente. Ella investigará la ubicación de tu padre. Una vez que la encuentre, me dirá dónde debes buscar.

—¿Eso no requerirá que tú estés allí?

—Así es.

—Pero pensé...

—Disfruto de las expresiones de confusión que cruzan por tu adorable rostro joven. Por supuesto que iré, a pesar de la presencia de esa... esa chica guardiana a la que tanto deseas.

—Ah. Emmmm, bienvenida al equipo, entonces. —Esperaba que eso no llevara a un terrible desastre. Sería testigo de una pelea de proporciones épicas entre chicas—. ¿Eso significa que vendrás a casa conmigo?

—Te veré allí en una hora.

—¿Me llevo a los moggies conmigo?

—No, los llevaré yo.

—De verdad agradezco que me ayudes, pero ¿podrías, por favor, no comenzar ninguna pelea con Elyssa?

Ella ronroneó.

—No te preocupes. Estoy segura de que ella y yo nos llevaremos de maravillas.

No me gustó la sonrisa desdeñosa en su rostro al decirlo.

CAPÍTULO 34

—¿Tú qué? —gritó Elyssa cuando llegué a casa y le conté sobre nuestra nueva compañera.

—Necesitamos toda la ayuda que podamos conseguir —expliqué—. Tan solo no vayas a blandir las espadas frente a ella, por favor.

—¿Un ataque nocturno? ¿Con una felicana? —Levantó las manos—. Es suicida.

—Pero tiene sentido, ¿no? Si los vampiros están de juerga por ahí, habrá menos con quienes lidiar.

Sus ojos violeta se encendieron. Gruñó, me arrebató el mapa de las manos y lo apoyó con un golpe sobre la mesa. Clavó el dedo sobre uno de los muchos puntos de colores.

—Estas marcas, como expliqué antes, señalan dónde estarán los guardias *durante el día*. La mayoría estará durmiendo en la recámara principal del sótano. Sabemos exactamente dónde estará casi cada vampiro durante el día. Pero, de noche, estarán despiertos, rondando por todos lados.

—O tal vez estén con la guardia baja, como ella dijo.

Elyssa clavó la mirada en el mapa con tanta intensidad que pensé que podía prenderlo fuego. Después de varios momentos de silencio, ella soltó la respiración entre labios apretados.

—No lo sé. —Ella sacudió la cabeza y se quedó observando la puerta corrediza de vidrio, que daba al patio trasero—. ¿Por qué la involucraste después de todo lo que te había contado sobre los felicanos? Ella podría dejarnos colgados.

—Me ayudó con Randy anoche y me había dicho que me ayudaría a rescatar a mi padre antes de que tú aparecieras. Al menos escúchala. —Sentía que cada vez tenía menos control de la operación de rescate. De hecho, no había estado en control desde que Elyssa se había ofrecido a ayudar. Con superpoderes sexuales o sin estos, ni siquiera yo tenía oportunidad frente a las mujeres: se apoderaban de todo.

—¿Te das cuenta de lo difícil que es cambiar de estrategia con tan poca antelación? Y tal vez Shelton no pueda ayudarnos ahora.

Resoplé.

—Bueno, confío más en Stacey que en él; eso es seguro.

—Él tiene sus propios planes pero, al menos, hizo un juramento que no puede romper sin consecuencias para él mismo.

—¿Debería enviarle un correo sobre el posible cambio de planes?

—Esperemos a que oiga lo que esa zorra tiene para decir.

—Oye, aguarda. ¿Estás celosa? —Una chispa de esperanza se encendió en mi corazón.

Me miró con furia por un instante y desvió la mirada.

—No seas estúpido. Es solo que no quiero que nos maten.

—Entonces, sí te importa.

Elyssa se puso tensa.

—Llegó tu invitada.

La presencia de Stacey se sentía extraña, y supe que se debía a que había llegado en su forma de pantera. Esperaba que se transformara afuera. Todo ese crujido de huesos me daba náuseas. La puerta de vidrio corrediza se abrió, y entró Stacey, vestida con pantalones de gimnasia y remera negros. Nightliss entró detrás de ella y saltó a la mesa de la cocina.

—Gracias por usar ropa —expresé con un dejo de arrepentimiento.

Dejó una bolsa negra sobre la mesa.

—Era un inconveniente llevarla en la boca. Pero sabía que podía herir la sensibilidad de la chica.

—Sensibilidad, un cuerno. —El tono de Elyssa se volvió amenazador—. Será mejor que esto no sea un truco. Si detecto la más mínima señal de traición, te meteré la espada en tu trasero felino.

Stacey le mostró una sonrisa salvaje.

—Me gustaría verte intentarlo, templaria.

Elyssa caminó sigilosamente hacia la mujer más baja.

—Cuando quieras.

Me metí entre ellas y las separé con las manos. De alguna manera, toqué los pechos de ambas. Por fortuna, las dos estaban muy concentradas en observarse como para advertir mi toqueteo involuntario.

—Esto no ayuda —les planteé—. ¿Podemos, por favor, acordar ser civilizados hasta que esto acabe?

Stacey se encogió de hombros.

—Yo no soy la que se comporta de manera inapropiada.

—No confío en ella —afirmó Elyssa.

—¿Por qué haría todo esto para después traicionarnos? —pregunté—. Tendría que ser muy malvada para hacer eso.

—Oí historias sobre su clase.

—Sí, bueno, en caso de que no lo hayas notado, estás ayudando a un engendro de demonio. Honestamente, si todo lo que tuvieras fueran las historias, ¿en quién confiarías más: en una mujer gato trastornada o en un íncubo?

Stacey rio. Elyssa revoleó los ojos y retrocedió.

—Esto va en contra de todo lo que conozco. Pero la escucharemos.

Suspiré aliviado.

—De acuerdo, Stacey, tienes la palabra.

Nightliss trepó al hombro de Stacey y se sentó. Nos miraba fijo con sus enormes ojos verdes. Ella le rascó detrás de la oreja.

—Mi pequeña amiga encontrará al padre de Justin y explorará la ubicación de los guardias. Dependiendo de lo que ella encuentre, esto es lo que haremos. —Se inclinó sobre el mapa y repasó brevemente lo que me había explicado antes.

Nightliss maullaba de vez en cuando, al parecer, para apoyar o corregir los dichos de Stacey. Elyssa echó un vistazo a la gatita, con expresión de completa incredulidad sobre la participación del felino en el proceso de planificación.

El plan era igual al de Elyssa, excepto por la línea de tiempo y la inclusión de un gato doméstico para explorar las instalaciones por nosotros. De alguna manera, Elyssa mantuvo la boca cerrada. Después de que Stacey terminó, Elyssa se quedó con la mirada perdida por un momento antes de hablar.

—Envíale un correo a Shelton. Dile que atacaremos esta noche.

—¿El plan es bueno? —inquirí.

Ella cerró los puños y se sonrojó. Murmuró algunas maldiciones muy poco amables para con los gatos.

—Sí.

Stacey ronroneó.

Shelton respondió casi de inmediato al correo, sorprendido, pero dispuesto a ser parte del equipo. Se presentó treinta minutos más tarde. Miré el reloj. Estábamos sobre la hora. Según Stacey, los vampiros necesitaban tiempo para despertarse, ponerse alguna ropa elegante y ponerse en modo fiestero. La mayoría dormía desde el amanecer hasta el atardecer. Parecía gracioso pensar en que unos chupasangres se acicalaran para una noche de fiesta en la ciudad. Por otro lado, supuse que no eran muy diferentes del resto de idiotas humanos.

—¿Qué clase de operación estás organizando aquí? —me preguntó Shelton cuando vio el grupo variopinto—. Esto es una locura.

Sentí la necesidad de corregirlo porque no era yo el que la organizaba.

—Puedes retirarte si lo prefieres. Pero debes decidirte ahora.

Miró a Elyssa, luego a Stacey y después a mí.

—Cuéntame este nuevo plan.

—Eres bastante joven para un hechicero —comentó Stacey.

Él se encogió de hombros.

—Soy lo suficientemente adulto.

—Tú no tienes más de veinticinco.

—¿Y cuál es tu punto?

—Un cuarto de siglo no es suficiente tiempo para conseguir el dominio de la profesión.

—¿Cómo podrías saberlo?

Ella se tocó la sien.

—Tengo mis fuentes.

—Podrá ser muy cierto —intervine—, pero lo vi en acción. Cualquiera que pueda disparar fuego de un palo tiene mi aprobación.

—Mi varita no es un palo, chico.

—Y yo no soy un chico para ti, chico. Puedes dejar la condescendencia de lado.

Él rio por lo bajo.

—Me parece justo. —Shelton se dejó caer en una silla de la mesa de la cocina—. Bien, muéstrame este nuevo plan milagroso que pensó Ricitos de Oro.

Stacey frunció los labios.

—Ricitos de Oro, ¿eh? —Le recorrió la nuca con una uña. Los pelos se le erizaron—. ¿Me fijo si el osito bebé está en casa?

Shelton se aclaró la garganta con incomodidad.

—El plan, por favor —pidió con un tono ahogado.

Stacey ronroneó.

—Por supuesto, hechicero.

Para cuando ella terminó, Shelton se veía bastante molesto.

—¿Cómo se supone que consiga mis recompensas con este plan?

—Si todo sale bien, ni siquiera te necesitaremos —señalé.

—A eso me refiero. No tendré ni una pizca de acción.

—Esto no se trata de ti. —La ira cubrió las palabras de Elyssa—. Es una operación de rescate, no "palo y a la bolsa".

—¿Las recompensas son válidas ya sea que estén vivos o muertos? —consulté.

—No soy un asesino —replicó Shelton—, aunque los renegados están oficialmente fuera de la lista de protegidos. De todas maneras, los vampiros vivos valen más. Supongo que sus mayores tienen planes para ellos.

—¿Cómo planeas atrapar a un vampiro vivo? Las llamas que les disparaste no parecieron muy efectivas.

—No estaba preparado para unos vampiros cuando los perseguía a ustedes —refunfuñó—. A los vampiros no les gusta el fuego, pero no había programado la varita desde la última vez que la había utilizado.

—¿Programarla como un control remoto? —Reí—. Aún no comprendo cómo funciona eso.

—Es demasiado complejo para explicarlo ahora, chico... digo, emmm, Justin. Hay un costo energético por usar magia, al igual que hay un costo por usar un arcateléfono. Todo se reduce a la Física. Si puedo descargar algo del procesador a una computadora, eso me ayuda. Diablos, si me das suficiente poder, puedo crear una tremenda explosión o dejar un edificio completo hecho cenizas.

—Bien, bien, comprendo —acepté, aburrido de su tono de profesor condescendiente—. Pero ¿qué hechizos piensas utilizar contra los vampiros?

—Explosiones ultravioleta.

Elyssa sacudió la cabeza.

—Efectivo, pero muy visible. No podemos usar eso en una operación sigilosa.

—¿Qué les haría a los vampiros?

—Una explosión lo suficientemente poderosa los derribaría o los inmovilizaría —explicó ella—. Pero el resplandor encendería el lugar como una luz estroboscópica.

—En realidad, el hechizo que configuré no debería ser más fuerte que una lámpara de flash —acotó Shelton—. Y un flash puede derribar varios objetivos, siempre y cuando explote en sus rostros.

—No es posible —insistió Elyssa, sacudiendo la cabeza—. No, a menos que estemos en problemas y necesitemos ayuda.

—Oh, vamos. Funciona genial en los simuladores.

—Solo uso de emergencia.

—¿Te quedas o te vas? —inquirí. Él murmuró algo—. ¿Qué dijiste?

—Iré.

—Recuerda tu juramento.

—Créeme, si rompo un juramento como ese, generaré tanto karma negativo que me destruirá.

—Pensé que las cosas ya eran bastante complicadas al utilizar computadoras y magia. ¿Ahora me dices que el karma también está involucrado?

Él sonrió.

—El karma es una magia independiente. Es como una alcancía de igualdad positiva y negativa que llevamos con nosotros y que afecta indirectamente a todo lo que hacemos.

—Genial —opiné—. Algo más de que preocuparse. —Vi movimiento por el rabillo del ojo. Nightliss jugaba con la cuerda de la persiana que cubría la ventana de la cocina—. ¿Qué piensa Nightliss sobre merodear por una guarida llena de vampiros? —indagué.

Stacey me observó con esas pupilas verticales que tenía.

—Cree que es algo bastante emocionante.

Pensé en algo que nadie había mencionado.

—¿Cómo evitaremos que los vampiros nos presientan? Yo presiento a las personas cuando estoy a pocos metros de ellas.

—Los vampiros pueden oler sangre derramada —contestó Elyssa—. Pueden oír el latido del corazón a tres metros de distancia. —Hablaba de los vampiros como si no tuvieran ninguna relación con ella.

—¿Por qué nadie lo había mencionado antes? —pregunté—. ¿Cómo diablos nos escabulliremos por un edificio lleno de vampiros que pueden oír nuestros latidos?

—Cuando estoy acechando algo, nada puede presentirme —señaló Stacey.

—Yo tengo un hechizo para ocultarme —comentó Shelton.

—Los templarios aprenden a bloquear a otros para impedirles presentirlos —agregó Elyssa—. Estoy segura de que los engendros también tienen medidas defensivas. Solo supuse que sabrías cómo hacerlo.

—No —expresé—. Soy nuevo. Mi padre nunca me explicó cómo ocultarme.

Elyssa sacó el *smartphone* y comenzó a teclear. Shelton hizo lo mismo.

—Por favor, díganme que no están buscando la respuesta en Google.

Elyssa me miró con expresión culpable.

—Bueno, mi hechizo podría servir —propuso Shelton—. Pero no puedo usarlo en ti. Tendría que estar a pocos metros de ti para que fuera efectivo. Sin embargo... —Sacó una bolsa y hurgó en el interior. Un momento después, sacó una cadena de oro y la contempló—. Oh, maldición. No, no funcionará. Creí que había programado una de estas con el hechizo correcto, pero está pasado.

—¿Pasado?

—Sí, debes ir renovando los hechizos, o se van gastando con el tiempo.

—¿No puedes refrescarlo?

—No sin unas cuantas horas de tiempo.

Gruñí.

—¿Qué debo hacer, entonces?

—Hay una versión simple de este hechizo que quizás puedas hacer. El mío es de un solo sentido, es decir que ellos no pueden detectarme, pero yo puedo detectarlos con los hechizos apropiados. La versión simple es como crear una pared aislante entre ellos y tú, pero tú tampoco podrás detectarlos.

—Él no puede hacer magia —planteó Elyssa—. Es un engendro de demonio.

—Hay engendros que pueden hacer magia —explicó Shelton—. Pero solo si tienen mucho tiempo dando vueltas.

—No hace mucho que él anda por aquí.

—En realidad, creo que puede. —Shelton me miró de la misma manera en que lo había hecho después de que me había permitido sostener su varita el día anterior—. No cuesta nada intentarlo.

—Bien —aceptó ella—. Pierde tu tiempo. Pero creo que deberemos tenerte más cerca de nosotros de lo que planeábamos para que puedas mantenerlo oculto.

—Necesitamos algo de silencio —anunció él—. Vamos afuera. —Salimos al porche trasero. Casi me dio un infarto cuando dos sombras grandes en el patio se movieron. Luego recordé a los moggies. Shelton sacó una tiza—. Primero, debes dibujar algo contenedor, como un círculo, a tu alrededor y cerrarlo. —Dibujé un círculo que se parecía más a un óvalo torcido—. Ahora debes cerrarlo presionando el pulgar sobre este, y haz que se cierre con tu voluntad.

—¿Cómo hago eso?

—Solo piensa en el círculo y desea que se cierre. —Presioné el pulgar sobre la tiza y deseé que el círculo se cerrara. Nada ocurrió—. Piensa: "Círculo, ciérrate" —propuso Shelton. Todo ese ejercicio parecía tonto e inútil, pero pensé en la frase una y otra vez. El aire a mi alrededor chisporroteó apenas—. Buen trabajo —expresó con una amplia sonrisa—. Acabas de hacer tu primer acto de magia.

—Parece inútil —sugerí.

—Créeme, no lo es. Hay muchas maneras de cerrar un contenedor, pero esto es todo lo que necesitas para este hechizo. Después de uno o dos minutos, deberías sentir un leve aumento de presión en los oídos.

Asentí.

—Lo siento.

—De acuerdo, así es cómo se siente la magia cuando no puede escapar de tu contenedor. Ahora debes concentrarte en lo que quieres que haga.

—¿Como crear una pared?

—Exacto. Pero debemos tener cuidado. Queremos que bloquees tus latidos y tus emanaciones psíquicas sin bloquear todo el sonido. De otro modo, quedarás sordo (y tal vez ciego) a lo que suceda a tu alrededor.

Mi estómago se agitó por los nervios. No quería perder todos los sentidos por accidente.

—¿Cómo bloqueo las cosas de manera selectiva?

—Escucha tu propio corazón e imagina que queda en silencio para todos los demás.

Cerré los ojos y escuché. Los moggies ronroneaban cerca. Los motores y neumáticos de vehículos resonaban en la calle. Oí voces indistintas en la cocina y el sonido de Nightliss que jugaba con la cuerda de la persiana. Filtré esos ruidos uno por uno hasta que oí mi corazón golpetear en mi pecho. Sonaba bastante aterrado, y no podía culparlo. Las cosas estaban por ponerse complicadas.

Después de unos momentos, el sonido del corazón era lo único que escuchaba. Imaginé que quedaba protegido del resto del mundo. Amortiguado por mi voluntad. Me concentré en eso por lo que pareció una hora, cuando me di cuenta de que ya no podía oír mis propios latidos. Abrí los ojos. Shelton me mostró el pulgar hacia arriba.

—¿Lo hice?

—Así fue.

—¿Tu audición es lo suficientemente aguda para oír mis latidos?

—Utilicé algo de magia para escucharlo.

—Ah, sí. Supongo que lo harías.

—Ahora debemos hacer lo mismo con tus emanaciones psíquicas. —Recordé algo que mi padre me había dicho mientras me enseñaba a alimentarme. Nivelé el *gancho psíquico*, como él lo llamaba, tal como lo hacía antes de escabullirme en la psiquis de alguien más. Hacerlo neutral, como él había dicho. Luego, no se notaría más que cualquier otro ruido de fondo—. Eso fue rápido —señaló Shelton.

—No necesité magia para eso.

Él apretó los labios y asintió.

—Cuando esto termine, tal vez te gustaría aprender algo de magia real.

Arqueé una ceja.

—¿Crees que soy capaz?

—Pareces tener un talento natural.

Me pregunté si eso tendría que ver con el lado materno de mi familia. Borré la línea de tiza con el pie y sentí que la presión en los oídos se liberaba, al tiempo que la energía mágica se disipaba en el aire a mi alrededor. Entramos. Stacey y Elyssa me miraron por un momento. Stacey aplaudió y rio con regocijo.

—Lo hiciste —expresó Elyssa. Dirigió una mirada inquisitiva a Shelton—. ¿Cómo es posible?

El hechicero sonrió.

—Tiene potencial.

Ella me sujetó el brazo y apoyó la cabeza sobre mi pecho. Yo quería acercar todo su cuerpo a mí. Inhalé su aroma: aceite para limpiar espadas y cuero bajo un suave perfume a día primaveral. Tan solo su calidez sobre mi pecho me aceleró el pulso. Ella se apartó, con un dejo de ternura en los ojos, y sacudió la cabeza.

—Jamás había oído que un engendro de demonio pudiera hacer eso.

—Es un caso especial.

—Tal vez especial de mente.

—Oye. —Le di un suave puñetazo juguetón en el brazo—. Eso no es muy amable.

Elyssa mostró una pequeña sonrisa triste.

—Todos somos especiales de mente por seguir adelante con este plan alocado. —Suspiró—. Momento de cerrar y cargar.

Todos asentimos y nos pusimos serios. Sentí una terrible urgencia de ir al baño. En su lugar, tomé las llaves de la camioneta.

—Andando.

CAPÍTULO 35

Nos dirigimos hacia el sudeste, a una parte de Edgewood, que rayaba entre barrio marginal y hipster. Los renegados se habían apoderado de una vieja escuela, de la que habían dejado solo las paredes para transformarla en grandes departamentos de lujo. Según la información de Elyssa, había un sótano enorme debajo de los departamentos, que se utilizaba como recámara para dormir. El edificio había quedado bastante fuera de lugar, ya que el diseñador tenía un claro entusiasmo por lo gótico. La renovación solo había realzado el diseño. El techo estaba adornado con capiteles. Los rostros de gárgolas miraban desde los marcos de mármol de las ventanas. Una enorme puerta de madera oscura cubría la entrada principal con toda la efectividad de un puente levadizo. En resumen, parecía el lugar perfecto para encontrar vampiros.

El tránsito de peatones era escaso a esa hora de la noche, aunque unos cuantos juerguistas no vampíricos bebían en un bar, al otro lado de la calle. La melodía de una banda que tocaba en otro lugar, un poco más alejado, resonaba en el frío aire nocturno. Stacey llevó a su manada o gaterío (o como fuera que se llamara un grupo disparejo de criaturas felinas) a un oscuro lote adjunto. Ayudaría a Nightliss a entrar al edificio para que la pequeña gata pudiera explorarlo por nosotros. Estacioné la camioneta.

Shelton asomó la cabeza por la puerta deslizante del costado y susurró algo que sonaba a "Fuera", mientras chasqueaba los dedos. La farola más cercana hizo un leve estallido y se apagó, lo que dejó a la camioneta oculta en la oscuridad.

Elyssa contemplaba las instalaciones de los renegados y garabateaba en un anotador. Era probable que estuviera haciendo algo importante, como planear rutas alternativas, o tal vez escribía una carta de despedida para sus padres en caso de que todos muriéramos. Me sentía un poco inútil, así que me asomé por encima de su hombro. Estaba dibujando su nombre con pequeños corazones alrededor.

—¿En serio? —pregunté.

Ella se estremeció y me miró con odio.

—Estoy esperando noticias de la felicana.

—Tiene nombre, ¿sabes?

—Estás muy apegado a tu mujercita gato, ¿no?

—Estoy cansándome de verdad de la gente que juzga a los demás solo porque no son puramente humanos.

Ella apartó la mirada y dibujó un corazón torcido junto a su nombre.

—Oh, lo siento. Espero que *Stacey* regrese con buena información.

—Son muchos vampiros. —Shelton señaló la pequeña lomada hacia la estructura gótica.

Un grupo de vampiros, todos vestidos para matar, o al menos para beber sangre, se dirigían a una Hummer H2. Debía admitir que los vampiros sabían cómo arreglarse con estilo. Eché un vistazo con mi visión agudizada para ver si podía reconocer a Randy y a sus amigos, pero estaban demasiado pegoteados para distinguirlos. Luego, detecté a Mortimer, quien miraba con pena desde la puerta principal. El pobre chico jamás se vería lo suficientemente mayor como para beber alcohol, sin importar la edad que tuviera. Y que se olvidara de falsificar una licencia de conducir.

La puerta deslizante de la camioneta del lado de la calle se abrió, y el corazón se me paralizó. Stacey se subió. Nightliss la siguió y se subió a su hombro. La gatita frotó la cabeza contra la mejilla de Stacey y mauló de felicidad. Respiré profundo y murmuré algunas maldiciones por la entrada sorpresiva.

—Menos de veinte vampiros quedan en el edificio —informó Stacey, con el rostro más serio y compuesto que lo que jamás le había visto—. Mi pequeña pudo llegar al sótano, que ahora es un ambiente cavernoso, lleno de camas y de paredes divisorias. Una puerta cerrada en la parte trasera le impidió continuar, pero uno de los gatos del lugar le contó que ellos solían cazar ratones allí abajo. Los vampiros cerraron la puerta con llave hace muy poco. Apuesto a que tu padre está allí abajo, en alguna parte.

Elyssa se cruzó de brazos y contempló a Nightliss.

—Cuando dices: "Allí abajo", ¿te refieres a que la puerta da a más escaleras?

—En efecto. Al parecer, el edificio fue una antigua iglesia antes de convertirse en escuela. Hay una cripta debajo del sótano.

—Estúpidos vampiros y su talento para lo melodramático —se quejó Elyssa.

Stacey le sonrió mostrándole los dientes.

—Bueno, mi querida, estamos hablando de vampiros. ¿Para qué hacer algo si no lo vas a hacer con estilo?

Miré a Stacey con expresión divertida. No sonaba como una mujer fatal cuando adoptaba la entonación al estilo reina Victoria. Y la incongruencia de su atuendo solo se sumaba a la extraña vibra que recibía de ella. Realmente, debería haber sido francesa.

—¿Cómo entramos por la puerta? —consulté.

—Lo que es más importante, ¿qué tipo de puerta es y qué cerrojos tiene? —preguntó Elyssa.

Stacey sonrió avergonzada.

—Si bien mi clase podría describir en detalle a un ratón hasta el último de sus bigotes, no son tan buenos para describir cosas mecánicas como los cerrojos. Nightliss me contó que la puerta parece bastante sólida aunque, para alguien de su delicada complexión, la mayoría de las puertas lo son.

Elyssa hurgó en su bolso.

—Supongo que puedo encargarme. —Sacó lo que parecía un kit de ganzúas.

—Nightliss también me dijo que uno de los vampiros la había abierto mientras ella estaba allí y que oprimió algo en la pared junto a la puerta.

—¿Una cerradura electrónica? —Elyssa arrojó las ganzúas al bolso—. Genial.

—Podría haber sido un intercomunicador. —Shelton me miró—. Si es magnético, un encantamiento debería servir.

—¿O sea que debes venir con nosotros? —inquirí.

—A menos que tú puedas lograrlo.

—Aun si él pudiera hacerlo —intervino Elyssa con calma—, podría llevarle demasiado tiempo.

—Sí, bueno, acarrear a otra persona será más difícil de ocultar. —Shelton me entregó una tiza—. Un hechicero experimentado no necesitaría un contenedor, pero tú no sabes cómo convertir tu fuente interna en éter. Solo haz un círculo y ciérralo, como antes. Cuando sientas algo de presión en los oídos, deberías tener suficiente poder. Concéntrate en el teclado numérico e imagina que le lanzas esa energía acumulada. Podría ayudar si utilizas una palabra para enfocarte.

—¿Como "Fuera"?

Él rio por lo bajo.

—Exacto. La cerradura magnética debería apagarse por lo menos de manera temporal.

Mi estómago se revolvió un par de veces. Cada vez que nos acercábamos al objetivo, encontrábamos otro obstáculo. Excepto que ese era bastante grande.

—Tal vez debería practicar con una farola.

—Esa es una idea brillante —opinó Elyssa—. Vamos al medio de la calle, dibujemos un enorme círculo con tiza y apaguemos unas cuantas farolas frente al lugar que estamos por atacar.

—No, me refería a ir a otro lado a practicar.

—No tenemos tiempo.

Stacey marcó una copia del mapa que Elyssa le había dado con las ubicaciones de los guardias y con otros datos de importancia. No había rutas directas al sótano, y el mejor punto de entrada parecía ser la puerta trasera, tal como había señalado Elyssa en la primera versión del plan.

—Conduce hasta este estacionamiento. —Elyssa señaló un punto en el mapa después de haber examinado las correcciones de Stacey.

Encendí la camioneta y salí a la calle. El estacionamiento era el mismo que Stacey había utilizado para ocultar a los moggies. Aparcó y observé a nuestro alrededor. Una cerca de alambre separaba ese lote del complejo vampírico. Un gato del tamaño de Nightliss podía pasar, pero no el resto de nosotros. Estaba por arrancar un sector con violencia cuando Shelton me apoyó la mano en el brazo y sacudió la cabeza. Sacó la varita y examinó el alambre. Las runas de la varita brillaron. La electricidad estática cargó el aire.

Apuntó la varita hacia el alambre. El metal borboteó y se derritió. Shelton pasó la varita a lo largo de la cerca y dejó una incisión prolija en el metal. Repitió el proceso junto a uno de los postes de soporte. Un trozo rectangular de la cerca cayó al piso con un estruendo. Hicimos una mueca.

—Debería haberlo atrapado —supuse—. Maldición.

—No hizo tanto ruido —señaló Shelton—. Además, el metal habría estado hirviendo.

—Tal vez ustedes dos quisieran encender algunos fuegos artificiales mientras estamos aquí —comentó Elyssa, molesta. Se quedó observando la puerta trasera a través de los árboles que bordeaban el lote.

Me armé con las espadas y cuchillos que Elyssa me había dado y me aseguré de que aún tenía la tiza de Shelton en el morral. La preocupación me provocaba un nudo en el estómago, mientras que el miedo se escurría como dedos fríos por mis entrañas. Tuve que apretar los dientes para evitar que castañetearan. Luego, antes de entrar con las emociones sueltas para que anunciaran mi presencia, me aseguré de silenciar mi psiquis para no delatarnos apenas ingresáramos.

Elyssa parecía mucho más serena e impasible mientras me observaba prepararme. Enderezó la hebilla de la funda que sostenía la espada en mi espalda y me estiró la remera. ¿Qué era lo que veía en sus ojos? ¿Una pizca de arrepentimiento tal vez? ¿Preocupación? De pronto, la chispa desapareció, y volvió a ser pura eficiencia. Caminó hacia el edificio sin siquiera verificar que yo la seguía.

Una mano suave tomó la mía. Los ojos de Stacey estaban llenos de preocupación. Se paró en puntas de pie y me besó la mejilla.

—Buena suerte, dulce corderito.

La abracé.

—Gracias.

Nightliss se frotó contra mi pierna y maulló.

—Ella irá con ustedes y se adelantará para explorar. —Stacey levantó a la gatita y le besó el hocico—. Es muy valiente e insiste en completar esta tarea. Uno podría pensar que le agradas, Justin.

Nightliss ronroneó y me miró con los ojos entrecerrados. Shelton me palmeó el hombro.

—Vuelve entero, Justin. —Me mostró una sonrisa que no llegó a sus ojos preocupados—. Que la fuerza te acompañe.

—Los moggies estarán listos para entrar en el caso de que necesiten un rescate —me avisó Stacey—. Estaremos escuchando por los artilugios inalámbricos.

Supuse que se refería a los *walkie-talkies* baratos que Elyssa había llevado. Solo esperaba que tuvieran señal bajo tierra. Tragué saliva y troté para alcanzar a Elyssa, quien esperaba al borde del césped, que llevaba a la puerta trasera. El césped cubría el área abierta por unos veinticinco metros, donde comenzaba el pavimento hasta la puerta doble de acero. Un camino rodeaba el edificio, bordeado de árboles jóvenes, que no habían crecido lo suficiente para ocultar mucho. Por fortuna, solo una farola encima de la puerta iluminaba la zona, y la noche sin luna ofrecía la cobertura de la oscuridad. De todas maneras, los vampiros tenían una excelente visión. Si uno de ellos estaba mirando con tristeza por una de las ventanas traseras del edificio porque no había podido salir de fiesta, nos descubriría. Mortimer se me vino a la mente.

Corrimos a toda velocidad por la zona abierta y llegamos a la puerta en segundos. Apoyamos la espalda contra la pared. Elyssa bajó despacio la manija de la puerta hasta que se abrió. Desde donde yo estaba, sonó algo como el disparo de un cañón, pero el ruido de la multitud alegre en los bares de enfrente debería haberlo camuflado. Nos escabullimos en el interior. Nightliss caminaba entre nosotros a lo largo del ancho pasillo. Había cajas de maderas y palés con muebles y otros objetos esparcidos al azar junto a las paredes, lo que nos daba la posibilidad de ocultarnos si alguien iba a buscar la caja con su manta favorita.

Nightliss corrió hacia adelante y desapareció al final del corredor. No estaba seguro de cómo haría la gatita para decirnos si había algo peligroso al doblar la esquina, ya que ninguno de nosotros hablábamos *maullidol*, así que seguí a Elyssa y me mantuve agachado y en silencio. Llegamos hasta la siguiente puerta abierta sin incidentes. Espiamos hacia los costados. El primer guardia que Stacey había marcado debería estar patrullando por allí cerca.

El interior del edificio era simple. La estructura formaba un enorme rectángulo, con un pasillo que corría por el perímetro de los tres pisos. Se podía llegar al sótano por un ascensor en el vestíbulo principal, por el ascensor de servicio en el pasillo trasero, o por la puerta que estaba a mitad del corredor a la derecha. El ascensor de servicio sería demasiado ruidoso, así que debíamos llegar a la puerta del sótano.

Nightliss se sentó y se quedó observando la puerta, mientras subía y bajaba la punta de la cola. Nos miró y luego sacudió la pata hacia la puerta del sótano y maulló.

—¿Y eso que significa? —pregunté.

—No tengo idea, pero no veo ningún guardia —respondió Elyssa.

Nightliss siseó cuando ella comenzó a caminar por el pasillo. La sujeté del brazo y la hice regresar.

—Aguarda.

En ese momento, la puerta del sótano se abrió, y un vampiro vestido con pantalones cortos de camuflaje y con una remera de *kickball* salió al pasillo con un contenedor de sangre medio vacío en la mano. Golpeó la puerta de metal y le dejó una marca. Nightliss corrió entre sus piernas y bajó las escaleras. El vampiro no pareció darse cuenta.

—Malditos imbéciles, me dejan aquí de guardia —murmuró el vampiro mientras caminaba ofendido por el corredor hacia nosotros—. Debes aprender a vestirte —expresó en un tono agudo—. Cielos, odio a Britney. Juro que orinaré en su suministro de sangre.

Elyssa y yo nos agachamos detrás de un palé y aguardamos a que el vampiro descontento desapareciera por una esquina al otro lado del vestíbulo.

Nos dirigimos a la puerta del sótano y llegamos a la escalera. El pasillo estaba tan oscuro que apenas podía ver algo. Tanteé en busca del brazo de Elyssa y toqué algo más suave.

—¿Qué estás haciendo? —susurró ella.

—No puedo ver.

—¿Es una broma? Ajusta tu visión.

—Mi visión nocturna no es muy buena. —Esperaba que cualquier clase de visión nocturna que había intentado activar la noche en que me había atacado el moggy se encendiera automáticamente porque no sabía cómo encenderla manualmente.

Ella suspiró.

—Eres tan novato... —Me tomó la mano y me guio por las escaleras. Casi se sintió como en los viejos tiempos.

Llegamos al final de la escalera en espiral después de haber bajado decenas de escalones y espiamos el sótano bien iluminado. Unas arañas enormes colgaban majestuosamente del centro del cielorraso, y una bola de disco colgaba de la parte inferior de la araña central. Unas columnas de mármol se elevaban por las paredes de dos pisos y se arqueaban por el techo en forma de cúpula. Había literas y catres a los costados, ubicadas en filas prolijas con un pasillo que partía la sala cavernosa a la mitad. Se veía como una enorme barraca militar. Algunas áreas tenían particiones como cubículos, tal vez para privacidad o para silencio.

Varios sofás de cuero rodeaban un televisor enorme en un extremo de la recámara. Varios sistemas de videojuegos y todos los equipos para Guitar Hero estaban guardados prolijamente en un centro de entretenimiento de vidrio. Era maravilloso. Felicia estaba dando cabriolas en una competición de Dance Central contra dos tipos. *Take a Chance on Me*, de ABBA, sonaba a todo volumen en un enorme sistema de sonido.

Los vampiros sí que saben cómo pasarla bien.

Elyssa me atrapó contemplando con anhelo el centro de entretenimiento y me tironeó para que me agachara justo a tiempo para ocultarme de otros dos vampiros, que doblaron una esquina y pasaron discutiendo sobre videojuegos.

Nos quedamos agachados y corrimos por el espacio abierto hacia el lado izquierdo del sótano, donde un tabique al estilo cubículo ocultaba una maraña de cables. Detrás del tabique, a unos metros de distancia, estaba la puerta desde la que Nightliss le había maullado a Stacey. La gatita negra me miró con sus enormes ojos verdes y estiró una pata hacia la puerta.

—Nunca me había dado cuenta de que los gatos eran tan inteligentes —susurré. Elyssa me ignoró y sacó una linterna para poder estudiar la puerta abovedada. La madera sólida y las bisagras de metal se veían impresionantes. La cerradura era antigua, algo que una llave maestra podría abrir. Sentí un alivio enorme. Luego advertí dos placas de metal en la parte superior e inferior de la jamba. Un conducto corría desde las placas, por la pared gris de mármol, hasta el cielorraso. Reprimí un gruñido cuando el alivio se convirtió en una punzada de preocupación —. Magnético.

Elyssa asintió y examinó el teclado numérico de la izquierda. Su mirada era penetrante.

Saqué la tiza e intenté que no me temblaran las manos. Todo dependía de que yo pudiera hacer un hechizo sobre esa cosa. Dibujé un círculo a mi alrededor y deseé que se cerrara al presionar el pulgar sobre este. El aire chisporroteó, lo que indicó que al menos había hecho bien esa parte. Esperé. Después de unos segundos desesperantes, la presión en mis oídos se acumuló hasta que supe que tenía magia suficiente para hacer el trabajo. Fijé la vista en el teclado y deseé que se rompiera. Nada ocurrió.

—Fuera —ordené. Nada—. Puf. —Aún nada. Elyssa soltó un suspiro exasperado y revisó el conducto de metal. Sacó un cuchillo e hizo palanca. Deseé toda clase de cosas horribles sobre el maldito teclado, pero nada ocurrió. Sentía que tenía los pelos de punta, tal vez por la energía mágica que me rondaba inútilmente. Elyssa quitó la placa de metal y observó los gruesos cables en el interior. Me di por vencido; miré el teclado con furia una última vez y le mostré el dedo mayor—. Ya muérete de una vez —espeté entre dientes.

Un rayo azul emanó del dedo y golpeó el teclado. Este chisporroteó e hizo humo. La cerradura magnética se apagó, y la puerta se abrió apenas; solo la mantenía en su lugar el cerrojo original. Eso habría sido genial, excepto que la electricidad que emanaba del dedo afectó uno de los enchufes múltiples del piso. Unas explosiones y chisporroteos resonaron en toda la sala. El sistema de sonido retumbó una última vez y quedó en silencio. Las lámparas de las arañas explotaron. Los vampiros gritaron sorprendidos. El sótano quedó a oscuras.

CAPÍTULO 36

—¡Mi juego perfecto! —chilló Felicia en la oscuridad—. ¿Quién diablos arruinó mi competencia de baile?

—Santiago, ¡maldito español! —vociferó una voz masculina—. ¿Tu secador de pelo hizo saltar el disyuntor de nuevo?

Esa vez, mis ojos se pusieron automáticamente en modo nocturno. Había esperado una tonalidad verdosa, como los anteojos militares de visión nocturna pero, en su lugar, un suave halo azul marcaba mis alrededores.

Elyssa susurró un hilo de maldiciones y me tomó la mano. Nightliss bajó las escaleras en espiral. Estaba a punto de cerrar la puerta detrás de nosotros cuando Nightliss subió corriendo y siseando, y se escabulló por la puerta entreabierta. Miré a Elyssa confundido.

—Me pregunto qué le agarró.

—¿Puedes ver? —Sus iris emitían un brillo violeta.

—Sí. ¿Mis ojos también brillan?

Ella revoleó los ojos brillantes.

—Sí.

—Espectacular.

—¿Puedes tomártelo en serio?

—Es mi manera de intentar no ensuciarme los pantalones —respondí—. Tengo un susto tremendo.

Me tomó la mano entre las suyas y la apretó.

—Todo estará bien.

Le cubrí la mano con la otra. Por un momento, el mundo pareció ralentizarse. Mis nervios se calmaron, y pareció que podríamos sacar las cosas adelante. Me llevé su mano a los labios y la besé.

—Gracias.

Ella abrió la boca para decir algo, pero luego miró la puerta sobresaltada.

—Creo que vienen hacia aquí.

Bajamos corriendo las escaleras. El hedor rancio a carne podrida llegó a mis fosas nasales. Al principio no me había dado cuenta porque estaba aterrado, pero mi nariz me notificó que, sin duda, algo apestaba. Horriblemente. Me dieron arcadas.

—¡Vaya! ¿Crees que ponen cadáveres aquí? —Me estremecí—. Creía que los vampiros intentaban no matar a las personas. —Al menos sabía por qué Nightliss no se había quedado. Mis sentidos aumentados le agregaron una dimensión extra al hedor que detestaba. En especial desde que había oído que todos los olores estaban compuestos por partículas.

Elyssa sacó un par de bandanas y me entregó una para que pudiera cubrirme la nariz. Las mujeres siempre parecían tener respuestas para los pequeños inconvenientes de la vida ocultas en sus bolsos o, en ese caso, en un cinturón multiuso.

El roce vago de algo contra la piedra se oía desde abajo. Elyssa bajó la velocidad. La imité. Llegamos al final y espiamos por la entrada abovedada. El cielorraso en la cripta se elevaba entre tres y cuatro metros y medio del piso. Había ataúdes de mármol y nichos a lo largo del pasillo. El piso alternaba entre roca esculpida y tierra. Las bandanas cubrían lo peor del horrible olor, pero solo apenas.

Había esperado encontrar una habitación donde estuviera mi padre. Por lo que se veía, esa cripta no haría fáciles las cosas. Tuve reminiscencias de Indiana Jones e imaginé encontrar esqueletos cubiertos de telarañas y una trampa con una roca rodante. Hubiera cambiado ese terrible olor por una trampa de roca sin dudarlo. Elyssa avanzó y se dirigió a la izquierda hasta el final del pasillo. La seguí y espié a la vuelta de la esquina. Varios pasillos cubiertos de ataúdes llevaban a más pasillos iguales. Ella gruñó.

—Esto es un laberinto.

Roces y rasguños resonaban en las paredes, pero era difícil determinar de dónde provenían los sonidos.

—¿Ese es mi padre? —pregunté.

—No lo sé. —Su frente se arrugó por la preocupación—. Vamos.

Avanzamos unos pasos más. El olor se colaba por la bandana en oleadas nauseabundas. En cualquier momento, esperaba encontrar una pila de víctimas en descomposición. Recorrimos el laberinto de pasillos, y por fin llegamos a lo que parecía el centro. Las paredes rocosas estaban corridas varios metros hacia cada costado de una tumba de mármol en el medio. Más atrás, brillaba una luz desde el interior de un edificio de piedra.

—Debe estar allí. —El hedor rancio me dio arcadas. Elyssa chilló y se quedó tiesa. Me apretó tan fuerte la muñeca que esperaba oír el crujido de huesos. Seguí su mirada. Había cuerpos esparcidos por todo el piso. Las moscas zumbaban por encima de los cadáveres. Se veían negros y aceitosos para mi visión nocturna azulada, lo que empeoraba más la asquerosa escena. Mi corazón latía acelerado. Sentía el rostro caliente por el miedo y la furia ante la masacre de esa pobre gente. Los cuerpos variaban en edad, desde los más jóvenes hasta los más ancianos. Muchos tenían ropa rasgadas, ya fuera por haber sido vagabundos cuando estaban vivos o por haberse deteriorado con el tiempo—. Están muertos —expresé en un susurro ronco.

Un gruñido resonó. Uno de los cuerpos se incorporó y giró hacia nosotros. Sus ojos hundidos miraban ciegamente en nuestra dirección. Tuve que apretar las nalgas para evitar que se me vaciaran las entrañas. El sonido de cuerpos en movimiento resonó en la recámara y me di cuenta de que ese había sido el ruido de rasguños que había oído antes. Más cuerpos se levantaron y giraron las cabezas hacia mí. Elyssa apretó un poco más.

—No exactamente. —Me miró alarmada—. ¿Sigues ocultando tus latidos?

—Creo que bajé la guardia cuando vi los cuerpos.

—Oh, cielos. —Elyssa volteó hacia la dirección por donde habíamos llegado—. Debemos salir de aquí. Debemos correr. ¡Ahora! —Su tono era un susurro, pero la alarma recargó el pánico que sentía.

Los cuerpos animados se sacudieron como títeres rotos para ponerse de pie mientras hacían ruidos horribles y sonidos sibilantes, que emergían de las cuerdas vocales en descomposición. Volvimos corriendo por el laberinto.

—¿Zombis? —inquirí.

—Vamplings —respondió Elyssa—. Esos vampiros estúpidos han estado intentando convertir humanos en vampiros, pero son demasiado jóvenes o no saben cómo hacerlo.

—Pero se ven muertos.

—Están mayormente muertos, sí. La parte humana de ellos murió cuando falló la conversión, lo que dejó su parte de monstruo completamente a cargo. Ahora son solo cascarones vacíos y sin mente, que tienen ansias de sangre. Piensa en una cruza entre zombi y vampiro, y eso es un vampling. Por lo que se ve, no han sido alimentados en semanas.

Intenté con desesperación cubrir el martilleo de mi corazón, incapaz de reunir suficiente claridad mental para hacerlo. No tenía tiempo para detenerme, hacer un círculo, y concentrarme. Se oían unos gritos más adelante.

—¡La mitad de los disyuntores están fritos! —exclamó alguien—. ¡Juro que le patearé el trasero a Santiago!

—No, amigo mío —intervino una voz con acento español—. Sequé mis rizos sedosos hace una hora.

—Mentira —protestó Felicia—. ¿Enchufaste ese secador europeo en uno de nuestros enchufes otra vez?

—Me han lastimado, amigos, así que me voy. —El vampiro español sonaba triste.

—¡Será mejor que te vayas! —gritó Felicia.

Elyssa y yo frenamos en seco. Los ojos de ella se agrandaron por el pánico. Yo sentía que los míos colgaban de mi cabeza.

—Tal vez debamos pelear con los muertos —sugerí—. Se los ve lo suficientemente descompuestos como para atravesarlos a golpes.

—No comprendes —planteó Elyssa—. Al no tener el costado humano, ellos no tienen ningún instinto de autopreservación ni de autolimitación. Lo peor de todo es que son implacables. Nunca dejarán de atacar, a menos que queden hechos puré. —Contempló los alrededores—. Debemos ocultarnos hasta que los vampiros vuelvan a subir.

—¡Oigan, aguarden! —Se oyeron unos pasos fuertes en los escalones—. El teclado está frito. Parece que alguien intentó quemarlo y le dio a uno de los protectores de sobretensión.

—Menos mal que era un protector de sobretensión —murmuró Felicia.

—¿Qué demonios sucede? —La voz de Randy me causó escalofríos en la espalda. Parte de mí quería salir del escondite y golpearlo hasta dejarlo hecho pulpa. La otra parte no quería quedar rodeada por vampiros y quedar convertido en un eterno paquete de aperitivo.

—¿Por qué tenemos que estar de guardia, Felicia? —se quejó Mortimer—. Hay luna llena.

—Cállate, Mortimer —rugió Felicia—. Alborotarás a los vamplings.

—¡Cielo santo!, apestan en serio —señaló Mortimer—. Debemos hablar con Maximus sobre traer algún desinfectante en aerosol.

—Cállate, Mortimer —gruñó Randy.

—Mortimer, eres una zorra quejosa —agregó Blake.

Otras dos voces que no reconocí se unieron para vapulear al niño vampiro. Elyssa me detuvo y levantó seis dedos. Mi corazón se aceleró aún más.

—¿Cuántos puedes manejar? —susurré.

Ella frunció el ceño.

—Tres, tal vez cuatro, si los mato.

—Yo podría con tres.

Se oyeron más pasos fuertes en los escalones.

—¿Encontraron los disyuntores?

—Olvídalo —expresó Elyssa—. Suena a que cuatro más se unieron a la fiesta.

Buscamos un escondite, un nicho, algo. Un grito gutural rugió por toda la recámara. Me di vuelta y vi a los vamplings, que arrastraban los pies hacia nosotros a una velocidad horrible, con los ojos enfocados en la única cosa que les importaba: sangre. Elyssa sacó las espadas. La imité.

Los vampiros doblaron la esquina corriendo y frenaron en seco. Sus ojos brillaban de color rojo mientras nos observaban a nosotros y luego a los vamplings que estaban detrás. Los labios de Randy dibujaron una sonrisa.

—¡Justin! Si me hubieses enviado un mensaje antes de venir de visita, habría horneado galletas. —Se volvió hacia Elyssa—. Si no te conociera mejor, diría que eres una templaria. —Se cruzó de brazos y fingió una mirada de dolor—. Entonces, respecto de dejarte entrar en nuestra red... será un no rotundo, ya que eres una mentirosa y todo eso.

Elyssa le sonrió con suficiencia.

—Lo bueno es que ya no tengo que simular que me agradas.

Blake hizo sonar sus nudillos.

—Maldición, quiero algo de venganza.

Felicia sujetó a Mortimer del brazo.

—Llama a Maximus.

Mortimer asintió.

—Yo me encargo. —Corrió hacia la escalera.

Unas tenues luces de emergencia se encendieron en secuencia por los pasillos de la cripta, en todas direcciones. Felicia mostró una sonrisa malvada.

—Ríndanse, y controlaremos a los vamplings.

—Como si ustedes pudieran hacerlo —replicó Elyssa.

Saqué el *walkie-talkie* y oprimí el botón en el patrón de emergencia que había acordado con Stacey. Oí estática, pero nada más. Estábamos demasiado abajo para que la señal pudiera salir.

El primer vampling, que alguna vez había sido un joven con una gorra de béisbol hacia atrás, alcanzó a Elyssa. Ella volteó y sacudió la espada. Rodó la cabeza, pero el cuerpo no cayó. Pasé la espada ropera por sus piernas. La espada no era lo suficientemente filosa para cortar huesos, pero la pura fuerza bruta del movimiento los trituró. Al cuerpo se desplomó, con el ruido nauseabundo de gusanos aplastados en la acera.

Llegó otro. Cortamos brazos y piernas, pero podía ver que no sería suficiente: había demasiados. El camino detrás de nosotros, donde estaban los vampiros, era más estrecho, por lo que era imposible rodearlos. El paso se ensanchaba y se dividía alrededor de varios ataúdes en el centro, y se volvía a unir en el otro extremo antes de doblar bruscamente para regresar al área abierta con la tumba. Hasta el momento, los vamplings en descomposición se acumulaban en ese camino.

—Tan solo ríndete —pidió Randy—. Incluso podría dejar ir a tu novia.

—¡Tú sigues! —espeté—. ¿Dónde está mi padre?

Felicia rio.

—¡Eres tan pendenciero!

Blake chocó el puño con la palma.

—¡Ven a mí, amigo!

Empujé un ataúd de su pedestal para bloquear a un grupo de vamplings. Elyssa giraba los brazos con las espadas plateadas y convertía a las criaturas cercanas en *chop suey*. La imagen de una figura sombría y un destello plateado pasaron por mi cabeza. ¿Había sido Elyssa quien había matado a ese moggy aquella noche? ¿Era ella mi salvadora misteriosa?

No tenía tiempo para pensar en eso. Una mujer en descomposición, con un asqueroso vestido amarillo, apareció a un costado mío. Abrió la boca podrida para revelar unas fauces dentadas y colmillos ennegrecidos. Unos gusanos se sacudían en una de las cavidades oculares vacías y en la piel cubierta de cicatrices verdosas.

Me agaché ante la embestida. Chocó contra otro vampling detrás de mí. Me incorporé y los lancé en direcciones opuestas. Volaron por el aire y se estrellaron contra la pared. Tomé la espada a tiempo para cortar a otro. Esta se movió en una Z y diseccionó al vampling en trozos inofensivos. Intenté ignorar la ropa, los ojos, cualquier cosa que humanizara a esos cadáveres andantes para no pensar en quiénes habían sido antes de que los vampiros los hubiesen convertido en esas cosas horripilantes. No podía darme el lujo de la culpa.

No están vivos. Ellos NO están vivos. Eso era un millón de veces peor que limpiar colectores de grasa.

Una carcajada de Randy me hizo hervir la sangre. Sujeté a un vampling de la garganta y lo arrojé a los espectadores. Felicia chilló. Randy y sus amigos gritaban y corrían mientras el monstruo los corría en círculos.

Elyssa gritó. Una de las criaturas se había subido a su espalda y la rodeaba con las piernas. Le clavó los colmillos en el hombro derecho, donde se unía con el cuello. Otra criatura se lanzó a su garganta. La espada que Elyssa llevaba en la mano derecha cayó al piso.

—¡No! —Embestí a una de las criaturas con el hombro. Chocó contra los vamplings detrás de él y los derribó. Dejé caer la espada y agarré al que estaba sobre la espalda de Elyssa por la cabeza y le arranqué los colmillos de su piel. Ese trozo de piel se sentía viscosa y repugnante al tacto. Tiré con la suficiente fuerza para arrancarle la cabeza y la lancé con todo mi poder hacia el atacante más próximo para mantenerlo a raya.

Elyssa tambaleó. Su remera negra se oscureció más donde la empapaba la sangre. Se le cayó la otra espada. Guardé la mía en la funda de la espalda o, más bien, lo intenté y erré. Repiqueteó en el suelo. Lo ignoré y levanté a Elyssa.

Randy brincaba sobre la cabeza del vampling que les había arrojado. Felicia y los otros vampiros mostraron los colmillos. Con Elyssa herida, no tenía posibilidad de atravesar el bloqueo. Los vamplings no parecían interesados en atacarlos, tal vez porque no eran de sangre caliente.

Los otros vampiros nos miraban hambrientos al oler la sangre en el aire. Los vamplings gorjeaban con deseo. El único lugar hacia donde ir era más al fondo de la cripta. Esquivé los ataúdes del centro y zigzagueé entre varios vamplings. Agradecí en silencio al entrenador Wise por toda la práctica de fútbol americano y moví las piernas lo más rápido que pude. Unos aullidos y gruñidos de ira y de hambre nos seguían.

A menos que la cripta tuviera una salida trasera, no había escape. Unas bombillas incandescentes colgaban de cables en la parte superior y daban una luz tenue a la tumba. Una luz más brillante resplandecía en un pequeño mausoleo que había más adelante. Corrí hasta allí y miré en el interior.

La figura inconsciente de mi padre estaba junto a la pared. Unas cadenas sujetaban sus muñecas. Un cerrojo con un candado grueso aseguraba la puerta de barrotes. Con mi fuerza completa podría haberla roto. Pero estaba exhausto por la pelea y más débil con cada paso.

Rogaba que mi padre no estuviese muerto. Tenía sangre reseca en el cuello, donde los vampiros se habían deleitado. Alguien gimoteó. Miré detrás de él y vi a una chica semidesnuda, sucia y aterrada. Una sola cadena le sujetaba el tobillo a la pared. Un rojo carmesí manchaba el metal donde el grillete le apretaba el tobillo en carne viva.

—Ayúdame —suplicó—. Por favor, debes sacarme de aquí.

—Esos animales... —refunfuñé. Elyssa gruñó. Su cabeza cayó hacia un costado. Volví a mirar a mi padre y a la chica—. Los vampiros están persiguiéndome. Regresaré si sobrevivo.

—¡No te vayas!

Sacudí la cabeza.

—Estarás más segura allí, créeme.

—¡Por favor, regresa! —Su llanto de desesperación me siguió mientras me adentraba más en la cripta.

La culpa me revolvió el estómago, pero no podía hacer nada. Mi padre y esa mujer estaban atrapados en una prisión, pero estaban a salvo. Debía recuperar fuerzas. Debía asegurarme de que Elyssa estaba bien.

Pronto se hizo evidente que la cripta había sido tallada en una caverna natural. Se ensanchaba unos cuarenta y cinco metros, y había estalagmitas que sobresalían del piso, lo que me impedía correr. Se oía el goteo de agua más adelante. Me frené en seco al borde de un lago subterráneo. Había estalactitas colgadas del techo de la cueva, y algunas llegaban tan abajo que casi tocaban el agua. La cueva terminaba al otro lado del lago. Habíamos llegado al final. Me pregunté si los vamplings podían nadar, y pronto me di cuenta de que no importaría. Probablemente, no necesitaban respirar, así que se meterían al agua detrás de nosotros y nos hundirían.

Botellas de cerveza tiradas, toallas y una pila de sillas plegables daban la impresión de que los vampiros utilizaban el lugar como su propia playa subterránea. No veía cómo alguien podía disfrutar de un entorno frío y húmedo. Había luces fluorescentes colgadas de manera desordenada de vigas de madera. Los vampiros podían vestirse muy bien, pero eran un desastre en carpintería.

Caí al piso, débil y sin esperanza. Mi interior rugía en agonía por el hambre. Me quité la bandana y se la quité a Elyssa, y le apoyé la cabeza sobre mis rodillas. Apoyé dos dedos en su cuello y verifiqué su pulso.

—Justin —susurró Elyssa con debilidad.

Reprimí las lágrimas ante el dolor en su tono de voz.

—¿Cómo estás, bebé?

Ella acercó la mano a mi mejilla y me acarició. Ella sintió náuseas. La acerqué hacia mí alarmado y vi lágrimas en sus ojos.

—No creo que lo logremos —señaló ella.

—Claro que sí. —Respiré profundo para alejar la angustia.

—Aún te amo —afirmó ella entre sollozos—. Nunca dejé de amarte.

—También te amo. —Sentí felicidad en el corazón—. No sabes cuánto ansié oírte decir eso.

Atrajo mi rostro hacia ella y me besó.

—Perdóname.

—¿Por qué?

—Por haber perdido tiempo valioso que podríamos haber pasado juntos.

—Todavía no terminó. —Transmití una nota de esperanza a mi tono de voz—. Podemos salir de esto.

Ella sacudió la cabeza.

—El veneno de la mordida está paralizando mis músculos. Estoy demasiado débil para combatirlo. Para cuando deje de tener efecto, será demasiado tarde.

Extendí la muñeca.

—Toma mi sangre.

Ella me miró con ojos temblorosos. Sus fosas nasales se abrieron al inhalar el olor de mi sangre. Ella apartó la mano débilmente.

—No puedo —lloriqueó—. No puedo.

—Eres mejor luchadora que yo, y estoy al límite de mis fuerzas. Toma mi sangre y recupera energía.

Ella resopló y volvió a correrme el brazo.

—Estoy demasiado débil. Podría matarte.

—No me importa. Si significa que podrías rescatar a mi padre y salir de aquí, no me importa. —Le acaricié la mejilla—. Mi único arrepentimiento sería no volver a verte.

Las lágrimas se derramaban por los ojos de ella.

—No lo haré. No puedo. La mordida de vampling es contagiosa. La Bendición Templaria podría anular la maldición pero, si te muerdo, podría extender la infección. Podría convertirte en un vampling, con el tiempo suficiente.

—Entonces, contágiame. ¡No me importa!

—A mí sí. —Sacudió la cabeza—. Huye, Justin. Vive.

—¿De qué sirve la vida sin ti, Elyssa? —Me dolía la garganta y me ardían los ojos.

Aflojó la sujeción de mi brazo.

—Ya no puedo sentir los brazos. —Ella suspiró estremecida—. Aliméntate de mí. Sobrevive.

—No. —Apenas podía hablar, apenas podía pensar. Las lágrimas me nublaban la vista y se derramaban.

—Es tu única oportunidad de salvarte y de salvar a tu padre.

—Ya se me ocurrirá algo. Buscaré en el lago. Tal vez haya otro pasaje.

—Es demasiado tarde.

Oí que los vamplings se acercaban arrastrando los pies. Randy gritó mi nombre.

—¡Justin! ¡Oh, Justin! —Rio—. Solo ríndete, y dejaré ir a la chica.

—No puedes hacer eso —protestó Mortimer—. Les dirá a las autoridades sobre este lugar.

Elyssa me tocó el hombro con mano temblorosa.

—Si me amas, lo harás, Justin. Hazlo por mí. Sobrevive por mí. Por favor.

Elyssa bajó las defensas. Sentí el pulso caliente de su esencia sobrevolar justo frente a mí, desprotegida y vulnerable como una llama preciosa en la oscuridad. Pero se sentía muy diferente de lo que había sentido con otras mujeres. Aquellas eran velas tenues en comparación con ese sol brillante. Intenté resistirme, pero el hambre arañaba mis barreras. Luché contra la locura y el dolor a medida que la necesidad de beber su esencia atacaba mis defensas. Apreté los dientes frente al dolor. Cerré los ojos con fuerza. No lo haría.

—Basta, Elyssa. ¡Detente! No te mataré para salvarme.

—Te amo —susurró y tembló con violencia.

Mis muros se derrumbaron. La bestia aulló en señal de victoria y atrajo la esencia de ella con voracidad. El amor se derramaba en mi corazón como un torrente dorado de luz solar. Intenté detener el hambre, traté de interrumpirme, pero mis reservas menguadas atraían su esencia como una esponja seca absorbía agua.

Se me llenaron los ojos de lágrimas y me nublaron la vista mientras bebía la esencia de la chica a la que amaba. Ella me sonrió una última vez. Luego sus brazos quedaron flácidos, y la luz de sus ojos violeta se apagó.

CAPÍTULO 37

Dejé el cuerpo de Elyssa en el piso con suavidad, sollozando, meciéndome hacia atrás y adelante por la agonía que desgarraba mi corazón.

—No, Elyssa, no. —El dolor era insoportable. Me doblé al medio a medida que la pena me destruía y me destrozaba el corazón.

El sonido de piel putrefacta sobre piedra resonó cerca. Apreté los dientes y miré con furia a los vamplings. Felicia, esa malvada zorra vampírica, estaba detrás de ellos, provocándolos. Randy me miró con desdén.

—Oooh, ¿tu chica te dijo adiosito? —Rio—. Tienes agallas, Justin. Atacar nuestra fortaleza fue un movimiento atrevido, Cotton. Pero no resultó.

No sabía quién era Cotton. No me importaba. Todo lo que quería en ese momento era matar a ese desgraciado de Randy. La agonía en mi corazón ardió en una ira abrasadora, se transformó en una erupción volcánica que carbonizó el peso de la pena y lo convirtió en cenizas. Me puse de pie y enfrenté la horda. Rugí, loco de ira. Unas llamas azules caían en cascada por mis ojos. El dolor explotó en mi cabeza. Tambaleé hacia atrás. Una explosión nuclear detonó detrás de mis ojos y presionó sobre mi cráneo. Un rugido agonizante inundó la cueva. Sonaba como el rugido que haría un monstruo. Parte de mi mente se dio cuenta de que el rugido provenía de mí. Mi visión nocturna azulada se tornó roja.

Los huesos crujieron, y la ropa se estiró como el parche de un tambor. Después de una breve eternidad de dolor en cada molécula de mi cuerpo, el rojo en mi visión cedió y pude ver a los vamplings acercarse hacia mí. Mi cuerpo se sentía raro y elongado. Me miré las manos demasiado grandes y vi una piel azulada y garras negras. Mi cabeza se sentía descentrada. Levanté la mano y toqué cuernos, que me salían de la frente. Algo colgaba de mi espalda. La furia dominaba cualquier pensamiento racional.

DESTRUIR. ¡CONSUMIR!

La bestia tenía el control.

Me erguí sobre las criaturas sin mente racional. No resistirían mi poder. Las garras de las manos destrozaron a los atacantes más cercanos. Le di un revés tan fuerte al siguiente que explotó contra una pared como un melón podrido. Uno se acercó por detrás. Le envolví el cuello con la cola y apreté. Le arranqué la cabeza y lancé el resto al lago que había detrás de mí.

Rugí, arañé, golpeé y pegué a las criaturas sin pensarlo. En menos de un minuto, solo quedaban trozos de piel y jugos putrefactos donde antes había habido cerca de veinte vamplings. Bramé en señal de triunfo, y el eco gutural resonó en las paredes de la caverna. Mientras tanto, la parte racional de mí se preguntaba qué diablos sucedía con mi cuerpo y de dónde demonios había salido la cola. Pero la parte racional no parecía tener voz ni voto en las acciones de la bestia.

—¡No puedo hacer nada! —Felicia gritó.

—¡Es solo él, idiotas! —Randy arremetió contra mí. Le sacaba unos sesenta centímetros de altura. Con un revés despectivo, lo envié volando al lago. Me volví hacia Mortimer, Felicia, y los demás, y solté un rugido que les despeinó su pelo, meticulosamente arreglado.

Ellos gritaron y salieron huyendo, tropezando unos con otros en su apuro por largarse de allí. Un Randy empapado corría detrás de ellos. La criatura en la que me había convertido se regodeó en la persecución venidera. Eran una presa suculenta. Los cazaría y les vaciaría la esencia hasta que solo quedaran cascarones vacíos.

¡EL AMO INFERNAL AGUARDA!

Me lancé tras ellos.

"¡Elyssa!", gritó mi parte racional en la cabeza. *No puedo dejarla*. La criatura corría sin pensar y alcanzaba rápidamente a los vampiros que huían. Las garras arañaban la piedra. *¡Amo a Elyssa! La amo. ¡No la dejes!*

La bestia disminuyó la velocidad y se volvió hacia la figura flácida que yacía al borde del lago. Era solo un recipiente vacío. No había esencia que extraer de ese cuerpo. No había posibilidad de una persecución excitante como un predador que corría tras la presa. ¿Por qué importaba ese cadáver? ¡La verdadera presa se escapaba!

Ella es mi amor. ¡La razón de mi existencia!

EL AMOR NO ES UNA RAZÓN.

¡El amor lo es todo, payaso con cara de jabalí!

EL PODER LO ES TODO.

El poder es algo vacío sin amor.

Recordé la primera vez que había besado a Elyssa. Vi su sonrisa brillante. Sentí su caricia amorosa. *Sin ella, la vida no tiene sentido*. Las lágrimas se acumularon en mis ojos. La bestia transigió. Todo pensamiento de la persecución desapareció, y mi furia se transformó en una pena agonizante. Corrí hacia ella y me arrodillé a su lado. Advertí el reflejo en el agua. Me incliné para mirar. Un monstruo me observaba. Unas llamas rojas danzaban donde antes habían estado mis ojos. Unos cuernos de ébano subían en espiral desde detrás del nacimiento del pelo, y tenía la piel azul. El grito ahogado que escapó de mi enorme boca sonó monstruoso y amenazador.

Volteé hacia Elyssa y traté de presentir su presencia. No había nada. Ni una chispa de vida. Más lágrimas ardían en mis ojos y se hacían vapor por las llamas danzantes. Intenté conectarme con su esencia con todas mis fuerzas. En lugar de vida, sentí la fría ausencia de la muerte. Mis enormes hombros se sacudieron por la pena. La había matado. La parte racional de mi mente luchaba por la supremacía con la bestia tonta en la que me había convertido, pero no podía derrotarla. La bestia rugió y renovó sus esfuerzos.

Y luego lo sentí: un diminuto susurro de vida. Intenté alcanzarlo. Era tan poquito que casi tenía miedo de tocarlo. Era una brasa resplandeciente de esperanza en medio de los fuertes vientos de desesperación. Temí que mi presencia abrumadora podría apagarlo como un balde de agua sobre una chispa. La fusión era un asunto delicado, pero la bestia lo hizo por puro instinto. A medida que su furia se reducía, también lo hacía la barrera que separaba mi parte racional del resto de mi mente. Me fusioné con ese hilo de vida. Esa vez no tiré, sino que empujé.

Empujé con toda la fuerza y amor que tenía adentro. La imaginé riendo. Imaginé sus ojos violeta que me miraban mientras la acercaba para besarla. Imaginé sus labios sobre los míos. Imaginé su cuerpo cálido contra el mío. Imaginé la felicidad en una simple sonrisa suya. *Elyssa, regresa a mí.*

Al principio, la energía me abandonaba como un goteo, y luego en un flujo constante. Un aullido demoníaco de hambre me quemaba la garganta y me destrozaba las entrañas. Lo ignoré y presioné más. A medida que la esencia abandonaba mi cuerpo, el hambre agonizante aumentaba. Mi cuerpo se sacudía, crujía y resonaba al tiempo que los huesos se reacomodaban y los músculos se reducían. La ropa desgarrada me quedaba grande para mi figura más pequeña. Los cuernos se despegaron de la frente y cayeron al piso de la caverna. El fuego en mis ojos se apagó con un chasquido.

"Te amo —expresé con mi propia voz—. Por favor, regresa a mí".

El flujo de energía vibrante se terminó y, sin importar lo mucho que intentara, no podía pasarle más a ella. Dejé de tratar y la acerqué a mi pecho. Elyssa se sentía fresca. Apoyé la cabeza en su corazón y escuché. Un vago martilleo latía en su pecho. La esperanza floreció en mí, pero aún no había pasado el peligro. Todavía quedaba la larga caminata de regreso a la cripta principal, y no sabía si los vampiros estarían esperando con refuerzos.

Me enjuagué la sangre rancia de manos y brazos en el lago. Los zapatos estaban estirados y deformes, con agujeros grandes en la punta. Uno de los cuernos que había tenido en la frente estaba en el piso, cerca de mí. Lo tomé y lo examiné. Me toqué la frente donde habían estado los cuernos, pero la piel se sentía suave y en perfecto estado. El cuerno era de unos sesenta centímetros de largo y estaba afilado en la punta. Tal vez podría matar a un vampiro con eso. Lo guardé en la funda, donde había tenido la espada, y levanté a Elyssa. Ella emitió un quejido, pero no abrió los ojos.

El regreso pareció tomar una eternidad. Se me acalambraban los músculos y me ardían a cada paso. Me rugía el estómago, mientras que el hambre sobrenatural rasguñaba mi cordura. Quería correr, pero no quería desperdiciar esa pequeña energía sobrenatural que me quedaba si los vampiros volvían a presentarse. Llegué a la tumba donde estaba mi padre y miré hacia adentro. Él gruñía. La chica junto a él le apartaba el pelo de los ojos y le rogaba que se despertara. Me vio y chilló. Luego, se dio cuenta de que era yo. Las bombillas fuera del mausoleo se apagaron. Al parecer, los vampiros creían que la oscuridad me retrasaría. Ignoré ese nuevo suceso.

—¿Viste hacia dónde fueron los vampiros?

Ella asintió, con mirada asombrada.

—Gritaban como locos y corrían tan rápido que se chocaban entre sí. Era como si el mismo diablo estuviese persiguiéndolos. Estoy casi segura de que se fueron.

—Bien. Déjame ver si puedo sacarlos de allí.

Sus ojos se agrandaron con esperanza. Saqué el cuerno y lo coloqué en el hueco entre el candado y la hembrilla. Sujeté con fuerza un extremo y tiré con fuerza. El metal chirrió. Volví a tirar, y el cerrojo cedió un poco más. Ajusté el cuerno, planté bien los pies y tiré con más fuerza. El candado crujió y se abrió. Después de quitarlo, abrí la puerta. Mi papá gruñó y miró a la chica con los ojos apenas abiertos. Se apartó.

—No, no lo haré —exclamó con tono débil y atontado—. Suéltenla.

—Papá, soy yo. —Me arrodillé frente a él. Él abrió los ojos de golpe.

—¿Justin? ¿Cómo?

—No te preocupes. Los sacaré a los dos de aquí.

Mi padre olfateó y frunció la nariz.

—Azufre. Estamos en un enorme pel... —Su voz se apagó y su cabeza quedó ladeada.

Tiré de donde las cadenas estaban atornilladas a la pared, pero hubiera sido lo mismo que les hubiese pedido amablemente que soltaran a mi padre. No tenía suficiente fuerza para hacer nada más. Miré a la chica. El hambre demoníaca me arañaba las entrañas y exigía alimento. Pero no podía hacerlo. Tenía tanta hambre que podría perder el control. Ella parecía presentir la intención depredadora en mi mirada y se encogió contra la pared como un conejo frente a un lobo.

Aparté la vista de ella y examiné los candados que aseguraban las cadenas. Eran candados antiguos, pero gruesos. Incluso con mi fuerza completa sería difícil arrancarlos. *Las ganzúas de Elyssa.*

Abrí su morral y hurgué en el interior, hasta que encontré la pequeña bolsita con las herramientas. No tenía la menor idea de cómo utilizarlas. Las dejé en el piso de madera de la tumba y las revisé hasta que encontré una que parecía una llave maestra. La tomé y la coloqué en la cerradura. Después de girar y remover, la vieja cerradura de muesca hizo clic, y el candado se abrió. Levanté un puño.

—¡Sí! —Después de unos minutos, ya había liberado a los dos prisioneros. La chica lloraba agradecida, pero no llegó a tanto como abrazarme cuando vio la mirada voraz en mis ojos. El hambre era casi insoportable, pero tenía demasiado por que preocuparme como para rendirme. Mi padre estaba demasiado débil para caminar por su cuenta y era demasiado pesado para que la chica lo acarreara. Elyssa también seguía inconsciente—. Odio hacer esto —le dije a la chica—, pero debo dejarte aquí con ellos.

—¿No puedes llevarme contigo? —rogó—. Por favor. Hace días que estoy atrapada aquí, quizás semanas.

—Hay más vampiros arriba. Si intento cargar dos personas conmigo, estaré demasiado débil para hacer algo más que observar cómo terminan con nosotros. —Mi estómago hizo un ruido fuerte, casi de pena—. Además, tengo tanta hambre ahora que no creo que pueda resistir mucho más tiempo.

—¿Comes personas? —preguntó en un susurro sollozante.

Me reí a pesar de la situación.

—No, me alimento de las emociones.

—Me siento muy emocional en ese momento.

—Lo sé. Pero, en mi condición, también podría tener sexo contigo y extraerte toda tu esencia. —Ella se encogió aún más. Ese simple movimiento similar al de una presa aumentó mi deseo de abalanzarme sobre ella y tomarla. Cada fibra demoníaca de mi cuerpo lo exigía. Cerré los ojos e intenté recomponerme. Elyssa dependía de mí. Mi padre dependía de mí. Alimentarme de esa chica me ayudaría a salvarlos. Tal vez podía controlarme. Caminé hacia ella; la esencia caliente estaba encogida de miedo a unos metros de mí y me atraía como la gravedad. Su sacrificio salvaría a aquellos a los que más amaba. *Eres un monstruo*—. ¡No! —grité y me alejé de la chica—. No soy un monstruo.

—No te ves como uno —opinó con tono tembloroso—. Ninguno de ellos lo parecía.

Sacudí la cabeza con violencia, como para despejarla. Solo me hizo sentir mareado.

—Quédate aquí —le pedí—. Iré por ayuda. —Ella gimoteó, pero asintió. Levanté un dedo, indicándole que aguardara un momento, y corrí hasta donde Elyssa y yo habíamos perdido las espadas. Las tomé y se las llevé a la chica. Ella tomó una de las espadas sai de Elyssa y la sostuvo con ambas manos. Dejé a Elyssa y a mi padre al fondo de la tumba, lejos de la puerta; le hice señas a la chica para que entrara y luego la cerré—. Recuerda, los vampiros pueden ver en la oscuridad, así que quédate aquí hasta que regrese.

—No puedo creer que esto esté sucediéndome a mí. —Nuevas lágrimas cayeron por sus mejillas—. No puedo creer que los vampiros sean reales. Y no son tan hermosos como Edward.

Debería haber sabido que era admiradora de Edward.

—Finge que son secuestradores si eso lo hace más fácil. Secuestradores con anteojos de visión nocturna.

Ella asintió.

—De acuerdo. —Algo del dolor en sus ojos disminuyó—. En realidad, pensar esto de esa forma ayuda un poco.

Ignoré el deseo de revolear los ojos y tomé la espada del suelo. Se sentía más pesada de lo que recordaba, probablemente, porque estaba gastado, tanto natural como sobrenaturalmente. Mi visión nocturna se atenuaba y volvía a brillar a medida que caminaba. El corazón me martilleaba ante la idea de perderme en la oscuridad. ¿Me quedaba un cuarto de tanque de combustible? ¿Menos? Si me encontraba con Randy y con sus amigos, debería depender del miedo y de la intimidación. Una pelea sería suicida.

Llegué a la escalera que subía a la cripta sin ninguna señal de los vampiros. Subí fatigosamente la escalera en espiral, con cuidado de ser lo más silencioso posible. Llegué a la puerta de la recámara y espié. La electricidad había regresado. Las luces zumbaban encima de mi cabeza. *Sexy and I Know It* resonaba en los altoparlantes. Por lo demás, el lugar parecía vacío.

Intenté correr, pero terminé trotando por la sala debido a mis piernas agotadas. Llegué a la escalera que daba a la planta baja. Se oían gritos desde arriba, pero no podía comprenderlos. Oí un rugido felino y luego un grito. Me di cuenta de que los moggies debían estar adentro. Subí soplando y resoplando las escaleras, y espié por el pasillo. Felicia y otro vampiro retrocedían ante una pantera negra.

—¿Quién diablos dejó una pantera suelta? —inquirió el vampiro.

Felicia lo miró con desprecio.

—No es una pantera, idiota. Es un felicano.

—¿Un qué? Soy nuevo en toda esta porquería. No sé qué es un felicano.

—Un hombre gato, imbécil.

—Oh, maldición. ¿Como un hombre lobo? Esas cosas son terriblemente fuertes. Tal vez debamos huir.

La mirada despreciativa de Felicia se tornó pensativa.

—Creo que podrías tener razón por esta vez.

Voltearon para escapar cuando un flash brillante estalló en sus rostros. Ellos revolearon los ojos rojos hasta que quedaron blancos, y cayeron al suelo apilados. Shelton caminó hacia ellos, silbando una tonada alegre mientras los amarraba con precintos de plata.

—Shelton, Stacey, necesito su ayuda. —Caminé cojeando hacia ellos.

—Maldición, chico, te ves terrible —opinó Shelton—. Estuvieron desaparecidos por una eternidad, así que trajimos a la caballería para sacarlos.

Stacey se transformó a mitad de camino y corrió hacia mí en toda su desnudez.

—¿Dónde están tu padre y Elyssa?

—Estaba demasiado débil para traerlos. Necesito ayuda.

Ella lanzó un maullido muy agudo, que me lastimó los oídos. Un momento después, los moggies entraron caminando. Uno sangraba profusamente de una herida en el hombro.

—Oh, mi pobrecito. —Stacey examinó la herida. El moggy emitió un gruñido en respuesta y se frotó contra la pierna de ella—. Es muy valiente. —Sus ojos se llenaron de lágrimas—. Irán contigo a rescatar a los caídos.

—Llévate estas. —Shelton sacó unas correas de cuero del bolso que llevaba cruzado sobre el hombro—. Amárralas a los moggies. —Me las entregó mientras se esforzaba por no quedarse mirando la figura desnuda de Stacey.

Algo pequeño, negro y peludo zigzagueó entre mis piernas. Nightliss me miró y maulló.

—Ella olfateó peligro y vino a advertirnos —explicó Stacey—. Habríamos llegado antes, pero nos retrasaron varios vampiros.

—Hablando de eso —intervino Shelton—, debes apresurarte. Algunos de ellos escaparon, y no dudo de que hayan llamado a quien sea que esté a cargo de este lugar. Podríamos darles una paliza a unos cuantos jóvenes, pero no a toda una horda.

Reuní la fuerza que me quedaba y bajé cojeando las escaleras. Shelton y Stacey tomaron posiciones afuera. Me tomó unos quince minutos llegar hasta la tumba. La chica gritó y me abrazó. Dio un salto hacia atrás, y el miedo regresó a sus ojos. Probablemente, me veía horrible, con los ojos brillando de un color celeste por el hambre. Cuando vio a los moggies, gritó y se trepó a mi espalda con los brazos alrededor de mi cuello.

—Están conmigo. —Luché por liberarme de su agarre—. Ayúdame a amarrar a Elyssa y a mi padre.

Ella me soltó.

—¡Cielos!, son gatos enormes y escalofriantes.

—Son amistosos. —Coloqué a Elyssa y a mi padre boca abajo sobre los lomos de los moggies y utilicé las correas para sujetarlos. Los gatos comenzaron a caminar como si no tuvieran nada encima y me dejaron a mí con la chica. Ella se quedó mirando la oscuridad y se estremeció.

—Por favor, no me comas —rogó con tono quejumbroso.

—Quédate cerca. Puedo ver en la oscuridad.

Tuve que darle crédito: a pesar del temblor constante de su mano, no gritó ni una vez. No podía imaginar caminar en la oscuridad absoluta a través de una cripta con un engendro de demonio chupaalmas como guía. Cuando llegamos a la luz de la recámara donde dormían los vampiros, ella lloró aliviada y me abrazó.

—Gracias, gracias.

—Hay más gente esperando afuera. Todavía debemos escapar.

Ella asintió. Continuamos hacia adelante y subimos. Llegamos a un pasillo que, al parecer, estaba vacío. Acababa de girar para indicarle a la chica que me siguiera cuando oí un siseo. Miré a la izquierda. Cinco vampiros, con mirada asesina en sus ojos rojos, corrían como un rayo hacia mí.

CAPÍTULO 38

Shelton salió de un nicho en la pared y levantó el báculo. Stacey, de nuevo en su forma de pantera, salió de un nicho en la pared opuesta y rugió. Los moggies no estaban por ninguna parte. Supuse que estaban llevando su carga a la camioneta.

—Hay una camioneta en el estacionamiento, por la parte trasera —me apresuré a avisarle a la chica—. Corre hacia allí. Desata al hombre y a la mujer de los gatos grandes, y colócalos en el vehículo. ¡Ahora, vete!

Ella asintió y salió volando.

Shelton levantó el báculo y gritó: *"¡Yod!"*. Al principio, no pareció ocurrir nada. Los vampiros corrían por el pasillo vacío hacia nosotros. A unos quince metros, chocaron con una barrera invisible. Unos estruendos huecos resonaron en el pasillo, como un maníaco que golpeaba unos timbales. Los rostros ensangrentados de los vampiros volaban por el aire al tiempo que sus cuerpos resbalaban y caían apilados. Después, la sangre oscura, que parecía haber quedado suspendida en el aire, salpicó el piso.

—*Duy wov* —bramó Shelton, y una luz brillante destelló sobre los vampiros.

La mayoría murió de inmediato, pero uno tambaleó al ponerse de pie y volteó para huir. Stacey salió disparada; lo golpeó con su enorme pata y lo lanzó al aire, para aterrizar sobre su espalda. Ella saltó sobre el pecho de él y abrió la boca mientras él gritaba y se removía como un lirón atrapado. Una tenue luz amarillenta fluyó desde sus ojos y boca en un remolino hacia los ojos de Stacey. Los gritos de él me provocaron escalofríos en la espalda. Aparté la cabeza. Un momento después, Stacey soltó su cuerpo inconsciente y caminó hacia mí.

—Verla alimentarse me eriza los pelos del cuerpo —comentó Shelton—. La mitad de ellos están aterrados para cuando ella se acerca, así que creo que es nutritivo.

Sentí la atracción de la esencia femenina y vi la forma inconsciente de Felicia. No pude reprimirme más y me conecté. La vampira corcoveaba y gemía, pero los brazaletes que Shelton le había puesto la mantenían inconsciente. Su esencia era más fría que la de un humano normal, menos sustanciosa, pero me dio suficiente energía para continuar.

—Debemos irnos ahora —sugerí.

Shelton observó anhelante a los vampiros inconscientes y quejosos.

—Supongo que no podrías ayudarme a llevar un par a la camioneta.

—¿Es una broma? —exclamé entre dientes—. Debemos irnos.

Stacey se frotó contra mí como un gato doméstico gigante y emitió un sonido de arrullo muy extraño para provenir de una pantera. Shelton suspiró.

—Bueno, tomaré lo que pueda.

El aullido de un felino en pena resonó por el corredor. Randy apareció mostrando los dientes. Sostenía a Nightliss por el cogote y rugió mi nombre:

—¡Oh, Justin!

Stacey se transformó.

—¡Nightliss! —El miedo llenó sus ojos—. ¡Suéltala, monstruo!

—Los felicanos y sus estúpidos gatos. —Una sonrisa desdeñosa torció el rostro ensangrentado de Randy—. ¿Cómo diablos logra un engendro de demonio que un arcano, una felicana y una templaria lo ayuden? ¡Estoy atónito!

—Oye, deja ir a la gata, y te daré lo que quieres. Te daré mi sangre. —Extendí una mano suplicante—. No la lastimes.

Stacey mostró los colmillos.

—Te juro que, si algo le sucede, te haré trizas.

—Mientras te quedes justo donde estás, no hay necesidad de que la gata salga lastimada. —Randy se llevó la mano detrás de la oreja—. Oh, ¿qué es eso? Creo que oigo llegar a la caballería.

Oh, demonios.

—Oh, demonios —se quejó Shelton.

Tal vez la mayoría de las personas no sacrificarían su vida por un gato, pero yo no abandonaría a Nightliss. Ella había sido la razón por la que Stacey había decidido ayudarme en primer lugar. No podía dejarla. Randy también debía saber que esa gatita era todo lo que se interponía entre él y una paliza de proporciones épicas.

Nightliss siseó. Una luz ultravioleta brilló con fuerza. Randy gritó alarmado. El gato cayó al suelo y corrió hacia la puerta. Atravesé el vestíbulo a toda velocidad. Estrellé mi gancho contra la mandíbula de Randy. Él voló por el aire. Antes de que cayera al piso, lo empujé con ambas manos. Su cuerpo golpeó el piso.

—¡Casi matas a Elyssa! —rugí. Sujeté su mano y pierna izquierdas, lo levanté, lo giré para tomar velocidad y lo lancé contra una pared. El ladrillo se agrietó, y el aire se llenó de polvillo rojo.

—Recuérdame no hacerte enfadar —comentó Shelton.

Me quedé observando el cuerpo inconsciente de Randy, jadeando de pura ira. La energía que le había robado a Felicia casi se había agotado, y el refuerzo de los vampiros estaba en camino. Tomé a Randy del cuello de la chaqueta de cuero y lo arrastré detrás de mí.

—Vamos.

—¿Qué hechizo utilizaste para salvar a mi dulce gatita? —le consultó Stacey a Shelton.

Los ojos de él brillaron.

—No utilicé un hechizo. Creí que tú habías hecho algo.

—No tengo esa habilidad. —Stacey se volteó hacia mí.

—No fui yo —afirmé—. También creí que había sido Shelton.

Stacey levantó una ceja y volvió a convertirse en pantera. Corrimos hacia la camioneta. Shelton jadeaba y resoplaba, pero no podía seguirnos el ritmo. Bajamos la velocidad, y Stacey le mostró una sonrisa felina. Él la miró furioso.

—No tengo fuerza sobrenatural, ¿de acuerdo?

Randy gruñó, así que le golpeé la parte trasera de la cabeza para dejarlo inconsciente otra vez. Llegamos a la camioneta, y encontré a la chica parada a unos tres metros de distancia, temblando. Corrió hacia mí, farfullando como una persona cubierta de arañas. Se colocó detrás de mí para ocultarse de la camioneta y señaló por encima de mi hombro.

—¡Hay v-vampiros allí adentro!

Miré a Shelton con odio.

—Espero que no puedan escapar.

—No, los tengo atados con durmientes.

—¿Esos precintos de plástico?

—Sí. El mejor amigo de un arcano. No pueden despertarse hasta que yo los libere.

Dejé caer a Randy.

—Aquí tienes otra recompensa.

Shelton levantó una ceja.

—¿De verdad? ¿No quieres entregarlo a los templarios?

Sacudí la cabeza.

—Estoy dispuesto a apostar que el Sindicato Rojo no está muy contento con los renegados. El castigo para ellos podría ser peor que estar en una celda confortable.

Shelton resopló.

—Me gusta tu estilo. —Le colocó los durmientes a Randy—. Me aseguraré de informarle al Sindicato que él estuvo hablando mal de sus mayores. Hablando de revolución.

—¿Eso los enfurecerá? —inquirí.

Él sonrió.

—Mucho.

Elyssa y mi padre seguían amarrados a los moggies, así que los desatamos. Levanté a Elyssa, la apoyé sobre su espalda y la acerqué a mí. Los vampiros dormían en una pila junto a las puertas traseras. Stacey volvió a su forma humana desnuda justo frente a la chica de la que ignoraba el nombre. La chica emitió un chillido y se desmayó.

—De verdad, es para mejor —afirmó Stacey con una sonrisa. Se vistió y se subió del lado del acompañante.

Shelton cerró las puertas laterales y se sentó frente al volante.

—¿Adónde?

Dudé de que un hospital fuera de utilidad.

—A mi casa.

—Está bien.

Durante el viaje, le acaricié la mejilla a Elyssa y le susurré al oído. Ella no respondió, pero al menos respiraba. Esperaba que no hubiese dañado su mente de gravedad. Hasta donde sabía, tal vez no despertara nunca de ese coma. Apreté los dientes para reprimir las lágrimas.

Mi padre gruñó algunas veces, pero parecía estar bien. Supuse que debería estar débil por falta de alimento, sin mencionar los efectos evidentes de que unos vampiros le habían chupado la sangre. Tanto él como yo tendríamos que alimentarnos en algún momento. Necesitaría todo el autocontrol posible para no lastimar a nadie. Observé hambriento a la chica dormida. No sabía qué hacer con ella.

—Me ocuparé de ella —aseguró Shelton en un tono sombrío, lo que me sacó de mi ensimismamiento.

—¡No la mates! Tal vez podamos borrarle la memoria de alguna manera.

—¡Cielos!, ¿crees que soy un asesino? El Consejo Arcano tiene un programa para gente común, que ha visto demasiado sobre el mundo sobrenatural. Podemos ayudarlos a adaptarse a la terrible comprensión de que solo son un montón de idiotas normales.

La tensión abandonó mis hombros.

—Qué bien.

Llegamos a mi casa. Shelton llevó a mi padre adentro. Yo llevé a Elyssa y la acosté en mi cama. Era un desastre. Tenía una costra de sangre en el hombro y trozos de carne putrefacta de los vamplings por la ropa y por su piel.

—Odio tener que abandonarte, querido —se disculpó Stacey—. Pero debo llevar a mis compañeros de regreso al refugio. Están exhaustos y heridos.

La abracé y la besé en la mejilla.

—Gracias por todo. Eres una verdadera amiga.

Ella rio y apoyó la mano en mi mejilla mientras una lágrima se asomaba por uno de sus ojos.

—Me alegra bastante no haberte comido, querido jovencito.

—Aguarda, creí que no comías personas.

Ella rio.

—No de esa manera. —Nightliss se frotó contra mi pierna y maulló. Stacey frunció el ceño—. ¿Y así comienza todo? Dime, pequeña, ¿a qué te refieres? —Nightliss me miró y ronroneó. Stacey se encogió de hombros—. Es una gatita muy inteligente. —Se quitó la ropa y me mostró una sonrisa seductora por encima del hombro antes de transformarse en una pantera. Nightliss se subió al lomo de un moggy, y el extraño grupo corrió hacia la oscuridad de la madrugada.

—Esa es una mujer condenadamente hermosa —opinó Shelton—. Aunque escalofriante como el infierno.

Lo miré con suspicacia.

—Podría jurar que reconocí esas palabras mágicas que estabas usando contra los vampiros.

—Debes ser un verdadero nerd, entonces.

—Aaah, el muerto se asusta del degollado. ¿Quién diablos utiliza idioma kinglon para sus hechizos?

Él sonrió.

—No es tanto lo que dices, sino la intención que pones a lo dicho. —Se encogió de hombros—. Además, suena genial.

—Sí, supongo que sí. —Bostecé con tanta fuerza que me crujió la mandíbula.

Shelton me palmeó el hombro.

—Descansa un poco. No hay mucho que puedas hacer ahora.

—A menos que los renegados sepan dónde vivo.

—Los vampiros no saben dónde vives, hasta donde sé, así que creo que estás a salvo. —Apoyó la mano en el piso y cerró los ojos por un momento—. Tienes dos líneas ley bajo esta zona. Son como cables de alta tensión para la magia. Es por eso que tu madre eligió este lugar para ocultarse. La interferencia mágica es fuera de serie. Colocaré algunos escudos antivampiro. Deberían durar bastante con los poderes que corren debajo de este lugar.

El alivio desarmó algo de la tensión en mis músculos y frente.

—Gracias, Shelton. —Lo acompañé afuera y lo observé mientras colocaba los encantamientos en su lugar.

Se frotó las manos cuando terminó.

—Si un vampiro cruza estas líneas, recibirán una descarga de rayos ultravioleta en la cabeza.

—Una cosa menos de la que preocuparme —señalé.

Él asintió.

—Que descanses. —Shelton se subió a la camioneta y se alejó. De repente, me sentí muy solo. Las dos personas a las que más amaba en el mundo estaban inconscientes, tal vez en coma, y todos los superpoderes que tenía no podían curarlos.

Entré y me lavé. Me puse unos vaqueros y una remera. Elyssa olía horrible, pero me temblaban los músculos por la fatiga ante la sola idea de levantarla para bañarla. Mi estómago rugió al unísono con su versión sobrenatural. Debía hacer algo con la comida y con la energía psíquica antes que cualquier otra cosa. El cielo se tornaba rosado hacia el este cuando volví a salir. Encontré un pequeño café no muy lejos de casa y ordené un waffle. Un grupo de ancianos se reía e intercambiaba historias frente a unas tazas humeantes de café.

Sonreí y me conecté con ellos. Llené la batería psíquica con un poco de sentimientos cálidos y buenos recuerdos. Cuando estuve satisfecho, regresé a casa y encontré a mi padre tambaleando por la cocina. Su rostro estaba tan pálido como el de un muerto y tenía las manos frías y húmedas. Un hambre voraz hacía brillar el azul helado en sus ojos. Su rostro tenía esa apariencia demoníaca escuálida que le había visto aquel día cuando lo había seguido al lavadero automático.

Debía alimentarse, pero yo tenía miedo de que pudiera lastimar a alguien, y no quería que fuera tras Elyssa si perdía el control. No tenía más opciones. Busqué su esencia. Él presintió la mía y se acercó hacia esta con voracidad. Caí de rodillas al tiempo que él extraía mi energía renovada a una velocidad increíble. Mi padre era como un bebé hambriento que succionaba el pezón frenéticamente. Empecé a sentirme atontado.

—Basta, papá. —Me paré tambaleando y lo sujeté de los hombros—. ¡Basta! —Él parecía estar en trance. Enfoqué cada gota de fuerza que me quedaba y lo golpeé en la nariz.

Él gritó y chocó hacia atrás con la mesa de la cocina. La furia le cubrió el rostro. Se incorporó con los puños cerrados; sus ojos, ya castaños de nuevo, brillaron. Luego, pareció verme por primera vez y dio un grito ahogado. La sensación de vaciado se detuvo. Volví a caer de rodillas.

—¿Justin?

—Ese soy yo.

Me ayudó a levantarme y miró mis ojos.

—¿Estás bien? ¿Te lastimé?

—Estoy cansado. Pero, por lo demás, estoy bien. —La fuerza regresó a mis músculos a medida que la energía psíquica remanente se nivelaba.

Miró a su alrededor, confundido.

—¿Cómo... cómo llegué a casa? ¿Dónde está Linda?

—¿Linda?

—La chica. Los vampiros querían que me alimentara de ella para mantenerme saludable.

—Están ocupándose de ella.

Sus ojos se agrandaron por el horror.

—No la habrás...

—No, es decir, ella está bien. El Consejo Arcano tiene alguna clase de programa de tratamiento para los que estuvieron expuestos a lo sobrenatural.

—Menos mal. —Se dejó caer en una silla—. ¿Me rescataste?

—Tuve ayuda. Una felicana, un hechicero, una gata doméstica y una templaria.

Levantó tanto las cejas que casi se fueron de la frente.

—Parece el comienzo de un chiste malo. ¿Cómo diablos lograste que tan siquiera cooperaran entre sí?

—Bueno, eso es una larga historia. —Miré hacia mi habitación—. Y debo ocuparme de algo antes que de cualquier otra cosa. —Caminó hacia mí y me ofreció la mano. La tomé. Me envolvió con el otro brazo en un fuerte abrazo y me besó la mejilla. Lo abracé a su vez y me aparté. Las lágrimas le brillaban en los ojos—. Cielos, papá, no hace falta ponerse tan raro.

Él se limpió la lágrima y sonrió.

—Estoy orgulloso de ti, hijo. Muy orgulloso.

Sentí que se me nublaban los ojos y me los limpié enérgicamente.

—Gracias. —Le palmeé el hombro con incomodidad y me fui a la habitación.

Elyssa no se había movido desde que la había dejado. Reprimí más lágrimas y decidí limpiarla. Le quité las botas y la ropa, y le dejé la ropa interior negra de encaje. Supuse que, si una chica lucharía con vampiros, lo haría con su mejor ropa interior. Se veía hermosa, a pesar de la mugre y de la sangre.

Preparé la bañera y la coloqué adentro, sin quitarle la ropa interior. Si recuperaba la conciencia, no quería que me asesinara por haberme tomado libertades. Tomé una esponja y le quité con delicadeza la suciedad de rostro y brazos. Después de haber limpiado la sangre reseca del hombro, el agua de la bañera parecía agua residual. La desagoté y examiné el hombro. Las marcas de colmillos estaban arrugadas y en carne viva. El alma se me fue al suelo. Si su cuerpo se estuviese recuperando, esas marcas ya deberían estar curadas.

Después de que el agua se desagotó, utilicé la ducha de mano para volver a enjuagarla. La sequé y decidí quitarle la ropa interior empapada. Le puse mi remera de Darth Vader y unos calzoncillos de Chewbacca. Luego, la acosté en mi cama. Apoyé la oreja sobre su boca y traté de oír signos de vida además de la respiración. No percibí nada.

Me senté a su lado durante varios minutos mientras las lágrimas rodaban por mis mejillas. No sabía qué hacer. No sabía cómo contactar a sus padres e, incluso si lo hiciera, tal vez caerían sobre mí en sagrada venganza. Se me encendió una bombilla en la cabeza. Encontré el morral de Elyssa entre su ropa y lo vacié. El móvil cayó sobre la pila.

Lo encendí para descubrir que estaba protegido por contraseña. Me desalentó un poco. Si pudiera contactar a su familia, podría pedirles que nos encontráramos en algún lado. De esa manera, sería el único en peligro. O podría decirles dónde recogerla y observar desde una distancia segura.

Pero ¿cómo sabría si se había recuperado? Dudaba de que su familia me enviaría una postal. Caminé de un lado al otro, esforzándome por pensar en qué podría hacer. Intenté adivinar su contraseña: probé su nombre en mayúsculas y en minúsculas, y el nombre de su madre, Leia. No tuve suerte. Dejé el móvil sobre la cama y suspiré.

Mi padre estaba preparando café en la cocina. Me dirigí hacia allí, con el rostro desfigurado por la tristeza, y le conté sobre Elyssa. Él no podía creerlo.

—¿Ella es la dhampira templaria?

—Sí. —Solté un largo suspiro—. Estamos enamorados.

Su incredulidad aumentó, tal como lo indicaba su mandíbula al abrirse un poco.

—Cuéntame exactamente qué sucedió.

Le conté lo básico. Cómo me había alimentado de ella y luego había revertido el flujo en un intento por revivirla.

—Eso no es posible —afirmó él—. Tú y yo podemos alimentarnos uno a otro por lo que somos, pero no podemos devolver lo que tomamos.

Me encogí de hombros.

—De alguna manera, lo hice. —Pensé por un momento—. No sé si hace alguna diferencia, pero me transformé en alguna clase de monstruo.

Él contuvo la respiración.

—Explícate.

Le conté sobre la criatura que había emergido de mí y que había masacrado a todos esos vamplings. Mi padre palideció. Ver a alguien que, supuestamente, sabía mucho más de todo eso que yo descomponerse de la preocupación no me inspiró mucha confianza en mis acciones.

—¿Qué sucede?

Él se dejó caer en una silla.

—Te "engendraste". Por eso te dije que transformarse lleva práctica, o podrías perder todo el control.

—Bueno, nos llaman *engendros de demonio*, ¿no?

—Claro. Nos llaman *engendros* por una razón. Literalmente, te engendraste, o te manifestaste en tu forma demoníaca. —Se inclinó hacia adelante—. No debes permitir que vuelva a suceder. No puedo creer que no te hayas vuelto loco y no hayas matado a todos.

—Casi me puse como el Increíble Hulk, pero pensar en Elyssa me trajo de regreso.

—Tuviste suerte. Mucha suerte. Solo los engendros mayores pueden manifestarse y mantener el control. Aún no puedo manifestarme cuando quiero y, si pudiera, es probable que me volvería loco.

Me estremecí del miedo por lo que podría suceder en ese caso.

—Estaba furioso cuando sucedió. Perdí el control.

—Así comienza. Estabas hambriento, superado en número y furioso. Fue un mecanismo de defensa.

—Bueno, funcionó.

Él asintió pensativo.

—Como dije, tuviste suerte. —Se pasó las manos por el pelo enmarañado—. ¿Acabaste con todos los vamplings?

—Creo que sí.

—Gracias a Dios. Esas cosas se esparcirían como la plaga si las dejaran sin control y también podrían contagiar a los animales. Esos estúpidos renegados armarán un enorme desastre si el Cónclave no toma cartas en el asunto y hace algo al respecto.

—¿Los vamplings pueden esparcir el vampirismo?

Hizo un ademán con la mano.

—Esparcen la maldición vampling. Es como un virus zombi: mata al portador y lo convierte en un vampiro zombi sin mente racional. —Se estremeció—. Los vampiros tienen control sobre convertir a un humano en vampiro. Los vamplings no tienen ningún control ni voluntad para el caso; solo hambre. Cualquier cosa que infecten morirá y dejará un cuerpo animado. Incluso los animales. Todo lo que necesitamos es otra plaga de ratas zombi.

—¿Qué hay de Elyssa? ¿La infectaron?

—Los templarios tienen una especie de inmunidad a la mayoría de las maldiciones contagiosas. Supongo que verías venas negras y otros signos si tu chica estuviera infectada. —Frunció el ceño—. El veneno, por otro lado, debió de haberla debilitado. Tal vez por eso no ha recuperado la conciencia.

—O estaba muerta después de que me alimenté de ella. —Mi corazón se llenó de agonía—. Creo que destruí su aura. Tal vez le dañé el cerebro.

—No saquemos conclusiones. Tal vez podamos encontrar un sanador.

—¿Un sanador? —Me relajé apenas un poco—. ¿Hay algo que pueda hacer para ayudarla?

Él suspiró.

—Lo siento, hijo, pero no sé qué puedes hacer. Déjame ver si tengo algún contacto que pueda ayudar. —Mi padre se rascó la cabeza—. El truco está en encontrar un sanador que no odie a los engendros.

Decidí no contarle mi plan sobre devolverla con su familia. Tal vez no estaría de acuerdo con un plan tan estúpido.

—Bueno, tal vez deberías limpiarte. Sin ofender, pero apestas.

Él rio por lo bajo.

—Creo que tienes razón.

Fui a mi habitación y me senté frente a la computadora. Elyssa se veía más pálida que antes. Su rostro se sentía fresco al tacto. Se me cayó una lágrima, que se depositó en su mejilla. Nadie podía ayudarme.

Y, probablemente, Elyssa moriría.

CAPÍTULO 39

Superpoderes, magia, y sangre por la que los vampiros matarían... todo para nada. La vida de Elyssa pendía de un hilo, y no podía hacer nada al respecto.

La respuesta me llegó como un rayo. Sabía qué podía curarla. La solución corría por mis venas. Mi dulce sangre de engendro de demonio. Esperaba que fuera tan maravillosa como los vampiros la hacían parecer.

Elyssa tenía prohibido beber sangre de los humanos (no era que yo fuese del todo humano), pero conocía una alternativa para eso. Ella bebía de envases de sangre. ¿Por qué no de una taza? Encontré una de las tazas de café de mi padre con la leyenda: "¡Los lunes apestan!".

Tomé un cuchillo. Coloqué la mano encima de la taza. Apreté los dientes y me corté la piel. Dolió terriblemente, pero no me importó. Algo de sangre espesa color cereza goteó dentro de la taza durante un segundo o dos. Luego se detuvo, y la sangre en la taza se congeló en un bulto coagulado. Mi mano ya había sanado. Gruñí. Eso de la supercuración haría todo más doloroso y complicado. Luego recordé algo. Hurgué entre el atuendo mugriento de ninja que Elyssa me había dado y encontré los cuchillos cubiertos en plata. Ella no había mencionado si la plata ralentizaría mis habilidades de curación, pero era un buen momento para experimentar. Enjuagué la sangre de la taza, la dejé sobre la mesada y tomé la hoja de plata.

Si el cuchillo de cocina había dolido, el de plata me quemó la piel. Me corté la palma y gimoteé. La sangre goteó libremente en la taza sin parar. Al parecer, la plata evitaba que la sangre coagulara. Justo antes de que la taza rebasara, tomé otra y la coloqué debajo de la mano. Cuando la segunda taza se llenó, contuve el flujo con unas toallas de papel. Sentía la mano como si la hubiera frotado con esquirlas de fibra de vidrio y luego la apoyara sobre una cocina caliente. No usaría cadenas de plata como los chulos en ningún futuro cercano. Después de vendarme la mano para no derramar sangre por toda la casa, llevé las dos tazas de sangre a la habitación. *¿Te gustaría una taza de sangre, cariño?*

Las fosas nasales de Elyssa se abrieron cuando le coloqué la taza bajo la nariz. Sus pestañas se movieron, pero no se levantaron. Le apoyé la cabeza sobre mi rodilla y le acerqué la taza a la boca. Me sentí un poco descompuesto al enfrentar la realidad de lo que estaba a punto de hacer. Calmé los nervios y derramé algunas gotas de sangre sobre los labios de Elyssa. Ella tosió. Tragó.

Me dieron arcadas, y aparté la vista. En pocos segundos, ella se bebió la taza entera. Le acerqué la segunda y la dejé beber. Luego tomé una servilleta y le limpié el bigote de sangre. Le apoyé el dorso de la mano en la mejilla. La sentí algo más cálida. Tal vez solo era mi ilusión.

Los minutos pasaban, pero Elyssa no se movía. Una punzada de miedo me agitó el estómago. ¿Y si su cuerpo estaba vivo, pero le había destruido la mente? Mi padre me había advertido que eso era posible. Elyssa había estado débil. Había sido envenenada por los vamplings. Y luego yo la había dejado seca. No había dejado nada. Se me llenaron los ojos de lágrimas. Había matado a la chica a la que amaba y había dejado solo un cascarón vacío.

"No, no, no", gimoteé. ¿Qué había hecho? Me quité la venda de la mano.

La sangre se había coagulado, y la herida estaba sanando, a pesar del veneno de la plata. Tomé el cuchillo. Derramaría la sangre directamente de la mano hacia su boca. Ella podría dejarme seco. No me importaba. No me quedaba nada en la vida sin Elyssa.

Me corté la mano gritando de dolor y la sostuve a unos centímetros de la boca. Ella bebió el flujo constante de sangre. Volví a cortarme la mano una y otra vez a medida que intentaba curarse. El dolor era tan abrumador que se me durmió la mano. Mi piel palideció por la pérdida de sangre.

La habitación me daba vueltas. Sentí frío. Sueño. Sacudí la cabeza, luchando contra la necesidad de desmayarme.

Perdí.

Me desperté sobresaltado.

Algo o alguien me observaba. Miré a la izquierda. Unos ojos violeta llenos de lágrimas me contemplaban.

—¿Elyssa?

Ella sonrió y me acarició la mejilla.

—Estoy aquí. —Me enderecé. La sangre reseca me había pegado la sábana a la mano. Removí la sábana y me miré la palma. Varios de los múltiples cortes habían sanado—. ¿Qué te hiciste?

—Lo que debía hacer.

Ella se incorporó y me oprimió la mano. Entró al baño y se miró los labios manchados de sangre en el espejo. Después de haberse limpiado el rostro, salió con expresión de tristeza.

—¿Cuánta sangre me diste? —Se la veía descompuesta—. ¿Me alimenté directamente de tu carne?

Me encogí de hombros.

—No, dejé que la sangre cayera sobre tu boca. No tengo idea de cuánta. Me desmayé.

Ella me tomó la mano herida con suavidad y la besó. Sus ojos brillaron. Le envolví la cintura con el otro brazo y la acerqué a mí. Presioné los labios contra los de ella y saboreé las lágrimas saladas. No estaba seguro de si eran suyas o mías. Después de un momento de besos de felicidad, revisé su hombro y me alivió ver que la mordedura del vampling se había curado. Ella se irguió de golpe y se llevó una mano a la mejilla.

—Oh, maldición. Debo enviarles un mensaje a mis padres. Deben estar desesperados.

—¿Qué les dirás?

Ella tomó el móvil e ingresó la contraseña: *Justin*.

—¿Mi nombre es la contraseña?

Ella se sonrojó y me miró con seriedad.

—Ni una palabra más.

No pude reprimir una sonrisa mientras ella le escribía un mensaje a su madre: "Problema de vampiros en Morningside. Resuelto. Perdí el móvil, o hubiera escrito antes. Lo siento".

—¿Lo creerán?

Ella suspiró.

—Creo que sí. No es la primera vez que sucede algo así. —Se reclinó contra la cabecera de la cama y fijó sus hermosos pero cansados ojos en mí—. Recuérdame contarte sobre mi asignación cero alguna vez.

—¿Cero? —Me rasqué la cabeza—. ¿Qué hiciste? ¿Nada?

Ella rio por lo bajo.

—Ojalá. Es parte de por qué terminé en tu secundaria.

Solté una pregunta que me había estado quemando la cabeza hacía un tiempo.

—¿Fuiste tú quien mató al moggy unas noches atrás y me salvó?

La confusión le nubló el resto.

—¿Qué? ¿Por qué mataría a un moggy?

A menos que aún estuviera aturdida por haber estado al borde de la muerte, su expresión me convenció.

—Oh, nada. Debo haber tenido una pesadilla cuando me desmayé. ¿Te sientes bien?

Ella asintió.

—Pensé que moriríamos.

—Yo también.

—Jamás había estado tan asustada.

Le apreté la mano.

—¿Estabas asustada? No lo parecías.

—Tú te veías muy asustado.

—Claro que no.

Ella sonrió.

—Estabas a punto de ensuciarte los pantalones del susto.

—Si tuviera que clasificarlo en mi lista de momentos de miedo, de menor a mayor, lo pondría en un quinto lugar. Tal vez en el sexto.

Me miró boquiabierta.

—Tiene que ser una broma. ¿Quinto o sexto? ¿Qué habrías puesto en el décimo lugar?

—Payasos.

Ella rio. Era música para mis oídos.

—¿Qué quieres hacer hoy?

—¿Qué tal una película?

Elyssa se acurrucó a mi lado.

—¿Una película?

—Ya me oíste. Me persiguieron unos muertos vivientes, luché contra vampiros, liberé a mi padre de una cripta y reviví a mi amante templaria superardiente al darle de beber mi sangre. ¡Cielos!, necesito algo normal.

Ella frunció los labios.

—¿Soy tu amante superardiente?

—Sí.

—¿Quieres probármelo?

Cerré la puerta con llave. La tomé en mis brazos. La besé, y el mundo a nuestro alrededor desapareció.

—¿Te gusta *La princesa prometida*? —inquirí.

—¡Es mi película favorita! ¿La tienes?

¿Me gané la lotería o qué? Volví a besarla. El calor de sus labios me recorrió el pecho y me hizo cosquillas en los dedos de los pies. Me aparté para respirar.

—Claro que tengo esa película.

Ella sonrió y me dio un beso en la nariz.

—Deberíamos verla.

Le sonreí. Recordé lo que Westley le decía a su princesa Buttercup:

—Como desees.

EPÍLOGO

La gatita negra estaba sentada en el techo de uno de los almacenes utilizados por la felicana, observando el amanecer. Al parecer, la larga espera casi había terminado. Pero ¿era ella lo suficientemente fuerte como para mostrar su verdadero ser? ¿Podría ayudar al mundo a sobrevivir hasta que Justin madurara y creciera?

Nightliss no lo sabía.

Había tanto por hacer, y ella por fin estaba recuperándose lo suficiente para sentir que las fuerzas regresaban a sus huesos. Había oscuridad en el horizonte, pero ella había encontrado una semilla de esperanza.

El mundo podría llegar a sobrevivir a lo que estaba por suceder.

POSTFACIO

Espero que hayan disfrutado del libro. Las reseñas son muy importantes para ayudar a otros lectores a decidir qué leer. ¿Podrías tomarte un momento para calificar este libro?

¿Quieres más? Haz clic aquí para ver más libros sobre las Crónicas del Supramundo.

Sé de los primeros en enterarte sobre nuevos lanzamientos. ¡Suscríbete a mi boletín aquí!

Copyright © 2019 John Corwin. Todos los derechos reservados. Excepto dentro de lo permitido por la U. S. Copyright Act de 1976, queda prohibida la reproducción, distribución o transmisión de ninguna parte de la presente publicación de cualquier forma y por cualquier medio, así como el almacenamiento en cualquier base de datos o sistema de recuperación, sin previo consentimiento escrito del editor. Para más información, contactarse a john@johncorwin.net

ISBN-13 978-1-942453-18-5

Impreso en Estados Unidos.

Los personajes y eventos en este libro son ficticios. Cualquier similitud con personas reales, vivas o muertas, es pura coincidencia y no ha sido intención del autor.

NOTAS SOBRE LA LICENCIA PARA LA EDICIÓN ELECTRÓNICA

El presente libro electrónico es solo para tu uso personal. El presente libro electrónico no puede ser revendido ni regalado a otra persona, a menos que cuentes con el permiso expreso del autor. Si deseas compartir este libro con otra persona, por favor, compra otra copia para cada destinatario. Si estás leyendo este libro y no lo compraste, o no se compró para tu uso personal, por favor, accede a un proveedor en línea y compra tu copia. Gracias por respetar el duro trabajo de este autor.

❦ Creado con Vellum

ACERCA DEL AUTOR

John Corwin es el exitoso autor de las *Crónicas del Supramundo*. Disfruta de largas caminatas por la playa y es un firme creyente en cachorritos y en gatitos.

Después de años de haberse metido en problemas por su imaginación hiperactiva, John abandonó su carrera de modelo para escribir libros.

Vive en Atlanta.

Conéctate con John Corwin en línea:

Facebook: http://www.facebook.com/johnhcorwinauthor
https://www.facebook.com/groups/overworldconclave/
Sitio web: http://www.johncorwin.net
Twitter: http://twitter.com/#!/John_Corwin

www.johncorwin.net
john@johncorwin.net

Made in the USA
Columbia, SC
08 June 2020